AF220780

Quell der Leere

Troy Dust

Quell der Leere
Roman

Text + Umschlagmotiv:
Copyright © 2o21 by Troy Dust

Satz + Umschlaggestaltung:
Troy Dust

www.troydust.com

Herstellung und Verlag:
BoD – Books on Demand, Norderstedt

ISBN: 978-3-7526-9227-3

Da sprach Sordell: »Laßt uns hinuntersteigen
Zu jenen großen Schatten, sie zu sprechen.
Sie werden sich an eurem Anblick freuen.«

Dante Alighieri
›Die Göttliche Komödie‹
Der Läuterungsberg, Achter Gesang, Hermann Gmelin

Vorspiel

A b s t u r z

Sark torkelte von der Straße in das dunkle Treppenhaus und tastete mehrmals vergeblich nach dem Lichtschalter, bevor er ihn fand und drückte. Die Glühbirne hinter dem schmutzigen, zerbrochenen Glas an der Wand flackerte, dann spie sie ihr dumpfes Licht in die Schatten. Die schwüle Luft roch nach Urin. Der Gestank zog an warmen Tagen stets aus dem Hinterhof in das Gebäude.

Er schleppte sich die schmale Treppe hinauf und stieß dabei unentwegt mit der Schulter an die dreckige Wand, beschmiert von Kindern und Jugendlichen und zerkratzt von unzähligen Möbelkanten und anderen Objekten. Auf dem Weg in die dritte Etage musste er auf den Treppenabsätzen pausieren und sich fangen.

Vor der Wohnung angekommen, suchte er den Schlüssel in seinen Hosentaschen. Da fiel ihm der schmale, schwarze Streifen auf, der die Tür vom Rahmen trennte. Sark drückte sie auf.

In der Küche am Ende des Flurs brannte Licht.

Mit ungeschickten Schritten betrat er die Wohnung und schwankte auf wackeligen Beinen durch das Halbdunkel dem hellen Schein entgegen. Die Türen zu den Zimmern standen weit offen, wie tiefschwarze, riesige Augen, die ihn beobachteten. Trotz seines Zustands bemerkte er die Stille. Nach einer Weile drang es zu ihm durch, dass Mara und seine kleine Tochter Anna nicht hier waren.

In der Küche blieb er ratlos stehen.

Im Flur hinter ihm ging das Licht an.

„Sie sind weg", sagte eine weibliche Stimme. Es war die Nachbarin aus der Wohnung gegenüber.

Sark betrachtete sein Spiegelbild im Fenster. Wenn er sich konzentrierte, konnte er auf der anderen Seite der Scheibe die Lichter der Stadt ausmachen. Alles um ihn herum wurde verzerrt und befand sich in stetiger Bewegung.

„Sie hat dich doch um fünf Uhr erwartet, Anna wollte ins Hallenbad." In der Stimme der Nachbarin lag eine Mischung aus Enttäuschung und Bedauern.

„Sie will die übrigen Sachen demnächst holen. Sie sind erst einmal zu Maras Eltern gefahren."

Etwas berührte Sarks Beine. Er sah nach unten und beobachtete den Kater der Nachbarin dabei, wie sich dieser schnurrend an der Hose rieb.

„Und du sollst dir keine Sorgen machen."

Sark ging in die Hocke und kraulte das verschmuste Tier hinter den Ohren. Dabei verlor er das Gleichgewicht und kippte zur Seite. Es gelang ihm, sich abzufangen.

Die Dinge waren außer Kontrolle geraten. Wie oft hatte er versucht, trocken zu werden und es zu bleiben? Aber dann waren die Bilder zurückgekehrt, die Bilder mit all den Schrecken, die für ihn während der Polizeiausbildung Theorie gewesen waren, nur um dann schleichend und giftig in die Realität zu dringen und sein Inneres zu zersetzen.

Er blickte über die Schulter und wollte etwas sagen, doch die Nachbarin hatte die Wohnung bereits verlassen und die Tür geschlossen. Auch der Kater war nicht mehr da.

Wie lange er wohl schon hier in der leeren Küche am Boden kauerte? Zehn Minuten? Eine Stunde?

Sark wollte sich nur einen Moment ausgestreckt auf den Boden legen, um seinen Rücken zu entlasten, doch er schlief sofort ein.

Kapitel 1

V o r a h n u n g

Sark wurde jäh aus seinen Gedanken gerissen, als ihm ein Schwall warmer Luft entgegenschlug, stinkend wie der Atem eines alten, längst vergessenen Ungetüms. Er nickte dem Beamten zu, der neben der offenen Tür zum Dachboden stand. Sark vernahm Stimmen. Blitzlichter zerrissen die Schatten in den Ecken und Winkeln, doch sie kehrten stets beharrlich zurück.

Der Geruch des Todes setzte sich in Sarks Nase fest, durchdrang den Stoff seiner Kleidung wie eine unsichtbare Flüssigkeit und heftete sich an jedes einzelne Haar auf seinem Kopf.

Zu diesem Zeitpunkt wusste er noch nicht, welche Schrecken ihn erwarteten, welch groteske Formen aus Knochen, Eisen und Fleisch, zusammengehalten von Streifen menschlicher Haut, Garn und Draht. In einer Ecke, deren Boden nicht durchzogen war von Blut und anderen Flüssigkeiten, standen ein paar leere Einmachgläser. Daneben lagen kleine und große Zahnräder, trockene Zweige, verschiedene Federn und Tierknochen, alles Elemente innerhalb der Kreationen, die es auf dem Dachboden zu sehen gab und deren Basis die Leichen von mehreren Personen waren: Hier ein Mobile aus Fingern, das von einem Dachbalken hing und sich in der Zugluft bewegte, und dort eine undefinierbare Form aus verschlungenen Armen und Beinen, die von Draht und Darm zusammengehalten wurde und am Boden lag wie ein Seeungeheuer, das als Beifang zufällig ans Tageslicht gelangt war.

In einem der Verschläge befanden sich ungenutzte Reste der Leichen und das grob von den Knochen geschabte Fleisch. In einem anderen lagen Kleidung und Schuhe der Opfer. Im Verschlag, der laut Schild zu der Wohnung gehörte, der das Hauptinteresse galt, hing ein teils entfleischter Kopf an einem Seil von der Decke. In den Schädel, der weder Identität noch Geschlecht erkennen ließ, waren teils mit Alufolie umhüllte Rippen getrieben worden, so viele, dass das Objekt an eine Sonne oder einen grotesken Weihnachtsstern erinnerte. Vor einem Stapel Kartons, in denen Bücher und Unrat waren, lagen vier abgetrennte, blutverkrustete Köpfe, gedankenlos hingeworfen wie unnützes Spielzeug. Sark konnte von den kaum noch erkennbaren Gesichtszügen ableiten, dass zwei der Opfer Frauen waren.

In diesem Moment drang das Summen der Fliegen in Sarks Bewusstsein, die sich von der polizeilichen Arbeit unbeeindruckt an dem madendurchsetzten Festmahl labten. Der Klang wurde zunehmend intensiver, pochte in Sarks Kopf und ließ ihn schwanken. Er musste hier raus. Damit verließ er den Dachboden.

In der Wohnung, auf die sich ein Großteil der Ermittlungen konzentrierte, lief Sark in das Arbeitszimmer, wo zwei Polizisten den Inhalt der Schubladen sichteten. Er schaute sich um.

Auf dem Fensterbrett standen Einmachgläser, einige davon ohne Deckel, gefüllt mit Schneckenhäusern, runden Steinen, Knochen, Schnäbeln von Enten und Hühnern, geschliffenen Stöckchen aus Holz, dazu Murmeln, Muscheln, Zähne verschiedener Tiere und Einzelteile zerlegter Uhren und Wecker. Die Reihe wies mehrere Lücken auf – vermutlich die Gläser auf dem Dachboden. Auf einem der beiden Schreibtische stand eine Vase mit getrockneten Blumen, daneben eine Tasse mit Vogelfedern. Weitere Federn steckten in einem Quader aus Steckschaum. Vier Elsterfedern bildeten die Flügel einer Libelle, deren Körper aus verdrehtem Kupferdraht bestand. Nun saß das Insekt auf dem oberen Rand eines Bilderrahmens, der ein Polaroid-Foto fasste, das vor unscharfen Kornblumen fokussierte Ähren und einen zartblauen Schmetterling zeigte.

Auf dem zweiten Tisch stand ein Aquarell-Farbkasten. Daneben lag ein Zeichenblock mit einer kaum sichtbaren Bleistiftskizze, die einen Leuchtturm erahnen ließ. Bis auf mehrere Stifthalter und Gläser mit Pinseln war der Tisch leer. Das Regal dahinter beherbergte neben Malutensilien Bücher über Architektur, Kunst und Geschichte. Auf dem Regal fand er ein Wesen, das aus dem Schädel und der Wirbelsäule eines Fisches bestand. Unterschiedlich große Federn waren seitlich so angebracht, dass sie an Flügel erinnerten. Eine weitere Schöpfung lag irgendwo zwischen Krake, Qualle und Perlboot: Die Fangarme bestanden aus kleinen Wirbelsäulen, die aus zwei zusammengefügten Hasenschädeln ragten, die den länglichen Körper bildeten. Die Wirbel stammten vermutlich von Hasen, Katzen oder Tieren ähnlicher Größe. Überall im Raum hingen Fäden mit getrockneten Blumen, die zu abwechslungsreichen Sträußen gebunden waren.

Die Kollegen hatten bereits mehrere Kartons mit sorgsam eingetüteten Gebilden aus Knochen, Federn und Draht gefüllt, um diese genauer untersuchen zu lassen. Einige Objekte formten Lebewesen, andere fingen Geometrien ein, mal undefiniert, mal harmonisch, dann chaotisch und grob. Sark entdeckte auch Fell, verdreckt, zerzaust und verklebt. Wahrscheinlich hatte das Tier erst vor kurzem auf einer Straße den Tod gefunden. Ein leichter Geruch von Fäulnis lag in der Luft. Oder war es der Gestank vom Dachboden, der ihn wie ein Schatten begleitete?

Sark verließ das Arbeitszimmer in die angrenzende Küche, wo es nichts Auffälliges gab. Im Flur waren noch die Kampfspuren und das Blut zu sehen. Die Leiche der Frau, die man hier gefunden hatte, war bereits in der Gerichtsmedizin. Geblieben waren einige Markierungen am Boden. Er sah sich im Badezimmer um, anschließend im Schlafzimmer und im Wohnzimmer. Vom Fenster aus schaute er auf die Straße. Durch das Kopfsteinpflaster, die hohen Bordsteine und die Fachwerkhäuser wirkte alles wie aus einer anderen Zeit. Beamte liefen umher und klingelten an den Häusern, um die Anwohner zu befragen.

Er drehte sich um, lehnte sich an die Fensterbank und verschränkte die Arme vor der Brust. Die meisten der Kollegen hatten keine bis wenig Erfahrung mit derartigen Gewaltverbrechen, die ein Grund dafür waren, dass Sark mittels Alkohol vergessen wollte. Diebstahl, Drogen und häusliche Gewalt standen auf der Tagesordnung; hier eine Kneipenschlägerei und dort ein Verkehrsunfall, aber Mord war eine Seltenheit in dieser Gegend – das sah in der größeren Nachbarstadt, in der er lebte und von wo man die Unterstützung angefordert hatte, natürlich schon ganz anders aus.

Er war nach dem Ende seiner Ehe mehrfach umgezogen und hatte die Dienststellen gewechselt, um zu versuchen, das Grauen, dem er fast täglich ausgesetzt gewesen war, irgendwie hinter sich zu lassen. Doch er hatte zu viele Dämonen mitgenommen, die sich eingenistet hatten, zu viele offene Wunden und zu viele Erinnerungen, die sich an die Windungen seines Hirns krallten. Einen wirklichen Neustart gab es nie, daran änderte auch das Gefühl nichts, mit jeder neuen Stelle immerhin einen Teil der Vergangenheit abgelegt zu haben. Jeder Kollege wusste von Sarks Laufbahn und wollte Geschichten hören, Geschichten, deren Inhalt so weit vom Leben der Menschen hier entfernt war, dass ein solcher Fall alles ins Wanken brachte, wie ein Erdbeben, das eine Stadt erschütterte. Es stand außer Frage, dass mehrere Morde für eine Stadt mit nicht einmal 8.000 Einwohnern sehr ungewöhnlich waren, die Brutalität hätte aber auch in einer Metropole mit Millionen von Bürgern herausgestochen. Fast bedauerte er die Polizisten, die sich plötzlich mit einem solchen Fall beschäftigen mussten. Wahrscheinlich hatte sich jeder von ihnen beim Frühstück den Tag ganz anders vorgestellt.

Was sie bisher wussten: Die Tochter einer Bewohnerin des Hauses hatte nach dem Rechten sehen wollen, da sich ihre Mutter seit ein paar Tagen nicht gemeldet hatte. Sie stellte fest, dass niemand in der Wohnung war, obwohl in der Küche Essen stand – bereits von Fliegen und Maden belagert. Auch der Fernseher lief. Sie klingelte an den übrigen drei Wohnungen im Haus, doch niemand öffnete. Ihr fiel ein seltsamer Geruch im Treppenhaus auf, der sich bis zum Dachboden zurückverfolgen ließ, woraufhin sie aus der Wohnung ihrer Mutter den Schlüssel holte und kurz darauf das Grauen entdeckte. Nun war sie für eine psychologische Betreuung und die Aufnahme eines Protokolls im Präsidium.

Man hatte alle Wohnungen geöffnet. Bis die Identität der Opfer auf dem Dachboden nicht zweifelsfrei geklärt war, musste davon ausgegangen werden, dass es sich um die Mieter des Hauses handelte – bis auf die junge Frau namens Chloé, 28, die mit zahllosen Messerstichen übersät in ihrer Wohnung aufgefunden wurde. Tatverdächtig war ein Mann namens Vali, 32, der mit ihr zusammenlebte. Es wurde versucht, sein Mobiltelefon zu orten. Fotos von ihm hatte man bereits für eine Fahndung weitergeleitet. Zudem besaß Chloé einen roten Kleinwagen, der zumindest in der Umgebung nicht auffindbar war. Obwohl aktuell nicht ausgeschlossen werden konnte, dass Vali ebenfalls zu den Opfern auf dem Dachboden gehörte, nahm man an, dass sich dieser auf der Flucht befand. Er und das verschwundene Auto waren die bisher einzigen Anhaltspunkte.

Wer war dieser Vali? Hatte er sich eventuell hier eingenistet und nun gespürt, dass es wieder an der Zeit war, aktiv zu werden und seinem Trieb zu folgen? Oder war er eines Morgens mit der Vorstellung aufgewacht, Herr über Leben und Tod zu sein?

Es musste auf jeden Fall geklärt werden, ob es in den letzten 10 bis 15 Jahren Verbrechen mit Parallelen zu diesem Irrsinn gegeben hatte, und zwar landesweit, vielleicht sogar über die Grenzen hinaus.

Fest stand, dass der Täter viel Zeit investiert hatte, denn das auf dem Dachboden war keine Impulshandlung. Der Mord an Chloé möglicherweise schon. Das ganze Gruselkabinett dort oben hatte etwas von einem Kult, von schwarzer Magie.

„Verdammt, was machen *Sie* hier?" rief Seyler, als er das Wohnzimmer betrat und Sark am Fenster erblickte.

Sark wurde aus seinen Gedanken gerissen und hob den Blick.

„Sie legen es wirklich darauf an, kann das sein?" fragte Seyler.

Sark betrachtete seinen Vorgesetzten und schwieg.

Seyler stellte sich vor Sark. Mit ruhigerem Ton sagte er: „Sie sollen doch eine Weile den Kopf unten halten, bis Gras über die Sache gewachsen ist. Fahren Sie weg, machen Sie mal Urlaub." Er hob die Augenbrauen. „Wer hat Ihnen überhaupt den Tipp gegeben?" Er winkte ab, denn er wusste, dass er keine Antwort bekommen würde. „Vergessen Sie's. An Ihrer Freistellung wird sich nichts ändern. Wenn Sie allerdings meinen, sich nicht an die Abmachung halten zu müssen, kann ich gern dafür sorgen, dass Sie nach Ihrer Rückkehr Strafzettel verteilen und sich mit Ruhestörungen beschäftigen dürfen."

Sark starrte durch Seyler vorbei in den Raum. Er hatte durchaus gehört und verstanden, was ihm gesagt wurde, aber er betrachtete alles aus einer Wolke heraus, einem Dunst, der den Worten ihren Klang raubte; und das ganz ohne Alkohol.

„Verschwinden Sie einfach!" forderte Seyler und machte mit dem Kopf eine Bewegung Richtung Tür. Er wusste genau, dass eine Diskussion nichts bringen würde; das wusste jeder.

Sark löste sich von der Fensterbank und lief langsam in den Flur. Er spürte Seylers Blick im Rücken.

„Und damit es alle noch einmal hören", begann Seyler mit lauter Stimme, was jeden der Anwesenden zu ihm blicken und jeden in Hörweite innehalten ließ, „sollte einer von euch auf die glorreiche Idee kommen, unserem Freund hier irgendwelche Hinweise zu diesem oder anderen Fällen zu geben, solange er freigestellt ist, darf der- oder diejenige ihm gern Gesellschaft leisten."

Sark, der vor der Stelle mit dem Umriss von Chloés Leiche stand, fragte sich, was sie kurz vor ihrem Tod hatte tun wollen. Kurz einkaufen gehen? Auf einen Kaffee zu einer Freundin fahren? Vielleicht irgendeine Angelegenheit, die man für selbstverständlich erachtet, bis es zu spät ist.

Wortlos verließ er die Wohnung und das Gebäude und lief zu seinem Wagen, den er in der Nähe geparkt hatte. Er stieg ein, steckte den Schlüssel in das Zündschloss und starrte auf den Staub auf dem Armaturenbrett.

Urlaub? Wo sollte er denn bitte Urlaub machen? Das würde zwangsläufig bedeuten, zur Ruhe zu kommen und sich mit den eigenen Gedanken auseinandersetzen zu müssen, etwas, das er nicht wollte. Zudem wusste er, dass Seylers Drohung gegen seine Kollegen wenig Erfolg haben dürfte. Viele von ihnen standen in Sarks Schuld, da er ihnen aufgrund seiner zahlreichen Verbindungen entweder bei einem Fall oder sogar höchstpersönlich aus einer unschönen Situation geholfen hatte; sie waren ihm gegenüber loyal, trotz oder gerade wegen seines Rufs. Diesen Fall, der nicht seiner war, betrachtete er als Beschäftigung, als Hilfsmittel, um nicht noch weiter abzudriften. Und vielleicht ging es dabei wirklich nicht um das Verbrechen, sondern nur um ihn.

Er griff in die Tasche seines zerknitterten Jacketts und holte daraus einen kleinen Fotorahmen hervor. Chloé lachte ihm entgegen, während Vali von irgendetwas abgelenkt an der Kamera vorbei in die Ferne sah. Vermutlich hatte jemand das Foto ganz spontan geschossen.

Zu ergründen, weshalb diese hübsche, junge Frau sterben musste, würde in seinem Kopf nicht nur ihr die ewige Ruhe schenken, sondern auch ihm dazu dienen, sich zumindest für die nächste Zeit dem Leben zu stellen und seinem Dasein einen Sinn zu geben.

Er steckte das Bild wieder ein und startete den Motor. Dann machte er sich auf den Weg; er musste diesen Vali finden.

Kapitel 2

Ernüchterung

Durch die zahlreichen Kanäle, die Sark zur Verfügung standen, wurde er recht zügig auf den aktuellen Stand gebracht. Jeder arbeitete unter Hochdruck. Je mehr Stunden vergingen, ohne dass der Täter identifiziert und dingfest gemacht wurde, desto mehr breitete sich Ungewissheit unter den Bewohnern der Stadt aus. Alle standen unter Schock. War da ein Serienmörder unter ihnen? Vielleicht liefen sie im Supermarkt sogar an ihm vorüber, ohne es zu ahnen. Auf der einen Seite stellten die Leute ihre Sicherheit in Frage, auf der anderen mussten sie mit dem Wissen um die stattgefundenen Grausamkeiten klarkommen. In ihren Köpfen wuchs eine Pflanze mit überaus biegsamen Ausläufern und langen, harten Dornen: Angst.

Bereits am nächsten Morgen zeigte sich eine Tendenz, die bald bestätigt wurde: Die Fingerabdrücke an den Leichenteilen auf dem Dachboden und an den Tatwerkzeugen stammten nur von einer Person – Chloé. Es gab nicht einmal einen Teilabdruck, der auf einen weiteren Täter hinwies. Man stand vor einem Rätsel.

Zwar gab es die sonderbaren Objekte aus Chloés Wohnung, an denen ebenfalls nur ihre Fingerabdrücke zu finden waren, aber selbst diese passten nicht in das Bild: Chloé kam aus einem normalen Elternhaus, war Einzelkind, hatte drei Semester Kunst studiert, das Studium abgebrochen und eine Ausbildung zur Gärtnerin gemacht. Vor fünf Jahren war sie in die Stadt gezogen und arbeitete seither halbtags in einer Gärtnerei und ein bis zwei Tage die Woche als Bedienung in einem Wirtshaus. Zudem machte sie Besorgungen für ältere und kranke Menschen. In ihrer Freizeit las sie gern, fotografierte und malte. Vor über einem Jahr fing sie damit an, eigene Kreationen über das Internet zu verkaufen, von Libellen mit Flügeln aus Vogelfedern, wie man sie in der Wohnung gefunden hatte, über Tongefäße und Objekte aus Draht, Holz und Glas. Sie half bei Töpferkursen und interessierte sich für Glasbläserei. Auf dem Papier wirkte sie wie jemand, der Geld nur verdiente, um sich in der Freizeit selbst verwirklichen zu können.

Natürlich kam es vor, dass Personen morgens erwachten und entschieden, an diesem Tag zu töten, aber in der Regel handelte es sich dabei um eine Entwicklung. In Chloés Fall entdeckten die Ermittler jedoch keinen Hinweis auf psychische Auffälligkeiten, sei es ein Tagebucheintrag oder eine Skizze mit einem Gewaltszenario.

In Chloés Blut fand man Spuren von THC und eine geringe Menge Alkohol; keine weiteren Drogen, keine Medikamente oder andere Substanzen.

In den Wohnungen der anderen Mieter gab es keine Hinweise auf einen Kampf. Vermutlich hatte Chloé die Opfer unter einem Vorwand nacheinander auf den Dachboden gelockt und sie dort getötet. Das Küchenmesser, mit dem sie selbst erstochen wurde, fand man in der Spüle. Es gab daran keine Fingerabdrücke, jedoch Rückstände von Chloés Blut. In diesem Zusammenhang kam der Gedanke auf, ob nicht die Tochter der Nachbarin als Täterin in Frage kam. Es war nicht abwegig: Sie suchte ihre Mutter, erkundigte sich bei Chloé, diese wurde panisch und es kam zu der tödlichen Auseinandersetzung. Dann fand die Tochter die Leichen, beseitigte ihre Spuren in Chloés Wohnung und verständigte die Polizei. Nur passte hier nicht ins Bild, dass man weder am Körper noch an der Kleidung der Frau etwas finden konnte, um das Szenario zu belegen, keine Kampfspuren, kein Haar oder Blut. Auch eine Wohnungsdurchsuchung blieb ergebnislos. Folglich konnte man sich aktuell nur auf Vali konzentrieren, während die Ergebnisse der zahlreichen DNA-Analysen ausstanden. Leider war nicht auszuschließen, dass weitere Personen in diesen ungewöhnlichen Fall verstrickt waren.

Über Vali fand man heraus, dass er und Chloé seit mehreren Monaten eine Beziehung führten. Offenbar hatten sie sich in dem Wirtshaus kennengelernt, in welchem Chloé bediente. Eine Durchsuchung seiner Wohnung – etwa drei Autostunden entfernt – blieb ohne hilfreiche Ergebnisse, ebenso Befragungen in seinem alten Umfeld. Man erfuhr, dass er seit etwa drei Wochen seiner Arbeitsstelle am Hafen ohne Angabe von Gründen fern blieb. Ohne ein Indiz, das ihn mit den Morden an den Nachbarn in Verbindung brachte, blieb das plötzliche Verschwinden aus seiner Heimatstadt rätselhaft. Hinzu kam, dass es keine Fälle mit einem ähnlichen Muster oder vergleichbaren Umständen gab. Aber was, wenn er Chloé manipuliert, zu einem ausführenden Instrument gemacht und sie nach vollbrachter Arbeit einfach getötet hatte? Je mehr man diese Möglichkeit beleuchtete, desto klarer wurde, dass es ein verzweifelter Versuch war, den schrecklichen Vorfällen einen Sinn zu geben.

Die forensischen Fakten lieferten keine Antworten, die einen Durchbruch in greifbare Nähe rücken ließen. Man drehte sich im Kreis. Es war, als jage man ein Phantom. Und eine solche Jagd war es möglicherweise auch, denn nur einen Tag nach der grausigen Entdeckung auf dem Dachboden fand man Valis Leiche.

Kapitel 3

Der Tod im Wald

Draußen wurde es langsam hell. Sark saß bereits vor seinem Laptop und sichtete die Fotos, die man ihm zugespielt hatte. Sie zeigten ein Waldgebiet, das durchzogen war von großen und kleinen Felsen, fast alle moosbewachsen. Am Boden erkannte er zudem knochiges Wurzelwerk. Die Bilder erinnerten ihn unweigerlich an den Aokigahara in Japan.

Über diesen Wald hatte er vor längerer Zeit eine Dokumentation gesehen. Er konnte verstehen, weshalb es Leute in das Gebiet zog, sie dort nachdachten und sich in vielen Fällen letztendlich das Leben nahmen. Es musste so befreiend sein, im Kopf den Schalter umzulegen, sich dem Unausweichlichen zu stellen und den letzten Schritt zu gehen. Ihm fehlte dazu aktuell noch der Mut.

Auf lange Sicht betrachtet, welche Wahl hatte er schon? Da sank vom Staat gesteuert konstant das Bildungsniveau, neue Kleidung war wichtiger als ein Buch und jeder dachte, er sei der Mittelpunkt der Welt, die ihm zu Füßen lag, nur um sich letztendlich auch so aufzuführen. Hinzu kam, dass die Vernetzungen von Politik und Wirtschaft so tief gingen, dass man nicht einfach ein Messer nehmen und alles trennen konnte. Konsum, Wettbewerb und Macht, alles zusammengehalten und gesteuert durch Geld. Er durfte gar nicht darüber nachdenken, wie alles von Großkonzernen zerstört wurde, denn das würde nur die Frage aufkommen lassen, weshalb es eigentlich nicht mehr Öko-Terrorismus gab. Es starben immer wieder Menschen wegen einer nicht greifbaren Sache namens Glauben, aber niemand zog los und lief Amok mit dem Ziel, verantwortliche Aufsichtsräte, Minister und deren hörige Gefolgschaft ins Jenseits zu befördern. Stattdessen wurde diskutiert. Aber es war längst zu spät: Das Schiff war auf Grund gelaufen und dabei leckgeschlagen. Und mit der nächsten Flut, die unweigerlich kommen würde, wäre alles vorbei. Man konnte praktisch nur in die Welt ziehen, irgendwo ein halbwegs unberührtes Stück Natur suchen und sich dort zur ewigen Ruhe betten, und sei es nur für die Gewissheit, diesen Irrsinn nicht einmal mehr dadurch zu unterstützen, indem man atmete.

Vielleicht sollte er aufhören, seinen persönlichen Problemen Aufmerksamkeit zu schenken und sich lieber mit größeren Aufgaben befassen. Wie etwa mit dem Bau einer Bombe. Oder einen Politiker anfallen und dabei rufen, dass es nun Zeit ist, aufzuwachen und sich gegen die großen Systeme aufzulehnen. Aber wer würde seinem Beispiel schon folgen? Die Leute waren doch tief in ihrem Inneren zu bequem. Davon konnte er sich selbst nicht einmal völlig freisprechen, denn auf manche Annehmlichkeiten wollte er ebenfalls nicht verzichten. Am Ende wäre seine Errungenschaft ein Artikel in einer Zeitung, der für jeden darlegte, dass er ein frustrierter Versager war, den seine Frau verlassen hatte und der seine Aggressionen und den Alkoholkonsum nicht unter Kontrolle hatte. Das gezeichnete Bild würde seinen Plan zunichtemachen, einer Bewegung Leben einzuhauchen, um Dinge zu verändern und die Macht zurück in die Hände von denkenden und pflichtbewussten Menschen zu legen. Leute mochten Dramen vermutlich mehr als Selbstreflexion. Am Ende war Habgier die Wurzel allen Übels, und diese reichte bis hinab zu den Resten der ersten Menschen, aus deren Knochen sie noch immer Kraft gewann. Es war alles so aussichtslos. Es blieb wirklich nur die Suche nach einem schönen Baum, um sich daran zu erhängen.

Sark bemerkte das Abgleiten seiner Gedanken und schaute nach links, wo die aufgehende Sonne hinter den Fensterscheiben damit begonnen hatte, ihre goldorangen Strahlen in den Morgen zu schicken, um die restlichen Schatten zu vertreiben. Am dunkelblauen Himmel sah er die letzten Fetzen der Wolken, die der Sturm der letzten Nacht zerrissen hatte, einige dunkelgrau, andere weiß oder lichtgeküsst rosarot brennend.

Sark stand von der Couch auf, ging in die Küche und kochte sich einen Kaffee. Mit einer zerknickten Zigarette im Mundwinkel lief er zur Balkontür, öffnete sie und trat in den angenehm frischen Morgen. Er stellte die Tasse auf den kleinen Tisch aus Metall, der neben der kleinen Couch stand, die einen Großteil der Balkonfläche einnahm, und überblickte die Stadt. In der Ferne erhoben sich die Gebäude, Schornsteine, Kräne und Eisenkonstruktionen des Industriegebiets. Die Häuser wirkten beinahe wie Scherenschnitte, die sich dunkel vom Sonnenlicht im Hintergrund abhoben. Rechts lag der große Hafen mit seinen Lagerhallen. Trotz der Entfernung konnte Sark die Geräusche der Fahrzeuge und Maschinen hören.

Ob es ein heißer Tag werden würde? Die Wohnung in einem Hochhaus war nie seine erste Wahl gewesen, aber sie war billig und an warmen Tagen noch immer besser gelegen als all jene in den Straßen, zu denen sich mitunter nicht einmal der Wind verirrte. Über ihm gab es zwei weitere Etagen, aber er war sich nicht einmal sicher, ob dort überhaupt jemand wohnte.

Er war schon oft mit dem Vorsatz auf den Balkon getreten, es endlich hinter sich zu bringen und einfach zu springen. Doch bisher hatte er stets kehrtgemacht und den Schritt aufgeschoben, nicht verworfen. Dieser Tatsache war er sich durchaus bewusst.

Vor seinen Augen verband sich der Zigarettenqualm mit dem Rauch der hohen Schornsteine. Er fröstelte. Es fühlte sich angenehm und belebend an.

Nach einem Schluck Kaffee rauchte er fertig, warf die Kippe in ein Marmeladenglas mit etwas Wasser, holte den Laptop aus dem Wohnzimmer und nahm auf der kleinen Couch Platz, um die Fotos weiter zu studieren. Hin und wieder schloss er die Augen, um das wärmende Licht der Sonne zu genießen, das sein blasses, unrasiertes Gesicht berührte.

Was er den einzelnen Aufnahmen und mehreren Protokollen entnehmen und zu einem Gesamtbild zusammenfügen konnte, sah so aus: Vali war mit Chloés Wagen in ein ausgedehntes Waldgebiet gefahren, hatte dort auf einem Parkplatz eine Vollbremsung gemacht und war aus dem Auto gestiegen. Er hatte weder den Motor abgestellt noch die Tür hinter sich zugeschlagen, ehe er in den Wald gelaufen war. Das legte nahe, dass er vor jemandem flüchten wollte.

Als am nächsten Morgen ein älteres Ehepaar den Parkplatz erreichte, um in der Umgebung Pilze zu sammeln, war der Motor bereits mangels Benzin verstummt. Da es dort in der vorangegangenen Nacht seit über zwei Wochen erstmals nicht geregnet hatte, war das Fahrzeug komplett trocken, und das wiederum sagte den Ermittlern, dass zwischen Chloés Tod und dem Fund ihres Autos nicht nur knapp 630 Kilometer lagen, sondern auch drei Tage. Die Unterlagen erwähnten in diesem Zusammenhang erneut, dass man Chloés Leiche erst zwei Tage nach ihrem Tod fand. Somit war es einerseits Glück, dass Vali in diesem Zeitfenster nicht untergetaucht war, andererseits ein Rückschlag, da er nun keine Fragen mehr beantworten konnte. Leider gab die Entwicklung zudem der Theorie mehr Raum, dass es weitere Beteiligte gab.

Im Kofferraum stellte man eine Einkaufstüte aus Plastik mit blutiger Kleidung sicher. Das Blut stammte ausschließlich von Chloé.

Valis Leiche wurde mittels Spürhunden entdeckt, etwa vier Kilometer vom Parkplatz entfernt, inmitten einer weitläufigen Felsformation: Zahllose große und kleine Felsen ragten von Moos bedeckt unterschiedlich hoch auf, teils getrennt von Spalten, in denen man bei einem ungeschickten Schritt durchaus mit dem Fuß hätte stecken bleiben können. Die Oberfläche der Felsen war glatt, als hätte sie ein gigantischer Strom in Urzeiten von jeder Unebenheit befreit. Den ersten Erkenntnissen zufolge war Vali ausgerutscht, mit dem Kopf auf einen der Steine geprallt und tot seitlich in eine der Spalten gerutscht. Aktuell deutete nichts auf eine Fremdeinwirkung hin. Die einzige Spur, die es gab, waren Kratzer an Valis Händen und Unterarmen. Diese stellten eine Verbindung zu Chloé dar, denn unter ihren Fingernägeln fanden die Ermittler entsprechende Hautpartikel und getrocknetes Blut und damit den Beweis für eine stattgefundene Auseinandersetzung.

Sark trank den Rest des mittlerweile kalten Kaffees und überlegte. Dass es Vali in den drei Tagen lediglich 630 Kilometer weit geschafft hatte, eröffnete zwei Möglichkeiten: Entweder war er mehr oder minder ziellos durch die Gegend gefahren oder er hatte sich zwischenzeitlich irgendwo versteckt.

Wer hatte ihn verfolgt und dazu bewogen, Hals über Kopf in den Wald zu rennen? Jemand, der Chloé bei den Morden geholfen hatte? Vielleicht war Vali hinter die Sache gekommen, hatte Chloé zur Rede gestellt und getötet, als die Situation eskalierte. Möglicherweise war die unbekannte Person zu dieser Zeit sogar im Haus oder in der Wohnung. Wie sonst hätte jemand Vali nach dessen Flucht aufspüren und verfolgen können? Handelte es sich um einen oder mehrere Mitwisser? Wollte man mit Vali einen Risikofaktor beseitigen? Man fand keinen Hinweis auf einen Beifahrer, obwohl das gut ins Bild gepasst hätte: Es kam spontan zu einem Streit, Vali hielt und eilte in den Wald.

Nun hatten sie mehrere Leichen, darunter leider auch die bisher einzigen Personen, die mit den Geschehnissen auf dem Dachboden in Verbindung zu bringen waren. Eine sehr schlechte Ausgangsposition. Aber vielleicht ließ sich etwas Brauchbares in den Daten der Laptops finden, die Sark in der Wohnung gesehen hatte.

Mit diesem Gedanken verfasste er eine E-Mail.

Zwischenspiel

Der Atem des Teufels

Sark beobachtete aus dem Mietwagen heraus, wie der Mann mit einer jungen Frau an seiner Seite das Hotel betrat. Er schaute zur Sicherheit ein weiteres Mal auf das Foto, das neben ihm auf dem Beifahrersitz lag. Er stopfte die Unterlagen in das Handschuhfach und klappte es zu. Dann prüfte er den Sitz der Pistole, des Kampfmessers und seines Teleskopschlagstocks und stieg aus dem Auto. Er sah sich unmerklich aus den Augenwinkeln heraus um und überquerte die Straße. Ein Blick auf die Armbanduhr verriet ihm, dass es kurz nach 20 Uhr war. Das goldene Licht der einsetzenden Dämmerung warf lange Schatten. Ein lauer Wind ließ die Kronen der Bäume, welche die Straße säumten, leicht raunen. Es waren kaum Leute unterwegs. Ein junges Pärchen lief Hand in Hand am Eingang des Hotels vorüber; die zwei lachten über irgendetwas.

Sark löste die schief sitzende Krawatte mit ihrem schlechten Knoten, nahm sie ab und steckte sie in die Tasche seines Jacketts. Dann drückte er die Schwingtür des Hotels auf und betrat die kleine Empfangshalle.

Der Portier sah von seiner Arbeit hinter dem Tresen auf. Man kannte sich. Sark erlangte die Informationen gekonnt ohne viele Worte. Ein Geldschein stellte zudem sicher, dass die Sache diskret ablief und bereits vergessen war, als er die Treppe betrat und die Stufen nahm, deren dicker, weicher Teppich die Schrittgeräusche fast vollständig schluckte.

In der vierten Etage angekommen, hielt er auf dem Treppenabsatz inne und lauschte. Eine der Türen wurde abgesperrt. Er trat auf den Gang, schaute nach links und rechts, orientierte sich anhand der Zimmernummern und steuerte Nummer 408 an. Er prüfte den Sitz seines Jacketts, um sicherzustellen, dass das Schulterholster mit der Pistole so wenig zu sehen war wie der Teleskopschlagstock seitlich am Gürtel. Schließlich klopfte er an die Tür, doch nichts geschah. Er klopfte erneut, diesmal etwas kräftiger.

Es dauerte einige Sekunden. Dann rief der Mann im Raum mit sichtlich genervter Stimme: „Ja?!"

„Es gibt ein kleines Problem", antwortete Sark. „ Ihnen wurde ein falsches Zimmer berechnet."

„Kann das nicht bis morgen warten?"

„Sagen Sie das mal dem Hotelmanager, der sitzt uns im Nacken und wartet nur auf solche Fehler." Sark lachte. „Vielleicht kennen Sie das ja."

„Das ist jetzt wirklich ungünstig!"

„Es wird nicht lange dauern", beteuerte Sark. Er hoffte, dass der ausgeworfene Köder angenommen wurde; er wollte nicht extra die Tür eintreten. „Eine Unterschrift, Sie bekommen etwas Geld zurück und ich bin wieder weg."

Sark hörte, wie die Tür aufgesperrt wurde. Sie öffnete sich.

Genervt ausatmend erschien das Gesicht der Zielperson in Sarks Blickfeld.

„Wo muss ich denn unterschreiben?" fragte der Kerl, der die Tür nur einen Spalt weit geöffnet hatte und so den Blick auf den Raum dahinter blockierte. Er trug nur eine Jeans, deren Gürtelschnalle offen war.

Ehe der Mann registrierte, dass er in eine Falle getappt war, verpasste Sark ihm einen Handballenschlag mitten ins Gesicht und setzte mit einem frontalen Tritt in den Unterleib nach.

Der Mann, blind von den tränenden Augen, hielt sich die gebrochene Nase und taumelte schmerzgekrümmt rückwärts in den Raum.

Sark zückte den Teleskopschlagstock, der klickend zu seiner kompletten Größe wuchs, betrat das Zimmer und schlug dem Mann in den Leberbereich und auf den rechten Oberschenkel. Er warf die Tür hinter sich zu, ohne den Blick von dem Mann zu nehmen, dessen Blut Kleidung und Boden befleckte.

Sark überblickte in Bruchteilen einer Sekunde die Szene: Im leeren Badezimmer brannte Licht, der Zimmerschlüssel lag auf dem kleinen Tisch bei den Fenstern und am Fußende des Doppelbetts, das rechts vor der Wand stand, kniete die junge Frau mit entblößtem Oberkörper.

Der Atem des Teufels. Seit Wochen wurde das Zeug unter Dieben und Vergewaltigern in der Stadt immer beliebter. Sark sah die Vermutung, dass die Droge auch hier zum Einsatz gekommen war, bestätigt: Die Frau war nichts weiter als eine willenlosen Marionette.

„Leg' ihn um!" brüllte der Mann und zückte dabei ein kleines, gekrümmtes Kampfmesser. Er spürte deutlich, dass es um alles ging, und genau das verlieh ihm neue Kraft.

Kollegen hätten den Kerl als unberechenbar eingestuft, aber nicht Sark. Er hatte genug gesehen und erlebt, um sich in dieser Situation nicht aus der Ruhe bringen zu lassen.

Die junge Frau – Anfang, höchstens Mitte 20 – stand auf. Der Mann hob die Klinge und positionierte sich so, dass die Frau zwischen ihm und Sark war. Sie trat nach Sark und kam kreischend wie eine Furie auf ihn zugesprungen, doch er wich seitlich aus und versetzte ihr mit dem Schlagstock einen Hieb gegen den Kopf, woraufhin sie aus ihrer Bewegung heraus bewusstlos zusammenbrach und mitten im Raum liegen blieb.

Der Mann trat die Stühle am Tisch zur Seite, um Platz zu schaffen. „Was willst du, du Wichser?" Er wischte sich das Blut, das aus der Nase rann, am Unterarm ab. Es war zwecklos, denn direkt kam neues Blut nach, beinahe wie Wasser.

Sark reagierte gar nicht auf die Frage und griff mit der linken Hand in die Tasche seines Jacketts und holte ein Smartphone hervor. Er hob das Gerät, um wählen zu können, ohne den Kerl aus den Augen zu lassen. Dieser spielte offensichtlich Möglichkeiten durch, sich aus dieser Lage zu befreien, denn er sah sich um und versuchte dabei vergeblich, sich nichts anmerken zu lassen. Ob er es auf einen Wurf mit dem Messer ankommen lassen würde?

Das Gespräch wurde angenommen. „Ich habe ihn." Sark gab den Namen des Hotels und die Zimmernummer durch und beendete das Telefonat. Er steckte das Smartphone ein.

Der Mann wusste, dass die Zeit knapp wurde. Deshalb ging er mit dem Messer voran brüllend auf Sark los. Sark tauchte seitlich ab und versetzte dem Mann einen Schlag mitten ins Gesicht. Das Ende des Teleskopschlagstocks ließ Zähne splittern und spaltete die Oberlippe. Der Kerl ließ das Messer fallen. Er ging zu Boden. Sark setzte mit gezielten Schlägen auf die Schultern, den Rücken und die Nieren nach, während er das Messer unter das Bett trat. Der Mann rollte sich zusammen und hielt schützend die Arme über den Kopf.

„Ich werde dir jeden Verrückten der Stadt auf den Hals hetzen!" schrie der Mann. Durch die Verletzungen klangen die Worte feucht und undeutlich.

„Hoffentlich hältst du dein Wort", sagte Sark und trat mit seinen Stahlkappenstiefeln nach dem Mann. Er hörte, wie Knochen brachen. „Die Versager suchen nämlich immer das Weite."

Die Ruhe in der Stimme und der Ton, welcher der einer beiläufigen Äußerung war, verrieten dem Mann mehr über Sarks Innenleben, als dieser sich selbst eingestand. Er wusste, dass das Spiel vorbei war. Und er bedauerte zutiefst, dass der Übergriff jetzt stattgefunden hatte. Wie gerne hätte er sich hier einige Stunden ausgetobt. Das wäre ein schöner Abschied von seiner Freiheit gewesen.

Sark versetzte dem Mann noch einen Hieb in die Nierengegend und ließ dann von ihm ab. Er zog die Decke vom Bett und bedeckte damit den Oberkörper der bewusstlosen Frau, damit sie nicht halbnackt vor den Polizisten liegen würde, die auf dem Weg zum Hotel waren.

Der Mann kroch wie ein verwundetes Tier in die Ecke zwischen Schrank und Fenster und blieb dort gekrümmt hocken. Er hielt sich die Seite und beobachtete jede Bewegung, die Sark machte. Durch den großen Spalt in seiner Oberlippe lagen Reste der Schneidezähne frei, die in all dem Blut nur noch zu erahnen waren.

„Du hast wirklich keine Ahnung, mit wem du dich hier anlegst", begann der Mann und tastete mit dem Zeigefinger den Mund ab. Der Schmerz ließ seine Hand zurückweichen. „Ich kenne viele Leute."

Sark betrachtete die junge Frau. Sie atmete ruhig. Dann sagte er: „Ich auch. Einige davon warten auf frisches Fleisch. Und keine Sorge, bevor du deine Zelle beziehst, wird schon jeder wissen, was für ein Genie du bist."

Es klopfte an der Tür. Ein Polizist, den Sark an der Stimme erkannte, bat um Einlass.

Sark, der den Teleskopschlagstock bereits weggesteckt hatte, lief seitlich zur Tür, um dem Kerl keinesfalls den Rücken zuzukehren, und öffnete.

„Wo ist er?" fragte der Mann im Anzug. Hinter ihm standen zwei Polizeibeamte in Uniform.

Sark machte den Männern Platz. „Da hinten."

Als der Polizist im Anzug den Raum betrat und die Szene sah, warf er Sark einen ernsten Blick zu. „Was soll die Scheiße? Seyler wird ausrasten!"

„Die Kleine wird nichts wissen und er hat sich gewehrt", sagte Sark, ohne weiteren Kommentar. Dann trat er hinaus auf den Flur. Hinter sich hörte er das Klicken der Handschellen und wie einer der Beamten einen Krankenwagen anforderte. Er sah auf seine Uhr und lief Richtung Treppe.

„Warte!" rief der Mann im Anzug.

Sark blieb stehen und drehte sich um.

„Gute Arbeit", sagte er anerkennend. „Aber du musst wirklich etwas gegen deine Aggressionen tun, das wird immer schlimmer."

„Möglich", entgegnete Sark gleichgültig.

„Irgendwann sterben noch Unbeteiligte."

„Ich weiß." Damit wandte sich Sark ab und ging.

Kapitel 4

Woher hätte Sark wissen sollen, dass die Wahl des Kerls an jenem Tag ausgerechnet auf die Tochter eines relativ einflussreichen Politikers fiel? Und
nur, weil er ihr eine Gehirnerschütterung verpasst hatte, setzte der Herr Vater
offenbar nun einiges daran, ihm das Leben schwer zu machen. Wie es überhaupt zu dem Treffen der beiden kommen konnte, welche möglichen fami-
liären Probleme es im Vorfeld gab, das fragte niemand; es interessierte auch
nicht. Sark war der gefundene Sündenbock, auf den alles projiziert wurde.
Dabei sollte der Politiker Sark dankbar sein, dass seine Tochter noch lebte.
Aber so waren nun einmal nicht die Regeln bei den kleinen und großen
Machtspielchen, das war Sark durchaus bewusst, dennoch fand er es lächerlich. Er hatte den Namen des Politikers schnell herausgefunden – Arnio Kerns
–, aber ein Besuch hätte die Sache nur verschlimmert. Er widerstand diesem
Drang, ein Zeichen dafür, dass sich seine geistige Zurechnungsfähigkeit doch
noch nicht völlig im Alkohol aufgelöst hatte. Und währenddessen schwiegen
sich die Zeitungen zu dem Thema aus. Es wurde nur berichtet, dass der Kerl
verhaftet wurde, nachdem er seit geraumer Zeit sein Unwesen getrieben und
insgesamt 19 junge Frauen missbraucht und misshandelt hatte. Eine von ihnen
war sogar an den ihr zugefügten Verletzungen gestorben. Doch all das hatte
nun glücklicherweise ein Ende. Ehrenwerter Sark. Und niemand richtete den
Scheinwerfer auf ihn.
   Sark wusste, dass er rücksichtslos alles daran setzen würde, jeden aufzuspüren und unter die Erde zu bringen, der auch nur versuchte, Anna etwas Derartiges anzutun.
   Anna. Sie war mittlerweile 15 und längst nicht mehr das kleine Mädchen,
das er meist sah, wenn er an sie dachte. Seit Mara ihn verlassen hatte – Anna
war damals 7 –, bekam er ihre Entwicklung nur noch bruchstückhaft mit. Zum
einen lag das an der Distanz von etwa 9 Autostunden, zum anderen an mehreren Verfehlungen seinerseits, in erster Linie Rückfälle und gebrochene Versprechen und Vorsätze.

Mara hatte vor einigen Jahren wieder geheiratet, einen ihrer Arbeitskollegen. Sie lebten in einem schönen Vorort und besaßen ein kleines Haus mit Garten und Pool. Welch idyllisches Familienleben, etwas, das für ihn so weit weg war und zugleich unvorstellbar. Es gab nie böses Blut zwischen Mara und ihm. Sie hatte Sark schlichtweg aufgegeben. Sie wünschte ihm nichts Schlechtes, das wusste er. Sie war aber auch der Ansicht, und daraus machte sie kein Geheimnis, dass er sein Leben weggeworfen hatte, zumindest einen Teil davon. Völlig falsch lag sie damit nicht. Und er rechnete es ihr hoch an, dass sie ihm nicht vorhielt, auch ihr Leben verschwendet zu haben. Er hatte stets für seine Familie gesorgt und ihnen im Rahmen seiner Möglichkeiten gezeigt, dass er sie liebte. Doch irgendwann hatte seine Aura damit begonnen, Gift zu verströmen, ein Gift, das Mara nicht länger hatte erdulden können; wie ein nerviges Jucken an einer Stelle auf dem Rücken, die man nur schwer erreicht. Sie musste ja auch an Anna denken. Er verstand das. Und trotz allem war er irgendwie dankbar, dass sie die Reißleine gezogen und ihn verlassen hatte, denn so konnte Anna in einer besseren und vor allem freundlicheren, positiveren Umgebung aufwachsen.

Anna hatte das alles damals nicht verstehen können, wie auch, und natürlich hatte sie später auch ihre Phasen, in denen sie nicht mit ihm am Telefon sprechen oder ihn sehen wollte, aber mittlerweile realisierte sie, dass er trotz seiner Fehler stets versucht hatte, nicht so sein, wie die Väter einiger Freundinnen, die einfach ausgezogen waren und sich, wenn überhaupt, nur mit einer lieblosen Weihnachtskarte meldeten. Als sich Mara von ihm trennte, überwies er jeden Monat einen Großteil seines Einkommens, was sie nach ihrer zweiten Heirat jedoch nicht mehr wollte. Sie waren daher übereingekommen, für Anna ein Konto anzulegen, und auf dieses ging nach wie vor jeden Monat ein nicht geringer Betrag, der sie später bei einem Studium oder einer Ausbildung, der ersten Wohnung, dem eigenen Auto oder bei der Wunschreise in ferne Länder unterstützen sollte. Bis zur Volljährigkeit würde Anna davon nichts erfahren.

Mit Maras Mann hingegen kam Sark gar nicht klar. Er hasste ihn nicht, aber sie hatten keinerlei Gemeinsamkeiten. Und irgendwie war das auch gut so, denn das bedeutete mehr Sicherheit und ein besseres Umfeld für Anna. Das war alles, was zählte.

Wenn Sark über diese Dinge nachdachte, erkannte er den Wandel, der die Welt unaufhörlich formte. Nur er blieb wie versteinert auf der Stelle. Nach der Trennung hatte er mehrere Affären, aber nie etwas von Dauer oder gar Bedeutung. Irgendwann wurden ihm die zwischenmenschlichen Verpflichtungen zu anstrengend und er begnügte sich mit dem einen oder anderen Gefallen der Frauen aus dem Rotlichtmilieu, die er durch seine Arbeit kannte und denen er auch nach wie vor half, wenn es beispielsweise Probleme mit Freiern oder einem Zuhälter gab. Mittlerweile hatte er selbst an ihren Diensten kein Interesse mehr. Er war sich nicht sicher, ob es eine Art der Selbstgeißelung war oder der Versuch, sich immer weiter aufzulösen und sämtliche Verbindungen zu

Menschen, so oberflächlich oder innig sie auch sein mochten, im Sande verlaufen zu lassen, um letztendlich irgendwo in Ruhe zu sterben und nicht einmal eine Träne zu kosten.

Niemand brauchte ihn. Mara war versorgt und Anna längst nicht mehr in einem Alter, wo sie darauf angewiesen war, dass er ihr Essen kochte, die Haare wusch oder Socken anzog. Sie war selbstständig und er überflüssig, nicht mehr nötig für ihr Überleben. Aber das war gut, oder? Das zeigte doch, dass sie bisher nicht auf die schiefe Bahn geraten war, etwas, das ihr in ihrem alten Umfeld eventuell widerfahren wäre. Anna hieß es nicht gut, dass er damals so viel getrunken hatte, auch nicht, dass er nach wie vor seine Probleme mit Alkohol bekämpfte, aber sie verstand den Preis seiner Arbeit. Er zerstörte sich und sein Leben für das Wohl anderer und für die Gerechtigkeit, sofern es so etwas überhaupt gab. Das waren nicht Sarks Worte, sondern Annas. Er befand sich nur in einem grauen, stinkenden Sumpf, aus dem es kein Entrinnen gab, in einer Welt, die er sich selbst geschaffen hatte.

Immerhin wusste er, dass Schwarz nicht mehr Annas Lieblingsfarbe war. Sie hatte ihm letztens ein Foto auf das Smartphone geschickt, offenbar nicht von ihr selbst aufgenommen. Darauf hatte sie knallrote, halblange, nach allen Seiten hin abstehende Haare und trug zerrissene Jeans, ausgetretene, braune Lederschuhe, einen grünen Schal, einen gelben Pullover und einen halblangen, leichten Mantel in Dunkelgrau, der auch schon bessere Zeiten gesehen hatte. So etwas konnte er noch verarbeiten, denn es fiel ihm generell schwer, den Themen der Jugend zu folgen. Aber wer konnte das ab einem bestimmten Alter schon? Er freute sich jedoch immer darüber, etwas von ihr zu erfahren, die Dinge, die er in ihrem Leben verpasste und die sie mit ihm zu teilen bereit war.

Wenn sie ihn besuchte, war es für Sark ein Hauch von Normalität, für Anna hingegen eine Pause von all den wichtigen und unwichtigen Dingen, mit denen ihr Leben gefüllt war. Bei ihm konnte sie im Schlafanzug auf der Couch sitzen und den ganzen Tag ungeschminkt draußen herumlaufen, etwas, das im größten Teil ihres Freundeskreises nicht unkommentiert geblieben wäre.

Er rechnete es Mara hoch an, dass sie ihm den Kontakt zu Anna nicht völlig verwehrt hatte. Sie hätte es tun können, keine Frage, aber vermutlich wusste sie genau, dass ein solcher Entschluss der finale Dolchstoß für Sark gewesen wäre.

Und nun spielte er trotzdem hin und wieder mit dem Gedanken, alles zu beenden. Diese Phantasie hatte allerdings auf ihre Art etwas Gutes, denn sie gab ihm zumindest kurzzeitig das Gefühl, doch noch die Kontrolle über sein Leben zu besitzen.

Kapitel 5

a r t   b r u t

An Sarks Vorgesetztem vorbei erhielt er weitere Daten – Berichte und Fotografien. Dabei erfuhr er, dass die Ermittlungen mehr oder minder zum Still-
stand gekommen waren, nachdem feststand, dass die Leichen auf dem Dachboden in der Tat die Mitbewohner des Hauses waren. In Valis Körper fand
man keine auffälligen Substanzen und sein Tod wies nicht ein Indiz auf, das
gegen einen Unfall sprach. Zudem gab es keine Hinweise auf eine unbekannte
Person, vor der Vali möglicherweise in den Wald geflüchtet war. Zwar stand
die Theorie im Raum, dass das Verlassen des Fahrzeugs eine Affekthandlung
war und er sich irgendwo das Leben hatte nehmen wollen, aber dafür mehrere
Kilometer durch unwegsames Gelände laufen, machte nicht viel Sinn. Zu allem Überfluss ergaben sämtliche Befragungen nichts Hilfreiches. Es wurde
weder eine unbekannte Person dabei beobachtet, wie er oder sie das Haus betrat oder sich in der Nähe aufhielt, noch konnten Freunde und Bekannte von
Vali und Chloé Angaben machen, mit denen sich die letzten Tage des Paares
verlässlich rekonstruieren ließen. Fest stand, dass die Nachbarn innerhalb
mehrerer Tage und nicht kurz hintereinander getötet wurden, was die Frage
aufwarf, ob Vali nicht doch daran beteiligt gewesen war, auch wenn es keine
eindeutigen Spuren gab, die das belegten. Ebenso unklar blieb, ob er von
alledem etwas mitbekommen hatte. Er war offenbar keiner neuen Tätigkeit
nachgegangen, seit er vor Wochen seine alte Stelle ohne Kündigung verlassen
hatte. Dass er in dieser Zeit nicht faul auf der Couch gesessen hatte, legten die
Daten nahe, die Sark durchging, doch einen Reim konnte er sich zunächst
nicht darauf machen.

Je mehr er über den Fall nachdachte, desto bewusster wurde ihm, dass er
wohl die einzige Person war, die Chloé ihren Frieden schenken konnte. Über
kurz oder lang würden die Akten immer tiefer im Archiv verschwinden, bis
die Erinnerung an sie nichts weiter war als der Staub auf den Kartons. Alle
beteiligten Personen waren tot und die Lebenden konnten keine nützlichen
Informationen liefern. Tief im Inneren spürte er, dass die noch andauernden

Untersuchungen von Spuren und DNA letztendlich in einer Sackgasse enden würden. Positiv hingegen war, dass er bei seinen Nachforschungen Seyler aus dem Weg gehen konnte. Und es bestand nicht das Risiko, die Tochter eines Politikers bewusstlos zu schlagen – zumindest hoffte er das.

Als Sark mitten in der Nacht aus einem Alptraum erwachte, einem Leiden, das ihn seit Jahren in unregelmäßigen Abständen heimsuchte, war an Schlaf nicht mehr zu denken. Deshalb zog er seinen Bademantel an, griff sich ein Starkbier und setzte sich auf die Couch auf dem Balkon. Er hörte die Sirene eines Krankenwagens irgendwo in der Nähe.

Alpträume. Er konnte ihnen nur mit Alkohol begegnen, denn dieser ließ ihn nicht nur vergessen, er minderte auch die Wahrscheinlichkeit des Träumens. Er konnte vor der Vergangenheit nicht fliehen, aber er konnte zwischen sich und die Bilder einen Schleier spannen, eine nebelige Wand, die zumindest kurzzeitig Linderung versprach.

Er überlegte, ob er eine Zigarette rauchen sollte, während er die wenigen Sterne betrachtete, die sich der Lichtverschmutzung widersetzen konnten. Je größer die Städte wurden, desto leerer wurde der Himmel.

Nach ein paar Schluck stand er auf, lief zurück ins Wohnzimmer und schaltete den Laptop ein, um sich den neuen Daten zu widmen. Das war eine bessere Beschäftigung als sinnloses Rauchen und ein Streifzug durch seine Gedanken; es lenkte ihn ab.

Er wusste bereits, dass sich Vali mit art brut befasst hatte, denn es wurden entsprechende Links zu einer Vielzahl von Quellen im Internet auf seinem Laptop gefunden. Ob das eine Parallele zu den Geschehnissen auf dem Dachboden war, konnte er nicht sagen – und nicht ausschließen, denn einige der Zeichnungen und Plastiken, die Sark bei den Nachforschungen sah, erinnerten durchaus an die Fotos vom Tatort.

Sark ließ sich die Lesezeichen des Internetbrowsers nach ihrem Erstelldatum sortiert anzeigen und verfuhr auf die gleiche Art mit dem Verlauf aller besuchten Links. Dabei wurde klar, dass Vali vor Wochen kurze Videos und längere Dokumentationen zum Thema art brut sah, was danach immer häufiger Gegenstand seiner Online-Aktivität wurde. Vielleicht hatte ein Bericht, auf den er zufällig gestoßen war, sein Interesse geweckt. In seinem Freundes- und Bekanntenkreis und in seiner Familie galt er als ruhig, höflich und ausgeglichen. Er hatte seit seiner Jugend fotografiert und offenbar geplant, einen Bildband in Eigenregie zu veröffentlichen und sich so einen kleinen Traum zu erfüllen. Es gab außer den teils grotesken Bildern, die sich hinter den Links verbargen, absolut nichts, das darauf hindeutete, dass er etwas mit den Morden auf dem Dachboden zu tun haben könnte; gleiches traf theoretisch auch auf Chloé zu, nur dass man sie mit den Taten direkt in Verbindung bringen konnte. Es gab nicht nur Spuren an den Leichenteilen und den Werkzeugen, sondern auch Blut und kleine Geweberückstände an den Sohlen ihrer Schuhe.

Zudem fand man einzelne Haare von zwei Opfern im Wäschesack und zahlreiche, mit dem bloßen Auge nicht sichtbare Blutrückstände im Treppenhaus, auf dem Boden ihrer Wohnung und im Badezimmer.

Sark las die letzten Zeilen des Berichts.

Er zuckte zusammen, als er im rechten oberen Augenwinkel eine Bewegung im Türbereich der dunklen Küche ausmachte. Er bekam eine Gänsehaut.

War es wieder einer dieser Momente, in denen Träume ihre Klauen in sein Wachen schlugen? Er kannte es bereits: Entweder hörte er hin und wieder Geräusche, die nicht da waren, oder er sah Schemen und Bewegungen, in die er etwas Falsches hineininterpretierte. So wurde der Schatten eines Vogels, der morgens auf der Balkonbrüstung saß, schnell zu einer Hand, mit der sich etwas nach oben ziehen wollte. Ob es am Alkoholkonsum lag, an den vielen Jahren bei der Polizei oder an einer Kombination aus beidem, konnte er nicht sagen. Er hätte einen Experten aufsuchen können, doch hielt ihn die Angst vor einer Diagnose ab. Sein Glück war auch, dass er sich stets durch die dienstlichen Untersuchungen mogeln konnte. Es ging dabei weniger um die Meinung der anderen – viele hielten ihn ohnehin für verrückt –, es ging um ihn. Wenn er offiziell als geisteskrank eingestuft werden würde, wäre das eine Katastrophe. Der Verlust seiner Stelle wäre das geringste Problem, er konnte zur Not krumme Geschäfte machen, um an Geld zu kommen. Ihm grauste es vor der Möglichkeit, dass Mara ihm gerichtlich den Umgang mit Anna verwehren könnte. Und welche 15-Jährige brauchte schon einen offiziell durchgedrehten Vater?

Er wusste, dass alles vergänglich war, so vergänglich wie seine Träume, die ihn nachts aufschrecken ließen, aber tagsüber normalerweise keine Macht besaßen. Deshalb hatte er sich in den vielen Jahren irgendwie daran gewöhnt, hin und wieder daran erinnert zu werden, dass mit ihm etwas nicht stimmte.

Sark stand auf und lief zur Küche, die neben dem Schlafzimmer links im Flur lag, an dessen Ende er die verschlossene und mit der Vorhängekette gesicherte Wohnungstür sah. Auf der rechten Seite befanden sich Badezimmer und Abstellkammer. Er schaltete das Licht in der Küche ein und schaute sich um.

Was hatte er überhaupt gesehen? Er strich sich durch die zerzauste Frisur, denn es kam schon vor, dass ein einzelnes Haar, das im Augenwinkel hing, zu einem vermeintlichen Leuchten, einem Funkeln in der Luft wurde und ihn so täuschte. Und obwohl es dafür keinen sachlichen Grund gab, prüfte er die anderen Räume und ließ überall das Licht brennen. Anschließend setzte er sich wieder auf die Couch vor den Laptop.

Etwa drei Stunden später – die Sonne war bereits aufgegangen und erhellte den strahlend blauen Himmel – hatte er zwar noch immer keinen Schlaf finden können, dafür aber einige Informationen, mit denen sich arbeiten ließ.

Vali hegte seit einiger Zeit ein intensives Interesse an dem ehemaligen Sanatorium, das sich außerhalb der Kleinstadt, in der sich die Morde ereignet hatten, unweit der Steilküste erhob. Er wusste zwar bereits einiges über den Ort, ohne je persönlich dort gewesen zu sein, und kannte auch Teile der bewegten Geschichte, dennoch blieb Valis Neugier für ihn ein Rätsel.

Er betrachtete die Bierflasche auf dem Tisch. Sie war noch zur Hälfte gefüllt, so sehr hatte ihn die Recherche vereinnahmt. Dann wanderte sein Blick aus dem Fenster und er entschied, den schönen Tag zu nutzen, um sich selbst einmal dort draußen umzusehen. Deshalb duschte er, bevor er sich einen Kaffee kochte und diesen trank, während er ein paar Dinge zusammensuchte: Die kleine Digitalkamera, die er stets praktischer fand als sein Smartphone, ein paar Ersatzbatterien, eine LED-Taschenlampe, einen Fineliner und einen Notizblock. Dann ging er hinaus auf den Balkon, um zu rauchen, wonach er die Schachtel Zigaretten und das Feuerzeug einsteckte und sich vergewisserte, nichts vergessen zu haben. Dann machte er sich auf den Weg.

Kapitel 6

Das Sanatorium I

Gegen Mittag lenkte Sark seinen Wagen über eine alte Straße, deren Asphalt so brüchig war, dass sie sich ohne sichtbare Grenze in den umliegenden Wiesen und Feldern verlor. An einigen Stellen hatten Flechten, Moos und Gras das Grau gänzlich verschlungen, während viele der Risse zu grünen Linien des Lebens und damit zu Zeichen der Vergänglichkeit geworden waren.

Der kalte Wind wehte vom Meer her und trieb Wolkenschatten über das rauschende Gras der weiten Wiesen, die von einfachen Weidezäunen, Wegen und Feldsteinmauern durchzogen waren. Einige Seevögel ließen sich in der Höhe von den Luftströmungen tragen, andere mussten weiter unten dagegen ankämpfen, um nicht zu einem Spielball der Böen zu werden.

Die baumlosen Hügel, die nach rechts hin zum Meer und der Steilküste abfielen, ließen Sark maximal ein paar Kilometer weit blicken. Längst hatte er die letzten Bäume nahe der Kleinstadt hinter sich gelassen. Einzig die Strommasten waren es, die sich rechts der Straße erhoben und dem Auge Abwechslung boten. Hier draußen gab es nichts außer Gras und Wind. Wie unwirtlich die Gegend erst im Winter sein musste, konnte er sich gut vorstellen.

Die Straße schlängelte sich dahin, beschrieb irgendwann einen Bogen nach links, schmiegte sich an einen großen Hügel, folgte dessen Form mit einer ausladenden Kurve nach rechts und stieg dabei an. Der Asphalt lag in Schollen da, wie das gebrochene Eis eines gefrorenen Flusses. In der Ferne endete die Straße an einem Grundstück mit Bäumen und jenem großen Gebäude, das Sark bisher nur von Fotografien und aus Erzählungen kannte. Er verlangsamte die Fahrt und hielt an, um die Szenerie zu betrachten.

Obwohl es über die Landstraßen von Sarks Wohnung bis hierher keine zwei Stunden mit dem Auto waren, hatte es ihn nie an diesen Ort verschlagen oder gar gezogen. Das lag wohl daran, dass er sich genug mit den Abgründen der menschlichen Seele beschäftigen und den Preis dafür bezahlen musste. Er konnte aber nachvollziehen, weshalb sich Leute für verlassene Irrenanstalten, Friedhöfe und die Häuser von Serienmördern interessierten; es war Aufregung und Spannung ohne Konsequenz. Hätte es diese Morde nicht gegeben und die damit verbundenen Fragen, so wäre er wohl auch in den nächsten Jahren nicht oder vermutlich nie hierher gefahren. Durch die Arbeit war er immer weiter abgestumpft und verspürte kaum noch Empathie. Der einzige Mensch, der ihm wichtig war, war Anna. Alle anderen, sogar seine Ex-Frau, waren Statisten in einem Spiel namens Leben. Die letzten echten Freundschaften waren vor Jahren versiegt, nun gab es nur noch Bekannte, mehr oder weniger flüchtig. Aber das störte ihn nicht. Es passte gut zu der Idee, dem geheimen Plan, sich immer weiter zurückzuziehen und letztendlich aufzulösen.

Mit einer ähnlichen Gleichgültigkeit sah er zum Sanatorium, das sich wie ein Körperteil eines schlafenden, im Erdreich versunkenen Kolosses erhob. Dann fuhr er weiter.

Sark hielt vor dem großen, schmiedeeisernen Tor, dessen Farbe vom Rost gesprengt worden war und an zahllosen Stellen das rissige Rotbraun darunter zeigte. Jenseits des Tores verlief ein Schotterweg, gesäumt von Pappeln und größtenteils von Gras bedeckt. Die Backsteinmauer, die das Grundstück umgab, war mit etwa vier Metern zu hoch, um problemlos überwunden zu werden. Ihre Oberseite war mit Dachschindeln besetzt, die nach außen hin abfielen. Auch hier hatten Zeit und Witterung ihre Spuren hinterlassen.

Sark hob kurz den Blick. Zu seiner Verwunderung zogen die Wolken in drei Richtungen: Die niedrigste Schicht landeinwärts und die oberen beiden entlang der Küstenlinie, wobei die höchste etwas mehr zum Land tendierte. Die Sonne berührte zwar immer wieder seine Haut und Kleidung, doch ihre Wärme verflog, ehe er sie spüren konnte.

Sark sperrte den Wagen ab und ging zum Tor, dessen Flügel durch mehrere Eisenketten und massive Vorhängeschlösser in unterschiedlichen Höhen gesichert waren. Dahinter machte er am Ende des Weges sein Ziel aus, das große, dunkle Gebäude. Da das Tor mit spitzen Zierelementen bekrönt und für ihn nicht zu überwinden war, lief er nach links, um das Anwesen zu umrunden. Irgendwo musste es ein Schlupfloch geben, denn immerhin hatte es Vali auch auf die andere Seite geschafft, wie einige Fotos belegten.

Die Ketten und Vorhängeschlösser waren neu. Man hatte die alten entfernt, um den Beamten den Zutritt zu ermöglichen. Laut den polizeilichen Unterlagen blieb die Durchsuchung ohne Ergebnis. Sark konnte noch die Lage der alten Ketten erahnen, rostige Schatten, die irgendwann verblassen würden.

Er wusste, dass er dabei war, Hausfriedensbruch zu begehen, aber das war im Vergleich zu anderen Dingen, die er in all den Jahren innerhalb und außerhalb seines Berufs getan hatte, eine Nichtigkeit. Wie hätte er auch jemandem erklären sollen, dass er auf das Grundstück wollte, um auf eigene Faust Nachforschungen für einen Fall anzustellen, in welchem er offiziell nicht einmal ermitteln durfte? Wenn also niemand davon wusste, gab es auch keine Fragen. Und wenn doch, so würde er sich spontan etwas einfallen lassen; eine seiner leichtesten Übungen.

Auf der dem Meer zugewandten Seite des Grundstücks fand er ein schmales Tor, das ebenfalls mit neuen Ketten und Vorhängeschlössern gesichert war. Im unteren Bereich war einer der Torflügel derart aufgebogen, dass man auf allen Vieren durch eine kleine Mulde zur anderen Seite kriechen konnte. Sark fragte sich, wie man es geschafft hatte, das massive Eisen so zu verbiegen. Rost, Boden und Pflanzen verrieten, dass der Schaden nicht neu war.

Von dem beschädigten Tor aus verlief ein kleiner Pfad Richtung Küste, der sich nur noch einem trockenen Bachbett gleich als Vertiefung von seiner Umgebung abhob. In einiger Entfernung gab es auf der linken Seite des Weges mehrere dunkle Objekte, die schief aus dem Gras ragten und Sarks Interesse weckten.

Sark lief näher heran. Es handelte sich um die Grabsteine der Kindergräber, von denen er gelesen hatte. Er zählte deren 11. Die Inschriften waren nur noch unleserliche Fragmente, ein Ergebnis all der Jahre und den einwirkenden Elementen. Auch hatten Moos und Flechten von dem Sandstein Besitz ergriffen und ihren Teil dazu beigetragen, das Material zu zersetzen. Die einzelnen Gräber waren längst nicht mehr zu erkennen, wodurch die Steine wie die faulen, ausgeschlagenen Zähne eines Riesen wirkten, die hier in die Landschaft gefallen waren. Vielleicht die des Kolosses hinter der Mauer?

Die Kälte, die der Wind mit sich trug, kroch Sark in die Kleidung. Er fröstelte. Zwischen den willkürlich angelegten Gräbern stand er da und sah hinauf zum Sanatorium. In diesem Augenblick verspürte er doch so etwas wie Ehrfurcht.

Sark lief zurück zum Tor und kroch durch die Öffnung zur anderen Seite.

Vor ihm lag eine Wiese, der es, im Gegensatz zu der Umgebung außerhalb der Mauer, nicht an Farben fehlte: Bunte Blumen und prächtige Rosensträucher wuchsen zwischen Büschen und hohen Disteln. Alles war geschützt von der Mauer und den mächtigen Pappeln, die einen Weg säumten, der unter all den Pflanzen nur noch eine Ahnung war und welcher sich, soweit Sark erkennen konnte, um das Hauptgebäude schlängelte. Irgendwo sangen Vögel. Sark fühlte sich wie in einer prächtigen Oase. Es war eine behütete Stätte inmitten dieser grünen Einöde.

Vom Tor aus folgte er einem gepflasterten, moosbedeckten Weg, der zu einem Platz mit einem leeren, achtseitigen Wasserbecken führte, vermutlich ein Springbrunnen aus den Zeiten des Sanatoriums. Nun war der Stein brüchig und neben Moos, Flechten, Gräsern und Laub, das langsam zersetzt wurde, gab es darin nur eine größere Wasserlache, ein Überbleibsel des letzten Regens. Mehrere Vogeltränken aus massivem Stein erhoben sich in der Nähe, teilweise überwuchert von Ranken. Insekten flogen umher und an den Rosen tummelten sich Schmetterlinge.

Sark schaute zum Sanatorium, dem kreisrunden Ungetüm mit einem Durchmesser von etwa 200 Metern, zu den geschwärzten Mauern, die sich links auf der Westseite abzeichneten, hinauf zu dem teils zerstörten Kuppeldach und dem damit verbundenen Verfall des Bauwerks. Die meisten der Fenster waren intakt, während die Schäden zum längst erloschenen Brandherd hin zunahmen. Er hatte von dem Feuer gelesen, das hier vor vielen Jahren ausgebrochen war.

Das dreistöckige Haus wirkte mit seinen hohen Fenstern und der durch Gesimse und Pilaster gegliederten Fassade ungemein massig, wie eine Festung. Dieser Eindruck wurde durch den Grundriss des Baus unterstützt. Die schwarzen Fensteröffnungen verströmten etwas Unheilvolles, als ruhten musternde Blicke auf dem Besucher.

Und als hätte eine Macht Sarks Gedanken gelesen, traf ihn eine so kalte Bö, dass er unter einer Gänsehaut erschauderte.

Efeu rankte ungezähmt an der Fassade empor, an einigen Stellen sogar bis hinauf zur Dachrinne. Dieser hatte einige der Fenster komplett verschluckt, besonders im unteren Bereich, wo teilweise auch Wein wuchs.

Sark lief im Uhrzeigersinn um das Sanatorium, um den Haupteingang zu finden. Dabei folgte er dem Weg zwischen den Pappeln, die ein Spiel aus Licht und Schatten auf alles legten.

Der Ort verströmte eine sonderbare Stimmung. Einerseits ruhig, andererseits bedrohlich. Sark hatte eine Ahnung von den Geschichten, die sich hier in das Gestein gebrannt hatten, und von den freigesetzten Energien, welche im Holz der Bäume konserviert die Zeit überdauerten. Die Baumkronen raunten. Flüsterten sie eine Warnung?

Am Haupteingang blieb Sark stehen. Auf dem Boden lagen die Reste der zwei großen, gläsernen Türflügel. Trockenes Laub lag in der Vorhalle, in die sich auch Weinranken erstreckten, hinein in das Portal in eine andere Welt.

Sark lief über das unter seinen Sohlen knirschende Glas und betrat das Sanatorium, in dessen Schatten die Temperatur schlagartig um mehrere Grad fiel.

Kapitel 7

- Grundsteinlegung 1853, Fertigstellung 1861
- 1. Direktor Maurice Fauret, Frau Celeste Fauret
- anfangs für Patienten mit Tuberkulose und anderen Erkrankungen der Lunge/Atemwege
- schrittweise Umwandlung zur psychiatrischen Klinik/Anstalt
- auch körperlich Behinderte aufgenommen
- hauptsächlich aber geistige Behinderungen/Störungen mit und ohne Gewaltpotenzial
- Celeste Fauret war leidenschaftliche Malerin, förderte kreative Tätigkeiten als Bestandteil der Therapie
- am 31. Dezember 1901 sprang sie von einem Dach und starb
- 1905 Leitung an Sebastian Sosa übergeben
- 1931 sollte neuer Direktor gesucht/angestellt werden, doch Sanatorium wurde geschlossen/stillgelegt
- im Zeitraum von 70 Jahren mehrere Zwischenfälle
- 1883 brach ein Feuer aus, 40 Tote, Großteil Insassen
- 1897 und 1903 weitere Feuer mit Toten
- keine Ursachen gefunden, daher galt Sanatorium als verflucht
- 1902 Zwischenfall, den Zeitungen als ‚Die Große Eskalation' bezeichneten
- es gab Unruhen, vorher bereits vermehrt Angriffe von Insassen auf Insassen/Personal
- 5 Tage Ausnahmezustand mit 41 Toten von ca. 90 Insassen, 19 Tote bei Polizei/Personal
- in Folgejahren stieg Zahl der Suizide bei Insassen/Personal
- Grund: Arbeitsbedingungen/Umgebung?

- Sanatorium in strengen Wintern für längere Zeit abgeschnitten
- sehr viel Schnee, Nähe zu Kliff auch Gefahr
- es gab mehrere Todesfälle auf dem Weg, deshalb wagte sich keiner mehr hinaus (in strengen Wintern)
- in dieser Zeit angeblich Fälle von Kannibalismus
- Leute sollen Flucht versucht haben, viele verirrten sich, erfroren oder stürzten von Kliff
- nach Schließung von Sanatorium brachen einige Leute ihr Schweigen
- sexuelle Übergriffe auf/von beiden Seiten (Insassen/Personal)
- Abtreibungen/Fehlgeburten/Tod kurz nach Geburt
- letztere bekamen Grab in der Nähe des Sanatoriums
- alle anderen verbrannt und Reste irgendwo verscharrt oder ins Meer geworfen
- niemand außerhalb wusste, was Wahrheit oder Erfindung war
- Gewalt und Bestrafungen führten auch zum Tod von Insassen
- alles vertuscht vom Personal/Leitung
- keine offiziellen Ermittlungen
- Art Parallelgesellschaft innerhalb der Mauern
- Beteiligte schwiegen aus Angst vor Konsequenzen (Mord?)
- (viele meiden Sanatorium heutzutage, gilt als verflucht, aber Jugendliche gehen hin, Mutprobe/Liebesbeweis)

- ursprünglich 3 Gebäude auf Gelände
- Hauptgebäude für Insassen (Unterbringung, Therapie, Gemeinschaftsräume, Büros, Krankenstation)
- kleines Nebengebäude mit Küche/Waschküche, Lager (Verpflegung, Werkzeug, Medikamente, Kleidung, Hygieneartikel usw.)
- großes Nebengebäude mit Wohnraum für Belegschaft/Personal, Wohnung von Direktor
- viele Mitarbeiter Wochen oder Monate am Stück vor Ort wegen abgeschiedener Lage
- 1. Archiv (Unterlagen + Skizzen/Bilder/Plastiken der Insassen) im Hauptgebäude
- Feuer von 1883 zerstörte Archiv fast komplett
- danach doppelte Unterlagenführung, Teile von Archiv in großes Nebengebäude
- Feuer 1897 im Nebengebäude, teilweise abgerissen + neu aufgebaut
- Archiv dort zerstört
- Feuer 1903 brannte großes Nebengebäude bis auf Grundmauern nieder
- neues Gebäude an anderer Stelle errichtet
- kein Feuer bis Schließung 1931

- Gebäude stand ab 1931 leer/verfiel
- 1968 kaufte Donal Hedenford das Grundstück
- Hauptgebäude wurde größtenteils entkernt und zu Villa ausgebaut
- Fassade + Kuppeldach restauriert, weitgehend Originalsubstanz
- 1969 Feuer während Umbauarbeiten, mehrere Arbeiter starben
- keine Ursache festzustellen
- 1972 zog Donal Hedenford mit Frau Sarah ein, Villa wurde aber unregelmäßig genutzt, war nie Hauptwohnsitz

- Donal Hedenford war reicher Geschäftsmann (Stahlindustrie/Schiffsbau)
- 1924 geboren
- mit 14 Lehre zum Schlosser, selbstständig mit 23, Hilfe von Vater (Kunstschmied)
- gründete erste Firma, weiterer Aufstieg, Übernahme einer kleinen Werft
- starb 2007 nach langer Krankheit
- Sarah Hedenford (geb. Berck), geb. 1941, starb 1993 an Magenkrebs
- 1978 Geburt von Krister Hedenford, 1980 Geburt von Marie Hedenford
- 2001 Feuer im Hauptgebäude/Villa, Marie Hedenford (21) verbrannt
- keine eindeutige Ursache, Defekt an Fernsehgerät wahrscheinlich
- Donal Hedenford gab Grundstück auf, verkaufte aber nie
- seither steht alles leer

Kapitel 8

Das Sanatorium II

Sark betrat die Eingeweide des Ungeheuers, das sich wie ein mahnendes, bedrohliches Monument erhob, dessen Aura Echo des Unheils vergangener Zeiten war.

Die Vorhalle erstrahlte, genau wie große Teile des übrigen Innenraums, in weißem Marmor, dessen Maserung fast ausschließlich auf feinen Äderchen basierte; großflächige, rauchige Bereiche suchte das Auge vergebens. Sark blickte nach oben, wo er kunstvolle Stuckarbeiten sah und die leeren Stellen, an denen einst gewiss riesige Kronleuchter hingen.

Sark lief weiter.

Die Architektur bildete mit ihren großen Räumen, den locker angeordneten Säulen und den allgemein hellen Farben der Materialien einen starken Kontrast zur Fassade und dem Eindruck, den sie vermittelte. Er musste an ein altes Heilbad denken. Das Zentrum des Bauwerks war ein Freiraum mit einem Durchmesser von etwa 100 Metern. Die oberen Etagen waren umlaufend mit einem Edelstahlgeländer versehen, wohingegen es hier unten keinerlei Barrieren zu den angrenzenden Bereichen gab. In der Höhe erkannte Sark die Stahlkonstruktion, welche das gläserne Auge des Kuppeldachs trug. Obwohl das Glas verdreckt war, drang nach wie vor genügend Licht in das Gebäudeinnere, um es auf natürliche Art zu erhellen. Der Innenhof wurde von mehreren Wegen durchzogen. Trockenes Laub hatte alles mit einer dicken Schicht bedeckt. Es gab abgestorbene, knochige Büsche, die sich einst mit Blumen und Ranken perfekt in Hedenfords Vision einer Villa eingefügt hatten. Im Gegensatz dazu reichten die Wurzeln der großen Laubbäume nach wie vor tief genug, um an das kostbare Wasser zu gelangen. Ihre Kronen schufen ein sonderbares Zwielicht. Es gab auch ein großes Schwimmbecken, nun leer, und zahlreiche quadratische und rechteckige Flächen unterschiedlicher Größe, die mit ihren verschiedenen Höhen Terrassen bildeten. Eventuell war früher Wasser über die Stufen aus Beton geflossen, die sehr modern wirkten. Sark musste an einen Wintergarten denken, der schon bessere Zeiten erlebt hatte.

Dass sich offenbar wirklich kaum jemand an diesen Ort verirrte, zeigte das Fehlen von Graffiti und Vandalismus. Niemand hatte Kabel oder andere Dinge gestohlen, die sich einfach zu Geld machen ließen. Etwas Derartiges war andernorts undenkbar; Sark kannte Gegenden, in denen Autos ausgeschlachtet wurden, sobald sie nur einige Tage an der gleichen Stelle standen. Er dachte an die Geschichten über das Sanatorium, die mit den Menschen der Gegend tief verwurzelt waren und diese auf Abstand hielten. Die Innenarchitektur ließ keinen Raum für Erinnerungen an die unheilvolle Vergangenheit – zumindest nicht an der Oberfläche.

Alten Fotografien hatte Sark entnehmen können, dass es früher auf jeder Etage mehrere ringförmig angelegte Korridore gab, über die man zu den einzelnen Räumen gelangen konnte, einen emporenartigen Rundweg um den Innenhof und von dort acht strahlenförmig nach außen hin abgehende Flure, die alles in Segmente unterteilten. Der von Hedenford angeordnete Umbau ließ davon nichts mehr erkennen. Nun gab es riesige Freiräume und in unterschiedlichen Höhen eingezogene Decken, alles verbunden mit Treppen, was den Innenraum wie eine riesige Mechanik aus Holz, Stahl, Beton und Marmor erscheinen ließ, als könnten sich die einzelnen Elemente jederzeit bewegen, um den Besucher in die Irre zu leiten; Eschers Traum.

Er konnte nicht nachvollziehen, welche Gedanken zu der Entscheidung geführt hatten, ein derart riesiges Gebäude in eine Villa umbauen zu lassen. Den finanziellen Aufwand berücksichtigte er nicht einmal. Auch die laufenden Kosten dürften hoch gewesen sein. Allein für die Reinigung des Hauses und anfallende Arbeiten auf dem Grundstück waren definitiv ein paar Leute nötig, und das in Vollzeit. Hinzu kam, dass die Hedenfords laut Valis Notizen nicht dauerhaft hier wohnten. Vielleicht ging es bei dem gesamten Projekt nie um den praktischen Nutzen oder eine Nachvollziehbarkeit: Wenn jemand ein unvorstellbares Vermögen angehäuft hatte, welcher Raum blieb dann noch für Träume?

Sark fielen so einige Sachen ein, aber das war natürlich nur ein Gedankenspiel, obwohl er sich durchaus die Frage hätte stellen können, ob seine häufige Skrupellosigkeit nicht besser in der Wirtschaft aufgehoben wäre als im Polizeidienst. Für eine solche Laufbahn fehlte ihm allerdings das Interesse.

Die Baumkronen hatten mit den Jahren begonnen, Teile der Geländer am Innenhof zu vereinnahmen; Äste und Zweige ragten auf den beiden Obergeschossen teils mehrere Meter in die leeren Flächen der Gänge und Räume. Hoch oben sangen ein paar Vögel. Das überraschte Sark nicht, denn dieses geschützte Refugium war in jeder Hinsicht optimal.

Sark wandte sich vom Innenhof ab und schaute sich im Erdgeschoss um. Vertrocknetes Laub lag in nahezu jedem Raum. In einem der Badezimmer entdeckte er ein verlassenes Vogelnest auf einer Ablage an der Wand. An anderen Stellen fand er tote Insekten, Federn, verlassene Spinnennetze, einzelne Knochen und ganze Skelette von Kleintieren.

Durch die Architektur gab es kaum einen Bereich, in welchem die Helligkeit überdurchschnittlich stark abfiel. Fast schien es, als wären sämtliche Elemente des Gebäudes, jede Wand und alle Ebenen mit dem Gedanken gestaltet worden, möglichst viel natürliches Lichts zu nutzen.

Den meisten Räumen und freien Bereichen konnte Sark keine eindeutige Funktion zuordnen, auch wenn sich am Boden oftmals Stellen abzeichneten, an denen Regale und Schränke gestanden hatten, Schemen vergangener Jahre. Gewiss hatte es eine große Bibliothek gegeben, einen Saal mit einer Leinwand für Filme, ein Musikzimmer und dergleichen.

Er ließ das Erdgeschoss hinter sich und stieg über eine zufällig gewählte, breite Treppe hinauf zur nächsten Etage – sofern der zerklüftete Aufbau eine solche Definition zuließ, denn wo einige Bereiche 8 Meter hoch waren, gab es in anderen eingezogene Zwischendecken. Es dauerte nicht lange und Sark fand sich auf der Westseite wieder, wo er die ersten Schäden sah, die das längst erloschene Feuer angerichtet hatte: Rußgeschwärzte Wände, ein riesiges Loch in der Decke, herabgestürzte Trümmer und die Reste verbrannter Möbel. Er sah zahlreiche Schuhabdrücke, die den dreckigen Boden wie wild platzierte Stempel bedeckten, einige deutlich, manche bruchstückhaft; wieder andere glichen mehr einer Ahnung, so schwach zeichneten sie sich ab. Durch die Schäden gab es hier Moos, das sich wie ein weiches Polster ausgebreitet hatte, gelockt vom Regenwasser, das ungehindert in das Gebäude sickerte.

Im zweiten Obergeschoss waren die Feuerschäden so massiv, dass Sark durch die Decke und das Dach den Himmel sehen konnte. Hier oben wuchsen sogar Büsche und Gräser. Der Wind wehte immer wieder klagend durch die kaputten Fenster und das vom Feuer gefressene Loch.

Er stand eine Weile am Geländer und sah hinab in den Innenhof, der von hier oben durch die Baumkronen grüner und lebendiger wirkte, als er tatsächlich war. So stellte sich Sark einen längst vergessenen, magischen Ort vor, eine Heilquelle, die verborgen und unberührt die Zeit überdauert hatte.

In einem Raum gab es eine Treppe hinauf zum Dach, die an einer Tür endete. Der Schlüssel steckte. Sark sperrte auf und trat ins Sonnenlicht, begrüßt vom kalten, heulenden Wind.

Das Dach war mit Kupferplatten gedeckt, die auch die gläserne Kuppel über dem Innenhof fassten. Es gab Rinnen zum Ableiten von Regenwasser und rostige Blitzableiter. Begrenzt wurde das Dach umlaufend durch ein niedriges, schmiedeeisernes Gitter. Zum Rand hin nahm die Dachneigung deutlich ab. Das machte den Ort aber nicht weniger gefährlich.

Sark lief vorsichtig los. Konnte er dem Untergrund trauen? Oder würde er jeden Augenblick durch das Metall brechen? Einige Kupferplatten ächzten unter seinen Schritten, gaben aber nicht merklich nach. Er konnte von hier oben nur einen kleinen Teil des Grundstücks überblicken. Zum Meer hin sah er die harte Küstenlinie und Richtung Westen in der Ferne etwas Dunkles, vermutlich einen Kirchturm.

Er wagte sich nur langsam zu der Stelle vor, an der das Feuer gewütet hatte. Er streckte sich etwas, sah in den Schlund hinab und betrachtete die geschmolzenen Kupferplatten, die sich wie Wachs verformt hatten, um zu erstarren und das Bild des Verfalls mitzuprägen.

Sark verließ das Dach nach einer Weile, vergewisserte sich, dass die Tür sicher geschlossen und abgesperrt war, und machte sich daran, im Erdgeschoss nach einem Weg in den Keller zu suchen. Den Zugang fand er in einem Raum, in den er vorher nur einen flüchtigen Blick geworfen hatte. Hinter einem langen, gemauerten Tresen, der die Sicht blockierte, führte eine breite, flache Treppe in die Tiefe. Links und rechts von den Stufen befand sich je eine Rampe. Die Treppe endete an einem kleinen, offenen Vorraum. Links stand eine alte Holzbank.

Sark betrachtete die breite, kupferne Tür. Der rechte Flügel stand einige Zentimeter nach innen offen und zeigte einen Streifen, dessen Schwärze selbst im Halbdunkel hier unten deutlich hervortrat. Ein leichter, kalter Luftzug strömte an Sark vorbei Richtung Tageslicht.

Er holte die LED-Taschenlampe hervor und schaltete sie ein.

Zwischenspiel

Sark stieg die Metallstufen der Treppe hinauf und ließ dabei den Blick durch die leere Lagerhalle schweifen. Neben einem der Pfeiler standen zwei Männer. Sie rauchten und unterhielten sich; er konnte die undeutlichen Wortfetzen nicht verstehen. Seine Handflächen fühlten sich klamm an und ihm war flau im Magen – ein Gefühl, das ihm fremd geworden war.

Am Ende der Treppe folgte er dem schlecht beleuchteten Gang bis zu einer Metalltür, vor der ein breiter Kerl Wache hielt. Der Mann klopfte an, wartete auf eine Reaktion und öffnete, ehe Sark bei ihm war.

Sark nickte dem Riesen zu, der keine Miene verzog, und betrat den Raum. Die Tür wurde hinter ihm geschlossen. Er sah sich kurz um.

Rechts waren Fenster, durch die das Licht des sonnigen Tages fiel. Links stand eine weiße Ledercouch mit Ledersesseln und einem großen Couchtisch. Zwei Männer saßen dort. Gegenüber der Tür stand ein ausladender Schreibtisch, auf dem sich lediglich ein blühender Bonsai in einer prunkvollen Schale befand. Am Tisch saß Hilmer, ein Mann mit zurückgekämmten, von Pomade glänzenden Haaren. Sark wusste, dass er Ende 40 war.

„Setzen Sie sich", sagte Hilmer und deutete auf einen der zwei Stühle vor dem Schreibtisch.

Sark spürte die Blicke der beiden Männer, die auf der Couch saßen; einer von ihnen rauchte. Dass er nicht begrüßt wurde, war beschreibend für die vorherrschende Stimmung.

„Danke", erwiderte Sark und nahm Platz.

„Was haben Sie für mich?" fragte Hilmer, dessen schwarzgrauer Anzug wahrscheinlich so teuer war wie ein fabrikneuer Kleinwagen.

Sark griff in die Innentasche seines Jacketts, holte ein Kuvert hervor, beugte sich nach vorn und schob es über den Tisch.

Hilmer streckte sich etwas, griff danach und öffnete den Umschlag, während er sich zurücklehnte; das dunkelbraune Leder des Bürosessels knirschte. Er entnahm die Geldscheine und zählte.

Sark schaute zu den Fenstern. Draußen erkannte er das Dach einer angrenzenden Lagerhalle. In Hintergrund erhoben sich schemenhaft die kilometerweit entfernten Wolkenkratzer der Stadt.

„Das sind gerade einmal die Zinsen und etwas Trinkgeld", stellte Hilmer fest, legte das Geld auf den Tisch und trommelte mit den Fingern auf dem polierten Holz.

„Mehr konnte ich noch nicht auftreiben", gestand Sark. Es hatte keinen Sinn, sich eine wilde Geschichte auszudenken. Er hatte oft genug mit Leuten wie Hilmer zu tun, aber nie auf diese Art. Und Hilmer wusste das.

Hilmer stand unvermittelt auf. Eine schreckhafte Person wäre zusammengezuckt, aber nicht Sark. Dann lief er zu den Fenstern und sah hinaus. Er atmete hörbar durch. „Wir hatten eine Vereinbarung und Sie wussten, worauf Sie sich einlassen. Es ist nicht meine Schuld, wenn Sie bei Ihrer Bank keinen Kredit aufnehmen können. Und wenn Sie es im Dienst übertreiben, fliegen Sie mit den Unterschlagungen auf."

Damit lag Hilmer richtig; der Mann war gut informiert. Und trotz dieser Widrigkeiten wollte Sark seiner heranwachsenden Tochter verschiedene Dinge bieten können, sofern es der Nebel in seinem Kopf zuließ. Natürlich gab es Wichtigeres als Geld, aber was sollte er denn tun? Vielleicht wollte er verhindern, dass sie ihn vergaß. Anna war neun, natürlich waren da Spielzeug und Musikunterricht so wichtig wie eine Stunde auf dem Reiterhof. Erschreckend, wie schnell sich dabei ein großer Betrag summierte. Möglich, dass er sie damit kaufte. Aber wenn er gar nichts unternahm, was hatte er dann? Es würde die Situation keinesfalls einfacher oder erträglicher machen.

Es war schon interessant: In einem Moment war er der harte Kerl, dem niemand Vorschriften machen konnte, aber im nächsten ein Häufchen Elend, ein Schatten mit hängenden Schultern und einem Blick irgendwo zwischen Verzweiflung und Resignation.

Es war alles so kompliziert. Irgendwo zwischen damals und heute waren ihm die Dinge entglitten. Er hatte beruflich immer wieder mit Leuten von Hilmers Kaliber zu tun, ironisch also, dass er sich in diese Situation manövriert hatte, die auch schnell tödlich enden konnte. Es verschwanden schon Leute wegen kleinerer Unstimmigkeiten, nur um dann halb verscharrt irgendwo in einem dafür beliebten Waldgebiet außerhalb der Stadt wieder aufzutauchen; und es kam nie vor, dass die Leute friedlich einschliefen.

Aber was grübelte er überhaupt? Er war für all das selbst verantwortlich, niemand sonst. Folglich sollte er sich nicht selbst bemitleiden, das würde ihn nicht voranbringen und schon gar keine Probleme lösen. Der Sprung von einem Hochhaus konnte das allerdings.

„Ich sage es nun einmal klar und deutlich", fuhr Hilmer fort und riss damit Sark aus seinen Gedanken. „Sie holten sich bei mir Hilfe, die ich Ihnen zu gegebenen Konditionen anbot, und nun halten Sie sich nicht an unsere Vereinbarung." Er wandte sich zu Sark um. „Was soll ich jetzt Ihrer Meinung nach tun? Ihr Wagen ist so wenig wert wie Ihre gesamte Wohnungseinrichtung. Wahrscheinlich ist Ihr Fusel und die Tüte Koks in Ihrer Tasche sogar mehr wert." Er machte eine kleine, bewusste Pause. „Ich könnte natürlich auch Ihre Frau anschaffen lassen. Mit Ihrer Tochter als Versicherung und Motivation ließe sich das gewiss ohne Probleme einrichten."

Sark wusste nicht, was er sagen sollte, denn es war genau das Szenario, das bereits zahllose Katastrophen und Dramen verursacht hatte.

Hilmer sprach weiter: „Aber ich habe selbst eine Tochter und das wäre alles nicht gut. Also: Was soll ich Ihrer Meinung nach tun? Helfen Sie mir."

„Ich kann Ihnen und Ihren Männern Informationen beschaffen, wann und wo eine Razzia stattfinden soll, wer beschattet wird, wo man abhört. Nicht nur bei Ihnen, auch bei der Konkurrenz. Sie könnten kurzfristig die Transportwege ändern oder eine Aktion abbrechen. Und hin und wieder lassen Sie uns jemanden erwischen, der ohnehin verschwinden soll. So wird niemand misstrauisch."

Hilmer musterte Sark.

Sark hielt dem Blick stand. Er wusste, dass das ein lukratives Angebot war, und zwar eines, das von seiner Seite aus keine größere Anstrengung erforderte, nur ein entsprechendes Maß an Vorsicht.

„Stimmt, das könnte mir auf Dauer hilfreicher sein als Ihre Zinsen." Hilmer fügte an: „Das soll nicht bedeuten, dass die Schulden abgegolten sind. Sagen wir einmal so: Sie bekommen etwas Aufschub. Und dann sehen wir weiter."

Sark nickte. Mehr konnte er wohl auch nicht erwarten.

Was er zu diesem Zeitpunkt noch nicht ahnte, war die Reichweite dieses Angebots, aus welchem sich in den folgenden Monaten eine für beide Seiten lohnende Beziehung formen sollte. Sark versorgte Hilmer mit Wissen, das dessen illegale Geschäfte schützte, während er zugleich schlagartig auf einen ganzen Pool von Informanten zugreifen konnte, um in völlig anderen Fällen und Bereichen erfolgreich ermitteln zu können.

„Dann sind wir uns einig", sagte Hilmer. „Und Sie sollten mich nicht noch einmal enttäuschen. Denken Sie an Ihre Tochter."

Sark erhob sich. „Das tue ich immer."

Hilmer sah stumm in Sarks Augen. Suchte er ein Anzeichen von Schwäche? Wollte er sich in seiner Macht bestätigt wissen? Oder war es ein Test, ob es Sark auch ernst meinte?

Sark stand nur da und starrte Hilmer an. Er blinzelte nicht einmal.

„Gut, dann erwarte ich Sie in zwei Wochen mit der kompletten Rate. Und Informationen, sobald Sie welche haben."

Sark nickte.

Auf dem Weg aus der Lagerhalle überlegte er sich die nächsten Schritte. Er wusste, dass er sich keinen weiteren Fehler erlauben durfte; es stand zu viel auf dem Spiel.

Kapitel 9

Sark drückte den schweren Türflügel auf und sah sich einer Schwärze gegenüber, die sofort Unbehagen auslöste. Nicht einmal das Licht der Taschenlampe konnte es verdrängen. Kalte, feuchte Luft schlug ihm entgegen. Er leuchtete zur Decke des Gangs. In der Mitte des Tonnengewölbes befanden leere Fassungen für Neonröhren. Die grob behauenen Steine glänzten.

Er untersuchte die Tür. Obwohl er sie theoretisch von beiden Seiten öffnen konnte und es keinen Schlüssel gab, wollte er der Sache nicht trauen und zog die kleine Holzbank in Position, um ein Zuschlagen des Flügels zu verhindern. Zur Sicherheit entriegelte er auch den zweiten Flügel. Dann wagte er sich in die Finsternis.

Nach ein paar Metern konnte Sark nur nach links oder rechts gehen. Es sollte sich herausstellen, dass es sich um einen kreisförmig angelegten Gang handelte. Auf beiden Seiten gab es große und kleine Räume. Einige der schweren, hölzernen oder eisernen Türen verfügten über einen vergitterten Sehschlitz. Es gab ein paar hölzerne Bettgestelle, Stühle und Tische, die allesamt wirkten, als wären auch sie aus der Zeit vor der Schließung der Anstalt.

Dass hier unten, fern des Tageslichts, Menschen weggesperrt worden waren, war eine Sache, eine andere die Vorstellung, dass es hier auch Bestrafungen und Experimente gegeben hatte. Sark fand steinerne Wasserbecken, die in den Boden eingelassen waren, und Wannen aus Zink. Es gab nichts, das auf einen Folterkeller hindeutete, wie man ihn sich aufgrund zu vieler Filme vorstellte. Aber vielleicht waren bei der Auflösung des Sanatoriums sämtliche Spuren kontrolliert verschwunden.

Und dann gab es noch Donal Hedenford und die Gerüchte und Spekulationen um seine Person. Es existierten jedoch keine stichfesten Beweise, dass sich dieser hier unten einen speziellen Raum eingerichtet hatte; Geld und Einfluss waren vorhanden gewesen, um sich einen solchen Wunsch zu erfüllen, das stand außer Frage. Aber vielleicht neigten die Menschen auch nur zu solchen Geschichten, sobald eine Irrenanstalt darin vorkam.

Als Sark in Ruhe durch die Dunkelheit ging, umgeben von einer Stille, die sich von allen Seiten an ihn schmiegte und damit regelrecht umhüllte, konnte er sich gut vorstellen, wie Hedenford hier ungestört spaziert war, um von den Geschäften, Verpflichtungen und dem Alltagsstress abzuschalten. Die Gewölbe waren praktisch ein begehbarer Floatingtank. Inwiefern eine morbide Neigung Teil von Hedenfords Verhalten gewesen sein könnte, ließ sich natürlich nicht sagen. Aber wenn bis jetzt keine eindeutigen Fakten an die Öffentlichkeit gelangt waren, so gab es sie vermutlich auch nicht.

In einer solchen Umgebung ging schnell die Phantasie mit einem durch. Fakt blieb aber, dass es wirklich seltsam war, dass Donal Hedenford sein Geld ausgerechnet in diesen Ort hatte fließen lassen. Sicher, ein solches Monstrum von einem Gebäude neu zu errichten, hätte eine gewaltige Anstrengung bedeutet, nicht nur in finanzieller Hinsicht. Möglich also, dass eine Entkernung in diesem Fall schlichtweg Zeit, Ressourcen und Geld gespart hatte. Sark bezweifelte irgendwie, dass für Hedenford der Erhalt der Fassade, des Daches und anderer Elemente der ausschlaggebende Punkt gewesen war.

Sark holte seinen Notizblock und den Fineliner hervor. Er notierte den Gedanken, sich mit der Frage zu beschäftigen, weshalb Donal Hedenford ein Interesse an diesem Sanatorium gehabt hatte, auch wenn ihn das nicht näher zu den Antworten brachte, die er im aktuellen Fall suchte.

Selbst wenn Hedenford hier in diesen Zellen Orgien mit Minderjährigen abgehalten oder Menschen getötet hatte, so wäre er nicht mehr dafür zu belangen. Und falls sein Sohn nach wie vor großzügiges Schweigegeld zahlte, dann war es eben so; er würde das Unrecht nicht rückgängig machen können. Es hätte allerdings keinen Sinn ergeben, solche Aktivitäten hier zu verfolgen. Hedenford wäre an einen anderen Ort ausgewichen, denn die Gerüchte über ihn, das Sanatorium und die Kellergewölbe konnten unmöglich an ihm vorbeigegangen sein. Auf der anderen Seite wäre es nicht das erste Mal gewesen, bei dem Dinge so offensichtlich waren und es trotzdem keine Konsequenzen gab.

Sark betrat jeden Raum und leuchtete umher.

Die polizeilichen Unterlagen seiner Informationsquelle sagten nicht, ob man das Grundstück mit mehreren Beamten durchsucht hatte oder ob Spürhunde zum Einsatz gekommen waren. Ihm fiel nicht einmal etwas ein, das sie hätten finden können. Einen Raum mit Kerzen und Symbolen, gezeichnet mit dem Blut der Opfer? Wohl kaum, denn das hätte sich auch mit weniger Aufwand in einer der nach den Morden leeren Wohnungen oder auf dem Dachboden bewerkstelligen lassen. Aber sie mussten jedem Hinweis und jeder Möglichkeit nachgehen, und oft half das sogar bei den Ermittlungen; nur nicht hier.

Er spürte, dass er seine Zeit verschwendete. Wenn es etwas gäbe, hätten es seine Kollegen gefunden und in den Unterlagen vermerkt.

Sark blieb stehen. Er drehte sich um und leuchtete in den rückwärtigen Bereich. Ihm fehlte jede Orientierung und er wusste nicht, wie weit er dem unterirdischen Ring bereits gefolgt war. Er stellte sich die Schreie der Patienten vor, Schreie der Pein des Wahnsinns, die damals gewiss die Luft erfüllten, wie ein nicht enden wollendes Echo. Wer nicht irre war, wurde es spätestens hier. Dieser Ort war die Manifestation jener Abgründe, in die er zu oft hatte blicken müssen; nicht nur an Tatorten, sondern auch bei Verhören und dem Sichten von Beweismaterialien. Der Mensch war ein furchtbares Wesen.

Er beendete die Suche in der Tiefe und folgte dem Gang, ohne auf die übrigen Räume zu achten, bis er wieder bei der schweren Flügeltür ankam.

Als Nächstes wollte er sich ein Bild vom restlichen Grundstück machen.

Die Garage war abgesperrt. Nichts wies auf eine Untersuchung hin, kein Siegel, kein Absperrband, genau wie im Hauptgebäude. Der Pool dahinter war bis auf Laub, Faulschlamm und einen alten Ast ohne Rinde leer. Gras und Ranken hingen über den Rand, wodurch der Pool auf eine sonderbare Art deplatziert wirkte. Ob er sich im Winter mit Schnee füllte und verschwand? Hier und da zeichneten sich im Grün die letzten Spuren der Wege ab, welche die Beamten genommen und auf denen sie umgeknickte Blumen und geplättete Gräser hinterlassen hatten.

Valis Interesse an diesem Ort blieb für Sark weiterhin ein Rätsel, denn abgesehen von einer bewegten Geschichte bot das Sanatorium in seiner jetzigen Form wenig bis nichts.

Er umrundete den Rest des Hauptgebäudes und kämpfte sich dabei durch das Gras, das stellenweise von Bodenranken durchsetzt war, die nach ihm zu greifen schienen. Ihm war, als würden Blicke aus den schwarzen Fensteröffnungen jede seiner Bewegungen verfolgen. Er blieb stehen und betrachtete die Fassade. Ob die Insassen damals von dort oben aus beobachteten, wenn ein neuer Patient durch den Garten lief? Einerseits neugierig, andererseits geladen mit einer negativen Energie, deren Ursprung nicht immer in einer Krankheit zu finden war. In diesem Augenblick griff etwas aus der Vergangenheit für Sark spürbar in die Gegenwart, ein Gefühl, das er mehr im Keller erwartet hätte als hier draußen.

Nachdem Sark wieder zur anderen Seite des beschädigten Tores gekrochen war, klopfte er sich den Dreck von der Hose und lief zurück zum Wagen.

Er war nicht weitergekommen. Gut, er hatte sich von dem Besuch nichts erhofft, aber er fühlte sich, als hätte er die Stunden sinnlos vergeudet. Er war keinen Schritt weiter bei der Frage, weshalb Vali Interesse an Themen hatte, die Bilder hervorriefen, die Sark gerne vergessen wollte. Dass in Valis altem Umfeld niemand davon wusste, machte die Sache nicht gerade einfacher.

Als er sich in sein Auto setzte, überlegte er: Da er schon in der Gegend war, sprach nichts dagegen, sich in dem Haus umzusehen, in welchem die Morde stattgefunden hatten. Er wusste, dass es längst wieder zugänglich war, aber nicht, ob man darin Renovierungsarbeiten vornahm und wie der allgemeine Stand war, was die Wohnungen und den Besitz der Ermordeten betraf. Aber das würde er bald herausfinden.

Mit diesem Gedanken startete er den Motor und fuhr los.

Kapitel 10

Der Graue Herr

Zu Sarks Überraschung war die Haustür nicht abgesperrt. Ob die Wohnungen doch schon aufgelöst und renoviert wurden? Letzteres war gewiss ein Grauen für jene, die Wohnungen und Häuser mit solchen Geschichten suchten. Menschen konnten sich für die seltsamsten Dinge interessieren.

Im Treppenhaus hielt er inne und nahm die Stille auf, die sich schwer gegen die Wände zu stemmen schien. Die Luft roch sonderbar alt.

Als er die ersten Stufen der Treppe nahm, bemerkte er einen deutlichen Zigarettengeruch, dessen Ursprung er auf der Etage mit der Wohnung von Vali und Chloé fand: Auf den Stufen, die hinauf zum Dachboden führten, saß der *Graue Herr*.

Sark wusste, dass der Mann Produkt seiner Einbildung war, und doch war es stets wie ein Wiedersehen alter Freunde. Seinen Namen hatte der Graue Herr nie preisgegeben und Sark konnte sich nicht erinnern, ob er sich selbst irgendwann vorgestellt hatte.

Der Mann trug stets einen grauen Anzug, dazu eine anthrazitfarbene Krawatte mit einer schwarzblauen, matten Krawattennadel, ein schwarzes Hemd und schwarze Schuhe. Er hatte graue, fast weiße Haare, die ihm lockig bis zu den Schultern hingen, ein langes Gesicht mit einer hohen Stirn und schmale Lippen. Seine faltige Haut wirkte wettergegerbt, was nicht ganz zur leicht blassen Farbe passte. An der linken Hand fehlte ihm das obere Glied des kleinen Fingers, an der rechten zwei Glieder des Ringfingers. Sark kannte die Geschichte dahinter nicht. Er hatte mehrmals nachgefragt, doch der Graue Herr hüllte sich zu diesem Thema in Schweigen.

„Dass ich dich hier antreffe, sollte mich nicht wirklich überraschen", sagte der Graue Herr und nahm einen letzten Zug von der Zigarette, die er dann auf der Treppenstufe neben dem Geländer ausdrückte und liegen ließ.

„Was machst du hier?" wollte Sark wissen und lauschte, um sich zu vergewissern, dass er keine Schritte oder andere Bewegungen hörte. Er hatte sich nicht in den Wohnungen umgesehen, wusste also nicht, ob jemand hier war.

„Mich interessiert der Fall", sagte der Graue Herr und stand auf. „Aktuell habe ich zwar nur Fragen und keine Antworten, aber dass kann sich schnell ändern, wie du weißt."

Er war recht groß. Auf seinen Handrücken zeichneten sich die Adern ab. Er machte einen sehnigen Eindruck; vermutlich befand sich unter dem Anzug kein Gramm Fett. Aber besaßen Halluzinationen überhaupt einen Körper, wo man ihn nicht sehen konnte? Vielleicht war der Anzug ja leer.

„Aber du dürftest gar nicht hier sein", merkte der Graue Herr an.

„Als hätte mich ein Verbot je abgehalten, wenn es um etwas Wichtiges ging", erwiderte Sark und lief an dem Mann vorbei die Treppe hinauf zum Dachboden.

„Es ist zwar alles halbwegs gereinigt", erklärte der Graue Herr, „aber ich schätze, der Großteil des Holzes muss trotzdem ersetzt werden. Allein wegen der Aura. Wer will hier oben schon seine Wäsche aufhängen, wenn vorher menschliches Fleisch an die Balken genagelt wurde?"

„Es würde mich nicht wundern, wenn man das Haus abreißt."

„Falls ein neues Haus finanzierbar ist", sagte der Graue Herr.

Sark dachte über die Aussage nach und spannte einen Bogen zum Sanatorium und dessen Erhalt, auch wenn beide Bauwerke nicht vergleichbar waren.

Er öffnete die angelehnte Tür zum Dachboden. Die warme Luft roch nach Chemie.

„Keine Sorge, du wirst nicht ohnmächtig", sagte der Graue Herr und lief an Sark vorbei.

Sark schwieg und folgte ihm. Er schaltete das Licht ein; die alten Glühbirnen erhellten den Dachboden mehr schlecht als recht. Deshalb holte er für die dunklen Winkel die LED-Taschenlampe hervor, ohne zu wissen, was er überhaupt suchte.

Der Graue Herr lief stumm, fast andächtig umher. Er hatte die Hände hinter dem Rücken verschränkt und sah sich um.

Die Bilder des Schreckens strömten in Sarks Gedächtnis. Niemand richtete so etwas an, nur weil er oder sie töten wollte. Die Grausamkeit und der Umgang mit den Leichen deuteten zweifelsfrei auf etwas Größeres hin, auf ein zu lösendes Rätsel im Hintergrund. Aber nach wie vor hatte Sark nicht ein einziges Stück dieses Puzzles finden können.

„Wenn du mich fragst, ist der Gedanke nicht so abwegig", sagte der Graue Herr, der gerade in einen der Verschläge ging.

Sark trat an eines der Fenster und sah zu den Dächern auf der anderen Straßenseite. „Welcher Gedanke?"

„Dass es noch jemanden gibt, eine dritte Person."

„Auf die es bisher keine wirklichen Hinweise gibt."

„Noch nicht."

Zwei Raben saßen auf dem First gegenüber. Ihre Silhouetten zeichneten sich deutlich vor dem blauen Himmel ab.

„Vielleicht können Hilmers Männer hilfreich sein", dachte Sark laut.

„Wie sollten sie?"

„Wer weiß. Von speziellen Vorlieben wird gern erzählt. Gut möglich, dass jemand etwas weiß, das zu einer Person führt, die zumindest grob in die Geschichte passen könnte, jemand mit einer entsprechenden Vorgeschichte."

„Aber niemand stieß auf ähnliche Fälle", gab der Graue Herr zu bedenken.

„Keine Leiche, kein Mord, einfach gesagt. Wahrscheinlich ist die Hälfte der Leute, die verschwinden, Opfer von Gewaltverbrechen. Ein Viertel hat einen tödlichen Unfall und der Rest taucht irgendwann wieder auf oder genießt ein neues Leben und wird dabei alt."

Der Graue Herr stellte sich neben Sark und verschränkte die Arme vor der Brust. „Wie soll jemand Chloé dazu bringen, so etwas zu tun? Selbst wenn noch jemand beteiligt war, das ändert nichts an den Fakten. Sie war hier oben und veranstaltete die Sauerei."

„Es gibt zumindest keine Hinweise auf eine Erpressung oder etwas in der Art, womit man sie hätte zwingen können."

„Gehirnwäsche? Hypnose? Irgendeine Droge?"

„Es wurden keine auffälligen Substanzen gefunden", berichtete Sark. Dass Chloé die Tat womöglich nicht aus freien Stücken begangen hatte, war für Sark kein neuer Ansatz, trotzdem fehlte es an Hinweisen. War Vali womöglich doch tiefer in die Sache verstrickt? Was, wenn er Chloé dazu brachte, die Morde zu begehen, die Sache außer Kontrolle geriet und er sie tötete? Aber weshalb war er dann Hals über Kopf in den Wald gelaufen? Wenn es sich um eine Inszenierung handelte, die am Ende unglückliche Realität wurde, so hätte er vorher die ihn belastenden Beweise verschwinden lassen und sogar in Ruhe das Haus anzünden können. Aber so deutete in der Tat einiges darauf hin, dass die Angelegenheit komplexer war und es möglicherweise doch eine weitere beteiligte Person gab. Man hatte die Konten von Vali und Chloé gesichtet und keine auffälligen Geldbewegungen gefunden, auch kein Versteck mit Bargeld in der Wohnung oder ungewöhnlich teure Anschaffungen. Das schloss zumindest vorerst die Variante aus, dass es sich um einen Auftrag handelte. Ein solches Motiv hätte den Fall nicht weniger seltsam gemacht, ihm aber eine Richtung vorgegeben. Doch so trat er weiterhin auf der Stelle.

Wie aus dem Nichts kam Sark bei diesem finsteren Thema in den Sinn, dass er eines Abends auf dem Weg nach Hause überlegt hatte, ob es nicht besser wäre, Anna zu töten, um ihr die Grausamkeiten der Welt zu ersparen. Sie war damals 4 Jahre alt. Verständlicherweise hatte er nie darüber gesprochen. Er konnte sich nicht einmal erinnern, wie und weshalb er auf die Idee gekommen war. Zum Glück hatte sie sich noch an jenem Abend wieder verflüchtigt.

Er fühlte sich wegen der Sache nicht schlecht. Er hatte bereits damals genügend Gewalt gegen Kinder und Frauen gesehen, um jede Hoffnung auf ein gutes Ende zu verlieren. Es war ein Glücksspiel, jeden Tag eine neue Runde. Das wusste er. Erst recht jetzt, wo Anna zu einer jungen, schönen Frau heranwuchs. Damals hätte er sie wahrscheinlich töten und mit den Konsequenzen leben können, leben müssen. Nun würde er sie all der Möglichkeiten berauben, die sie noch vor sich hatte. Wo bei dieser Argumentation der Unterschied zu damals war, konnte er nicht sagen. Er wusste nur, dass sie ein glückliches Leben verdiente.

Sark löste sich von diesen Gedanken und warf einen Blick auf seine Armbanduhr. Er überlegte. Sollte er morgen in der Frühe aufbrechen, um sich in Ruhe in dem Wald umzusehen, wo man Valis Leiche fand? Eine Strecke wäre mit dem Auto etwa sieben bis acht Stunden. Folglich müsste er sich ein Zimmer nehmen.

Aber was erhoffte er sich davon? Zugegeben, in einem ausgedehnten Waldgebiet konnte trotz Spürhunden so einiges übersehen werden. Er wusste aber auch, dass die meisten Kollegen sehr fähige Ermittler waren. Leider nutzte ihm das nicht viel, denn nur durch einen Besuch der Fundstelle konnte er sich ein eigenes Bild machen. Und das war bei weitem besser, als sich zuhause zu verkriechen und zu betrinken, ob mit oder ohne Sinn.

„Was hast du nun vor?" wollte der Graue Herr wissen, als sich Sark vom Fenster abwandte, um den Dachboden zu untersuchen.

„Wenn ich das wüsste", antwortete er und betrat den ersten Verschlag.

Der Graue Herr blieb vor dem Raum stehen und beobachtete Sark.

Sark leuchtete nach oben. Die Decke bestand aus ein paar Brettern, über die Maschendraht gelegt worden war. Darüber sah er die Dachbalken, die Dachschräge und ein kümmerliches, verlassenes Wespennest.

Im nächsten Abteil bot sich das gleiche Bild: Fleckiges, behandeltes Holz, ein paar Spinnweben und eine Ahnung von dem Grauen, das sich hier zugetragen hatte.

Sark trat zurück auf den Gang, an dessen Ende all das stand, was nicht entsorgt worden war: Zwei Klappstühle aus Kunststoff, ein leerer Wäschekorb mit einem beschädigten Griff, ein mit Flugrost bedecktes Fahrrad, ein leerer Bilderrahmen aus Holz und drei leere Bierkästen. Er holte die Bierkästen, stellte sie vor der Tür des Verschlags übereinander und stieg hinauf, wobei er sich am Querbalken festhielt. Dann leuchtete er in den Bereich zwischen den Verschlägen und dem Dach, was er anschließend auf der anderen Seite des Gangs wiederholte.

„Und?" fragte der Graue Herr.

„Nichts", antwortete Sark, „wie zu erwarten." Damit stieg er von den Bierkästen und knipste die Taschenlampe aus. Wenn er hier in diesen begrenzten Räumlichkeiten schon nichts fand, wie sollte es dann in dem weitläufigen Waldgebiet laufen? Sollte er sich die Zeit und das Geld sparen? Oder gab es dort draußen etwas Wichtiges? Vielleicht einen entscheidenden Hinweis?

Sark lief zur Tür, schaltete das Licht aus und wollte gerade den Dachboden verlassen, als er bemerkte, dass ihm der Graue Herr nicht folgte. Er lief zurück und sah die Silhouette des Mannes im Gang zwischen den Verschlägen.

Als sich ihre Blicke trafen, drehte der Graue Herr den Kopf und schaute in den Raum zu seiner Rechten.

Sark wunderte sich und trat näher. Der Graue Herr machte Platz. Sark knipste die Taschenlampe wieder an und suchte den Raum ab. Er wusste, dass etwas hier war. Nicht umsonst verhielt sich der Graue Herr so. Er sah Dinge, die Sark nur unterbewusst wahrnahm, und förderte diese durch Hinweise zutage, wie in diesem Moment, denn als Sark den Lichtkegel zur linken Seite schwenkte, nahm er im rechten Teil seines Blickfelds im unteren Bereich der Wand einen Punkt wahr, der sich für den Bruchteil einer Sekunde von seiner dunklen Umgebung abhob. Er bewegte die Taschenlampe hin und her, ohne sich selbst zu bewegen, um die Stelle genau zu lokalisieren. Dann lief er hin.

Zwischen den Brettern konnte Sark etwas auf der anderen Seite erahnen. Er klopfte die Wand ab und stellte kurz darauf fest, dass vermutlich eines der Querbretter morsch und gebrochen war, denn er konnte eines der senkrechten Bretter nach hinten drücken und biegen.

Er legte die Taschenlampe auf den Boden und griff durch den Spalt in den Hohlraum. Seine Finger bekamen etwas Schweres zu fassen. Das Objekt kippte mit einem Knall um. Sark hatte etwas Mühe, aber letztendlich gelang es ihm, den Gegenstand durch die enge Öffnung zu manövrieren.

Es handelte sich um eine unsauber in Leder geschlagene und mit einer derben Schnur umwickelte Kupferplatte, etwa 25 Zentimeter breit, 20 Zentimeter hoch und 4 bis 5 Millimeter dick. Obwohl das Metall stark oxidiert war, gab es glücklicherweise noch einige Stellen mit etwas Restglanz, ohne den Sark das Stück schlichtweg übersehen hätte.

Sark entfernte die Schnur, schlug das Leder zurück und betrachtete im Schein der Taschenlampe den Fund, der kalt und schwer vor ihm lag.

Er sah über seine Schulter und wollte etwas sagen, doch der Graue Herr war bereits verschwunden.

Kapitel 11

Der Fund

Sark fuhr ziellos durch die Gegend und dachte dabei nach, während der kühle Wind durch den offenen Spalt des Seitenfensters wehte.

Eine Weile fuhr ein Wagen vor ihm, dessen Fahrer – oder Fahrerin – an einer Ampel eine Zigarettenkippe aus dem Fenster warf. Weshalb taten Menschen so etwas? Weshalb reichten Verstand und Vernunft nicht dazu, den Müll im Wagen zu lassen und später zumindest kontrolliert zu entsorgen und nicht einfach irgendwo hinzuwerfen? Wie gerne hätte er ihnen ins Gesicht geschossen, und auch jenen, die in Wälder fuhren, um ihren Unrat abzuladen. Natürlich änderte das nichts am Niedergang von Natur und Menschheit, dennoch konnte er nicht nachvollziehen, mit welcher Gleichgültigkeit einige Leute durch die Welt liefen oder fuhren. Vielleicht wurde ja mit diesen Gedanken und Fragen jene Ignoranz kompensiert, die er bei vielen seiner Fälle an den Tag gelegt hatte, ob nun zum Selbstschutz oder nicht.

War die Platte, die neben ihm auf dem Beifahrersitz lag, möglicherweise der Grund für Valis Flucht? Handelte es sich dabei um Diebesgut? War ihm jemand auf die Schliche gekommen? Hatte er versucht, seinen Auftraggeber zu erpressen? Oder kam es zu anderen Problemen und Streitigkeiten?

Sark realisierte, dass sich die Fragen erneut vom eigentlichen Grund seiner Nachforschungen entfernten. Aber was sollte er tun? Dass es eine Verbindung gab, konnte er nicht beweisen, und vielleicht existierte sie nicht einmal, aber je mehr er über die Umstände von Valis Tod in Erfahrung brachte, desto höher lag die Wahrscheinlichkeit, sich dem Grund für die von Chloé verübten Morde zu nähern und Licht ins Dunkel zu bringen.

Er hielt an einem Imbiss und kaufte sich einen Teller mit Gyros und dazu eine große Portion Pommes frites zum Mitnehmen, ehe er sich auf den Heimweg machte. Dort öffnete er eine Flasche Bier, setzte sich zum Essen auf die Couch und ging nebenher weitere Aufnahmen aus Valis Daten am Laptop durch. Dabei fiel ihm auf, dass die Nummerierungen der Dateien vereinzelte Lücken aufwiesen, die er sich nicht erklären konnte, zumal nicht jede der vorhandenen Fotografien perfekt oder gar brauchbar war. Einige waren so verwackelt, dass Sark nicht sagen konnte, was er betrachtete. Das Fehlen der Bilder ließ sich also nicht auf Valis Qualitätsanspruch zurückführen.

Sark beendete das Essen, holte sich eine weitere Flasche Bier und setzte sich auf den Balkon, um dem Ausklingen des Tages beizuwohnen. Danach ging er wieder hinein, zog ein Paar Latexhandschuhe an und nahm die oxidierte Kupferplatte zur Hand. Das Grün war an einigen Stellen derart intensiv, dass es zu leuchten schien. Da das Licht nicht ausreichte, um die Details zu erkennen, holte er die Nachttischlampe aus dem Schlafzimmer und betrachtete das Fundstück in ihrem Schein aus der Nähe.

Aus den feinen Linien, die aufgrund der Oxidation teils schwer oder nur bruchstückhaft auszumachen waren, formte sich ein Bild, das im Vordergrund eine Wiese mit einigen licht stehenden Bäumen und Büschen zeigte. Dahinter lag ein großer, länglicher, in die Ferne reichender See, eventuell ein Fjord, links und rechts begrenzt von steil aufragenden Bergen und Felswänden. Darüber erhoben sich massive Wolkenformationen, durch die vereinzelte Sonnenstrahlen brachen. Zu Sarks Überraschung endeten damit die nachvollziehbaren Darstellungen. Was einem flüchtigen Blick entging, offenbarte sich erst nach und nach, was nicht zuletzt am Zustand der Platte lag. Auch war Phantasie beim Betrachter gefragt, um unterbrochene Elemente zu ergänzen.

In der Ferne schwebte eine Art Kristall über dem See und aus den Wolken ragten zahlreiche filigrane Tentakel mit Saugnäpfen und Dornen, die sich teils so geschickt an die mal weichen, mal harten Formen schmiegten, dass Sark sie zunächst für Schattierungen hielt. Im Vordergrund, direkt am Ufer des Sees, stand ein Haus in Flammen, vielleicht ein Herrenhaus. Direkt daneben ertrank offenbar jemand, während mehrere Körper auf dem Wasser trieben. An einem Baum, der auf der linken Seite stand, hing eine Frau an einem Galgenstrick, während sie etwas gebar, das wie eine Schlange aussah. Mehrere knochig wirkende Gestalten in gekrümmter Haltung waren die Zuschauer. Zwischen den riesigen Wurzeln eines alten, sturmgepeitschten Baums ragten Skelettarme hervor, die nach dem Himmel zu greifen schienen – oder wollten sie an die dreieckigen Früchte, die vereinzelt über ihnen an den Zweigen hingen?

Es gab noch weitere Details, wie etwa einen Hirsch, an dessen Geweih Blüten und aus dessen Leib Zweige und Blätter wuchsen, Vögel, die von Würmern verspeist wurden, ein Feuer, aus dessen Rauch Schmetterlinge entsprangen, und eine riesenhafte Gestalt, die halb hinter einer Felswand stand und mit ihren runden, ausdruckslosen Augen zum Betrachter starrte, in der Hand etwas, das wie ein langes, geschwungenes Horn aussah.

Sark betrachtete die Szene weiter. Jedem Element war durch gekonnte Schraffierung Volumen gegeben. Der Stil war sehr eigenwillig. Wo die Wolken real wirkten, fiel bei dem brennenden Herrenhaus auf, dass es im Vergleich zu den Bäumen viel zu klein war, während einige der Tiere zu groß waren, was jedoch nichts mit der Perspektive zu tun hatte.

Eine Signatur suchte Sark vergebens; auch die Rückseite zeigte nichts außer ein paar Kratzern.

Woher stammte die Platte? Zwar hatte er sie bereits ohne Handschuhe berührt, dennoch sollten sich darauf noch weitere Fingerabdrücke befinden, die Aufschluss darüber geben könnten, durch wessen Hände sie gegangen war und wer sie auf dem Dachboden versteckt hatte. Er musste zeitnah die Fingerabdrücke nehmen und überprüfen lassen, um Gewissheit zu haben, denn in seiner Lage konnte er nicht einfach im Polizeilabor auftauchen und die Platte präsentieren; auf die dann gestellten Fragen hätte er nämlich keine Antworten, die ihn nicht noch weiter in Schwierigkeiten bringen würden.

Das Motiv wirkte so befremdlich wie die meisten, die er in Valis Unterlagen fand. Da die Platte – vielleicht eine Druckplatte – vom optischen Zustand her recht alt war, wollte sich Sark bei Kunst- und Antiquitätenhändlern informieren und zusätzlich Hilmer aufsuchen, der durch seine Kontakte gewiss auch hilfreich sein konnte.

Sark legte die Platte zurück auf den Tisch, auf welchem der kleine Fotorahmen mit dem Bild von Vali und Chloé lag, den er aus der Wohnung mitgenommen hatte. Es sollte ihn daran erinnern, dass er eine Aufgabe besaß. Er betrachtete das Paar und nahm dabei einen Schluck Bier.

Er stellte die Flasche gerade wieder ab, als sich eine Feststellung aus seinem Unterbewusstsein an die Oberfläche wand: Trotz des Interesses am Sanatorium und Aufnahmen, die belegten, dass sich Vali auf dem Grundstück und im Gebäude aufgehalten hatte, gab es keine Bilder vom Untergeschoss. Waren das möglicherweise jene Dateien, die fehlten? Stammte die Platte von dort unten? Wenn ja, weshalb hatte Vali dann versucht, die Spuren zu verwischen? Es wäre einfacher gewesen, gleich sämtliche Daten zu beseitigen. Wurde dieser Fehler zu Valis Verhängnis?.

Falls die Druckplatte einen gewissen Wert besaß, so musste sich Vali diesbezüglich informiert haben. Wenn nicht, blieb spontan nur die unbekannte Person, in deren Auftrag er gehandelt hatte oder die ihm auf die Spur gekommen war. Beide Varianten erklärten seine Flucht – aber nicht die Morde.

Stammte die Platte aus Donal Hedenfords Besitz? Hatte man sie damals im Gebäude vergessen? Unwahrscheinlich, aber durchaus möglich. Bei einem hohen Wert, ob nun materiell oder sentimental, war es allerdings ausgeschlossen, dass das Fehlen unbemerkt geblieben war.

Einmal mehr konnte Sark mit seinen Gedanken kaum Schritt halten; ein Zeichen dafür, die Sache besser bis zum nächsten Tag ruhen zu lassen. Die Fingerabdrücke prüfen zu lassen und ein Treffen mit Krister Hedenford waren zwei Punkte, die er als nächstes abzuarbeiten gedachte. Die Besichtigung des Fundorts von Valis Leiche hingegen stellte er aufgrund der neuen Entwicklung vorerst zurück.

Damit leerte er das Bier, stand auf und ging in die Küche, um sich eine weitere Flasche zu holen.

Zwischenspiel

Weg der Verdammnis

Der Herbst war golden, die Sonne angenehm warm und der Wind so kühl wie die letzte Nacht, in der es erstmals Reif gab. Die Vögel schwiegen und das Licht nahm durch den veränderten Einfallswinkel eine Farbe an, die vom kommenden Winter erzählte. Es herrschte eine Stimmung irgendwo zwischen Ruhe, Melancholie und Aufbruch, begleitet von einer Klarheit, die viele Eindrücke neu erscheinen ließ.

Und an genau diesem Tag ließ Sark seinen Wagen am Rand eines weitläufigen Birkenwaldes ausrollen, wo bereits zwei Einsatzfahrzeuge und ein Kombi auf dem Parkplatz standen; ein Hund, dessen Leine am Griff der Beifahrertür des Familienfahrzeugs befestigt war, lag daneben in der Sonne. Sark hielt bei den Einsatzfahrzeugen nahe der Zufahrt. Der Schotter knirschte unter den Reifen und anschließend unter Sarks Schritten, ein Klang, den er stets als angenehm empfand.

Er sah eine junge, weinende Frau in einem der Einsatzwagen. Zwei Beamte kümmerten sich um sie.

Ein Polizist, den er nicht kannte, kam auf ihn zu. Sie begrüßten sich und stellten einander vor.

Sark fiel die blasse Gesichtsfarbe des Mannes auf.

„Ich möchte Sie warnen", sagte der Mann und deutete mit einer Handbewegung zu einem Pfad, der in den Wald führte.

Die Bäume standen meist licht, nur an einigen Stellen drängten sie sich an einem Ort, was ihre Stämme für das Auge zu einem dicken verschmelzen ließ. Durch die kahler werdenden Baumkronen und die verblassende Farbe des Grases war das Licht sehr dominant. Auf allem lag ein sonderbarer, leicht orangefarbener Schein, obwohl die Sonne strahlend gelb am wolkenlosen Mittagshimmel stand.

„Weiß man schon etwas?" wollte Sark wissen. Er schaute sich um.

„Nicht viel", war die Antwort. „Die Spurensicherung ist auf dem Weg."

„Sie waren also die Ersten?"

„Ja. Ein Kollege wartet hinten und bewacht die Stelle."

„Gute Entscheidung, nicht weiter auf den Platz zu fahren", merkte Sark an.

„Wir dachten direkt an eventuelle Spuren, die wichtig sein könnten."

Sark nickte. Es ging dabei weniger um ein Lob, als vielmehr um eine kleine Ablenkung für den Mann, der sichtlich mitgenommen war. „Seit wann sind Sie dabei?"

„Gerade frisch aus der Ausbildung. Dritte Woche."

„Na wunderbar."

„Die junge Frau war mit ihrem Hund hier und fand die Leiche. Weiblich, vielleicht Mitte 20, wirklich schwer zu sagen. Die beiden Kollegen dort drüben kamen nach uns an. Nur ich, mein Partner, der Hund und die Frau waren bisher da hinten." Nach einer kurzen Pause fügte er hinzu: „Und der oder die Täter."

Sark folgte dem jungen Beamten.

Der Pfad war ausgetreten und nicht sonderlich breit. Etwa 100 Meter und mehrere leichte Biegungen später verlor sich der begraste Waldboden zunehmend in einer trostlosen, braunen Fläche mit immer dunkler und tiefer werdenden Wasserlöchern, wo Gräser und vereinzelte Blumen mit bunten Blüten lediglich Inseln bildeten. Der Pfad ging in einen hölzernen Steg über, dessen schiefe und rissige Bretter an alte Schiffsplanken erinnerten. Er war etwas breiter als der Trampelpfad und bot zwei Leuten nebeneinander Platz. Abgestorbene Bäume ohne Rinde, fahl wie Knochen, ragten schief auf und gaben nur langsam anderen Pflanzen Raum.

Der geländerlose Steg erreichte wieder festen Boden, auf dem kräftige Birken und Jungbäume wuchsen. Ob es der Rand des Sumpfes war oder lediglich ein Hain inmitten des Verfalls, ließ sich nicht erkennen. Der zweite Beamte wartete in einiger Entfernung. Er beschäftigte sich mit seinem Smartphone. Als dieser bemerkte, dass sich jemand näherte, hob er den Blick und steckte das Gerät weg.

„Etwa 30 Meter auf der linken Seite", erklärte der Beamte, nachdem er und Sark sich einander bekannt gemacht hatten. Er war vermutlich auch noch nicht lange im Dienst. Und dann direkt so etwas. Das dürfte entweder abhärten oder die Berufswahl in Frage stellen.

Sark nickte. „Warten Sie ruhig vorn auf die Verstärkung." Es ging dabei nicht um Mitgefühl, sondern um seine Ruhe. Fast konnte er den kalten Schweiß der zwei Beamten riechen, in diesem Moment für ihn unerträglich. Er wusste längst nicht mehr, wie es gewesen war, als er sein erstes Mordopfer zu Gesicht bekommen hatte.

Sark ließ die Polizisten hinter sich und folgte dem Verlauf des Steges, der einen Bogen nach rechts machte. Kurz darauf – die Beamten waren nicht mehr zu sehen – fand er sie: Nackt und mit einem bis zur Unkenntlichkeit geprügelten, aufgeschwollenen Gesicht, das nichts Menschliches mehr hatte und weder von der Form noch von der Größe her zum Rest des Körpers passte.

Das braune, mittellange Haar war zu einem Zopf gebunden und vom getrockneten Blut verklebt und verkrustet. Sie lag halb auf der Seite, halb auf dem Rücken. Unter ihren Beinen befand sich ein moosbewachsener Baumstamm. Der pastellblaue Nagellack an ihren Zehen hob sich stark von der Umgebung ab. Sie war schlank und wirkte sportlich, vielleicht eine Schwimmerin. Am Hals trug sie eine dünne Kette mit einem kleinen Anhänger. Sark konnte nicht erkennen, was es war. Ihre Haut war makellos, leicht gebräunt und machte einen geschmeidigen Eindruck. Sark sah darauf weder Blut noch Dreck, der über den Aufprall als Ursache hinausging. Ob man sie gewaschen hatte?

Die Leiche lag keine zwei Meter neben dem Steg. Ihre Position ließ vermuten, dass man sie getragen und einfach an dieser Stelle wie Müll entsorgt hatte. Auf dem Steg konnte er nichts Auffälliges sehen, keine Schuhabdrücke, keine frischen Kratzer, Schleifspuren oder andere Beschädigungen.

Sark lief weiter und folgte dem Steg, der mit dem Erdniveau anstieg. Die Baumgruppen wurden dichter. Nach etwa 100 Metern lichtete sich der Wald. Dort endete der Steg an einer rechteckigen Plattform mit einer Bank und einem Geländer. An dieser Stelle konnte er einen weitläufigen See überblicken, der auf der anderen Seite an Felder und Wiesen grenzte. In der Ferne zeichneten sich Bäume ab, vermutlich eine Allee. Gras und Schilf in der direkten Umgebung wirkten unberührt. Auf dem Holz des Geländers und der Bank hatten jugendliche diverse Liebeserklärungen hinterlassen, andere prahlten mit ihren Eroberungen und dem vermeintlichen Wissen, wer welche Sexualpraktik bevorzugte.

Sark setzte sich auf die Bank. Von hinten näherten sich Schritte.

Er überlegte. Bei seinen bisherigen Mordfällen ging es um Schuss- und Stichverletzungen, um fingierte Selbstmorde und vermeintliche Brandopfer, um Tötungen mit stumpfen Gegenständen oder Gift. Dieser Fall war der erste, der ihm ein völlig anderes Bild zeigte, eines, das er nur aus Büchern, Berichten, Dokumentationen und Erzählungen kannte.

Ein Windstoß riss mehrere welke Blätter von den Birken, trieb sie tanzend vor sich her und wehte sie durch Sarks Blickfeld hinaus auf den See. Er betrachtete das Schauspiel.

An jenem Tag lösten sich die Baumkronen so auf wie sein übrig gebliebener Glaube an die Menschheit.

Momente später setzte sich jemand neben ihn; es war Sarks erste Begegnung mit dem *Grauen Herrn*, der ihn von diesem Moment an nach und nach in die wahren Abgründe der Welt begleiten sollte.

Kapitel 12

Sark schüttelte die Erinnerung ab und blickte aus dem Fenster seines Wagens. Er stand mitten im Verkehr, der sich zäh durch die Häuserschluchten der Stadt bewegte. Alles dort draußen wirkte trostlos und grau, was nicht zuletzt an den tief hängenden, finsteren Wolken lag, die unentwegt ihren Regen entluden und ihre Echos als Nebel durch die Straßen ziehen ließen.

Der riesige Vorraum zu Hedenfords Büro war sporadisch aber modern eingerichtet. Die linke Wand bestand aus Fenstern, die vom Boden bis zur fünf Meter hohen Decke reichten. Rechts gab es mehrere Gemälde an der Wand, einen Wasserspender und einen Automaten für verschiedene Kaffeevariationen und Teesorten. Im Raum verteilt standen Grünpflanzen in großen Kübeln aus Ton und zwei Tische mit Stühlen. Bei den Fenstern gab es eine Sitzgruppe mit einem flachen Tisch aus Metall und mattem Glas. Eine bauchige Vase aus Ton stand darauf. Die Blumen darin waren neben den Bildern an der Wand und den Kübelpflanzen die einzigen bunten Akzente. Quer durch den Raum verlief eine Reihe von mächtigen Stützen aus Backstein.

Sark passierte die Stützen. Fast war ihm, als würde er durch ein gigantisches Tor schreiten oder einen Tempel betreten.

Er fragte sich, ob ein solcher Eindruck bei der Planung von neuen Bauten einkalkuliert wurde, um bei den Besuchern gewisse Emotionen zu wecken. Ordnete man Stützen oder Gestaltungselemente bewusst so an, dass das Ego eines potenziellen Geschäftspartners unterbewusst bereits geschmeichelt wurde, ehe dieser überhaupt wusste, worum es im Angebot überhaupt ging? Gewundert hätte es ihn nicht.

In der rechten Ecke befand sich der ausladende Schreibtisch der Sekretärin und links davon – direkt gegenüber vom Eingang – eine große Tür, deren zwei Flügel aus gesandstrahltem Glas bestanden, gefasst von Edelstahl. Das Licht der Lampen an der Decke und an den Wänden erhellte zwar die Szenerie, durch den dunklen Tag hielt sich jedoch eine gedämpfte Atmosphäre, Vorbote der kalten Jahreszeit.

Die attraktive Sekretärin hob den Blick, als sich Sark näherte, und stand auf. Sie lief um den Schreibtisch herum.

„Guten Tag", sagte sie lächelnd und streckte ihm die Hand entgegen.

Sark spürte ihre kalte, sanfte Hand in der seinen. Er schätzte sie auf Anfang 30. Er stellte sich vor.

Die Sekretärin nickte. „Er erwartet Sie bereits." Mit einer Handbewegung lud sie Sark ein, ihr zu folgen.

Sie öffnete die beiden Türflügel zeitgleich. Dabei ließ Sark seinen Blick über ihren Rücken hinab zur Taille und ihrem Po wandern. Sie machte einen Schritt zur Seite und bat ihn in Hedenfords Büro.

„Möchten Sie einen Kaffee?" fragte sie. „Oder einen Tee oder Wasser?"

„Nein, aber danke."

Sie lächelte, wandte sich ab und schloss die Tür hinter sich.

Sark sah in den Raum. Hedenford stand links bei den Fenstern und telefonierte mit einem schnurlosen Telefon. Er deutete mit einer Handbewegung an, dass er noch einen Moment benötigte. Mit einer weiteren Geste bat er Sark, vor dem Schreibtisch in einem der Ledersessel Platz zu nehmen.

Sark kam dem nach und setzte sich.

Das Büro war so karg eingerichtet wie der Vorraum und maß etwa ein Drittel der Fläche bei gleicher Breite. Rechts stand ein Bücherregal aus dunklem Massivholz, das die gesamte Wand vereinnahmte. Trotz seiner außergewöhnlichen Größe war der Schreibtisch weitgehend leer: Neben der Tastatur und dem großen Flachbildschirm gab es nur einen Halter mit einem Kugelschreiber zu sehen, einen leeren Notizblock, ein Smartphone, die Basisstation des Telefons und eine Tasse. Links gab es eine Sitzgruppe mit einem kleinen Tisch und mehreren Sesseln für Besucher. Der mit Parkett ausgelegte Raum wirkte steril; keine Pflanze, kein Zierobjekt.

Hedenford trug einen dunkelgrauen Anzug, dazu ein schwarzes Hemd und eine schwarze Krawatte mit zartblauen, diagonalen Linien. Die schwarzen Lederschuhe glänzten wie frisch poliert. Hedenford hatte einen militärischen Kurzhaarschnitt und eine Körperhaltung, die unter Garantie bei den meisten Menschen Ehrfurcht erweckte.

Worum es in der Unterhaltung ging, konnte Sark nicht heraushören, aber sehr wahrscheinlich um nichts Privates.

„Entschuldigen Sie", sagte Hedenford. Er legte das schnurlose Telefon auf den Tisch und reichte Sark, der sich erhoben hatte, die Hand. Dann lehnte er sich an seinen Schreibtisch und verschränkte die Arme vor der Brust, während Sark sich wieder setzte.

Sark bemerkte, dass die Sessel weit genug vom Tisch entfernt standen, dass Hedenford in dieser Position nicht automatisch als Bedrohung wahrgenommen wurde oder als ein zu dominanter Geschäftspartner; ein überaus interessantes Detail.

„Womit kann ich Ihnen behilflich sein?" fragte Hedenford.

Sark holte das Foto hervor, das Vali und Chloé zeigte. Er hatte es vor Tagen aus dem Rahmen genommen. Er reichte es an Hedenford. „Kennen Sie eine dieser Personen?"

„Ihn ja, die Frau ist mir allerdings nie begegnet", antwortete Hedenford und gab die Aufnahme zurück. „Aber das sagte ich bereits Ihren Kollegen."

„Da ich bisher nichts mit dem Fall zu tun hatte, muss ich mir selbst ein Bild machen", log Sark. „Woher kennen Sie ihn?" Er steckte das Bild ein.

„Er tauchte vor ein paar Wochen auf und wollte Informationen zu einem meiner Grundstücke."

„Das ehemalige Sanatorium?"

„Ja."

„Worum ging es in der Unterhaltung?"

„Wir sprachen nur kurz auf dem Weg in die Tiefgarage, denn ich musste zu einem Geschäftsessen. Er fragte, ob ich ihm etwas über die Geschichte des Sanatoriums erzählen könne und ob mein Vater Kunst sammelte."

„Was haben sie geantwortet?"

„Nicht viel. Ich wimmelte ihn ab und bat ihn, bei meiner Sekretärin einen Termin zu vereinbaren. Aber das tat er nicht." Hedenford machte eine kurze Pause. „Weshalb das Interesse?"

„Ich versuche, nur noch ein paar offene Fragen zu klären, damit die Sache abgeschlossen werden kann."

„Nur zu", sagte Hedenford, lief um den Schreibtisch, nahm in seinem Bürosessel Platz und lehnte sich zurück. Das Leder knirschte.

„Wissen Sie, ob sich noch etwas von Wert auf dem Grundstück befand?"

„Nein. Und wenn, dann dürfte es längst verschwunden sein. Ich vermisse jedenfalls nichts, wenn Sie das meinen."

„Sie wissen, dass sich ab und zu Personen auf dem Grundstück aufhalten?"

„Sicher. Ich werde trotzdem nicht in eine Überwachungsanlage investieren."

Sark holte ein Blatt hervor und faltete es auseinander. Es zeigte ein ausgedrucktes Foto der Kupferplatte. Er stand auf und reichte es über den Tisch.

Hedenford nahm die Aufnahme entgegen. „Ist das eine Druckplatte?"

„Das ist anzunehmen. Sammelte Ihr Vater etwas in dieser Richtung?"

„Wenn, dann weiß ich nichts davon." Er legte das Blatt auf den Tisch und lehnte sich wieder zurück. „Nachdem mein Vater starb, ging sein Besitz auf mich über. Spätestens da wäre mir ein solches Interesse aufgefallen. Was hat es damit auf sich?"

„Der Mann, der Sie besuchte, beschäftigte sich mit art brut und offenbar mit Ihrem Grundstück. Ich vermute deshalb, dass er die Platte von dort hat. Das versuche ich aktuell zu bestätigen oder zu widerlegen."

„Wie bereits erwähnt, ich vermisse nichts. Mehr kann ich dazu nicht sagen. Und am Ende verirren sich keine Kunstdiebe dorthin, eher Jugendliche, um Mädchen zu beeindrucken und bei ihnen zu landen." Hedenford drehte sich mit dem Bürosessel etwas zur Seite Richtung Fenster. „Ist sie etwas wert?"

„Das weiß ich aktuell noch nicht."

Hedenford nickte. „Gut, das wurde jetzt auch irrelevant. Ich könnte nicht einmal beweisen, dass sie rechtmäßig mir zusteht, selbst wenn dem so wäre."

„Sammelte Ihr Vater andere Kunstgegenstände? Gemälde oder Skulpturen vielleicht?"

„Nein. Wissen Sie, mein Vater hielt nicht viel davon. Er glaubte fest daran, dass man mit den Dingen, die man tut, einen Beitrag zu leisten hat, um die Welt am Laufen zu halten. Wie ein Motor, der ein Schiff antreibt. Da ist es unerheblich, ob in den Kabinen ein Bild hängt oder nicht."

„Das klingt ziemlich bodenständig."

„Das war er, das können Sie glauben. Deshalb gelang es ihm, seine Firma aufzubauen. ‚Träume formen keinen Stahl', sagte er gern."

Sark überlegte. „Wissen Sie, weshalb Ihr Vater das alte Sanatorium kaufte und umbauen ließ?"

„Das Grundstück war verständlicherweise nicht sonderlich teuer und die Lage gefiel ihm", war Hedenfords simple Antwort.

„Und warum ließ er das Untergeschoss in seinem ursprünglichen Zustand?"

„Weil er schlichtweg keine Verwendung für den Raum hatte." Hedenford machte eine kurze Pause. „Und ja, er spazierte gern dort unten herum, in etwa so gern wie am Kliff. Er fand es entspannend, unabhängig davon, was jeder zu wissen meint."

„Ja, es scheint viele Geschichten zu geben."

„Nicht zuletzt wegen der bewegten Vergangenheit des Sanatoriums."

Sark nickte. Er wusste nicht, was er sich im Detail von diesem Treffen erhofft hatte, doch wenn es Hedenford egal war, woher die Platte stammte und was mit ihr geschah, dann brachte sie ihn zumindest hier bei seinen Ermittlungen nicht voran.

„Wie dem auch sei, ich fürchte, mehr Antworten kann ich Ihnen nicht geben", erklärte Hedenford. „Bei einem verschollenen Familienerbstück hätte es anders ausgesehen, aber so ...."

„Einen Versuch war es wert", fand Sark. „Ich möchte Ihnen trotzdem danken, dass Sie sich die Zeit nahmen." Er stand auf, nahm das Blatt mit der Abbildung der Druckplatte vom Tisch, faltete es und steckte es ein. Er spürte, dass Hedenfords Aussage auch ein Hinweis war, die Unterhaltung zu beenden.

„Ich wäre Ihnen dennoch verbunden, wenn Sie mich über neue Erkenntnisse informieren würden", bat Hedenford, der sich ebenfalls erhob.

„Natürlich", versicherte Sark.

Hedenford geleitete ihn abschließend zur Tür des Büros, wo sie sich mit einem Handschlag voneinander verabschiedeten.

Als Sark wieder in seinem Auto saß, betrachtete er den Regen, der auf die Windschutzscheibe fiel. Dieses vermeintliche Chaos basierte auf einer unsichtbaren Ordnung. Ob das bei dem Fall auch so war?

Nach einer Weile startete er den Motor und verschwand in Grau des Tages.

Kapitel 13

„Das ist korrekt", sagte die Stimme am anderen Ende der Leitung. „Er kam vor einer ganzen Weile zu mir und fragte mich über das Sanatorium aus."

Sark hatte in Valis Aufzeichnungen mehrfach Magnus Olofsons Namen gelesen. Auch dessen Telefonnummer und Adresse waren vermerkt. Es stellte sich heraus, dass Olofson nur etwa 20 Minuten Fußweg von Chloés Wohnung entfernt wohnte und eine kleine Tischlerei besaß.

„Ich dachte, der Fall sei abgeschlossen", wunderte sich Olofson. „Zumindest stand es so in der Zeitung."

„Es wird offiziell auch nicht weiter ermittelt", erklärte Sark. „Ich möchte aber gern die Faktoren kennen, die zu alledem führten. Da keiner der Beteiligten mehr am Leben ist, sind nach wie vor viele Fragen offen."

„Haben Sie schon etwas herausfinden können?" fragte Olofson.

„Nein", antwortete Sark. „Ich muss zugeben, ich stehe noch ziemlich am Anfang. Wie kam der Kontakt zwischen Ihnen und Vali zustande?"

„Durch Chloé."

„Sie kannten sich?"

„Ja, über die Gärtnerei, in der sie arbeitete."

„Wissen Sie, weshalb Chloé Ihren Namen ins Spiel brachte?"

„Seit fast 25 Jahren ist es meine Leidenschaft, Häuser vor dem Verfall zu bewahren und wieder herzurichten. Sobald ein Haus leer steht, geht es nur noch um Geld. Was hat schon eine Fassade mit kunstvollen Schnitzereien oder Stuckarbeiten gegen Wirtschaftlichkeit, Stahl und Beton auszurichten? Und in aller Regel interessieren sich viele Grundbesitzer auch nicht für die Geschichte der Gebäude. Mich hingegen fasziniert das Feld.

Es gibt beispielsweise belegte Fälle, in denen Herrenhäuser direkt an Kapellen errichtet wurden. Durch Erweiterungen verschmolzen die Gebäude im Laufe der Jahrzehnte zu einem und die Gotteshäuser wurden Teil der Architektur. Ein paar Generationen und die Kapellen waren vergessen, genau wie so manches Geheimnis und Wissen um andere Gebäude. Oder man riss ein altes Haus ab, um Baumaterial für ein neues zu bekommen, wodurch es eine indirekte Verbindung zwischen den Bauten gibt. Ich muss Sie aber enttäuschen, denn das Sanatorium wurde weder auf einem Friedhof errichtet noch mit den Steinen eines Spukschlosses." Olofson lachte.

„Aktuell schreibe ich an einem Buch, das Bilder der Häuser vor, während und nach den Arbeiten zeigt, zusammen mit wissenswerten Informationen, ob nun über die Gebäude selbst oder über ehemalige Bewohner. Es hat sich in den Jahren einiges an Material angesammelt. Die handwerklichen Arbeiten sind eine Sache, die Recherchen eine andere. Ab und zu komme ich mir vor wie ein Detektiv, hier ein Hinweis, da eine kleine Information, die zum nächsten Anlaufpunkt für weitere Fragen oder Erkenntnisse führt. Jedenfalls nahm Vali an, ich könne ihm bei seinen Nachforschungen helfen."

„Konnten Sie?" wollte Sark wissen.

„Da das Sanatorium in der Nähe der Stadt errichtet wurde, sind beide Geschichten eng miteinander verwoben. Ich konnte ihm Jahreszahlen nennen und einige Namen, quasi den geschichtlichen Werdegang, wer wann Direktor war, welche nennenswerten Vorfälle es gab und solche Dinge."

„Woher haben Sie die Informationen?"

„Aus Erzählungen von ehemaligen Mitarbeitern und aus Zeitungsartikeln und Aufzeichnungen im Stadtarchiv. Ich trug in den Jahren so einiges zusammen. Und das gab ich an Vali weiter. Aber ich weiß bis heute nicht, wonach er eigentlich suchte."

„Ich nehme an, die meisten Zeitzeugen sind bereits tot."

„Mittlerweile ja. Ich sprach damals mit zwei von ihnen, sie lebten noch in der Stadt. Ich versuchte damals auch, alle zu finden, die noch am Leben waren, aber ohne Erfolg. Entweder waren die Leute verstorben oder die Spur verlor sich nach mehreren Umzügen im Nichts."

„Hatten die beiden Personen, mit denen Sie sprachen, noch irgendwelche Unterlagen von damals?"

„Nein. Und es dürfte auch schwer bis unmöglich sein, überhaupt noch etwas zu finden. Es kann natürlich sein, dass es noch Aufzeichnungen gibt, aber was nutzt es, wenn man nicht weiß, wo man suchen soll? Ich möchte mir gar nicht ausmalen, was generell an vermeintlich verschollenen Informationen und vor allem an Wissen in den Archiven der Welt liegt, ohne je katalogisiert worden zu sein. Das ist, als würden die jeweiligen Unterlagen gar nicht existieren. Das ist kein Jammer, das ist eine Tragödie, wenn Sie mich fragen. Leider kommt so etwas vor." Olofson zügelte sich. „Aber ich schweife ab."

Diese Variante hatte Sark gar nicht in Betracht gezogen. Und hätte Vali, wie auch immer, im Gegensatz zu Olofson bei seinen Nachforschungen Erfolg gehabt, wäre darüber etwas in seinen Unterlagen zu finden gewesen, da war er sich sicher. Eine solche Anstrengung wäre dokumentiert.

„Aber", fuhr Olofson fort, „und das sagte ich auch Vali, vielleicht gibt es doch jemanden, der Ihnen helfen könnte."

Sark hörte im Hintergrund Unterlagen rascheln.

„Christiano Sosa. Er ist der Sohn des letzten Direktors, Sebastian Sosa. Ich habe allerdings weder eine Adresse noch eine Telefonnummer. Ich weiß nicht einmal, ob er noch lebt. Irgendwie kam ich nie dazu, mich darum zu kümmern. Seltsam. Aber ich bin eben kein bezahlter Historiker, der nicht durch einen anderen Broterwerb abgelenkt wird." Er lachte.

„Wissen Sie, ob Vali ihn kontaktierte?"

„Nein."

Sark überlegte. In Valis Notizen stand nichts entsprechendes, somit lag der Verdacht nahe, dass es in der Sache keinen nennenswerten Fortschritt gegeben hatte.

„Den Namen notiere ich mir", sagte Sark. Er überlegte kurz und fragte dann: „Als Sie mit Vali sprachen, verwiesen Sie ihn an Krister Hedenford?"

„Ja. Suchte er ihn auf?"

„Offenbar nur für ein kurzes Gespräch. Ich unterhielt mich mit Hedenford, aber er konnte mir auch nichts weiter sagen."

„Das ist schade. Aber jemand wie er hat gewiss ganz andere Sachen, um die er sich kümmern muss."

„Da könnten Sie Recht haben." Sark überlegte. „Wunderte Sie Valis Interesse am Sanatorium?"

„Nein. Ich werde nicht ständig nach irgendwelchen Dingen gefragt, aber es kommt schon vor, dass jemand an mich herantritt, der eines der Häuser, die ich renovierte, von früher kennt und etwas darüber wissen möchte. Oder sogar eine Geschichte dazu hat, die ich nicht kannte."

„Kam das auch beim Sanatorium vor?"

„Nein. Die Geschichten von damals kennt quasi jeder, der hier aufwächst."

„Haben Sie je darüber nachgedacht, es zu renovieren, wenn Sie die finanziellen Mittel hätten?"

„Gewiss nicht, dazu ist mir der Ort zu unheimlich. Ich meine, ich renovierte bereits Häuser, in denen es zu Morden oder anderen Verbrechen kam. Wie soll ich das formulieren?" Eine kurze Pause. „Es ist, als würde eine bedrohliche Energie in jedem Winkel und jeder Ecke kleben. Und die kann man nicht mit Farbe überstreichen. Sie ist da, wie eine Erinnerung. Ich möchte ehrlich gesagt gar nicht wissen, was sich in einigen Räumen abspielte. Und ich denke, der Umbau von damals änderte nichts. Ich muss das Gebäude nur sehen und fühle mich seltsam. Ein furchtbarer Ort."

„Also waren Sie schon auf dem Grundstück?"

„Natürlich, wie viele andere auch, die es aber nicht zugeben würden. Wenn wir ehrlich sind, interessiert die Polizei so etwas erst, wenn sich jemand in einer Ruine den Hals bricht. Hedenford ließ ja nicht einmal ein Schild ans Tor hängen, dass der Zutritt verboten ist. Und da ist es natürlich umso leichter, der Faszination des Unheimlichen und Verbotenen nachzugehen." Olofson lachte.

„Mich interessierte eigentlich nur das Untergeschoss."

„Weil es erhalten blieb?"

„Richtig. Aber es war ernüchternd. Keine seltsamen Vorrichtungen für Experimente oder andere Überbleibsel von damals, eben all das, was man sich so ausmalt, wenn man die Geschichten kennt."

„Haben Sie eine Ahnung, weshalb es dort keinen Umbau gab?"

„Angeblich fand der alte Hedenford die auf eine gewisse Art geistige Freiheit von psychisch gestörten Menschen inspirierend. Vielleicht lief er dort unten herum und sinnierte über geschäftliche Probleme und unkonventionelle Lösungen. Er war sehr beschäftigt und hatte stets viel um die Ohren. Und wahrscheinlich raubten ihm anstehende Entscheidungen oder Probleme auch den Schlaf. Da kann ich mir gut vorstellen, dass ihm der Gedanke gefiel, frei von alledem zu sein. Aber ich wette, er hätte zum Tausch nie auf seinen Wohlstand verzichtet, denn er hat sich alles selbst aufgebaut und damit verdient. Aber wer träumt nicht ab und zu von weniger oder gar keinen Verpflichtungen? Ob das alles stimmt oder nicht, kann ich nicht sagen. Vielleicht wollte er verhindern, dass durch den Umbau nichts mehr an das Sanatorium erinnert. Er ließ zwar die Fassade, das Dach und den Kinderfriedhof unberührt, aber im Inneren änderte sich praktisch alles. Oder es gab statische Gründe. Einige meinen, dort unten hätte es Orgien und Rituale gegeben, aber ich denke, solche Aussagen sind eher ein Spiegelbild der eigenen Wünsche und Phantasien."

„Also glauben Sie nicht daran?" hakte Sark nach.

„Hedenford war sehr wohlhabend und enorm einflussreich. Und er kannte viele Leute: Schauspieler, Richter, Politiker, Künstler, Wissenschaftler und Größen aus der Wirtschaft. Wären die Gerüchte wahr, hätte spätestens nach seinem Tod irgendjemand versucht, daraus Kapital zu schlagen. Hedenford hätte zu jeder Zeit alles geheim halten müssen, denn es wäre nicht nur um seinen Ruf gegangen, sondern auch um den von Personen aus seinem Umfeld. Jemand hätte garantiert sein Schweigen für eine große Summe anonym gebrochen und die Geschichte wäre in allen Medien gelandet. Das passierte aber nie."

„Spezielle Neigungen sind ab einem gewissen Punkt mit der organisierten Kriminalität verbunden. Und spätestens dann gäbe es sehr wahrscheinlich irgendwo eine undichte Stelle. Aber ich stimme Ihnen zu: Möglich wäre alles." Sark ordnete seine Gedanken. „Sammelte Donal Hedenford Kunst von geistig gestörten Menschen? Wenn er ihre Denkweise so inspirierend fand, wie Sie sagen, wäre das wohl nur konsequent."

Obwohl er bereits Krister Hedenfords Aussage zu dem Thema hatte, konnte es nicht schaden, eine zweite Antwort zu hören.

„Das weiß ich nicht", sagte Olofson. „Ich denke aber weniger, denn das wäre bekannt. Das sollten Sie also besser seinen Sohn fragen. Wieso?"

„Ich möchte gern verstehen, weshalb sich Vali ausgerechnet für das Sanatorium interessierte."

„Weil es durch den Umbau zur Villa ein wirklich eigenartiger Ort wurde. Eventuell reichte ihm das als Grund."

Das war möglich. Denkbar war auch, dass es schlichtweg von Anfang an Zufall gewesen war, hinter dem es keine tiefere Bedeutung zu entdecken gab. Sark musste sich wohl oder übel an die Möglichkeit gewöhnen, dass sich die Dinge einfacher gestalteten, als die Umstände vermuten ließen.

„Ich möchte Sie nicht weiter aufhalten", sagte Sark, „aber eine letzte Frage hätte ich noch."

„Ja?"

„Wie lange kannten Sie Chloé?"

„Ein paar Jahre."

„Haben Sie eine Vermutung, wieso sie das tat? Es deutet nämlich alles darauf hin, dass sie die Haupttäterin war. Falls nicht, dann war sie zumindest an den Morden beteiligt, das belegt die Spurensicherung."

„Das kann sich hier niemand erklären. Sie war immer hilfsbereit, freundlich und lachte viel. Natürlich hatte sie auch mal einen schlechten Tag, aber alles in allem passt nichts davon ins Bild. Ich meine, so etwas muss sich doch entwickeln. Man läuft nicht plötzlich los und bringt seine Nachbarn um, weil man nichts Besseres zu tun hat."

„Ihnen fiel also keine Veränderung auf?"

„Nein."

„Keine untypische Kleidung, kein seltsames Verhalten? Menschen können mitunter sehr gut schauspielern, deshalb sind kleinste Veränderungen, die man bemerkt, oftmals nur die Spitze des Eisbergs."

„Ich sah sie nicht regelmäßig, aber wenn wir uns über den Weg liefen, war sie wie immer. Mir ist auch nichts zu Ohren gekommen."

„Verstehe", sagte Sark. „Sollte Ihnen doch noch etwas einfallen, rufen Sie mich bitte an."

„Kein Problem."

Damit verabschiedeten sie sich voneinander.

Kapitel 14

Hilmer

Sark stieg aus seinem Wagen, orientierte sich kurz und lief los. Dabei dachte er nach.

War das alles eine zufällige Entwicklung und lediglich oberflächliche Vernetzung? Hatte Valis Interesse an dem Sanatorium nichts mit den Morden durch Chloés Hand zu tun? Suchte er nach einer Erklärung, die es nicht gab? Selbst intensive Nachforschungen in Chloés Umfeld, in ihrer Vergangenheit und Befragungen von Verwandten hatten die Ermittlungen kein Stück vorangebracht. Sark fehlten somit Erkenntnisse, auf die er sich stützen konnte. Genauso gut hätte ein anderer Mörder zuschlagen und unerkannt verschwinden können, am Resultat hätte es nichts geändert.

Noch am Vorabend hatte er von einem Kollegen per Textnachricht die aktuelle Adresse und Telefonnummer von Christiano Sosa erhalten, was diesen zu einer weiteren Anlaufstelle machte.

Sark erreichte eine kleine, schmale Seitengasse und folgte ihr. Rechter Hand erhob sich ein auf dieser Seite fensterloser Flachbau, in welchem es einen Supermarkt gab. Links wurde die Gasse von einem reparaturbedürftigen Holzzaun begrenzt. Dahinter erstreckte sich ein verwildertes, brach liegendes Grundstück. Am Ende der Gasse lag ein kleiner Hinterhof mit Müllcontainern, einer alten Bank und einem dreckigen Campingtisch, auf dem ein Einmachglas mit etwas Wasser stand, das als Aschenbecher genutzt wurde. Drei Türen führten in die angrenzenden Gebäude. Eine von ihnen stand offen. Daneben rauchte einer von Hilmers Männern eine Zigarette.

Sark konnte das Meer riechen. Nur ein paar Häuser trennten ihn von der Strandpromenade.

Er kannte den Mann. Sie begrüßten sich.

„Durch den Gang und dann links", sagte er zu Sark.

Dieser nickte und betrat das Gebäude. Rechts konnte er in die Küche sehen und links befanden sich Türen zu den Umkleiden, den Toiletten der Angestellten und zu einem Büro. Er folgte dem Gang und betrat den hinteren Teil des

Restaurants, der in Séparées gegliedert war. Er hörte Hilmers Stimme, wandte sich nach links und sah in das Abteil.

Hilmer blickte auf. Dann sah er zu einem Mann, der ihm gegenüber am Tisch saß und sagte: „Das wäre es erst einmal."

Der Mann nahm ein paar Papiere an sich und stand auf. Er nickte Sark zu, der einen Schritt zur Seite machte. Ob es der Besitzer des Restaurants war?

Sark und Hilmer begrüßten sich. Sark nahm dort Platz, wo der Mann gesessen hatte. Das Leder war warm.

„Die Information letztens ersparte uns eine Menge Ärger", erklärte Hilmer.

„Ihr habt die Kerle hoffentlich nicht hier in der Gegend entsorgt."

Hilmer beließ es bei einem leichten Kopfschütteln. Er lehnte sich zurück und nahm einen Schluck aus seinem Weinglas. Er legte den rechten Arm auf die dicke Lehne der Sitzbank. „Also, was führt dich zu mir?"

Sark nahm das ausgedruckte Foto der Kupferplatte hervor und reichte es Hilmer. „Allem Anschein nach handelt es sich dabei um eine Druckplatte, recht alt. Es wäre gut, wenn du dich umhören könntest, ob jemand mit so etwas handelt oder ob es Interessenten gibt, die auch unkonventionelle Wege gehen, um an so etwas zu gelangen."

Hilmer betrachtete die Aufnahme aus der Nähe. „Ein eigenwilliges Motiv."

Sark nickte.

„Aber es gibt ja für alles einen Markt, egal wie ausgefallen."

„Guten Tag", sagte die junge Bedienung mit freundlicher Stimme.

Sark hob den Kopf.

„Was darf ich Ihnen bringen?"

Er überlegte. „Ein Kaffee wäre eine gute Idee. Mit einem Schuss Milch und einem Stück Zucker."

Sie lächelte und nickte. „Kommt sofort."

Sark sinnierte kurz. Ihm wurde in diesem Moment etwas klar, das seine Gedanken bisher nicht greifen konnten, nämlich, dass er in Menschen weniger Vorteile als Probleme sah, mit denen er sich befassen musste. Zum Beispiel diese junge Frau: Sie sah attraktiv aus und wirkte sympathisch. Da Gedanken keinen Altersunterschied kennen, hätte er sich vor längerer Zeit noch gefragt, wie sie wohl nackt aussah und was sie im Bett so mochte. Und nun war es ihm egal. Auch nicht bei anderen Frauen. Allein der Gedanke nervte ihn, überhaupt ein Gespräch anfangen zu müssen, nur um irgendwie feststellen zu können, ob eine Chance bestand oder nicht. Er wollte nur seine Ruhe und endlich verschwinden.

„Das kann eine Weile dauern", sagte Hilmer und riss Sark damit aus seinen tristen Gedanken.

„Es geht erst einmal nur um die generelle Information, nicht das Motiv", fügte Sark hinzu. „Keine Ahnung, ob überhaupt jemand hinter dem guten Stück her ist."

„Dürfte ich den Hintergrund erfahren?"

Sark schilderte grob die Geschehnisse und Zusammenhänge. Die Bedienung brachte zwischenzeitlich seinen Kaffee.

„Ich glaube nicht, dass Hedenford ein wirtschaftliches Interesse an dem Grundstück hat", sagte Hilmer. „Vielleicht behält er es der Erinnerung wegen. Oder weil sich niemand dafür interessiert." Er sah auf das Bild. „Kann ich das behalten, falls jemand nach Details fragt?"

„Sicher."

Hilmer faltete das Papier und steckte es in die Innentasche seines Jacketts.

Sark nahm einen Schluck Kaffee und stellte die Tasse ab. „Kannst du mir etwas über den alten Hedenford sagen?"

„Ob er in krumme Geschäfte verwickelt war, junge Prostituierte mochte und was man sich sonst noch so erzählt?"

„Zum Beispiel."

„Weder noch", war Hilmers Antwort. „Zumindest ist mir nichts bekannt. Bei seinem Sohn sieht die Sache schon anders aus."

Sark spitzte die Ohren. „Ach ja?" Er hatte Krister Hedenfords Umfeld nicht durchleuchtet. Bisher gab es dafür auch keinen Grund.

„Undurchsichtige Immobiliengeschäfte, ein paar Scheinfirmen für die Bilanz, so etwas", sagte Hilmer. „Es ist oft so: Der Vater baut das Imperium auf und beim Sohn werden dann mitunter die Hobbys wichtiger."

„Auf mich machte er einen ziemlich bodenständigen Eindruck."

„Bodenständig ist er auch. Und ein guter Geschäftsmann. Er feiert allerdings auch gern, schlägt oft über die Stränge und trifft die eine oder andere fragwürdige Entscheidung. Er könnte sich entspannt zurücklehnen, immerhin werden viele Leute gut dafür bezahlt, die Maschine am Laufen zu halten. Stattdessen lässt er sich mit Drogen erwischen und spekuliert mit Grundstücken." Hilmer trank etwas Wein. „Aber das liegt wohl in seiner Natur."

Sark stimmte still zu. Hedenford und Hilmer unterschied wohl nur der Einflussbereich und die Größe des Kontos, im Kern waren sie wohl aus dem gleichen Holz geschnitzt.

„Er eckte bei einigen Leuten an, die es mit dem Gesetz nicht zu ernst nehmen, und lässt Bestechungsgelder fließen, wenn es einen Vorteil oder eine schnelle Lösung zu seinen Gunsten bringt", fuhr Hilmer fort. „Marie war da ganz anders."

„Seine Schwester?"

„Ja. Während er damals mit Partys, Drogen und Frauen beschäftigt war, brachte sie sich in die Firma ein. Hedenford hätte sich in ein gemachtes Nest setzen können, wenn sie die Chefin des Imperiums geworden wäre. Jeden Monat ein dicker Scheck mit fünf Stellen vor dem Komma, damit lässt es sich bestimmt gut leben. Aber dann starb sie. Der alte Hedenford trat 2004 oder 2005 wegen gesundheitlicher Probleme kürzer und übertrug Krister mehr Kontrolle über die Geschäfte. Und nun ist er da, wo er ist. Und vertreibt sich weiterhin gern die Zeit mit jungen Gespielinnen."

„Weiß seine Frau davon?"

„Natürlich. Aber er hat so viel Geld, da wäre sie dumm, wenn sie sich das versaut. Und soweit ich weiß, geht es ihm nur um die schnelle Nummer zwischendurch. Hedenford liebt seine Familie und würde alles für ihr Wohl tun. Wenn man hinter die Fassade blickt, ist er ein sehr loyaler Zeitgenosse."

„Hattet ihr schon miteinander zu tun?"

„Ja, aber ich kenne auch ein paar Leute, die ihm näher stehen als ich."

„Was hast du für ihn erledigt?"

„Das Übliche."

Für Sark war klar, dass er damit Frauen und Drogen meinte. Aber erstens war er nicht deshalb hier und zweitens konnte es ihm egal sein.

Hilmer leerte sein Weinglas mit einem großen Schluck. „Denkst du etwa, dass Hedenford irgendwie die Finger im Spiel hat?"

„Nein. Ich wüsste nicht einmal, wie, aber ich habe aktuell kaum Anhaltspunkte, deshalb will ich abklären, was sich abklären lässt."

„Verstehe. Aber wenn Hedenford hinter der Platte her wäre, hätte er einen seiner Schlägertrupps losgeschickt. Die hätten dann das gesamte Haus zerlegt. Und er hätte bei eurem Gespräch mit offenen Karten gespielt."

Damit lag Hilmer richtig. Hedenfords Männer hätten weitaus gründlichere Arbeit geleistet als Sarks Kollegen.

„Was ist eigentlich aus der Geschichte mit Kerns Tochter geworden?" fragte Hilmer und wechselte damit das Thema. „Darfst du fleißig Schmerzensgeld zahlen?"

„Es gab eine Beurlaubung", antwortete Sark und leerte seinen Kaffee. Vermutlich wusste Kerns, dass es bei ihm ohnehin nichts zu holen gab.

Hilmer hob die Augenbrauen. „Deine Nachforschungen sind inoffiziell?"

Sark nickte. „Der Fall wurde eingestellt, weil es niemanden gibt, der noch befragt werden könnte, was die Morde angeht."

„Und du bist da offensichtlich anderer Meinung."

Das war eine Frage ohne simple Antwort, denn Sark war sich nicht einmal sicher, welche seiner Ideen und gefundenen Spuren etwas mit dem Fall zu tun hatten, wenn überhaupt. Aber irgendetwas fühlte sich seltsam an und stimmte nicht mit dem Bild überein, das er sich bisher hatte machen können. Deshalb sagte er: „Ich bin noch unentschlossen."

Eine ähnliche Unentschlossenheit war es, mit der sich Sark wenig später in seinen Wagen setzte. In diesem Augenblick wusste er nicht, wie es weitergehen sollte. Er hatte keine neuen Erkenntnisse über die Morde und das Motiv finden können und nichts bezüglich Valis Flucht. Kein Hinweis darauf, wer ihn verfolgt hatte und weshalb die Platte versteckt worden war. Immerhin hatte Sark mittlerweile das Ergebnis der Fingerabdrücke: Auf der Kupferplatte gab es nur seine eigenen und die von Vali und Chloé. Er musste nun abwarten, ob Hilmer etwas herausfinden konnte, um eine mögliche Spur zu weiteren Beteiligten zu finden.

Und dann gab es noch Christiano Sosa und Magnus Olofson. Letzteren wollte er persönlich aufsuchen, denn wenn sich dieser viel mit der Geschichte von Gebäuden beschäftigte, so hatte er möglicherweise auch Zugriff auf einen für Sark potenziell hilfreichen Pool von Informationen. Es blieb nur die Frage, ob er sich auf dem richtigen Weg befand, sofern es bei dieser Sache überhaupt einen gab.

Er holte eine zerdrückte Schachtel Zigaretten hervor, entnahm ein leicht geknicktes Exemplar und zündete es an. Er überlegte kurz. Dann startete er den Motor und fuhr los.

Kapitel 15

Unsichtbare Blicke

Als Sark durch die Straßen fuhr, wanderte sein Blick immer wieder in den Rückspiegel, denn er wurde das unbestimmte Gefühl nicht los, dass ihm jemand folgte. Er konnte aber keinen Wagen ausmachen, der als Kandidat in Frage kam. Ihm fielen zwei Möglichkeiten ein: Arnio Kerns, der es sich dann doch nicht nehmen ließ, damit zu beginnen, ihm das Leben schwer zu machen, oder Polizisten, die seine Schritte verfolgten, weil jemandem aufgefallen war, welche Informationen zu ihm flossen und um welche Gefallen er bat – oder man hatte ihn schlichtweg verraten. Was auch immer der Fall war, er musste vorsichtig sein und sich unauffällig verhalten. Dabei ging es weniger um mögliche disziplinarische Maßnahmen als vielmehr um einen potenziell negativen Einfluss auf seine Nachforschungen.

An einer roten Ampel griff er zu seinem Smartphone und verabredete sich für den nächsten Tag mit Magnus Olofson, um mit ihm über die Druckplatte zu sprechen. Er hatte das Gefühl, keine Zeit verschwenden zu dürfen. Anschließend fuhr er kurz ein paar Kleinigkeiten einkaufen und dann zurück zu seiner Wohnung.

Als er die Wohnungstür hinter sich ins Schloss fallen ließ, blieb er für einen Augenblick regungslos im Flur stehen. Etwas fühlte sich sonderbar an. Er konnte es nicht eingrenzen, nicht fassen, es war körperlos in der Luft.

Sark stellte den Beutel mit den Einkäufen auf den Boden und sah sich in der Wohnung um. Er schaltete überall das Licht an und suchte in jedem Zimmer nach einer eventuellen Auffälligkeit. Stand das Wasserglas noch an der gleichen Stelle? Und was war mit den Büchern? Befand sich irgendetwas nicht dort, wo es hingehörte?

Obwohl er nichts feststellen konnte, wurde Sark den Gedanken nicht los, dass jemand hier gewesen war. Ob man die Daten vom Laptop kopiert hatte? Und wenn schon, es hatten vor ihm zahllose Personen die Möglichkeit dazu gehabt. Natürlich konnte es auch sein, dass er sich das alles nur einbildete, aber darauf verlassen konnte und wollte er sich nicht.

Sark ging hinaus auf den Balkon, griff unter die Couch und streckte sich dabei, bis er das Leder zu fassen bekam, in welches die Druckplatte geschlagen war. Er holte sie hervor, setzte sich und packte sie aus. Er betrachtete das Motiv und überlegte, wo er die Platte sicher verstauen konnte. Was, wenn nach Valis Tod nun er unter Beobachtung stand? Aktuell stellte es sich für ihn so dar, dass dieses Stück Kupfer eine nicht geringe Rolle in den sonderbaren Vorkommnissen spielte; und er wollte keinesfalls Valis Schicksal teilen. Oder war das alles eine Drohung? Hatte man die Platte nicht gefunden oder ließ man sie bewusst zurück? Ging es möglicherweise um etwas ganz anderes?

Er sah eine Weile in die Ferne, ohne an etwas Bestimmtes zu denken. Dann erhob er sich, legte die Platte im Wohnzimmer auf den Tisch und kümmerte sich darum, die Einkäufe wegzuräumen.

Den Abend nutzte Sark, um sich Gedanken über den Besuch bei Christiano Sosa zu machen und die Fahrt zu jenem Wald zu planen, in welchem man Valis Körper gefunden hatte.

Er war sich nicht sicher, womit er die Zeit verbracht hatte, aber irgendwann saß er mit einem Bier auf der Couch und rauchte eine Zigarette. Es war, als wäre er in diesem Augenblick aus einem traumlosen Schlaf erwacht, aus einer Trance, ohne zu wissen, was in den letzten Stunden geschehen war. Draußen war es bereits dunkel.

Langsam verflüchtigte sich der Qualm des ausgedrückten Zigarettenstummels im Aschenbecher. Sark hielt die Bierflasche gegen das Licht und entschied, den Rest in einem Zug zu leeren. Als er aufstand, schwankte er leicht. Hatte er so viel getrunken?

Auf dem Weg in die Küche überkam ihn ein seltsames Gefühl: Er wurde beobachtet. Deutlich spürte er die Blicke in seinem Rücken, wie sie sich an ihn schmiegten und musterten.

Er drehte sich um und schaute zu seinem Spiegelbild in der Tür zum Balkon. Doch auch jetzt fühlte er die Anwesenheit eines Beobachters. Er öffnete die Tür und ließ die kühle, feuchte Luft in die Wohnung. Er ging hinaus. Natürlich war dort niemand. Wie auch? Und dennoch hielt er für einen Moment inne, um zu ergründen, ob das Gefühl noch vorhanden war – nein.

Sark beugte sich über die Brüstung und schaute in jede Richtung. Es gab nichts Ungewöhnliches zu sehen und kein Klang durchsetzte die gedämpften Geräusche der Stadt. Dann wandte er sich ab, lief zurück in die Wohnung, schloss die Tür und ging in die Küche, wo mittlerweile fünf leere Flaschen Starkbier auf dem Tisch standen. Er stellte die sechste dazu. Zunächst wollte er eine weitere Flasche aus dem Kühlschrank holen, ein kurzer Blick auf die Uhr brachte ihn aber davon ab. Am nächsten Tag wollte er Olofson einen Besuch abstatten, da wäre es gut, ausgeschlafen zu sein. Und obwohl ein Durchbruch im Fall der Morde weiterhin auf sich warten ließ, war er zuversichtlich, dass er vorankommen würde; er hatte gar keine andere Wahl.

Mit diesem Gedanken ging er zu Bett.

Der Morgen präsentierte sich in einem Grau, das nur Sichtweiten unter 100 Meter zuließ. Stellenweise versuchte die Sonne bereits, sich durch den Dunst zu brennen, doch das hatte lediglich den Effekt, dass ihr Licht gestreut wurde und beinahe schmerzhaft in die Augen drang. So kam es, dass Sark seine Sonnenbrille aufsetzen musste, während er durch die Stadt fuhr, die ruhiger zu sein schien als sonst an diesem Wochentag und zu dieser Uhrzeit. Die Scheinwerfer der anderen Fahrzeuge waren nichts weiter als Irrlichter und die Fußgänger dunkle Schemen, teils zu flüchtig, um erfasst zu werden, wie Geister, die sich vor dem Blick eines Beobachters auflösten.

Sark verließ die Stadt, fuhr über einsame Landstraßen und durch kleine Ortschaften. Aufgrund der Sichtverhältnisse passierte er erst knapp drei Stunden später die Ortstafel der Zielstadt und die ersten Gebäude, deren Konturen sich wie Boten des Unheils aus dem Nebel schälten. Ihm war, als würde er bereits hier den Einfluss des Sanatoriums spüren, obwohl dieses noch ein gutes Stück entfernt am anderen Ende der Stadt lag. Solche Tage mussten es gewesen sein, an denen die Geschichten besonders tief in den Gedanken der Einwohner Wurzeln geschlagen hatten, um so Teil der Stadt selbst zu werden.

Sark steuerte den Wagen über eine schmale Straße mit Kopfsteinpflaster. Rechter Hand lag ein kleiner Park, während sich links neben dem Gehweg eine Mauer erhob, nicht höher als anderthalb Meter. Dahinter erstreckte sich ein Friedhof.

Sark fiel eine Silhouette auf, die zwischen den Grabreihen nahe der Mauer stand und scheinbar zu ihm blickte. Er fuhr langsam vorüber; im Rückspiegel sah er, wie sich die Person drehte und ihm nachschaute.

Sark verlangsamte die Fahrt, rollte halb auf den Gehweg und hielt an. Der Schatten im Spiegel verweilte ohne Regung. Nach ein paar Sekunden stellte er den Motor ab und stieg aus. Er wunderte sich, denn die Gestalt sah unverändert in seine Richtung. Sark blieb neben dem Auto und hielt den augenlosen Blicken stand. Dann lief er los.

Zeitgleich setzte sich die Person in Bewegung, Richtung Kirche. Das Gebäude erhob sich zentral auf dem Friedhof, wie ein mächtiges Wesen, das in einem Grau lauerte, das so dicht war, dass Sark die Wassertröpfchen vor seinen Augen schweben sah.

Er musste zwangsläufig an den vergangenen Abend denken und an das damit verbundene Gefühl, beobachtet zu werden. Doch nun war er nicht allein. Oder spielten ihm seine Sinne einen üblen Streich?

Der Schatten, der leicht humpelte, verlor sich im dichten Dunst, der wie geruchloser Rauch über den Gräbern hing.

Sark öffnete das kleine, niedrige Tor, dessen Eisen sich kalt, feucht und vom Rost rau und schuppig anfühlte, und drückte es hinter sich zu, wobei es noch intensiver quietschte als vorher. Er folgte dem Hauptweg, schaute dabei nach links und rechts in die Grabreihen, die allesamt verlassen dalagen. Die Bäume, die bereits einen Großteil ihres Laubs verloren hatten, wirkten wie die zum Himmel gestreckten, dämonischen Klauen eines riesigen Ungeheuers. Irgendwo rief ein Rabe.

Nach einer Weile trennten sich die Details der kleinen Kirche vom Nebel, die Backsteine, die große, dunkle Flügeltür und die hohen Fenster, hinter denen es nur Schwärze gab.

Sark wandte sich instinktiv nach links, passierte eine Wasserstelle, an der zwei umgefallene Gießkannen lagen, und hielt sich nahe der Mauer des Gotteshauses. Wenn jemand in die Kirche gegangen wäre, hätte er es definitiv gehört; zudem konnte sich die Person, dem Laufstil nach zu urteilen, nicht sonderlich schnell bewegen.

Die dunklen Bäume auf der linken Seite des Weges ragten auf wie Säulen, die das Grau über Sarks Kopf trugen und es daran hinderten, alles zermalmend auf den Boden zu stürzen. Das feuchte Laub raschelte nur leicht unter seinen Schritten. Sark sah sich unentwegt um, konnte die Person aber nicht sehen. Ob sie sich hinter einem der Büsche versteckte? Oder war sie durch einen anderen Eingang vom Friedhof verschwunden? Falls ja, weshalb? Was ging hier vor?

Mittlerweile ließ die Kälte Sark frösteln. Er vergrub die klammen Hände in den Taschen seines Jacketts. Er hielt nach plötzlichen Bewegungen in der Umgebung Ausschau. Auch achtete er auf die Nischen in der Kirchenfassade, aus denen ihn jemand hätte anfallen können. So brachte er die Längsseite des Gebäudes hinter sich.

An der Ecke blieb er kurz stehen und lauschte. Er hörte nur, wie vereinzelte Wassertropfen neben ihm auf das Laub fielen, vermutlich von der Dachrinne.

Er warf einen Blick zurück, ehe er nach rechts abbog und weiterhin der Kirchenmauer folgte. Nach einigen Metern zeichnete sich eine Gestalt ab, von der Statur her männlich, die an der nächsten Ecke stand. Sark lief etwas langsamer und näherte sich der regungslosen Person. Er konnte nicht sagen, ob sie den Rücken zu ihm gewandt hatte.

„Entschuldigen Sie bitte", begann Sark, „aber ich hätte eine kurze Frage." Er hob die Hand.

Die Silhouette, groß gewachsen, schlank und leicht gebeugt stehend, gab keine Antwort. Als Sark nur noch etwa 20 Meter von ihr entfernt war, verschwand die Person hinter der Ecke.

„Hallo?!" rief Sark und nahm die Verfolgung auf. Er eilte an der Kirche entlang. Das Laub raschelte, klebte an seinen Sohlen und wurde hinter ihm hochgeschleudert, sobald es sich löste.

Er bog um die Ecke, wo er beinahe mit einer alten Dame zusammenstieß, die vor Schreck zusammenzuckte.

„Herrgott, sind Sie von allen guten Geistern verlassen?" fragte sie laut.

Sark sah an ihr vorbei, konnte aber niemanden sehen. Auch auf den Wegen und zwischen den Gräbern zeichnete sich keine Person ab. Er entschuldigte sich: „Tut mir leid, das war keine Absicht."

„So ein Schreck könnte meinen Tod bedeuten", sagte sie. „Das Herz, wissen Sie."

„Kam hier gerade jemand vorbei?" wollte Sark wissen, der gar nicht richtig zuhörte, was die Frau sagte.

„Nein."

„Ich wollte Sie wirklich nicht erschrecken", beteuerte Sark. Damit ließ er die Frau stehen und eilte weiter.

Kurz darauf realisierte er, dass er gewiss jeden Weg, jedes Grab und jede Hecke hätte absuchen können, ohne die geheimnisvolle Person aufzuspüren. Er lief noch eine Weile ziellos über den Friedhof. Dabei fand er mehrere Eingänge, durch die jemand hätte verschwinden können. Aber er würde da draußen niemanden finden oder gar einholen, deshalb machte er sich auf den Weg zurück zum Auto. Dort blieb er noch eine Weile an der Mauer stehen, rauchte eine Zigarette und ließ den Blick über jene Grabfelder schweifen, die sich dem Wirken des Nebels zumindest teilweise entzogen.

Das Licht änderte sich hin und wieder, ging von einem gleißenden Glühen in ein dunkles Grau über, als würde der Tag jenseits des Dunstes in Zeitraffer vergehen.

Ehe Sark in sein Auto stieg, sah er auf die Rückbank, um sich zu vergewissern, dass sie leer war, und schaute sich nochmals um, nicht dass jemand unbemerkt auf ihn zustürmen und ihn angreifen konnte. Im Wagen bediente er die Zentralverriegelung.

Wie hoch war überhaupt die Wahrscheinlichkeit, dass er beschattet wurde? Und woher wusste man, dass er hierher unterwegs war? Überwachte man sein Telefon? Das war allerdings etwas, das nicht ganz so einfach zu bewerkstelligen war und daher in der Tat einen gewissen Einfluss erforderte. Und da passte nur Arnio Kerns ins Bild.

Statt mehr Klarheit in die Sache zu bringen, wurde sie immer undurchsichtiger. Im Hinterkopf vermerkte Sark, dass er auch Kerns einen Besuch abstatten musste.

Sark rieb sich die kalten Hände. Es machte keinen Sinn: Weshalb sollte man Zeit investieren, um solche Spielchen zu veranstalten? In dem Fall wurde ja nicht einmal mehr offiziell ermittelt. Somit konnte es seinem Vorgesetzten und allen anderen theoretisch egal sein, was er tat; allen, bis auf die unbekannte Person, vor der Vali geflohen war.

Und vielleicht war die Gestalt von eben nur ein alter Mann gewesen, der sich wunderte, da er den Wagen noch nie in der Gegend gesehen hatte. Gut möglich. Je kleiner die Gemeinschaft war, desto wichtiger wurde das Individuum, umso mehr musste man sich selbst einbringen und vor allem einfügen, um in diesem Gefüge zu bestehen. Deshalb mochte Sark die Großstadt. Nicht, weil es dort mehr kulturelle Angebote gab, mehr Einkaufsmöglichkeiten und teils bequemere Lebensumstände, nein, er mochte die Großstadt, weil einen dort im Idealfall alle Leute in Ruhe ließen. In einer Kleinstadt oder gar einem Dorf undenkbar, zumindest nicht ohne negative Effekte. Wo man inmitten von 100.000 Leuten unbemerkt lebte oder starb, war man unter 2000 schnell der Sonderling, der Außenseiter, mit dem irgendetwas nicht stimmte. Dann wurde hinter dem Rücken getuschelt, es entstanden Gerüchte und damit ein Druck, dem man sich nicht entziehen konnte. Je kleiner die Gruppe, desto kleingeistiger die Menschen, so Sarks Erfahrung. Deshalb hatte für ihn die Einsamkeit der Natur einen romantischen Reiz.

Er schaute nochmals zur Seite Richtung Friedhof, ohne jemanden zu entdecken. Dann startete er den Wagen und fuhr weiter.

Die Unterhaltung mit Magnus Olofson gestaltete sich etwas schwierig, da Sarks Gedanken immer wieder abglitten und er Probleme hatte, sich zu konzentrieren. Sehr wahrscheinlich war der seltsame Zwischenfall auf dem Friedhof der Grund dafür.

Sark war angetan von Olofsons privatem Arbeitszimmer, das sich direkt über den Räumen der Tischlerei befand. Durch die Fenster konnte man in den Innenhof schauen, der, umgeben von Backsteinhäusern, beengend und finster wirkte, besonders bei den aktuellen Lichtverhältnissen. In dem Raum gab es Regale mit Büchern über Architektur, Malerei und Geschichte, zahllose Ordner und viele scheinbar unsortiert herumliegende oder an Pinnwänden aus Kork hängende Fotografien, teils original, teils als Kopie.

„Sie gehen in Ihrer Leidenschaft wirklich auf", bemerkte Sark.

Olofson – groß gewachsen mit sehniger Statur und dunkelblondem, mittellangem Haar, das wild und lockig fiel – nickte, während er die von Sark mitgebrachte Aufnahme der Platte im Licht seiner Schreibtischlampe begutachtete. Er blickte kurz auf und über die Ränder seiner Brille hinweg zu Sark. „Es ist oft sehr fordernd, aber letztendlich überwiegt die Freude. Von Spaß möchte ich nicht sprechen, dafür ist zu viel Arbeit nötig. Leidenschaft oder Berufung, ich kann mich nicht entscheiden. Oder es ist einfach Besessenheit."

„Treten auch Leute an Sie heran oder suchen Sie jedes Haus selbst aus, um zu entscheiden, ob Sie es restaurieren möchten?"

Olofson nahm die Brille ab und lehnte sich auf dem knarrenden Polsterstuhl zurück. „Ich nehme keine Auftragsarbeiten an. Würde ich das tun, wäre es letztendlich auch nur eine Arbeit in einem anderen Feld und damit vermutlich nur eine Frage der Zeit, bis ich damit aufhöre."

Sark sah in einen der Blumentöpfe, die auf der Fensterbank standen. Die Erde wirkte trocken. Dann erweckte ein dunkler Schatten jenseits der Fensterscheibe seine Aufmerksamkeit. Es war eine schwarze Katze, die in Ruhe über den Hof lief und neben einem Blumenkübel stehen blieb, als würde sie überlegen, wohin sie eigentlich wollte. Dann hockte sie sich zur Fellpflege hin.

Sark betrachtete die Fensteröffnungen der umliegenden Gebäude. Sie glichen Augen, die ihn musterten. Er war sich nur nicht sicher, wie er es einordnen sollte. Beobachteten sie ihn voller Neugier oder lag dahinter eine schlechte Absicht?

Er vernahm, dass Olofson mit ihm sprach. Er wandte sich vom Fenster ab. „Entschuldigen Sie, ich war in Gedanken."

„Ich fragte, ob Sie schon mit Christiano Sosa sprachen", sagte Olofson.

„Noch nicht, das möchte ich aber bald tun. Weshalb?"

„Sollte die Platte eine Verbindung zum ehemaligen Sanatorium haben, wie Sie vermuten, dann kann er Ihnen vielleicht mehr dazu sagen."

Damit hatte Olofson nicht unrecht. Immerhin würden die Dinge so in Bewegung bleiben.

„Ich meine, das Motiv ist schon sonderbar", fand Olofson.

„Deshalb kam ich überhaupt erst auf die Idee, dass es etwas mit dem Sanatorium zu tun haben könnte", erklärte Sark.

„Mir fällt gerade der Begriff nicht ein, den ich suche."

„Art brut."

„Richtig." Olofson nickte und sah wieder auf das Papier. „Wenn Sie mich fragen, ist die Platte entweder recht alt oder man hat sie behandelt, um das Kupfer altern zu lassen. Je nach Umgebung und Umwelteinflüssen kann so etwas nämlich Jahre bis Jahrzehnte dauern, wenn wir von einer natürlichen Patina sprechen. Sie könnte also durchaus aus der Zeit stammen, keine Frage."

Sark, der sich an das Fensterbrett gelehnt hatte, sah an Olofson vorbei auf dessen Schreibtisch und zu der Aufnahme der Kupferplatte, ohne diese zu fokussieren. Er starrte durch sie hindurch. „Ich kontaktierte bereits Kunsthändler, Sammler und Liebhaber von Antiquitäten. Alles ohne Erfolg." Auch die Nachforschungen durch Hilmer hatten bisher nichts ergeben.

Wenn es sich um ein wertvolles Stück aus dem Besitz des alten Hedenford handelte, so hätte Krister Hedenford mit aller Wahrscheinlichkeit davon gewusst und das Foto der Platte nicht wie eine Belanglosigkeit betrachtet. Ein gewisser Wert würde allerdings erklären, weshalb Vali die Platte versteckte und er dann verfolgt wurde. Die unbekannte Person im Hintergrund musste folglich im Bilde sein. Vielleicht hatte sie ja doch Vali den Auftrag erteilt, das Stück aufzuspüren. An Krister Hedenford selbst hätte man sich aus logischen Gründen nicht wenden können, sofern die Platte von seinem Grundstück stammte. Wenn nicht, so konnte alles Zufall sein. Es war nicht auszuschließen, dass Vali in einem Gespräch seine Nachforschungen erwähnte und es daraufhin zu einer spontanen, geschäftlichen Beziehung mit jemandem kam, die tödlich endete. Vielleicht ging es dabei um so viel Geld, dass sich damit erklären ließ, weshalb Vali seinen Arbeitsplatz plötzlich und ohne Angabe von Gründen verlassen hatte.

Und dann war da noch der Umstand, dass jemand Vali verfolgt hatte, ohne in den Besitz der Platte zu kommen. Der gesamte Fall war in den Medien so präsent gewesen, dass ein solcher Fund definitiv kein Geheimnis geblieben wäre. Somit musste die unbekannte Person davon ausgehen, dass die Beute nach wie vor irgendwo versteckt war. Weshalb hatte dann offenbar niemand die Wohnung, das Haus und die Umgebung danach abgesucht? Möglichkeiten hätte es reichlich gegeben, besonders nach dem Ende der offensichtlich mehr oder weniger stümperhaften Ermittlungen vor Ort.

Es war und blieb verwirrend. Nichts ergab einen wirklichen Sinn. Die Fülle der Annahmen, auf denen vieles beruhte, bot keine guten Voraussetzungen, den Fall zu Sarks Zufriedenheit zu lösen. Und dabei hatte er noch nicht einmal eine Theorie, wie sich die Umstände von Valis Tod mit Chloés Taten kombinieren ließen.

Aber was, wenn es gar keine Verbindung gab? Wie konnte er es beweisen oder widerlegen?

Olofson, der sich auch mit der Aufnahme der Plattenrückseite beschäftigt hatte, sagte: „Eine Signatur wäre hilfreich.“

Sarks Blick wanderte mittlerweile ziellos über die Buchrücken in den Regalen. Er nickte zustimmend. „Ich suchte schon alles mit einer Lupe ab, nichts sieht aus wie ein Buchstabe oder eine Zahl. Auch kein Symbol oder eine andere Markierung. Und die Kanten sind so leer wie die Rückseite.“

„Ich hoffe, dass Ihnen Christiano Sosa behilflicher sein kann, als ich“, sagte Olofson lächelnd und sah wieder auf das Bild der Kupferplatte. Er beugte sich vor, als hätte er etwas entdeckt. „Auch wenn es vielleicht weit hergeholt ist, aber es könnte in der Tat aus dem Sanatorium stammen.“

Sark wurde hellhörig. „Was deutet denn darauf hin?“ Er stellte sich neben Olofson und schaute, worauf dessen Finger ruhte: Das brennende Herrenhaus am Ufer des Sees.

„Vielleicht verarbeitete jemand die Feuer von damals.“

Sark wunderte sich, dass er nicht selbst darauf gekommen war, denn nun war es mehr als offensichtlich. Und mit Olofsons Vermutung – die überaus schlüssig war – hatte sich Sarks Besuch bereits ausgezahlt.

„Ich bin mir nicht sicher, ob ich das schon in unserem Telefonat fragte, aber glauben Sie, dass das Sanatorium verflucht ist?“ wollte Sark wissen.

„Schwierige Frage“, musste Olofson gestehen. „Niemand hält sich gern dort auf, es muss also etwas geben, das die Leute auf Abstand hält. Und damit meine ich nicht nur die Geschichten, die man sich erzählt. Es ist sogar zweitrangig, ob sie erfunden sind oder nicht. Bei den Bränden sieht die Sache schon anders aus, denn es wurden nie eindeutige Ursachen ermittelt, zumindest ist das mein Stand. Das hat natürlich nichts zu sagen, aber wenn man das Gesamtbild betrachtet, liegt der Gedanke an etwas Übernatürliches sehr nahe. Man könnte sogar so weit gehen und behaupten, dass die Feuer die Täter und ihre Verbrechen ausradieren sollten. Wenn das Sanatorium damals komplett abgebrannt wäre, hätte man es möglicherweise nicht wieder aufgebaut. Aber da das nicht passierte, brachen nach der Schließung noch zwei weitere Feuer aus. Vielleicht hoffte irgendeine Macht, dass das Gebäude endlich abgerissen wird. Wohl gemerkt, das ist ein Gedankenspiel.“

Sark war sich nicht sicher, was er davon halten sollte. Aber es ergab auf seine Art durchaus Sinn, und das machte es so schwierig.

„Davon lassen sich einige Leute aber nicht abschrecken", fuhr Olofson fort. „Ich meine, Donal Hedenford ließ nicht von seinen Plänen ab, als das Feuer bei den Renovierungsarbeiten ausbrach. Jeder, der auch nur ein bisschen abergläubisch ist, hätte spätestens dann gesagt, dass es das Risiko nicht wert ist." Olofson zuckte mit den Schultern. „Vielleicht dachte er anders darüber, nachdem er seine Tochter zu Grabe tragen musste."

„Schlachteten die Medien das Unglück aus?"

„Nein", antwortete Olofson. „Ich schätze, Hedenford ließ seine Beziehungen spielen, um genau das zu verhindern."

Sark sah auf seine Uhr. Er hatte momentan keine weiteren Fragen und wollte an dieser Stelle nicht mehr von Olofsons Zeit beanspruchen. Deshalb bedankte er sich für die Auskünfte.

„Könnte ich die Aufnahmen behalten?" fragte Olofson.

„Möchten Sie sich doch mit dem Sanatorium beschäftigen und ein Buch darüber schreiben?" Sark meinte die Frage nicht wirklich ernst.

„Wer weiß. Aber als Gedankenstütze sind Bilder nie verkehrt."

„Das stimmt."

Olofson begleitete Sark hinaus. In diesem Moment rollte ein Wagen auf den Innenhof und parkte neben Sarks Auto. Es waren zwei der Angestellten, die von einer Baustelle kamen. Sie sprachen kurz mit Olofson und gingen dann in die Tischlerei.

Sark schaute sich um, konnte aber die Katze nicht finden, die er vom Fenster aus gesehen hatte.

Olofson kam zurück zu Sark, gab ihm zum Abschied die Hand und erbat ein weiteres Treffen, sobald Sark mit Christiano Sosa gesprochen hatte, um auf dem neuesten Stand zu bleiben. Dann würde er sogar daran denken, ihm einen Kaffee anzubieten.

Als Sark vom Innenhof fuhr, sah er im Rückspiegel die Katze, wie sie in aller Ruhe von der einen zur anderen Seite lief.

An der Straße hielt Sark und überlegte. Es war kurz nach 14 Uhr. Der Nebel hatte sich kaum gelichtet, entsprechend gering war seine Motivation. Ihm gefiel der Gedanke, einfach nach Hause zu fahren und sich ins Bett zu legen. Vorher wollte er allerdings Christiano Sosa anrufen, um ihm sein Anliegen zu erklären und eventuell ein Treffen zu vereinbaren, sofern dieser überhaupt erreichbar war. Dann schaltete er die Heizung im Wagen an und fuhr los.

Er entschied sich für die gleiche Strecke, auf der er gekommen war. Als er den Friedhof erreichte, rollte er mit vermindertem Tempo daran vorbei. Mittlerweile waren dort zahlreiche Personen an den Gräbern und auf den Wegen. Der Transporter einer Gärtnerei stand auf dem Hauptweg.

Sark parkte spontan und stieg aus. Es wollte ihm nicht einfallen, für welche Gärtnerei Chloé gearbeitet hatte, aber in so einer kleinen Stadt kannte man sich. Folglich würde er es entweder bald herausfinden oder direkt einen Treffer landen. Er betrat den Friedhof, ohne sich beobachtet zu fühlen, und steuerte auf den Transporter zu, dessen Hecktür und seitliche Schiebetür offen waren. Sark konnte Werkzeug und mehrere Paletten mit Pflanzen sehen.

Von links näherte sich eine junge Frau in einer braunen Arbeitshose, die – gewollt oder ungewollt – ihre weibliche Figur untermalte. Sie hatte ihre Haare hochgesteckt und trug eine schwarze Jacke aus Fleece. Ein hellgrüner Schal wärmte ihren Hals.

„Kann ich Ihnen helfen?" fragte sie lächelnd.

Ob sein Gesichtsausdruck verriet, dass er eine Frage hatte? Oder sein suchender Blick? Vielleicht lag es auch daran, dass er hier fremd war.

„Chloé hat oft mit mir gearbeitet, ja", sagte die Frau, nachdem sich Sark vorgestellt und sein Anliegen geschildert hatte. Sie holte aus dem Rucksack, der zwischen den Paletten lag, eine Thermosflasche hervor und eine zusätzlichen Plastiktasse. „Bei diesem Wetter möchten sie bestimmt auch einen Tee."

„Das Angebot nehme ich gerne an", antwortete Sark.

Die Frau schenkte den dampfenden Tee ein und reichte Sark die Tasse. Sie stellte die Thermosflasche in den Transporter, nahm einen winzigen Schluck aus ihrem Becher und setzte sich auf die Ladefläche. Sie streckte die Beine aus und schaute zu Sark. „Was möchten Sie wissen?"

„Hat Sie schon jemand befragt?"

„Aber nur kurz, ob mir etwas Ungewöhnliches an ihrem Verhalten auffiel oder ich seltsame Äußerungen mitbekam."

„Haben Sie?"

Sie schüttelte den Kopf. „Wir unternahmen immer recht viel zusammen, aber das schlief in den letzten Monaten alles etwas ein. Sie lernte Vali kennen und ich fast zeitgleich meinen Freund. Wir führen eine Fernbeziehung, ich bin deshalb viel weg. Aber es gab keinen Streit oder so. Wir holten unsere Unterhaltungen einfach während der Arbeit und in den Pausen nach." Sie lächelte bei diesen Worten. Es war ein bitteres Lächeln, denn sie wusste, dass es diese Gespräche nie wieder geben würde. Sie konnte nicht einmal spontan an ihr Grab gehen und einige Gedanken in der Stille loswerden, denn Chloés Eltern hatten veranlasst, dass man sie einäschern und in der Familiengruft beisetzen ließ, etwa acht Autostunden entfernt. Vali hingegen wurde in der Stadt zur Ruhe gebettet, die er vor Wochen verlassen hatte, ohne seine Wohnung zu kündigen. Mittlerweile war diese aufgelöst.

„Haben Sie eine Theorie? Ich meine, Sie haben bestimmt oft über die Sache nachgedacht."

Sie sah in ihren Teebecher. Der Dampf stieg langsam auf und verlor sich im Grau des Tages. Dann blickte sie zu Sark. „Stimmt es wirklich, dass sie die Täterin ist?"

„Ich fürchte. Die Beweislage ist eindeutig."

Ihr Blick wanderte wieder nach unten. „Ich kann mir trotzdem nicht vorstellen, dass sie das getan haben soll."

Sark hörte zu und schwieg.

„Sie kam mit den meisten Leuten gut klar. Und mit allen anderen beschäftigte sie sich nicht mehr als zwingend nötig. Ich bin nicht so naiv, dass ich nur an das Gute im Menschen glaube, aber welchen Grund gäbe es, gleich mehrere Leute hintereinander zu töten? Wenn Chloé mitten in der Nacht eine Spinne in der Wohnung fand, wurde sie gefangen und am nächsten Tag in aller Ruhe nach draußen gebracht und ausgesetzt. Und dann Mord?"

„Die einzige Verbindung zwischen den Opfern war, dass sie im selben Haus wohnten."

„Eben. Ich kann mir auch nicht vorstellen, dass sie so etwas wie einen Horrortrip hatte. Sie rauchte nur ab und zu eine Tüte, wie wahrscheinlich jeder in der Stadt."

„Es wurden keine fremden Substanzen in ihrem Körper gefunden. Und es gibt keine Hinweise, dass sie die Taten nicht aus freien Stücken beging."

„Wie meinen Sie das?"

„Es kommt vor, dass jemand erpresst wird. Beispielsweise droht man, Familienangehörige oder andere nahestehende Personen zu töten. Unter so einem Druck sind einige Menschen zu allem fähig. Aber, wie gesagt, wir fanden nichts, das auf etwas in dieser Art hindeutet."

„Dann weiß ich auch nicht", sagte die Frau. Sie trank etwas Tee, der bei der Außentemperatur recht schnell abkühlte. „Und keine Antwort ist vielleicht sogar schlimmer als eine schreckliche Wahrheit."

Sark nahm kommentarlos einen Schluck. Der ungesüßte Pfefferminztee spendete Sarks Eingeweiden eine angenehme Wärme.

„Wenn es, wie Sie sagen, keine Anhaltspunkte gibt, um die Sache erklären, wieso beschäftigen Sie sich dann damit?"

„Weil es keinen Sinn ergibt", war Sarks Antwort. „Es gibt Fälle, in denen Leute ohne vorherige Anzeichen durchdrehen und zu Mördern werden, aber in aller Regel läuft die Tat dann anders ab."

„Inwiefern?"

„Spontaner."

„Wie ein Amoklauf in einem Einkaufszentrum?"

Sark nickte und trank etwas mehr von dem Tee. Er wollte ihr nicht sagen, dass sich Chloé über Tage hinweg mit den Morden und dem Zerlegen der Leichen beschäftigt hatte. Allein dieser Zeitrahmen sprach gegen eine spontane Handlung.

„Weiß man denn mittlerweile, wieso Vali sie tötete? Zumindest stand das in der Zeitung."

„Das ist eine der offenen Fragen."

„Wissen Sie, er tat ihr gut. Und sie passten zusammen. Wenn ich an die Typen denke, mit denen sie vorher etwas hatte ..." Sie lachte etwas bei ihrer Reise in diese flüchtigen Erinnerungen. „Aber wie gesagt, wir sahen uns außerhalb der Arbeit nicht mehr wirklich. Ich bin mir sicher, wenn zwischen ihnen etwas vorgefallen wäre, hätte sie es erzählt."

„Wann waren Sie das letzte Mal bei ihr zuhause?"

Sie überlegte. „Das ist ein ganzes Stück her. Heutzutage weiß man ja nicht, ob ein Monat verging oder ein halbes Jahr."

„Das stimmt leider." Sark ließ kurz den Blick schweifen. „Ist Ihnen bei Ihrem letzten Besuch etwas Ungewöhnliches aufgefallen?"

„Zum Beispiel?"

„Unordnung, Müll, der lange nicht entsorgt wurde, so etwas." Auch hier hielt es Sark für besser, nicht mit der Tür ins Haus zu fallen und die sonderbaren Schöpfungen Chloés zunächst unerwähnt zu lassen.

„Es war wie immer."

„Waren Chloé und Vali schon zusammen?"

Die Frau nickte und trank Tee. Dieser dampfte mittlerweile kaum noch.

Sark fiel auf, wie sonderbar die blauen Augen der Frau in diesem Grau wirkten. Jede Farbe schien ausgewaschen zu sein, nur nicht das Blau.

„Hatte sie ein Hobby?"

„Sie war sehr kreativ. Sie bastelte zum Beispiel aus Federn und Draht Insekten. Damit wollte sie irgendwann etwas Geld verdienen. Ich habe sogar eine ihrer Libellen zuhause. Die bekam ich von ihr zum Geburtstag. Der Körper ist aus gewickeltem Draht und die Flügel sind Rabenfedern. Auf Friedhöfen findet man oft wirklich schöne Federn.

Aber sie malte auch, wanderte viel, las gerne, solche Dinge eben."

„Es müssen wahrscheinlich mehrere Faktoren stimmen, damit man überhaupt eine gut erhaltene Feder findet." Sark wusste nicht, was er zu dem Thema sagen sollte, deshalb wechselte er es: „Um endlich Ihre Frage zu beantworten: Nein, wir haben keine Ahnung, weshalb Vali Chloé tötete. Ich vermute aber, dass es entweder Notwehr war oder er keinen anderen Ausweg sah, die Morde zu beenden. Vielleicht sollte es nicht bei diesen Opfern bleiben."

„Wissen Sie, es ist seltsam", begann die Frau. „Wir verbrachten so viel Zeit miteinander und kannten uns so lange und so gut. Es ist ab und zu so, als würde sie mir bei der Arbeit über die Schulter sehen. Dann erwarte ich fast einen ihrer Sprüche, aber dann drehe ich mich um und sie ist nicht da."

Sark musste unweigerlich an seine Ex-Frau und Anna denken. Es hatte damals eine Weile gedauert, bis er realisierte, dass niemand zuhause war, wenn er die Tür aufsperrte. Die Wohnung hatte sich damals so kühl und farblos angefühlt wie dieser graue, nasskalte Tag, nur mit dem Unterschied, dass Alkohol die Wärme in seine Eingeweide brachte und nicht Pfefferminztee.

Die Frau leerte ihren Becher in einem Zug. „Ich muss langsam wieder an die Arbeit, ich habe noch ein paar Gräber vor mir."

„Ich danke Ihnen, dass Sie sich die Zeit nahmen", sagte Sark. Er meinte es aufrichtig. Er trank seinen Tee aus und stellte die Tasse zum Becher der Frau.

Sie verstaute die Thermosflasche. Dann reichte sie Sark zum Abschied die Hand. Er bedankte sich für den Tee und sie wünschten einander einen schönen Tag.

Sark wandte sich ab. Nach einigen Metern sah er noch einmal zurück. Die Frau nahm eine der Paletten mit Blumen und verschwand wieder in einer der Grabreihen und bald darauf im Dunst, der dichter geworden war.

Sie hatte während der Unterhaltung mit sich zu kämpfen gehabt. Und auch jetzt dachte sie nach. Die Erinnerungen an Chloé und ihre gemeinsame Zeit, all das kam nun wieder hoch. Er konnte es spüren.

Die Wärme, die ihm der Tee gespendet hatte, war beim Erreichen des Wagens verflogen. Er fröstelte wieder.

Sein Blick wanderte über die Straße zum Park, dessen Bäume wie unheimliche Riesen aufragten, die sich nur dann bewegten, wenn er nicht hinsah. Und plötzlich war ihm wieder, als würde ihn jemand beobachten, verborgen im Grau. Oder war es gar der Nebel, der Augen besaß?

Sark stieg ins Auto und startete den Motor. Er hoffte, dass sich bald die Sonne durch den Dunst brennen würde, um seine Stimmung aufzuhellen. Leider konnte er sich nicht darauf verlassen.

Er rieb sich die kalten Hände und fuhr los.

Kapitel 16

Gelähmt

Das Telefon klingelte.

Sark, der gerade auf dem Balkon saß und einen Kaffee trank, erhob sich, lief ins Wohnzimmer und nahm das Gespräch an. „Hallo?"

„Sie wissen genau, wer ich bin", tönte eine aggressive Männerstimme.

„Ich habe keine Ahnung", antwortete Sark. „Aber bitte, erleuchten Sie mich doch." Er lehnte sich neben dem Fernseher gegen die Kommode.

„Ich bin der, der hörte, dass Sie gern Frauen schlagen."

Arnio Kerns. Sark hätte es sich denken können. „Hören Sie, Sie mögen einflussreich sein, aber Sie sollten gerade in Ihrer Position so viel Verständnis von der Welt haben, dass Sie froh sein können, dass sie überhaupt noch lebt."

„Sie denken wohl, dass Sie sich alles erlauben können, was?" Kerns Stimme wurde gereizter. „Ich habe mich über Sie schlau gemacht. Ganz schön viel Dreck, der da zum Vorschein kam."

„Und?"

„Das wird Ihnen eines Tages das Genick brechen."

„Und wenn schon."

„Oder Ihrer Ex-Frau und Ihrer Tochter."

„Die sollen Sie besser aus dem Spiel lassen!"

„Weshalb? Schließlich sind Sie mit meiner Tochter auch nicht gerade zimperlich umgegangen."

Sark wurde flau im Magen. Er kannte diese Art von Person: Ein fehlender Blick für die Umstände, die Realität und das Richtige gepaart mit stumpfer Rechthaberei und einem zu großen Ego, das vermutlich in direktem Zusammenhang mit dem Mangel an Empathie stand. Was konnte man da schon ausrichten? Nur eine Kugel würde die Leute von ihrem Pfad der Zerstörung abbringen. Aber was machte das dann aus ihm? Letztendlich war hierbei jede Diskussion eine Verschwendung von Zeit und Energie.

„Was wollen Sie dagegen tun?" provozierte Kerns weiter. „Wissen Sie, wie viele Verbindungen ich habe?"

Sark wusste nicht, was er hätte antworten können, ohne ihn damit noch wütender zu machen. Er hätte ihn gern gefragt, ob seine Frau eine Affäre hatte mit jemandem, der weniger jähzornig war; und ob er ab und zu die Hand gegen sie erhob und sich hier nur als getarnter Moralapostel aufspielte, weil er nichts Besseres zu tun hatte.

„Ich kann jederzeit mit nur einem Anruf dafür sorgen, dass sich jemand um Ihre Ex-Frau kümmert, gar kein Problem. Sie müssen es nur sagen." Kerns redete sich weiter in Rage. „Sie markieren überall den harten Kerl und gehen jedem mit Ihrer Art auf die Nerven, aber sobald Sie Gegenwind bekommen, verstummen Sie. Fast wie ein Reh, das im Scheinwerferlicht steht und nicht weiß, was es tun soll. Und dann ist es zu spät." Eine kurze Pause. „Sie wissen genau, dass ich in der Hackordnung weit über Ihnen stehe. Selbst wenn Sie mich hinterher finden sollten, würde das nichts an den Tatsachen ändern. Sie könnten sich noch so an mir rächen, nichts würde Ihnen den Schmerz nehmen und die Dinge ungeschehen machen."

Sark starrte auf den Boden. Es ging dabei weniger um Mara; natürlich wünschte er ihr nichts Schlechtes, aber es gab Anna, die noch ihr ganzes Leben vor sich hatte.

In seiner Brust bildete sich ein Druck, der aus allen Fasern nach innen strömte, ihn lähmte und zugleich mit einer drückenden, pulsierenden Unruhe erfüllte, die er nicht hätte herausschreien können. Nicht einmal ein Gewaltausbruch hätte ihm Erlösung verschafft.

„Sie wollen mich mit Ihrem Schweigen reizen, richtig?" sagte Kerns und führte damit seinen Monolog fort. „Wären Sie nicht so unbedeutend, würde ich mich sofort um Sie kümmern. Aber es ist wichtig, dass Sie genau wissen, wo ihr Platz ist. Ich kann dafür sorgen, dass Sie den ganzen Tag alte Huren kontrollieren und in den miesesten Ecken Präsenz zeigen dürfen."

Weiteres Schweigen.

„Sagen Sie mir, was ich tun soll. Helfen Sie mir."

Sark senkte den Hörer und starrte weiterhin auf den Boden. Egal, was er nun tat, es würde ein schlechtes Ende nehmen. Er kannte solche Situationen, allerdings als Beobachter, nicht als Mittelpunkt. So eine Lage trieb Menschen in Extreme, die weder sie selbst noch andere für möglich hielten.

Er machte einen plötzlichen Schritt nach vorn und schleuderte den Hörer mit aller Kraft gegen die Wand hinter der Couch. Das Plastik barst und verteilte sich mit der Elektronik im Raum. Er betrachtete die Splitter, die Reste seines Lebens, stand nur wie gelähmt da und fühlte keinerlei Schwere mehr in sich; an diesem Punkt gab es wirklich keine Hoffnung mehr.

Sark öffnete die Augen. Und obwohl er in diesem Augenblick realisierte, dass er geträumt hatte, war er sich nicht sicher ob der Traum ein Produkt seiner Phantasie war oder ein Abbild der Wirklichkeit. Er spürte die Leere und dieses unbestimmte, beklemmende Gefühl in seiner Brust.

Er stand auf, verließ das Schlafzimmer und holte sich in der Küche ein Glas Wasser. Im Wohnzimmer schaute er dann trinkend hinaus in den frühen, wolkenlosen Morgen. Und obwohl der Tag vom Wetter her perfekt werden würde, hatte Sark doch eine Traurigkeit aus dem Schlaf mitgebracht, die ihm beinahe die Kehle zuschnürte und die kein Sonnenstrahl zu lindern vermochte.

Er holte sein Smartphone und schickte Anna eine kurze Nachricht. Anschließend ging er duschen und frühstückte eine Kleinigkeit. Während er auf dem Balkon eine Zigarette rauchte, antwortete Anna. Ihr ging es gut und sie packte gerade die Sachen für die Schule, wo ein Test in Physik anstand. Er wünsche ihr viel Erfolg und auch eine Portion Glück.

Sein Blick wanderte über die erwachende Stadt. Am Hafen bewegten sich die Kräne, während einige Möwen dahinzogen. Die dunklen Rauchsäulen aus den Schloten des Industriegebiets stiegen nach oben und lösten sich auf, während der blaue Himmel davon unbeeindruckt stetig heller wurde.

Er dachte über den Traum nach. Wegen so einer Geschichte würde wohl niemand in Kerns Position, der bei klarem Verstand war, solche Schritte einleiten, und wenn, dann gewiss nicht über das Telefon, wo er nicht hätte sicher sein können, ob noch jemand im Raum war, der das Gespräch mithörte. Und trotzdem war da dieses lähmende Gefühl der Machtlosigkeit in seinem Inneren, das ihn an diesem Morgen ein Stück weit aus der Bahn warf.

Zwischenspiel

Weg in die Finsternis

Linker Hand fiel das unwegsame Gelände steil zu einem Fluss hin ab, dessen Rauschen durch all die Bäume kaum zu vernehmen war. Rechts stieg der Wald an, immer wieder durchsetzt von Felsen, die graugrün aus dem Untergrund ragten. Vor Sark, der einem Trampelpfad folgte, zeichnete sich eine große Backsteinbrücke zwischen den Baumkronen ab, die mit jedem Schritt immer weiter aufragte und den Himmel verschlang.

Man hatte ein weiteres Opfer gefunden. Diesmal handelte es sich um einen älteren Mann, ebenfalls bis zur Unkenntlichkeit verprügelt und misshandelt, doch diesmal mit dem Unterschied, dass der Täter versucht hatte, ihn hier draußen zu verbrennen. Den ersten Erkenntnissen nach war der Mann noch am Leben, als er angezündet wurde, woraufhin er sich noch ein kleines Stück über den Boden hatte schleppen können. Vermutlich hatte der Täter anschließend zusätzlichen Brandbeschleuniger auf den Körper gegeben. Entweder erkannte er dabei, dass es nicht so funktionierte, wie geplant, oder er wurde gestört und ergriff die Flucht. Aber hier draußen? Niemand verirrte sich nach Einbruch der Dämmerung freiwillig in diese Gegend.

„Er hat ihn garantiert unter einem Vorwand hergelockt", sagte der Graue Herr, der ruhigen Schrittes hinter Sark lief.

„Was macht dich da so sicher?" wollte Sark wissen. „Sämtliche Spuren an Kleidung und Körper dürfte das Feuer vernichtet haben. Vielleicht ist unser Mann ein kräftiger Kerl. Und den Benzinkanister und die Brennpaste kann er Tage vorher versteckt haben."

„Das wäre zu kompliziert", fand der Graue Herr. „Alle bisherigen Opfer wurden in mehr oder weniger abgelegenen Gegenden entdeckt, stumpfe Gewalt. Das ist alles sehr direkt."

„Aber jemanden anzuzünden weniger", vervollständigte Sark den Gedanken. „Möglicherweise ein Trittbrettfahrer. Und warum sollte er plötzlich von jungen, attraktiven Frauen zu einem übergewichtigen Mann jenseits der 50 wechseln?"

„Aus Berechnung. Eine Frau dürfte ab einem gewissen Punkt genau wissen, was Sache ist, wenn sie mit einem solchen Kerl allein ist. Was, wenn genau das unseren Mann mittlerweile langweilt? Zudem wurde keines der gefundenen Opfer sexuell missbraucht."

Sark schwieg.

Ein Windstoß ließ die Bäume raunen, als würden sie dem Grauen Herrn im Chor verraten wollen, was sich in ihrer Gegenwart abgespielt hatte. Der Tag war für einen Juni ungewöhnlich kalt.

Sark schaute hinab zum Fluss, der sich durch die Kerbe in der Landschaft schlängelte. „Eventuell geht es um unterdrückte Wut, ein Trauma."

„Er mag es, ungestört zu sein", sagte der Graue Herr. „Jemand mit einem eigenen Haus, etwas abgelegen, oder mit einem Gartenhäuschen im Nirgendwo, das wäre der perfekte Kandidat. Aber Fehlanzeige. Keine der Frauen wurde an Ort und Stelle getötet. Wir übersehen irgendetwas. Verlassene Gebäude lassen sich ebenfalls ausschließen, sie bieten immer die Gefahr, dass Obdachlose oder Jugendliche herumschleichen. Er dürfte wenig bis nichts in seinem Leben unter Kontrolle haben, aber diese eine Sache muss sicher sein. Kein Versagen, keine Fehler. Deshalb ist die Art und Weise auch keine Spielerei sondern ergebnisorientiertes Handeln. Genau wie hier und jetzt."

„Er muss aus der Gegend stammen", sagte Sark. „Alle Opfer im Umkreis von 100 Kilometern und aktuell keine vergleichbaren Fälle weiter weg. Unwahrscheinlich, dass er extra anreist, nur um ausgerechnet hier zu morden."

„Und falls doch? Was, wenn die Morde symbolischen Charakter haben? Wenn er mit dem Gebiet schlechte Erinnerungen verbindet, könnte er versuchen, sie so auszulöschen."

„Also ein Sonderling."

„Einer, den man früher aus dem Dorf gejagt hätte und der irgendwo still und heimlich verhungert wäre, genau so einer", sagte der Graue Herr. „Keine Verbindungen oder Gemeinsamkeiten zwischen den Opfern, nur das Äußere, wobei das nun vielleicht auch hinfällig ist. Und keine Spuren, die darauf hindeuten, dass er auf der Durchreise ist und sich ausgerechnet hier ein Opfer sucht. Die Tatzeiten sind zu unregelmäßig. Und es wurde schon so viel Material von Überwachungskameras ausgewertet, alles ohne Erfolg."

Das Rot der Backsteinbrücke nahm nun einen großen Teil des Himmels ein.

„Frühe Zurückweisung von Frauen", fuhr der Graue Herr fort. „Das würde das Alter der Opfer erklären. Sie waren damals schön und er konnte keine für sich gewinnen. Vermutlich prägte das sein gesamtes Leben. Und nun hat er die Vorstellung, die schmerzlichen Erinnerungen auslöschen zu können. Oder es ist angestaute Wut, weil er den Frauen für all die Dinge die Schuld gibt, die in seinem Leben schief liefen. Aber am Ende macht das wohl keinen wirklichen Unterschied."

Sark blieb stehen und lauschte. Kein Vogel war zu hören, nur der Wind, der die Blätter streifte. Was war wohl in dem Kerl dort oben vorgegangen, als er realisierte, dass seine letzte Stunde geschlagen hatte? Und wie viel Schmerz hatte er bewusst mitbekommen?

Er verband den Gestank von rohem Fleisch mit dem Tod, den von verbranntem hingegen mit Essen, ein Umstand, der ihm nun zu schaffen machte. Dabei ging es weniger um das Leid des Mannes, denn bisher war nichts über ihn bekannt. Nicht auszuschließen, dass er kein zufälliges Opfer war; ein Umstand, der sich bereits am nächsten Tag bewahrheiten sollte: Als man die Wohnung des Toten betrat, fand man eindeutige Hinweise darauf, dass er ein Vergewaltiger war, der sich auf eine bestimmte Art von Opfern spezialisiert hatte: Männer Anfang bis Mitte 20, ledig und alleinlebend. Ging es also in diesem Fall um eine andere Art der Rache? Oder war es Vergeltung für eine Person aus dem Umfeld des Täters? Eventuell war es auch eine seltsame Bekundung der Reue, indem der Gesellschaft mit diesem Mord ein Gefallen getan werden sollte.

Sark wurde das Gefühl nicht los, dass eine solche hypothetische Sachlage zu kompliziert war, um eine Verbindung aufzuweisen, die über die des Zufalls hinausging. Daher würde der nächste Mord Aufschluss darüber geben müssen, ob Frauen nach wie vor im Fokus ihres Täters standen oder nicht.

„Wahrscheinlich springt jemand dort herunter, ehe wir den Kerl schnappen", sagte der Graue Herr ausdruckslos.

Sark sah zu ihm und folgte dessen Blick hinauf zur Brücke. Er musste ihm zustimmen.

Kapitel 17

Die Langen

Der Frost der vergangenen Nacht hatte seine Spuren nicht nur funkelnd auf den Pflanzen hinterlassen, sondern auch in der Luft, die trotz oder gerade wegen der herrschenden Windstille nasskalt und unbarmherzig in Sarks Kleidung drang. Das Licht der aufgehenden Sonne – irgendwo zwischen orange und rosa – legte sich derweil in Streifen zwischen die Bäume und ihre eisigen Schatten.

Er war von der Pension aus, in der er übernachtet hatte, bereits kurz nach der Dämmerung aufgebrochen, um im Wald zu der Stelle vorzudringen, an der man Valis Leiche gefunden hatte. Dabei folgte er der Anzeige eines GPS-Geräts. Die Koordinaten hatte man aufgrund der Abgelegenheit des Fundorts vermerkt, ein Umstand, den er zu schätzen wusste, denn sich anhand einer Karte und Fotos hier draußen zu orientieren, wäre weniger optimal gewesen und sehr wahrscheinlich auch zum Scheitern verurteilt, zumal etwa vier Kilometer zwischen dem Parkplatz und seinem Ziel lagen. Daran änderte auch das ausgedehnte Netzwerk von Wanderwegen und Trampelpfaden nichts.

Die Luft war feucht und roch nach Erde und Pilzen. Sarks warmer, sichtbarer Atem verlor sich bereits nach kurzer Zeit im Nichts. Hier und da erhoben sich Nebelbänke unterschiedlicher Größe und Dichte, die immer wieder die Sichtweite und die Stimmung beeinflussten. Wo hier völlige Stille herrschte, sangen dort zahlreiche Vögel; Holz ächzte, als wolle es etwas flüstern, irgendwo klopfte ein Specht und an anderer Stelle funkelte es beinahe magisch.

Eine Weile folgte Sark einem Wanderweg, der ihn auch über eine kleine Holzbrücke führte. Er hielt darauf an und blickte hinab in den langsam fließenden Bach, an dessen Rand ein paar Frösche saßen, während im Wasser kleine, schwarze Fische auf der Stelle schwammen.

Die Umgebung war karg. Bis auf ein paar Büsche und Farne erhob sich nichts zwischen den teils sehr hoch aufragenden Bäumen, die mal licht und mal gedrängt in Gruppen standen. Jede Richtung bot das gleiche Bild, weshalb Sark froh war, sich mittels GPS orientieren zu können. Der Boden war ein Flickwerk aus Moosteppichen, Grasflächen mit Inseln bunter Blumen, weitläufigen Bereichen, in denen es nur eine Schicht aus trockenem Laub oder braunen Nadeln gab, und Arealen mit knochigen Wurzeln, die wie groteske Schlangen wirkten, die das Erdreich durchzogen und an zahllosen Stellen zur Oberfläche drangen. Es gab tote Baumstämme und solche, die durch einen Sturm entwurzelt wurden und trotzdem unvermindert mit Leben erfüllt waren, ein Bild, das Sark erstaunte. Die morschen Äste, die wild verstreut in der Gegend lagen, verband Sarks Phantasie mit einer Schlacht aus alten Tagen, Überbleibsel einer barbarischen Zeit, die sich seiner Erfahrung nach nur oberflächlich aus der modernen Gesellschaft zurückgezogen hatte.

Sark machte zwischendurch eine kurze Pause, um sich bei einem Schluck Wasser und etwas Proviant aus seinem alten, abgewetzten Stoffrucksack zu stärken. Ein heißer Tee hätte ihm an dieser Stelle sehr gefallen, denn trotz der Bewegung wurde ihm nicht warm. Allerdings war er hier nicht auf einer Wanderung. Es kam ihm schon sonderbar genug vor, mit einem Rucksack durch die Gegend zu laufen, etwas, das er zuletzt getan hatte, als Anna noch klein gewesen war; ein Wunder, dass er das alte Stück nicht längst entsorgt hatte.

Nach etwas mehr als zwei Stunden erhoben sich die ersten Felsen zwischen den mittlerweile allgegenwärtigen Wurzeln. Kurz darauf befand sich Sark inmitten dieser steinernen Wüste, einem Meer mit erstarrten, moosbedeckten Wellen und verholzten Fangarmen zahlloser Seeungeheuer.

Das Licht der mittlerweile höher am Himmel stehende Sonne spendete nur bei direktem Kontakt einen Teil der Wärme, die sich nicht in die Schatten wagte, wo nach wie vor Reif auf allem lag. Immer wieder lösten sich Blätter, um mal lautlos, mal raschelnd zu Boden zu sinken und Teil der Decke zu werden, die den Wald langsam auf den Winter vorbereitete.

Mehrfach wäre Sark beinahe gestürzt, weil er auf dem feuchten Laub, den glatten Wurzeln und den rutschigen Felsen den Halt verlor. Er konnte sich daher gut vorstellen, wie es Vali auf seiner Flucht ergangen war; man hatte an der Leiche Spuren mehrerer Stürze gefunden.

Sark näherte sich den Koordinaten. Dabei fand er das, was die Ermittler zurückgelassen hatten: Zigarettenstummel, Fußspuren am Boden oder großflächig durch Schuhsohlen von den Felsen geschabtes Moos. Er entdeckte auch ein Stück Absperrband zwischen den Steinen, das gewiss in ein paar Tagen vollständig unter dem Laub verschwunden sein würde. Er nahm den Müll mit, den er sehen konnte, um ihn später zu entsorgen.

Die Stelle, an welcher Vali den Tod gefunden hatte, sah aus, wie jede andere. Sark holte die ausgedruckten Aufnahmen hervor, um sich entsprechend zu positionieren und ein Gefühl für die Situation zu bekommen. Er stellte sich vor, wie Vali panisch fliehend in diese steinernen Wogen geraten und daraufhin umgekommen war. Es gab keinen Hinweis darauf, dass man seine Leiche durchsucht oder bewegt hatte. Demzufolge war er seinem Verfolger – oder den Verfolgern – mit hoher Wahrscheinlichkeit einfach entwischt, denn einmal außer Sicht war es hier draußen ein Ding der Unmöglichkeit, jemanden aufzuspüren.

Sark verstaute die Aufnahmen im Rucksack und legte diesen auf einen der Felsen, um sich in Ruhe in der näheren Umgebung umzuschauen und in diverse Felsspalten zu blicken, ohne zu wissen, was er dort zu finden hoffte. Er war sich sicher, dass man aufgrund der gesamten Lage die Gegend akribisch mit Spürhunden und Metalldetektoren abgesucht hatte, aber seine Entdeckung auf dem Dachboden ließ zwangsläufig Raum für Fehler, Versäumnisse und nicht zuletzt für Überraschungen.

Obwohl Sark nichts fand, war er doch erstaunt darüber, dass er letztendlich fast zwei Stunden lang die Gegend erkundet hatte, ohne dass es ihm so vorgekommen war. Deshalb begab er sich zurück zu seinem Rucksack, trank etwas und aß dazu eine Kleinigkeit, während er die wohlriechende Luft des Waldes und die beruhigende Herbststimmung genoss.

Er gähnte mehrfach, als ihn eine angenehme Schwere überkam. Er hob den Blick und sah zum Himmel, der nun nicht mehr lückenlos strahlend blau zwischen den Baumkronen lag, sondern hier und da Wolken zeigte, die immer wieder kurz die Sonne verhüllten. Da er noch den Rückweg zum Wagen vor sich hatte, raffte er sich auf, denn er wollte weder in der Dunkelheit durch den Wald irren noch hier draußen übernachten. Dann schulterte er den Rucksack, prüfte, dass er auch nichts zurückließ, und marschierte los.

Der Wetterbericht hatte für die Region keinen Regen angekündigt, und dennoch verdunkelte sich der Himmel mit jeder Minute. Die kalten Schatten gewannen wieder an Stärke, so auch die Nebelbänke, als würde die Geisterwelt in das Diesseits fließen.

Sark konnte nicht sagen, ob er hier draußen seine Zeit verschwendet hatte, denn es gab keinen Fund und keinen gedanklichen Durchbruch, nicht einmal einen kleinen Schritt nach vorn. Allerdings wusste er, dass ihm die Ungewissheit keine Ruhe gelassen hätte. Und er war seit längerem wieder einmal an der frischen Luft, weshalb der Nachmittag durchaus als positiv zu bewerten war.

Allmählich kam Wind auf, der sich binnen weniger Minuten zu einem Sturm aufbaute, der die Kronen der Bäume durchkämmte und rotbraune Blätter wie Regen vor sich hertrieb. Die Bäume wiegten sich ächzend und das Rauschen schwoll zu einem Lärm an, der jeden Vogel verstummen ließ und selbst das Knacken von Zweigen unter Sarks Sohlen erstickte. Bald trafen erste, feine Regentropfen seine Haut, wobei er nicht wusste, ob diese vom Himmel fielen oder aus den Nebelbänken gerissen wurden, die wolkengleich durch den Wald zogen, grau und dicht. Die Luft, die der Herbststurm mit sich führte, war eisig, während der Regen die Farbe aus der Welt wusch.

Morsche und schwache Zweige und Äste lösten sich hoch über Sarks Kopf und leisteten ihren Beitrag zu der tosenden Klangkulisse. Er verlor jedes Zeitgefühl, setzte einen Fuß vor den anderen und sah in unregelmäßigen Abständen auf das GPS-Gerät, um sich bestätigt zu wissen, dass er zumindest den richtigen Weg zurück zum Parkplatz beibehielt, während sich der Nebel um ihn herum verdichtete und die Kronen der Bäume verschleierte.

Er hielt an. Die Klänge, die ihn umgaben, waren lauter und intensiver, als in seiner letzten Erinnerung. Er blickte sich um und fühlte sich dabei wie in einer Zwischenwelt, in der das Ächzen des Holzes langsam in den Vordergrund trat.

Und da waren sie wieder, all jene Blicke, die sich von jeder Seite an ihn drängten und ein Gefühl der Bedrohung mit sich führten. Als sich Sark daraufhin umsah, musste er feststellen, dass es sich nicht einfach um körperlose Eindrücke handelte: Zwischen den Baumstämmen schälten sich Schatten aus dem Dunst, die dünn und drei, vier und noch mehr Meter aufragten. Dann zeigten sich lange Arme, dürrer noch als die Leiber, die auf knochigen Beinen standen. Die langgezogenen, spitz zulaufenden Köpfe waren nur minimal breiter als die Hälse, was die Gestalten noch grotesker wirken ließ.

Eines der Wesen hob den Arm und streckte ihn in Sarks Richtung: Dem Arm entsprang statt einer Hand ein Galgenstrick, das bedrohliche Oval des Todes, etwas, das er nun bei jeder Gestalt sah. Der andere Arm hingegen ging bei einigen in eine Art Sense über und folgte bei anderen mehr der Form einer Sichel, eines Speers oder einer langen Gabel mit zwei, drei Zinken. Die Kreaturen wirkten wie aus einzelnen Ästen bestehend. Arme und Beine entsprangen nahtlos dem Rumpf, wie herausgewachsen und ohne klar definierte Gelenke. Die steifen, ruckhaften Bewegungen waren noch unnatürlicher als ihr Aussehen. Manche Beine bogen sich leicht aufgrund von Größe und Gewicht, andere waren starr wie Stelzen.

Sark sah und spürte die schlagartige Gefahr, eilte davon, schlug Haken und sprang über Wurzeln, wich Bäumen und toten Baumstämmen aus, pflügte durch Farnteppiche und ließ all jene Büsche hinter sich, deren Zweige nach ihm zu greifen schienen. Er rannte in die Richtung, die er zufällig eingeschlagen hatte, und drang tiefer ein in den Nebel, der so dicht und schwer war, dass Sark nicht wusste, ob die Nässe dem Grau entsprang oder vom Himmel fiel.

Immer wieder warf er einen Blick zurück, nur um festzustellen, dass ihm die Kreaturen folgten und er kaum einen Vorsprung herauslaufen konnte. Es war, als wären sie durch unsichtbare Fäden mit ihm verbunden und daher stets in seiner Nähe, egal, wie schnell er auch rannte. Und so floh er in das graue Nichts, um sich darin zu verlieren.

Irgendwann stolperte Sark über die aufgebrochene Erde eines brachen Feldes. Über ihm versuchte die Sonne, sich durch den Nebel zu brennen, der wie in Flammen stand. Die Wesen waren nicht mehr zu sehen, und doch spürte er ihre Blicke und ihr echogleiches Begehren, ihn zu erhängen. Mehrmals stürzte er über größere Feldsteine, trat in Löcher und rutschte aus. Er kämpfte sich weiter in das gleißende Weiß, ohne zu wissen, was sich darin verbarg.

Der nächste Aufprall presste ihm die Luft aus der Lunge. Keuchend blieb er liegen. Sein Körper fühlte sich von der Kälte und der Anstrengung taub an. Die Feuchtigkeit war längst durch die Kleidung bis auf seine Haut gedrungen.

Und wie er so am Boden lag, fühlte er sich wie bei den zahllosen Abstürzen nach einem Rausch. Sark blieb daher einfach, wo er war, schloss die Augen und wartete auf die Ankunft der namenlosen Gestalten.

Doch nichts geschah. Einzig die sich langsam auf den Untergang vorbereitende Sonne kämpfte sich immer erfolgreicher durch den Nebel, der von den goldenen Strahlen zersetzt wurde. Ein Windstoß vertrieb letztendlich die übrigen Fetzen und zeigte einen blauen, wolkenlosen Himmel.

Er spürte die schwache Wärme, die sich auf ihn legte. Er hob den Kopf. Dann raffte er sich auf und schaute sich um.

Er hatte sich ein ganzes Stück vom Wald entfernt. Unweit von ihm sammelten sich einige Vögel auf dem Acker. Im Sonnenlicht stieg Dampf von der Erde und den funkelnden Gräsern auf, die sich vereinzelt aus dem Graubraun erhoben.

Sark wischte den Dreck vom GPS-Gerät, das er glücklicherweise noch immer in der Hand hielt, und sah, dass er zwar nicht in direkter Nähe des Parkplatzes war, wo sein Wagen stand, aber auch nicht am anderen Ende des Waldes, in welchem sich der Nebel nach wie vor hielt; dieser stieg zwischen den Baumkronen auf wie kalte, züngelnde Flammen.

Die Sonne war bereits hinter den Wäldern und Bergen verschwunden, als Sark den klammen Rucksack in den Kofferraum warf und sich fröstelnd in das Auto setzte. Bald würde das Blau des Himmels verblassen und sich den Schatten ergeben, die unaufhaltsam an Kraft gewannen und aus jedem der feuchtkalten Winkel zu fließen schienen.

Er startete den Motor, verließ den Parkplatz und fuhr zurück zu der kleinen Pension. In seinem aktuellen Zustand war er sehr froh darüber, dass es in seinem Zimmer eine Dusche gab, unter der er sich nach seiner Ankunft entkräftet aufwärmte. Er war so erschöpft, dass er nicht einmal klar über die Geschehnisse im Wald nachdenken konnte oder gar Hunger verspürte; und als er sich auf das Bett legte, um sich von einer Fernsehsendung berieseln zu lassen, fiel er fast augenblicklich in einen tiefen und erholsamen Schlaf.

Kapitel 18

Christiano Sosa

Sark fuhr mittlerweile vermehrt Umwege, immer mit dem Ziel, mögliche Verfolger zu verwirren und abzuhängen, ein Verhalten, das ihn langsam an seinem Verstand zweifeln ließ. Auch ging er nicht mehr direkt in seine Wohnung, sondern zunächst immer in die nächste Etage, um zu schauen, ob sich dort oben oder auf der Treppe jemand versteckte, der ihn anfallen könnte, sobald er die Tür aufsperrte. Was war hier los?

Sark bog mit seinem Wagen in eine Seitenstraße am Rand einer Kleinstadt. Nach ein paar Häusern erstreckte sich rechts ein Feld, hinter welchem sich die Bäume einer Allee abzeichneten, während links mehrere große Grundstücke mit entsprechenden Häusern lagen, von denen teils nur die Dächer über die hohen Hecken und Zäune hinweg zu sehen waren. Es war offensichtlich, dass hier die betuchten Einwohner der Stadt lebten. Wo es bei den kleineren Häusern einen gepflegten Vorgarten mit Findlingen und Zierteich gab, Rosenbüsche und Walnussbäume, umgeben von liebevoll angelegten Beeten, die im Sommer Kräutern und Blumen Raum boten, wuchs in dieser Gegend der Sichtschutz proportional zum Einkommen der Besitzer. Weiter voraus ging die Straße in einen unbefestigten, vermutlich von Landwirtschaftsfahrzeugen ausgefahrenen Weg über, der von Bäumen gesäumt wurde und offenbar in den Wald führte, der weiter geradeaus an das Feld grenzte.

Der Wald.

Während der Fahrt hatte Sark wiederholt intensiv über die Geschehnisse nachgedacht. Ob es sich bei den sonderbaren Wesen um manifestierte Energie aus dem Waldboden handelte? Hatten die Wesen bereits im Park am Friedhof auf ihn gewartet, als er der seltsamen Gestalt in den Nebel gefolgt war? Hatten sie ihn beobachtet, um ihm dann in der Abgeschiedenheit aufzulauern? Oder verlor er lediglich den Verstand? War es das, was Vali in die Irre und damit in seinen Tod getrieben hatte?

Natürlich waren das Aspekte, die Sark seit längerer Zeit in Betracht zog, aber letztendlich brachten Geister Menschen nur in Filmen um. Die Bilder konnten durchaus damit zusammenhängen, dass er in letzter Zeit zu wenig schlief und viel zu unregelmäßig aß. Hinzu kam der Alkohol. Oder waren das erste Anzeichen dafür, dass die Trinkerei nun wirklich damit begann, seine Zurechnungsfähigkeit zu zersetzen? Er konnte es drehen und wenden, wie er wollte, die Sache ergab keinen Sinn. Es hatte theoretisch keinen Wert, sich länger als nötig damit zu beschäftigen, praktisch wanderten seine Gedanken jedoch unentwegt zurück zu den Gestalten im Nebel.

Er hielt und sah nach links. Die Hausnummer an einem der steinernen Pfeiler des Gartenzauns stimmte. Der Zaun selbst bestand aus Eisen, rostig und alt, teils verborgen unter Efeu.

Sark bog in die Einfahrt und folgte dem Schotterweg. Links und rechts standen alte, mächtige Kastanienbäume. Am Ende erhob sich ein großes Haus, dessen Erdgeschoss aus Stein war, der Großteil der zwei oberen Etagen jedoch aus Holz. Es hatte mehrere Erker, einen Eckturm und wirkte derart verschachtelt, dass es wie das Haus eines Zauberers aus einem Märchen wirkte. Teile der Fassade lagen unter immergrünem Rankenwerk und andere hinter Wein, dessen Blätter mittlerweile dunkelrot waren.

Sark parkte den Wagen neben den zwei Fahrzeugen, die auf der von welken Blättern bedeckten Schotterfläche schräg vor dem Haus standen, und stieg aus. Durch die knochigen Bäume, die Rosenbüsche und die sich zwischen ihnen dahinschlängelnden Wege – teils mit Schotter bedeckt, teils mit bunten, unregelmäßigen Steinplatten gepflastert – wirkte alles geheimnisvoll, irgendwo zwischen faszinierend und unheimlich. Bei nächtlichem Nebel ergab sich gewiss ein Bild wie aus einem alten Schwarzweiß-Krimi.

Die Lichtstreifen zwischen den Bäumen spendeten kaum noch Wärme an diesem späten Nachmittag. An einigen Stellen, die im Schatten lagen, hatte sich der Frost der letzten Nacht gehalten. Es ging nun scheinbar mit immer größeren Schritten gen Winter.

Eine alte Frau kam um die Ecke des Hauses gelaufen. Sie trug eine mit trockenen Farbflecken beschmutzte Latzhose, ein gefüttertes Hemd, rote Gummistiefel und Gartenhandschuhe, die ihr ein bis zwei Nummern zu groß waren. Sie hielt eine Pflanzenschere. Das graue, lockige Haar, das sie offen trug, reichte ihr bis zu den Schultern.

Sark ging auf sie zu und stellte sich vor.

Die Frau zog den rechten Handschuh aus und gab Sark zur Begrüßung die kalte Hand. „Wir sprachen am Telefon miteinander."

„Dann sind Sie Elice", sagte Sark.

„Man kann Sie garantiert nur schwer täuschen", scherzte sie lächelnd.

„Wenn Sie wüssten", kommentierte Sark in einem heiteren Ton.

Elice sah sich unentschlossen um. „Vielleicht sollten Sie erst einmal Ihre Sachen ins Haus bringen. Mein Mann ist im Garten. Kommen Sie."

„Dann hole ich kurz mein Gepäck, einen Moment." Sark lief zum Wagen und griff aus dem Kofferraum seinen Rucksack und eine Geschenktüte.

Er hatte eine Weile sinniert und sich letztendlich für eine Flasche Wein für Christiano Sosa entschieden und für eine Schachtel Pralinen für dessen Frau. Natürlich waren es mehr oder minder einfallslose Geschenke, aber er wollte sich erkenntlich zeigen, denn zu seiner Verwunderung hatte Christiano Sosa nicht nur einem Treffen zugestimmt, sondern ihn auch eingeladen, im Gästezimmer seines Hauses zu übernachten, ein Angebot, das er gern annahm.

„Wir sprachen vorhin noch von Ihnen und meinten, dass Sie gewiss erst spät eintreffen werden."

„Es gab zwar weder Stau noch größere Baustellen, aber irgendwie schaffte ich es nicht, eher loszufahren."

Elice streifte den Ärmel etwas zurück und sah auf ihre kleine, goldene Armbanduhr. „Dann hatten Sie ja Glück, gerade bei der langen Strecke."

Sark fand die Gastfreundschaft befremdlich. Er wusste, dass das Ehepaar keine Kinder hatte. Ihm war, als würde Elice sich freuen, dass jemand zu Besuch kam. Natürlich konnte er sich das auch nur einbilden, aber allein die Tatsache, dass er darüber nachdachte, sagte in diesem Fall mehr über ihn aus, als er je zugegeben hätte. Er spürte, dass die Freundlichkeit, die ihn empfing, echt war, und doch konnte er sie nicht in dem Maße wertschätzen, wie er es gewollt und vor vielen Jahren noch getan hätte. Nun musste er schauspielern und seine Gleichgültigkeit verbergen, nicht nur, weil es unhöflich gewesen wäre, sie zu zeigen, nein, es ging hier auch um mögliche Informationen. Er wollte nicht riskieren, dass man das Angebot zurückzog und ihn ohne Antworten des Grundstückes verwies.

Das Versiegen von Freundschaften innerhalb der letzten Jahre hatte ihn immer mehr von zwischenmenschlichen Beziehungen entwöhnt, und genau das wurde ihm hier klar. Er wusste nicht, wie er reagieren sollte, denn ein entsprechend natürliches Verhalten war längst nicht mehr vorhanden; was aber normalerweise nicht auffiel, da er kaum noch in Situationen geriet, die es erforderten.

Sark folgte Elice die steinerne Treppe hinauf zu der großen Veranda, wo ein Tisch, mehrere Stühle und zahlreiche Pflanzenkübel standen. Am Geländer hingen leere Blumenkästen.

„Ich mache langsam alles winterfest", erklärte Elice, als sich Sark umschaute. Sie zog die Gummistiefel aus und legte Handschuhe und Schere auf dem breiten Geländer ab.

Nachdem Sark seinen Rucksack im Gästezimmer – dieses lag im zweiten Obergeschoss – abgelegt hatte, führte Elice ihn durch das Haus, damit er sich zurechtfand.

Das Haus war mit seinen großen Zimmern sehr geräumig und dank der ungewöhnlich breiten Fenster recht hell, trotz all der umgebenden Bäume. In den oberen Etagen dominierten die Farben des verbauten Holzes. Mittels Grünpflanzen, nicht zu dunklen Teppichen und hellen Möbeln wurde allerdings ein guter Ausgleich geschaffen. Zahlreiche freiliegende Balken und Stützen trugen ihren Teil zu einer angenehmen Atmosphäre bei. Es gab viele, lückenlos bestückte Bücherregale, große und kleine Gemälde an den Wänden, Leseecken mit ausladenden Sesseln und kleinen Tischen, und Regale mit kunstvollen Objekten aus Porzellan und Glas.

„Kann ich Ihnen etwas zu essen anbieten?" fragte Elice, als sie die Küche betraten. „Oder einen Kaffee, um sich etwas aufzuwärmen? Oder beides?"

„Ein Kaffee wäre nicht schlecht", antwortete Sark. Er hatte keinen Hunger.

„Mit Milch und Zucker?"

„Ein kleiner Schuss Milch und ein Stück Zucker bitte."

Eine Tür führte hinaus auf die Veranda, während hinter einer gläsernen Schiebetür ein großer Wintergarten lag. Sark konnte Kakteen ausmachen, Zitronen- und Orangenbäume und allerlei Pflanzen in großen und kleinen Kübeln aus Ton. Auch dort gab es eine Leseecke, einen Bereich mit einem Tisch und mehreren Stühlen und eine Tür zur Veranda, welche den Wintergarten umgab.

„Bitte sehr", sagte Elice und reichte Sark eine große Tasse mit dem Kaffee.

Sark bedankte sich und nahm einen wärmenden Schluck, ehe er Elice hinaus auf die Veranda folgte, wo ihm ein frischer Wind entgegenschlug.

Mehrere breite Stufen führten zum Garten, der ebenfalls von zahlreichen Wegen durchzogen war, die keinem bestimmten Muster zu folgen schienen. Der Baumbestand ging hinter dem Haus deutlich zurück und ließ so mehr Raum für Beete, einen Springbrunnen und einen Pavillon, unter dessen Dach sich ein Tisch, mehrere Stühle und eine Couch befanden. Überall lag buntes Laub, größtenteils von den Bäumen der angrenzenden Grundstücke.

Elice schaute zu Sark. „Tragen Sie eigentlich eine Waffe?"

„Es kommt darauf an", antwortete Sark. „Einen Teleskopschlagstock habe ich fast immer bei mir, eine Pistole relativ selten. Außerhalb des Dienstes, versteht sich." Er machte eine kleine Pause. „Ich versuche einfach, gefährliche Gegenden zu meiden, wenn ich nicht bewaffnet bin."

„Da ist Ihnen Ihr Bauchgefühl gewiss hilfreich."

Sark nickte. „Mit der Zeit schärfen sich die Sinne. Man spürt, sobald Ärger in der Luft liegt. Aber ich kann Sie beruhigen: Den Schlagstock habe ich im Auto und die Pistole zuhause."

Elice schüttelte den Kopf. „Darum ging es nicht. Abgesehen von einer Verkehrskontrolle vor vielen Jahren, hatte ich noch nie etwas mit der Polizei zu tun. Ich war nur neugierig."

„Was nicht die schlechteste Eigenschaft ist."

„Meistens jedenfalls. Christiano ist dort hinten am Teich." Bei diesen Worten sah sie in die entsprechende Richtung.

Sark erkannte eine sich bewegende Silhouette.

Elice lächelte. „Ich werde mich weiter den Rosen widmen, solange es hell ist." Damit ging sie zurück ins Haus, um zur vorderen Veranda zu gelangen, wo ihre Sachen lagen.

Sark blieb einen Moment stehen, trank von dem Kaffee und sah zum Himmel, der über den hellen Wolkenfetzen blau und kalt thronte und eine kühle Nacht versprach. Dann stieg er die Stufen hinab und folgte einem der Wege. Er ließ den Pavillon und den leeren, bis zum Frühjahr stillgelegten Springbrunnen hinter sich. Links und rechts wurde der Garten durch Bäume, hohe Hecken und einen Zaun von den Nachbargrundstücken getrennt, während er sich geradeaus zwischen mehreren Baumreihen verlor. Im Dunkel unter den Bäumen erahnte Sark einen Zaun und dahinter ein braches Feld. Rechts vom Weg befand sich ein länglicher Teich, über den eine kleine Brücke führte, an welcher Christiano Sosa auf einer Decke kniete und den letzten Pfosten des rechten Geländers lackierte.

Sosa trug eine mit Farbe verschmutzte Jeans, einen dicken Pullover und darüber eine gefütterte Jacke, die ebenfalls voller Farbe war. Auf dem Kopf hatte er eine schwarze, gestrickte, etwas zu kleine Mütze. Sein lockiges, graues Haar, das ihm offen bis knapp über die Schultern hing, war zu einem Pferdeschwanz gebunden. Als er bemerkte, dass sich jemand näherte, blickte er kurz auf. Der untere Rand seiner Brille war beschlagen.

Bis Sark bei ihm war, hatte Sosa die letzten Pinselstriche gezogen. Er streifte den überschüssigen Lack am Rand der Dose ab, verschloss sie mit dem Deckel und legte den Pinsel quer darüber. Sosa erhob sich, zog die Arbeitshandschuhe aus und reichte Sark die Hand.

„Wie ich sehe, wurden Sie bereits versorgt", sagte Sosa und sah auf die Kaffeetasse.

„Nach der langen Autofahrt genau das Richtige."

„Das glaube ich Ihnen gern." Sosa hob die Decke auf, klemmte sie sich unter den Arm, griff den Pinsel und die Dose und beendete damit die Arbeit, um mit Sark zurück zum Haus zu gehen, alles im Schuppen abzulegen, die Kleidung zu wechseln und sich in der Küche ebenfalls einen Kaffee einzuschenken und auf Nachfrage Sarks Tasse aufzufüllen.

Kurz darauf standen sie im ersten Obergeschoss in Sosas Arbeitszimmer. Durch die großen Fenster bot es einen guten Blick auf den Garten. Die Farben der Welt jenseits des Glases verblassten langsam mit dem Weichen des Nachmittags, was dem Haus eine angenehme Wärme verlieh, eine Gemütlichkeit, die all dem Holz innewohnte. Es war, als würde dieses heimelige Gefühl tagsüber schlafen, um abends zu erwachen und die Wände zu erfüllen, besonders in den dunkleren Monaten und an grauen, kalten Tagen.

„Die Sonne geht direkt da hinten auf", erklärte Sosa, der ebenfalls auf den Garten blickte.

Vor den Fenstern stand ein ausladender Schreibtisch mit einem großen Arbeitssessel. Die Wände lagen allesamt hinter überfüllten Bücherregalen. Im Raum selbst gab es weitere Tische und Ablagen, alles bedeckt von Büchern, Ordnern und losen Blättern, als wären die Schriften Laub, das sich auf alles gelegt hatte.

Sark wusste bereits, dass Christiano Sosa Physikprofessor im Ruhestand war und dessen Frau Elice eine pensionierte Grundschullehrerin. Sein Vater – Sebastian Sosa – war 1975 im Alter von 96 Jahren an den Folgen einer Grippe gestorben. Er hatte das Haus und eine unglaubliche Menge an Büchern und Unterlagen hinterlassen. Ferner hatte Sosa während des Telefonats mit Sark erwähnt, wie Vali und Chloé mit dem gleichen Anliegen an ihn herangetreten waren, nämlich dem Wunsch, mehr über das Sanatorium und das Wirken seines Vaters zu erfahren. Sosa war erschüttert, als er vom Tod der beiden erfuhr, auch wenn er sie lediglich von zwei Anrufen her kannte; zu einem Treffen war es nie gekommen.

Sark realisierte, dass er sich am Ende des Weges befand, den Vali und Chloé geebnet hatten. Vor ihm erstreckte sich nun unbekanntes Territorium, ein weites, mysteriöses Land.

Sark löste sich von diesem Gedanken und fragte: „Hinterließ Ihr Vater viele Aufzeichnungen aus seiner Zeit im Sanatorium?"

„Nicht wirklich", antwortete Sosa. „Hauptsächlich handelt es sich um Tagebücher aus seiner Dienstzeit. Ich schenkte ihnen nie die Aufmerksamkeit, die sie vielleicht verdienen, deshalb wundert es mich, dass plötzlich andere Leute Einblick wünschen."

„Waren Sie nie neugierig?"

„Nein. Mein Interesse galt schon immer der Physik. Ich weiß, dass es mein Vater gern gesehen hätte, wenn ich in seine Fußstapfen getreten wäre. Aber den Wunsch, ebenfalls den Weg eines Psychologen einzuschlagen, konnte und wollte ich ihm nicht erfüllen.

Ich nehme an, dass er sehr viele Unterlagen vernichtete, als er in den Ruhestand ging. Ich sah bei meiner Frau, was sich in den Jahrzehnten ihrer Arbeit ansammelte, was letztendlich keinerlei Nutzen mehr besaß und daher entsorgt werden musste. Ob dabei allerdings Erhaltenswertes übersehen wurde, lässt sich nicht sagen. Niemand ist frei von Fehlern. Ich behielt, zumindest was Bücher und Schriften anbelangt, alles, was mir mein Vater hinterließ."

„Wie war das bei Ihren Aufzeichnungen?" Sark nahm einen Schluck Kaffee.

„Ich konnte mich nie davon trennen, obwohl es nicht einmal jemanden gibt, der das alles erben könnte. Aber hier bildet Physik nur einen kleinen Teil. Ich interessiere mich auch für Geschichte, Architektur, Kunst, Biologie, Musik, und Astronomie. Nur für Chemie hatte ich nie etwas übrig ... und Psychologie. Ich könnte mich jetzt natürlich den ganzen Tag mit einer Angel in ein Boot setzen und auf einem See treiben lassen, aber ich beschäftige mein Hirn gern weiterhin. Ich verbringe nach wie vor viele Stunden hier oben und lese verschiedene Publikationen oder gehe einer Frage nach. Deshalb sieht es hier immer aus, als würde ich an einem wichtigen Projekt arbeiten."

„Oder an einem Kriminalfall."

„Stimmt, im Kern dürfte es viele Parallelen geben."

Sark nickte. „Nur habe ich weniger Platz."

Sark betrachtete einige der Bücher in den Regalen. Viele wirkten alt und wertvoll. Die Themen deckten die von Sosa erwähnten Gebiete ab und zusätzlich Bereiche wie Religion, Philosophie und Medizin. Auch Psychologie war vertreten; bei diesen Werken musste es sich um Erbstücke handeln. Sark verstand, dass Christiano Sosa die Unterlagen und Bücher seines Vaters nicht in fremde Hände geben wollte, denn wo viele mit Sicherheit einen sentimentalen Wert hatten, verbarg sich hinter anderen gewiss ein Vermögen, das legten zumindest einige der kunstvollen Einbände nahe. Sark konnte spontan kein einziges Buch entdecken, das der einfachen Unterhaltung diente. Wahrscheinlich waren solche Werke in den anderen Bücherregalen des Hauses zu finden, nur nicht hier.

Sosa lief an Sark vorbei, verschob eine kleine Trittleiter, stieg die drei Stufen hinauf und griff einen der vergilbten Kartons, die auf dem Bücherregal standen. Dabei musste er aufpassen, nicht die anderen Kartons oder die Unterlagen und Bücher, auf denen sie standen, mitzureißen.

Sie liefen zum Schreibtisch. Sosa stellte den Karton ab, entfernte den staubigen Deckel und gab die darin befindlichen Tagebücher preis. Sark betrachtete die teils großformatigen Bücher, von denen jedes einen ledernen Einband besaß.

„Ich muss nachschauen, es dürften noch drei oder vier Kartons sein", sagte Sosa und lief zurück zum Bücherregal. „Ich blätterte ein paar kurz durch, als mein Vater gestorben war, aber seither hatte ich sie nicht mehr in der Hand."

Sark nahm eines der Tagebücher und schlug es auf. Die Handschrift zeigte einen eleganten Schwung; es würde eine Weile dauern, sich an das Schriftbild zu gewöhnen.

„Sie haben mir aber noch nicht den eigentlichen Grund verraten, weshalb das Sanatorium nach so vielen Jahrzehnten derart interessant sein soll", bemerkte Sosa, während er mit dem nächsten Karton die Leiter verließ, ihn darauf abstellte und einen Blick ins Innere warf. „Ich weiß noch, wie die Zeitungen darüber schrieben, als das Gebäude umgebaut wurde. Mein Vater sagte damals, dass es die Leute nicht interessieren würde, wenn es eine alte Bibliothek oder ein ganzes Universitätsgelände gewesen wäre. Aber jeder fühlt sich auf die eine oder andere Art zu Dingen hingezogen, die sich nicht so einfach erklären lassen. Und bei einem ehemaligen Sanatorium gibt es eine Fülle an Gedanken und Bildern, die spontan die Phantasie anregen." Sosa drehte sich kurz um. „Entschuldigen Sie, ich schweife ab. Also, weshalb Ihr Interesse an der ganzen Sache?"

Sark hob den Kopf. „Um ehrlich zu sein, habe ich keine Ahnung, wonach ich suche. Oder ob es überhaupt etwas gibt, das ich finden könnte. Ich bin eher damit beschäftigt, möglichst viele Informationen zu sammeln, um mir ein besseres Gesamtbild machen zu können. Die Geschichte lässt mich einfach nicht los und ich möchte verstehen, was für Vali und Chloé den Reiz ausmachte, sich damit zu befassen. Sie müssen sich zwangsläufig etwas erhofft haben, sonst hätten sie nicht bei Ihnen angerufen." Eine kurze Pause. „Eventuell ist es auch ein bisschen wie bei Ihnen und den Fragen, auf die Sie eine Antwort suchen, einfach, um sie zu finden."

„Vielleicht werden wir es ja erfahren." Sosa räumte einen Stuhl neben dem Schreibtisch leer. „Kannten Sie die beiden persönlich? Ich meine, all der Aufwand, obwohl der Fall laut Ihrer Aussage zu den Akten gelegt wurde ..."

Sark musste kurz überlegen. „Wissen Sie, wenn meiner Tochter etwas zustoßen würde, dann würde ich wissen wollen, was genau passierte und weshalb. Wahrscheinlich ist es genau das, was mich dazu treibt: Zumindest ihren Angehörigen Antworten geben, sofern sich welche finden lassen." Er wollte noch anfügen, dass er den Eindruck hatte, dass noch mehr hinter der Geschichte steckte, als man annahm, und dass er sich auf eine seltsame Art verpflichtet fühlte, Licht ins Dunkel zu bringen, entschied allerdings, es bei einem stillen Gedanken zu lassen. War er wirklich die einzige Person auf diesem Planeten, die es interessierte, weshalb Vali und Chloé starben?

Sosa stellte den zweiten Karton auf dem Stuhl ab. „Verstehe. Und wenn Sie nichts finden und keine Verbindung herstellen können?"

„Dann habe ich es wenigstens versucht und muss mir nichts vorwerfen."

Sosa nickte.

Sark legte das Tagebuch zur Seite und nahm ein anderes hervor, dessen lederner Einband dunkelgrün und an den Kanten abgewetzt war. „Sprach Ihr Vater je über die Zeit im Sanatorium?"

Sosa, der bereits wieder auf der Trittleiter stand und einen weiteren Karton prüfte, antwortete: „Nein. Soweit ich weiß, war das nicht einmal Thema zwischen ihm und meiner Mutter. Und wie Sie sehen, waren die Tagebücher noch dort oben, obwohl ich angerufen und nach Unterlagen gefragt wurde. Ich kann nicht einmal sagen, ob ich überhaupt im Besitz aller persönlichen Aufzeichnungen meines Vaters bin."

„Wissen Sie etwas über den Verbleib der Krankenakten und anderen Dokumenten?"

„Auch da muss ich Sie enttäuschen. Ich vermute aber, dass sie entweder irgendwo liegen und in Vergessenheit gerieten oder spätestens in den letzten Jahren entsorgt wurden. Wenn man bedenkt, dass das Sanatorium 1931 geschlossen wurde, wäre letzteres nicht verwunderlich." Sosa blickte über seine Schulter hinweg zu Sark. „Möglicherweise sind das die letzten Zeugnisse. Ein Grund mehr, sie nicht aus den Händen zu geben. Ich hoffe, Sie verstehen das."

„Natürlich", antwortete Sark. Er meinte es ehrlich. Es grenzte überhaupt an ein Wunder, dass er die Aufzeichnungen studieren durfte, denn Sosa hätte die Bitte auch ablehnen oder ihre Existenz einfach leugnen können.

Als Sosa drei weitere Kartons mit Tagebüchern von dem Regal geholt und in der Nähe des Schreibtisches abgestellt hatte, betrachtete er die Ausbeute. „Ich glaube fast, dass ich Ihnen helfen sollte, wenn Sie nicht bis Weihnachten hierbleiben möchten."

Sark betrachtete die Bücher des ersten Kartons und die Menge an Text in dem Tagebuch, das er aufgeschlagen hatte. Das Angebot war deshalb mehr als willkommen. Doch wonach sollten sie überhaupt Ausschau halten?

Sark legte das Tagebuch auf den Tisch und holte aus der Tasche seines Jacketts das ausgedruckte Foto der Kupferplatte hervor. Er faltete das Blatt auseinander und reichte es Sosa.

„Ist das eine Druckplatte?" fragte Sosa.

„Sehr wahrscheinlich", antwortete Sark. „Und ich habe Grund zu der Annahme, dass sie aus dem Sanatorium stammt."

„Woran machen Sie das fest? Ich meine, das Motiv ist schon ungewöhnlich, das muss ich zugeben."

„Einen Beweis habe ich nicht, eher einen Mangel an Alternativen. Ich weiß, dass Patienten kreative Tätigkeiten ausübten, zumindest zeitweise. Später wurden unter Ihrem Vater anscheinend vermehrt Möbel und Gebrauchsgegenstände gefertigt, die dann verkauft wurden, um die finanzielle Lage des Sanatoriums zu verbessern."

Sosa nickte. „Etwas mit einem praktischen Nutzen war in seinen Augen immer vorzuziehen. Ein Gemälde hängt man an die Wand und betrachtet es, aber einen Hocker kann man vielseitig einsetzen. So in dieser Art." Sosa sah wieder auf das Bild. „Hat die Platte etwas mit den Todesfällen zu tun?"

„Das ist eine der Fragen, auf die ich Antworten suche. Vielleicht jage ich aber auch nur Geister."

„Solange Sie dabei nicht selbst zu einem werden."

„Ich werde es versuchen." Die Doppeldeutigkeit in Sosas Aussage gefiel Sark, denn sich aufzulösen, körperlos zu werden und zu verschwinden, war nach wie vor ein erstrebenswertes Ziel. Eventuell interpretierte er auf der Suche nach Antworten Dinge in die Sachlage hinein, die es nicht gab. Und möglicherweise verlor er wirklich den Verstand.

„Falls die Platte aus dem Sanatorium stammt, ist sie entweder vor der Zeit Ihres Vaters entstanden oder in den ersten Jahren. Das ist zwar reine Spekulation, aber wenn er nicht viel von Kunst hielt, ist das naheliegend. Allerdings ist eine Druckplatte so oder so ein seltsames Medium, wenn es auch Papier und Bleistift getan hätten." Nach einer kurzen Pause fügte Sark hinzu: „Wir sollten die Tagebücher besser chronologisch ordnen, ehe wir beginnen."

Sosa schuf auf dem Schreibtisch etwas Platz, indem er seine Unterlagen am Rand stapelte und Tastatur und Maus seines Computers an den Flachbildschirm schob. Dann trank er den letzten Schluck des bereits kalten Kaffees. „Möchten Sie auch noch einen oder kann ich Ihnen etwas anderes anbieten?" Er blickte auf seine Armbanduhr. „Bei der Gelegenheit sollte ich direkt mit Elice besprechen, was wir am Abend essen könnten."

„Ich würde noch einen Kaffee nehmen", antwortete Sark und begann damit, die ersten Tagebücher anhand des Datums des ersten und des letzten Eintrags zu sortieren.

Als Sosa bereits eine Weile fort war, unterbrach Sark die Arbeit. Er wandte sich vom Schreibtisch ab und blickte hinaus in den Garten. Die tiefer hängenden Wolken wurden vom Feuer der Sonne, die auf der anderen Seite des Hauses langsam unterging, rosa getüncht; der Kontrast zwischen den hellen Bereichen und dem Dunkelgrau der Wolken darüber wirkte künstlich. Die Eindrücke passten nicht richtig zusammen, wie Licht und Schatten, wenn die Sonne über dem Horizont innerhalb eines wolkenlosen Streifens war, während der Rest des Himmels von einer dichten, finsteren Wolkendecke verhüllt wurde. Die Sonne strahlte, aber das Blau fehlte.

Sark nahm eine Bewegung am Ende des Grundstücks war: Eine Silhouette, die sich kaum von den Schatten zwischen den dortigen Bäumen unterschied. Er kniff die Augen zusammen. Stand dort draußen jemand? Konnte ihn die Person durch die Scheibe erkennen? Oder schaute sie gar nicht in seine Richtung? Vielleicht ging nur jemand mit seinem Hund spazieren und wartete zufällig gerade an dieser Stelle hinter dem Zaun am Feld.

Er trat vom Fenster zurück. Dabei stieß er an einen Stuhl, auf dem Bücher lagen. Er sah nach, ob etwas heruntergefallen war. Als er den Blick wieder in die Ferne richtete, war der verdächtige Schatten verschwunden.

Wie hoch war die Wahrscheinlichkeit, dass ihm jemand bis hierher gefolgt war? Und falls ja, weshalb?

Sark spähte noch aus dem Fenster, als Sosa das Arbeitszimmer betrat. Er wandte sich ab und nahm die Tasse mit dem frischen Kaffee entgegen.

„Es ist sonderbar", begann Sosa, „da interessierte es mich all die Jahre nicht, was in den Tagebüchern steht, und nun kann ich es kaum erwarten, sie zu lesen. Sicherlich werde ich mich später noch ausführlicher damit befassen, wenn ich mehr Zeit und Ruhe habe."

„Und ich bin gespannt, ob es darin etwas Brauchbares gibt", sagte Sark. Er nahm einen kleinen Schluck. Der Kaffee war noch ziemlich heiß.

Sosa stellte seine eigene Tasse auf die Fensterbank, um sie nicht in der Nähe der Unterlagen zu haben. „Dann sollten wir es herausfinden."

Zwischenspiel

Das Leid

Direkt nachdem die bewaffnete Vorhut das abgeschirmte Haus gestürmt hatte, folgte Sark mit gezogener und entsicherter Pistole.

Das Haus stand in einem relativ schönen Vorort. Die Bewohner hatten ein augenscheinlich gehobenes Einkommen, was sie gern zur Schau stellten. Von außen wirkte das Gebäude so gepflegt wie der Vorgarten. Nichts deutete darauf hin, wer hier laut den Ermittlungen lebte.

Als Sark im Wohnzimmer stand und sich umsah, fragte er sich, ob sie die richtige Adresse hatten. Der Raum war modern eingerichtet, etwas schlicht, aber keineswegs unpersönlich. Sark kannte Häuser und Wohnungen, die nur dazu dienten, eine Fassade zu erzeugen. Ihnen fehlte die Seele. Das wiederum kam nicht exklusiv im kriminellen Teil der Bevölkerung vor, keine Frage, aber als Sark mitten im Zimmer stand, wirkte genau diese persönliche Note befremdlich. Er hatte sich definitiv etwas anderes vorgestellt.

Überall tönten die schweren Schritte des Einsatzkommandos, Ausrüstung klapperte und Worte wurden gewechselt. Von oben drang Lärm herab. Männer sicherten jeden Winkel, als wären sie zu Sarks persönlichem Schutz hier. Er musste dennoch wachsam bleiben.

Er folgte einem Flur, der zur Garage führte. Er lief hinein und sah sich um. In der Luft hing noch der Abgasgeruch, denn der Kerl war erst vor ein paar Minuten nach Hause gekommen. Ein Mann durchsuchte bereits den Wagen. Man hatte das Garagentor geöffnet. Draußen standen mehrere Beamte und beobachteten die Gegend. Die Tür zum Garten stand offen.

„Zugriff erfolgt!" Die Mitteilung verbreitete sich wie im Flug.

Sark lief zurück ins Haus. Dabei sicherte er die Pistole und steckte sie weg.

Sekunden später stellte sich heraus, dass es nicht die Zielperson war, die man im Obergeschoss festgenommen hatte. Aufregung machte sich breit, denn die Sache war folgende: Der Wagen des Verdächtigen war in die Garage gefahren, deren Rolltor sich dann geschlossen hatte. Kurz darauf hatten alle Einsatzkräfte grünes Licht erhalten. Niemand konnte hinein oder hinaus.

„Wer zum Teufel sind Sie?" wollte Seyler wissen. Er leitete den Einsatz. Schweißperlen bildeten sich auf seiner Stirn.

Sark stand derweil an einem der Fenster und sah hinaus in den Garten, wo er mehrere bewaffnete Männer sah, auch in den angrenzenden Grundstücken. Sie hielten weiterhin aufmerksam die Stellung.

Man durchsuchte die unbekannte Person und fand einen Ausweis.

„Ich sollte doch nur zu dieser Adresse fahren", sagte der Mann, den man mittlerweile nicht mehr fixiert am Boden hielt.

„Wieso?" fragte Seyler.

„Ich sollte hier warten und so tun, als würde ich hier wohnen", antwortete der Mann. „Ein Streich. Ein Studienfreund sollte gegen 14 Uhr auf Besuch kommen."

Seyler zeigte dem Mann ein Foto der Zielperson. „Gab Ihnen dieser Mann die Anweisung?"

Er nickte. „Und er drückte mir einen Fünfziger in die Hand."

„Und wieso haben Sie sich versteckt und die Zimmertür verbarrikadiert?"

„Damit mich niemand erschießt, wenn ich mit erhobenen Händen durch die Tür gehe. Ich sah überall nur noch Sturmgewehre und Pistolen."

„Wo sind Sie sich begegnet?" wollte Seyler wissen.

„In der Nähe des Bahnhofs."

„Einer der Stricher", warf ein Beamter im Hintergrund ein.

„Kam unser gemeinsamer Freund mit Ihnen hierher?" fragte Seyler.

Der Mann schüttelte den Kopf. „Er stieg ein paar Straßen weiter aus und wollte zu Fuß kommen."

Seyler musste gar nichts sagen, schon waren zwei Beamte auf dem Weg und verständigten Kollegen über Funk.

„Recht viel erkauftes Vertrauen für den Preis", fand Seyler.

„Haben Sie eine Ahnung, was los wäre, wenn ich hier ein krummes Ding drehen würde? Jeder kennt mich. Zudem sollte ich noch einmal Fünfzig bekommen, wenn der Spaß vorbei ist. Für Sie ist das bestimmt lächerlich, aber für mich ist das ein Haufen Geld."

Seyler wandte sich ab und atmete hörbar durch. „Das darf alles nicht wahr sein."

Der Mann wurde für ein eingehendes Verhör abgeführt.

„Entweder haben wir einen Maulwurf oder unser Mann hat einen sehr guten Riecher, wenn es für ihn gefährlich wird", sagte ein Polizist.

„Stellt das Haus auf den Kopf", sagte Seyler und stürmte aus dem Raum.

Sark griff in seine Tasche und holte eine zerdrückte Schachtel Zigaretten hervor. Er suchte nach dem Feuerzeug. Als er es fand, betrachtete er es einen Augenblick. Dann steckte er beides wieder ein und widerstand der Gewohnheit. Mehrere Polizisten waren eifrig damit beschäftigt, die Zimmer zu durchsuchen und alles sicherzustellen, was den flüchtigen Serienmörder vor Gericht belasten konnte.

Als Sark die Treppe ins Erdgeschoss nahm, um den Eingang zum Keller zu suchen, wartete bereits der Graue Herr am Ende des Flurs, der zur Garage führte. Mit einer Kopfbewegung bat er Sark, ihm zu folgen.

„Ich denke nicht, dass es einen Maulwurf gibt", erklärte der Graue Herr. „Er muss irgendetwas geahnt oder bemerkt haben. Vielleicht rief ihn einer der Nachbarn an, nachdem man sich heute Morgen hier umhörte."

Sark sah sich in der Garage um. Eine Welle warmer Luft wehte von draußen herein, ein Vorbote des nahenden Sommers.

Der Graue Herr ging in den Garten. Sark folgte ihm. Dann blieb er einige Meter vom Haus entfernt stehen und betrachtete es. „Dort sind keine Fenster."

Sark sah in die gleiche Richtung. Zunächst wusste er nicht, was der Graue Herr meinte, aber dann drängte sich die Tatsache in den Vordergrund, dass links von der Garage mehrere Meter kahle Wand waren, ehe das erste Fenster auftauchte. Er lief hin und sah hinein: Es war eine kleine Abstellkammer, die an die Küche grenzte.

Sark ging durch die Garage zurück in den Flur. Nach ein paar Metern befand sich auf der linken Seite eine offene Tür; das Licht brannte. Es war eine Toilette, die für den fensterlosen Bereich aber viel zu klein war. Sofort begann Sark, die Wände darin abzuklopfen.

„Das bringt nichts", sagte der Graue Herr, der in der Tür stand und Sark beobachtete. „Das wäre zu offensichtlich."

Sark konnte keinen Unterschied in der Beschaffenheit des Untergrunds hören. Deshalb lief er hinaus auf den Flur und prüfte die Wand zwischen der Tür und der Garage, fand aber auch hier nichts Auffälliges. Selbst der Boden oder die Decke zeigten keine Spuren, die auf eine Geheimtür hinwiesen. Als auch die Suche in der Garage und im Garten nahe der entsprechenden Wand nichts brachte, begab sich Sark hinauf in das erste Obergeschoss. In Frage kam dabei nur das Schlafzimmer. Ein Polizist sichtete den Inhalt des Wandschranks, den er auf dem Bett ausgebreitet hatte: Kleidung, ein paar Kartons mit Unterlagen, einen Stapel alte Musik-CDs und Handtücher.

Sark suchte den mit Parkett ausgelegten Boden ab, verschob die Kommode und entfernte den großen Zierteppich. Er schaute zu dem Beamten. „Helfen Sie mir kurz."

Der Mann sah auf.

„Wir müssen das Bett verschieben."

Während der Polizist mit anpackte, fragte dieser: „Was suchen Sie?"

„Eine Geheimtür."

Am Gesichtsausdruck erkannte Sark, dass der Mann dachte, es handele sich um einen Scherz.

Sie rückten das Futonbett zur Seite. Darunter befand sich eine Socke und Unmengen an Staub.

Sark ging in die Hocke und klopfte den dreckigen Boden ab. Er kannte Fälle, in denen Dreck sorgsam verteilt worden war, um Dinge so erscheinen zu lassen, wie sie nicht waren. Er drückte auch einzelne Bretter und versuchte, sie zu verschieben oder anzuheben, aber nichts half.

Er tat an das Fenster, durch das er das Dach der Garage sehen konnte. Er öffnete es und beugte sich hinaus. Was er sich davon erhoffte, wusste er selbst nicht. Er suchte einen Strohhalm, an den er sich klammern konnte. Und er hoffte, dass man dem Kerl mittlerweile dicht auf den Fersen war und er nicht ein zweites Mal entwischen würde.

Sark wandte sich wieder dem Zimmer zu. Er lief an dem Polizisten vorbei zum Wandschrank, in welchem das Licht brannte, und klopfte und tastete die Wände ab. Dann widmete er sich dem Boden, der ebenfalls mit Parkett ausgelegt war, fand aber auch hier keine Auffälligkeiten.

Er wollte sich gerade erheben, als ihm auffiel, dass es im Wandschrank keine Fußleisten gab. Wenn sich schon jemand die Arbeit machte oder einen Handwerker bezahlte, um im Wandschrank ebenfalls Parkett zu haben, welchen Grund gab es dann, dort keine Leisten anzubringen?

Sark versuchte, die einzelnen Elemente zu verschieben oder zu bewegen, doch es war nicht möglich, trotz des umlaufenden, kleinen Spaltes zwischen Holz und Wand. Er legte beide Hände auf das Parkett, übte Druck in verschiedene Richtungen aus. Als er nach links drückte, bewegte sich der gesamte Boden um etwa einen Zentimeter. Er sah nach rechts, wo sich ein nun deutlich breiterer Freiraum befand, der die Wand vom Bodenbelag trennte. Mit den Fingern tastete er den Spalt ab und fand darin eine kleine Vertiefung, die es ihm ermöglichte, den Boden in einem Stück nach oben zu klappen.

An diesem Punkt hätte er sich diverse Fragen stellen können, doch er vergaß alles um sich herum, war nur im Hier und Jetzt und funktionierte.

Sark entfernte die Platte, die so dick und schwer war, dass er den Hohlraum darunter durch Klopfen nicht hatte wahrnehmen können. Was er vorfand war eine Bodenluke mit einem eisernen Rad in der Mitte. Das Ganze erinnerte ihn an ein U-Boot. Er drehte das Rad gegen den Uhrzeigersinn und entriegelte damit hörbar die Lukenklappe. Über seine Schulter hinweg sagte er: „Rufen Sie Verstärkung, aber bleiben Sie im Zimmer!"

Der Polizist machte einen etwas unsicheren Eindruck. Wahrscheinlich war er noch nicht lange dabei.

„Jetzt ziehen Sie schon Ihre verdammte Waffe! Vielleicht springt gleich ein Irrer heraus." Sarks Stimme war lauter geworden, denn er konnte nun niemanden hinter sich brauchen, der nicht in der Lage war, ebenfalls zu funktionieren; wobei das alles hinfällig war, sollten ihn gleich Geschosse aus der Tiefe durchbohren.

Der Polizist stand mit der Pistole bereit.

„Schießen Sie mir nur nicht im Übereifer in den Rücken", sagte Sark.

Um das schwere Metall aufzuklappen, musste er sich erheben und mit einem Arm an der Wand abstützen. Sark blickte dann in einen Schacht mit einer Leiter aus Aluminium, die mehrere Meter in die Tiefe führte. Knapp unter dem Rand der Öffnung fand er einen Schalter, den er drückte. Daraufhin drang ein schwaches Licht aus der Stille zu ihm.

„Bleiben Sie wachsam!" ordnete Sark an. „Und rufen Sie endlich jemanden her!" Dann machte er sich an den Abstieg.

Unten angekommen zog Sark seine Pistole und sicherte den Gang, der vor ihm lag. Dann sah er hinauf zu dem Kollegen, der in die Hocke gegangen war und an der Luke wartete. Ein zweiter Beamter erschien. Dieser nickte Sark schweigend zu.

Sark widmete sich dem Gang. Die linke Wand lag hinter einer vorgesetzten Wand aus Brettern, die nicht ganz bis zur Decke reichte. In dem Hohlraum befanden sich Neonröhren. Durch ihre Position und das Holz entstand ein gedämpftes Licht. An der Decke zeichnete sich ein heller Streifen ab, an der rechten Wand ein paar verschwommene Linien und Punkte.

Der Gang führte etwa vier Meter geradeaus und machte dann einen Knick nach rechts. Sark hielt die Waffe im Anschlag und tastete sich vor. Er spähte blitzschnell um die Ecke: Er sah weiteres Holz und Neonröhren. Die Wand, die ihm aktuell Deckung gab, war nur eine Trennwand, durch die der Gang ein U bildete.

Da er, abgesehen vom Brummen der Neonröhren, nichts Ungewöhnliches hörte, atmete er kurz tief ein und aus. Er ging in die Hocke, da niemand auf dieser Höhe einen auftauchenden Kopf vermuten würde, prüfte kurz den rückwärtigen Raum, der unverändert leer dalag, und spähte auf die andere Seite der Wand. Und dort sah er sie.

Sie saß mit angewinkelten Beinen am Boden und lehnte mit dem Rücken an der Zwischenwand. Obwohl das Licht der Neonröhren schwach war, zeigte es doch die nässenden Wunden an ihrem nackten Körper. Sie war derart misshandelt worden, dass Sark ihr Geschlecht nur an ihrem Körperbau erkennen konnte.

Sie blickte zu Sark auf, sah ihn mit ihren dunklen, glänzenden Augen an, deren Ausdruck irgendwo zwischen Traurigkeit und völliger Abwesenheit lag.

Der Gang endete nach einigen Metern an einer Toilette. Davor lag eine Matratze mit Bettzeug am Boden. Am rechten Knöchel der Frau befand sich eine Kette, deren Ende in der Zwischenwand verankert war.

Wie sie ihn ansah. Sie wusste nicht, ob er hier war, um ihr zu helfen, sie zu misshandeln oder sogar zu töten. Sie saß nur da und starrte ihn an.

Sark eilte zurück zur Luke und rief hinauf: „Schnell, ich brauche einen Notarzt! Hier ist eine Überlebende!" Dann lief er zurück zu der Frau.

„Sie sind in Sicherheit, ich bin von der Polizei", sagte er, steckte die Waffe weg und ging in die Hocke, um die Fußfessel und die Kette zu prüfen. „Das ganze Haus ist gesichert, Ihnen kann nichts mehr passieren."

Die Frau betrachtete ihn, sagte aber nichts. Sie bewegte sich auch nicht. Sie sah ihm nur ins Gesicht. Keine Tränen, nur dieser Blick, der sich in Sarks Seele bohrte.

Es war dieser eine Blick, der ihn auch Jahre später mit Übelkeit und Herzrasen mitten in der Nacht hochschrecken ließ. Hin und wieder brach er danach unkontrolliert in Tränen aus. Es war nicht der schlimmste Fall seiner Laufbahn und trotz der Brutalität und der Umstände kein Vergleich zu anderen Ermittlungen, bei denen sich ein bodenloser Schlund öffnete, der ihm Grauen entgegenspie, das sich so in seinen Kopf brannten, dass selbst der Gedanke daran sein Gehör mit Schreien überflutete, während sich der Geruch von rohem Fleisch in seiner Nase entfaltete. Was einigen Opfern angetan wurde, hätte für Sark Grund genug sein können, sich eine Kugel in den Kopf zu jagen; und doch war es der Blick dieser Frau, der ihn nicht mehr losließ und welcher all das widerspiegelte, was er hasste und zugleich fürchtete.

Sark wartete bei ihr, bis die Notärzte eintrafen und sich um sie kümmerten. Dann verließ er dieses Gefängnis und rauchte vor dem Haus eine geknickte Zigarette. Dort erfuhr er, dass man den Kerl noch immer nicht hatte.

„Den bekommt ihr heute nicht", sagte der Graue Herr, der neben ihm stand und zu den schaulustigen Anwohnern blickte, die das Treiben aus einiger Entfernung von der Straße und ihren Grundstücken aus beobachteten. „Er wird sich irgendwo einen Wagen beschaffen und verschwinden."

Sark rauchte und machte einen zustimmenden Brummlaut.

„Wahrscheinlich weiß er genau, dass es zu Ende geht, weil man ihm zu dicht auf den Fersen ist", fuhr der Graue Herr mit ruhiger Stimme fort. „Wie ein verwundetes Tier."

„Und die sind unberechenbar", fügte Sark hinzu.

Ein Klappern von Metall: Man brachte die Trage mit der Frau aus dem Haus. Sark konnte sehen, wie sie starr zum Himmel blickte. Dann lud man sie in den Krankenwagen und bereitete alles für den Transport vor.

„Du weißt es", sagte der Graue Herr. „Es war in ihren Augen."

Sark schwieg und nahm einen weiteren Zug. Der Qualm wurde von einem leichten Windstoß zerstreut und davongetragen.

Einen Tag später gelang es der Frau, sich auf das Dach des Krankenhauses zu schleichen und von dort aus in ihren Tod zu springen. Als Sark davon erfuhr, hoffte er, dass sie ihre Ruhe gefunden hatte. Aber ob das mit den erlittenen Grausamkeiten überhaupt möglich war?

Es stellte sich heraus, dass die junge Frau eine Studentin war, die seit etwa einer Woche vermisst wurde. Es ließ sich nicht rekonstruieren, wie sie in diesem Verlies hatte enden können. Allerdings legte die Tatsache, dass es diesen Raum gab, nahe, dass weitaus mehr Opfer auf das Konto des Täters gingen. Der Druck auf Seyler war hoch – und dieser gab ihn an alle anderen weiter.

Obwohl es nur eine kurze Begegnung gewesen war, die wie so viele im Nichts der Vergessenheit hätten enden können, brannte sich das Gesicht der *jungen Frau* in Sarks Gedächtnis, wodurch sie in seinen Alpträumen weiterlebte; eine gebrochene Hülle, jeder Menschlichkeit beraubt, mit diesem Glanz in den Augen.

Nach ihrem Freitod war er der Auffassung, ihren Blick falsch interpretiert zu haben. In Wirklichkeit hatte sie gehofft, dass er sie erschießen würde, denn das hätte ihr weiteres Leid erspart. Allein dieser Gedanke konnte Sark in ein Tief reißen.

Nach einer Weile stellte er fest, dass ihre Augen an Glanz verloren, wenn er trank. Dann verschmolzen die Farben und Wunden zu einem Nebel, der sich wie ein schönes Kleid um ihren Körper schmiegte und der ihn im nächsten Augenblick durchdrang und schwerelos werden ließ. Der Dunst spendete Erleichterung. Und so, wie sich die Bilder in Sarks Kopf auflösten, begannen sich auch die Dinge um ihn herum aufzulösen.

Trotzdem blieb eine wichtige Frage zurück: Wann würde er endlich selbst verschwinden?

Kapitel 19

4. April 1905

Die Übergabe war formell. Bei dieser Arbeit nicht verwunderlich. Mir wurde eine Flasche Rotwein überreicht und ich weiß nicht, ob das ein gutes oder ein schlechtes Zeichen ist. Mein Vorgänger, Direktor Fauret, wünschte mir alles Gute für die bevorstehenden Aufgaben.

9. April 1905

Ich habe das Büro fast bezogen. All meine Schriften und Bücher sind hier, ich muss sie nur noch in den Regalen und Schränken unterbringen. Die Tage sind lang und zehren an meinen Kräften. Ich bin noch immer damit beschäftigt, einen aktuellen Überblick zu erhalten, was die Patienten betrifft, das Personal und die einzelnen Abläufe. Jeder ist hilfsbereit, was meinen Start ungemein erleichtert.

25. April 1905

Gestern Abend fand ich ein Tagebuch von Direktor Fauret. Ich übernahm von ihm sehr viel Fachliteratur und wollte mir ein paar der Werke ansehen. Dabei entdeckte ich das Tagebuch. Es muss auf den Büchern gelegen haben und irgendwann dahinter gefallen sein. Meine Neugier ist geweckt, deshalb werde ich es ihm erst überbringen lassen, wenn ich es las. Ob das verwerflich ist? Immerhin wurde es nicht eher von jemandem gefunden und gestohlen. Und er scheint es nicht zu vermissen.

28. April 1905

Mir scheint, die Aufzeichnungen dienten der Suche nach der Antwort auf die Frage, weshalb Faurets Frau Celeste den Entschluss fasste, aus dem Leben zu scheiden. Mir ist der Vorfall bekannt und es muss furchtbar sein, keine Gewissheit, keinen Grund zu haben, den ein Abschiedsbrief eventuell gegeben hätte.

Es wird eine Weile dauern, alles zu lesen und zu erfassen. Ich habe selten Gelegenheit für Aktivitäten, die nichts mit meiner Arbeit zu tun haben. Ein ruhiger Spaziergang am Steilkliff ist im Augenblick bereits das höchste der Gefühle.

2. Mai 1905

Offenbar suchte Fauret eine Parallele zwischen einem Patienten namens Halford Edensor und dem Tod seiner Frau. Trotz meiner kurzen Zeit hier, kam mir der Name bereits mehrfach zu Ohren. Aufgrund dessen ließ ich mir die Aufzeichnungen über ihn kommen, die das Feuer von 1903 überstanden hatten.

Den Unterlagen zufolge machte er bei seiner Einlieferung einen unauffälligen Eindruck, der im völligen Widerspruch zu seiner Tat stand. Diese werde ich wohl zu einem späteren Zeitpunkt in Ruhe ausführen, um sie festzuhalten. Direktor Fauret und einige seiner Mitarbeiter vermuteten, dass der Patient simulierte, gar schauspielerte, um einer härteren Strafe zu entgehen, indem er immer wieder vom „hässlichen Klang des Windes" sprach. Er wurde deshalb auf Drängen der Polizei besonders aufmerksam beobachtet, um ihn eventuell zu überführen, aber ohne Erfolg.

4. Mai 1905

Mittlerweile weiß ich, und damit beziehe ich mich auf Faurets Aufzeichnungen, dass Edensor geschickt darin war, Menschen zu manipulieren, sobald er durch aufmerksame Beobachtung Schwachstellen und damit Ansatzpunkte für sein Handeln entdeckte, sowohl beim Personal als auch bei den anderen Patienten. Er verfolgte Gespräche, ohne dass man es ihm ansah, und schien die Augen überall zu haben, nur um dann die Leute gegeneinander auszuspielen. Fauret verglich es mit einer Schachpartie, ohne Edensors Gegenspieler zu kennen oder zu wissen, welche Personen die Figuren für seinen nächsten Zug waren.

5. Mai 1905

Es gab unter den Insassen immer wieder tätliche Angriffe und Streitigkeiten, doch gingen von ihnen auch Übergriffe auf das Personal aus. Edensors Handeln schien seine Person jedoch besonders in den Fokus der Aufmerksamkeit zu rücken. Ich schätze, so stark, dass so manch andere Glut erst zum Feuer werden musste, um bemerkt zu werden.

Faurets Frau glaubte zeitlebens unerschütterlich daran, durch kreatives Schaffen die Patienten nicht nur zu beschäftigen, sondern ihnen auch dabei zu helfen, Dinge zu realisieren oder sogar zu verarbeiten (von diesem zweiten Punkt bin ich persönlich weniger überzeugt). Sie verbrachte viel Zeit mit den Patienten, teilweise auch außerhalb des Dienstes, wenn sie zum Beispiel im Park des Sanatoriums an einem Gemälde arbeitete. Aber wann kann man in einem derart geschlossenen System von Freizeit sprechen?

Am 23. Oktober 1901 attackierte ein Mann einen Mitpatienten mit einer Radiernadel, als eine Gruppe unter Aufsicht von Celeste Fauret an Radierungen auf Kupfer arbeitete. Der Angreifer war Tischnachbar Edensors, was Fauret in der Annahme bestärkte, dass Edensor die Fäden im Hintergrund zog und damit so schuldig war wie der Täter. Faurets Frau hielt nichts von dieser Theorie. Sie gerieten wegen des Themas sogar mehrmals in Streit. Dass das Personal von den Meinungsverschiedenheiten wusste, war Fauret und dessen Frau unangenehm.

Am nächsten Tag fand man den Täter tot in seiner Zelle. Er hatte sich die Arme zerfleischt und war dem Blutverlust erlegen. Das Opfer seiner Attacke verlor ein Auge, überlebte aber.

Der Angriff hatte zur Folge, dass Sitzungen, bei denen Werkzeuge und potenziell gefährliche Utensilien jeder Art genutzt wurden, durch mehr Personal überwacht wurden. Zudem waren Radierungen kein Bestandteil der Kunsttherapie mehr. Entsprechende Sitzungen durften zudem nur noch von stabileren Patienten besucht werden, die keine einschlägige Vorgeschichte besaßen und auch sonst keine Auffälligkeiten zeigten, die auf ein Sicherheitsrisiko hindeuteten.

10. Mai 1905

Am 23. März des Jahres 1902 kam es während des Frühstücks zu ersten Übergriffen vereinzelter Insassen auf das Personal. Der Zustand intensivierte sich und wurde zu einem fünftägigen Lauffeuer, das als „Die Große Eskalation" bekannt wurde. Die meisten Geschehnisse ließen sich erst Tage bis Wochen später rekonstruieren, einige verblieben im Dunkel, darunter der Tod von Halford Edensor. Seine sterblichen Überreste wurden im Zimmer eines anderen Insassen entdeckt, wobei ich anmerken möchte, dass „Überreste" wortwörtlich zu nehmen ist. Man hatte ihn getötet, zerstückelt und sein Fleisch verzehrt, roh oder über offener Flamme gebraten.

Mir scheint, ich muss mich eingehender mit den Unterlagen des Sanatoriums befassen, um mehr Klarheit über dieses Ereignis zu erlangen, denn Faurets Notizen sind mehr persönlicher als sachlicher Natur. Leider fielen den Flammen von 1903 so viele Unterlagen zum Opfer, dass ich wenig Hoffnung habe.

12. Mai 1905

Fauret kehrte in den Schriften mehrmals zum Tod seiner Frau Celeste zurück und hob die Suche nach ihr hervor, als sie am 31. Dezember 1901 im Keller des Wohnhauses neuen Wein holen wollte, aber nicht zurückkam. Die Realität vertrieb seinen Worten nach auf einen Schlag die Wirkung des Alkohols, als er sie auf dem Weg zwischen den Blumenbeeten hinter dem Haus entdeckte. Er hatte sie nach unten gehen sehen, weshalb er nicht verstehen konnte, was sie dazu gebracht hatte, auf den Dachboden zu steigen, aus einem der Dachfenster zu klettern und sich in die Tiefe zu stürzen. Er ging nicht weiter darauf ein, aber ich vermute, dass sie nicht sofort gefunden werden wollte. Dass sie nicht hinab zum Kliff ging und sprang, deutet für mich auf eine spontane Handlung hin.

18. Mai 1905

Ob Fauret das Feuer von 1903 legte? Keines seiner Worte deutet direkt darauf hin, aber dass damit die schmerzlichen Erinnerungen an seine Frau teils zu Asche und Rauch wurden, steht außer Frage. Mich wundert es ohnehin, dass er seiner Stellung nicht eher den Rücken kehrte und sich stattdessen dieser Selbstgeißelung hingab.

3. Juni 1905

Der Unterschied zwischen Zeichnungen und getöpferten Gebrauchsgegenständen ist der, dass es für letzteres durchaus einen Kundenkreis gibt. Das ist einer der Gründe, weshalb ich das kreative Angebot auf solche Dinge konzentrieren und damit in Faurets Fußstapfen treten werde. Zeichnen und Malen unter Anleitung werde ich aber nicht gänzlich abschaffen, solange es Interessenten gibt. Die Arbeiten mit Holz müssen jedoch ausgebaut werden, denn es besteht durchaus eine Nachfrage. Das Geld wird der Einrichtung und nicht zuletzt den Insassen zugutekommen und so möchte ich es auch anpreisen. Ein erfolgreicher Verkauf hat einen positiveren Effekt als eine Zeichnung, für die sich niemand interessiert und die daher keinen Zweck erfüllt.

8. Juni 1905

Fauret versuchte wirklich zwanghaft, eine Verbindung zwischen seiner Frau und Edensor zu finden. Das ging sogar so weit, dass er über eine Affäre spekulierte und ihren Selbstmord als Zeichen der Liebe deutete. Sexuelle Handlungen zwischen Insassen und Personal sind eine Sache, ein Direktor, der selbst verrückt zu werden schien, eine völlig andere. Ob er die Stelle freiwillig aufgab? Oder wusste/erfuhr jemand von seinen (fast) manischen Zügen?

16. Juni 1905

Ich weiß nicht, ob Fauret je etwas über seine Frau und Edensor herausfand. Wen hätte er befragen sollen? Ich werde mir allerdings eine Erklärung zurechtlegen, die ich ihm später präsentieren kann, sollte er entgegen meiner Erwartung nachfragen, weshalb ich ihm das Tagebuch nicht schon eher gab. Er muss nicht wissen, dass mir seine Theorie bekannt ist. Ich muss allerdings sagen, dass sie mir nicht unmöglich erscheint. Natürlich könnte ich das Tagebuch auch einfach vernichten und vergessen und er würde nie etwas davon erfahren. Aber was würde das über mich als Person aussagen?

Kapitel 20

Halford Edensor

Am 2. März des Jahres 1901 brach Halford Edensor in ein Haus ein und wartete dort auf dessen Bewohner. Als dieser später am Abend eintraf, wurde er von Edensor überwältigt, in den Keller gebracht, dort gefoltert und letztendlich getötet. Am übernächsten Morgen verständigte eine Nachbarin die Polizei, als sie an einem der Bäume im Vorgarten abgetrennte Gliedmaßen entdeckte, die mit Seilen an den Ästen befestigt worden waren, gleich einem grotesken Baumschmuck. Als die Polizei eintraf, schlief Edensor in aller Ruhe im Bett des Opfers. Den Rumpf des Mannes fand man im Wohnzimmer auf der Couch, eingewickelt in Decken wie ein Baby. Auf den Schultern lag der vorher abgetrennte und gekochte Kopf.

Während seiner Festnahme und auch danach äußerte sich Edensor nicht zu der Tat, sprach nur vom „hässlichen Klang des Windes". Aufgrund dessen wurde er in das Sanatorium eingeliefert.

Dass es sich nicht um ein willkürliches Verbrechen handelte, ergaben die Nachforschungen. Es stellte sich heraus, dass das Opfer Mitarbeiter eines anderen Sanatoriums gewesen war, wo man Edensors Schwester behandelt hatte – bis zu ihrem Tod unter nicht geklärten Umständen. Daraus schlussfolgerte man, dass Edensors Tat ein Akt der Rache war.

Edensors Schwester Sophie litt seit ihrer Kindheit unter Wahnvorstellungen und Wutausbrüchen, die sich nicht nur gegen ihre Umwelt richteten, sondern auch von Selbstverletzung gekennzeichnet waren. Aufgrund von Edensors Tat waren sich die Doktoren einig, dass die Ursache erblicher Natur war, lediglich unterschiedlich ausgeprägt. Da Edensor seine Schwester regelmäßig zu besuchen pflegte, lag die Vermutung nahe, dass er von den Vorkommnissen im Sanatorium wusste, genauer gesagt von der Beteiligung und dem Wirken seines späteren Opfers.

Patienten dieses Sanatoriums wurden mit heißen und kalten Bädern behandelt, mit längeren Aufenthalten bei konstantem Licht oder in völliger Dunkelheit, absoluter Stille oder ununterbrochenem Lärm. Auch wurde die Wirkung der Fliehkraft geprüft, die Effekte unterbrochener Blutzirkulation und die Anwendung von Stromstößen. So vermutlich auch bei Edensors Schwester.

Halford Edensor war bis zu seiner Tat, abgesehen von kleineren Diebstählen im frühen Kindesalter – es ging dabei ausschließlich um Süßigkeiten –, nicht weiter negativ in Erscheinung getreten. Um seine Familie finanziell zu unterstützen, begann er schon zeitig damit, verschiedene Arbeiten anzunehmen. Mit 12 trat er die Lehre zum Bäcker im Geschäft eines Bekannten seines Vaters an, wo er bis zu seiner Verhaftung als Geselle arbeitete.

Halford Edensor verhielt sich nach seiner Festnahme und Einlieferung unauffällig. Er war still, sprach nur die nötigsten Worte und hielt sich meist abseits der anderen Insassen auf. Auf die Frage hin, weshalb er das tat, gab er an, dass dort „der hässliche Klang des Windes" leiser und damit erträglicher sei. Es wurde allerdings schnell klar, dass er so ungestört jedes Detail beobachten, jede Unterhaltung mithören und alle Geschehnisse aufnehmen konnte, um dann einzelne Patienten zu beeinflussen, indem er ihnen beispielsweise im Vertrauen sagte, dass ein anderer Insasse schlecht von ihnen dachte oder dieser sogar der Schöpfer der Maschine sei, die Gedanken steuern und Alpträume erzeugen konnte. Daraufhin war es stets nur eine Frage der Zeit, bis jemand seiner Wut freien Lauf ließ. Irgendwann war alles von einer Unruhe durchsetzt, die man sogar in der Luft spüren konnte. Selbst ruhige Personen, egal welches Geschlecht, neigten plötzlich zu Konfrontationen und Gewalttaten.

In einer anderen Anstalt hätte Edensor gewiss ein interessantes Studienobjekt dargestellt, doch in dem Sanatorium am Meer wurde er nach und nach mehr zu einem Sicherheitsrisiko. Daraufhin wurden Versuche unternommen, ihn zu verlegen. Aus unbekannten Gründen hatte er allerdings auch nie einen *Unfall*, eine Praxis, mit der man sich durchaus einigen Insassen zu entledigen wusste.

Fast ein Jahr nach Edensors Einlieferung, und zwar am 23. März des Jahres 1902, kam es zu ersten Übergriffen von Patienten auf andere Insassen und das Personal. Dem folgte eine mehrtägige Episode von Gewalt mit mehreren Toten, bekannt als „Die Große Eskalation". Im Zuge dieser Geschehnisse fand auch Halford Edensor den Tod. Er konnte später nur anhand seiner Kleidung identifiziert werden, denn der Großteil seines Leichnams wurde von den Insassen gierig verschlungen, als wäre das Fleisch eine heilige Gabe. Die genauen Umstände, die zu alledem führten, wurden nie aufgeklärt.

Erst nach Edensors Tod wurde das Ausmaß seines Handelns deutlich. Das von ihm schrittweise im Sanatorium aufgebaute Chaos hatte niemand für möglich gehalten, denn seine manipulativen Geschicke hatten nicht einmal vor dem Personal Halt gemacht. Alles, was man seinem Wirken zugeschrieben hatte, war letztendlich nur die Spitze des Eisbergs gewesen und damit ein Kapitel, an das sich niemand gerne erinnerte.

Kapitel 21

A r n i o   K e r n s

Sark hatte nicht nur jemanden gesehen, der ihm vermutlich bis zu Christiano Sosa gefolgt war, nein, er wurde auch während der Autofahrt zurück nach Hause das Gefühl nicht los, unter Beobachtung zu stehen, auch wenn er trotz unregelmäßiger Pausen kein auffälliges Fahrzeug identifizieren konnte. Hinzu kam, dass er sich seit dem Erwachen etwas kränklich fühlte. Nach dem Frühstück hatten er, Sosa und dessen Frau Elice noch eine Weile im Wintergarten beisammen gesessen, Tee getrunken und sich unterhalten. Er konnte allerdings gar nicht mehr genau sagen, worüber. Dann hatte er sich erneut für die Gastfreundschaft und die ausgezeichnete Verpflegung bedankt, um am fortgeschrittenen Morgen in seinen Wagen zu steigen und in den dichten Nebel zu fahren, der die Gegend in diesen Stunden nasskalt verhüllte.

Sarks Zustand führte dazu, dass seine Erinnerung immer wieder Lücken aufwies und er nicht sagen konnte, was er in den letzten Minuten auf den Landstraßen gesehen oder wie er eine Autobahn gewechselt hatte. Er machte daraufhin vermehrt eine Pause, um sich die Füße zu vertreten und frische Luft zu schnappen, aber das änderte nichts. Sein Atem fühlte sich ungewöhnlich warm an, ein Zeichen dafür, dass er in der Tat mit einer kommenden Erkältung rechnen musste. Möglicherweise trug sein Aufenthalt auf dem Friedhof vor ein paar Tagen eine Teilschuld, denn die Kälte hatte ihm wirklich zugesetzt.

Wieso dachte er an den Friedhof? Hatte es dort auch geregnet?

Regen. Er spürte ihn plötzlich im Gesicht, ganz leicht. Jede Berührung holte ihn weiter zurück ins Hier und Jetzt.

„Und mit Verlaub, aber Sie sehen nicht gut aus", sagte Arnio Kerns, der neben ihm stand und über den hölzernen Weidezaun hinweg zu seinen Pferden blickte, die im Grau des Tages grasten.

Sark sah sich um. Er war auf Kerns Landsitz. Ob dessen Tochter auch hier war? Oder hatte er sie bereits gesehen?

„Geht es Ihnen gut?" hakte Kerns nach, der Sarks Verhalten seltsam fand.

„Ich schätze, ich bekomme Fieber", antwortete Sark.

„Und dann kommen Sie bei so einem Wetter her, um mit mir zu sprechen?"
Kerns schien den Regen nicht zu bemerken. Er stand in Gummistiefeln, dreckigen Jeans und einem Parka da, und stützte sich mit den Unterarmen auf den Zaun. Auf dem Kopf trug er eine Wollmütze. Sark dachte bei sich, dass dieses Bild während einer Kandidatur eine gewisse Verbundenheit mit der Bevölkerung ausdrücken würde.

„Es ging nicht anders", antwortete Sark. Er wusste in diesem Moment jedoch nicht einmal, was er überhaupt hier wollte.

„Ich muss gestehen, dass ich anfangs etwas überreagierte", begann Kerns. „Ich meine, niemand wäre glücklich darüber, wenn die eigene Tochter k.o. geschlagen wird. Andererseits haben Sie wirklich Schlimmeres verhindert. Und dafür möchte ich Ihnen danken."

Nun wusste Sark, was er hier suchte: Antworten. Selbst unter diesen für ihn verwirrenden Umständen hatte der Besuch seine positiven Seiten, denn er war versucht gewesen, sich nachts auf das Grundstück zu schleichen und Kerns zur Rede zu stellen, unabhängig von den Konsequenzen.

„Also rufen Sie Ihre Leute zurück?" Sark blickte zu den Pferden. Die Welt jenseits der Weide verschwand im grauen Dunst.

„Wovon reden Sie da?" Kerns schaute Sark an.

„Die Kerle, die mich beobachten und verfolgen."

Kerns lachte und sah zur Weide. „So wichtig sind Sie nun wirklich nicht."

„Also haben Sie niemanden auf mich angesetzt?"

„Nein. Ich gebe zu, dass ich über Beziehungen durch Ihre Vorgesetzten einen gewissen Druck auf Sie ausüben ließ, und dafür entschuldige ich mich gern ein weiteres Mal, aber für Spielchen wie Beschattung sind mir Zeit und Geld zu schade. Sicher, dass Sie nicht anderen Leuten auf den Schlips traten?"

„Nicht in letzter Zeit."

„Ich meine ja nur, denn was ich über Sie so hörte ... Sie scheinen ein Talent zu haben, sagen wir einmal, unbequem werden zu können."

Sark musste die Information erst einmal verarbeiten, was aufgrund seines Zustands nicht einfach war. Er spürte nur, dass die Feuchtigkeit des Regens seine Kopfhaut erreichte und die Wassertropfen in seinen Kragen liefen.

Kerns musterte Sark. „Sie sollten sich einmal richtig ausschlafen."

„Da haben Sie vermutlich Recht", stimmte Sark zu. In diesem klaren Moment fragte er: „Wie geht es Ihrer Tochter?"

„Sie ist in Therapie und macht sich laut den Ärzten gut", antwortete Kerns. „Sie kann sich praktisch an nichts erinnern, trotzdem machen ihr die Umstände zu schaffen, da sie natürlich von den Geschehnissen erfuhr."

„Achten Sie auf Kleinigkeiten, einige Menschen sind unter Druck exzellente Schauspieler."

Kerns dachte kurz über die Aussage nach. „Das werde ich." Er nahm einen tiefen Atemzug und sah zum dunklen Himmel. „Bald dürfte der erste Schnee kommen."

Sark warf einen kurzen Blick auf seine Uhr; es war Zeit, aufzubrechen.
Sie reichten sich zum Abschied die Hände.

„Fahren Sie vorsichtig", sagte Kerns.

Sark nickte stumm, wandte sich ab und lief über den Rasen Richtung Haus.
Dort hielt er sich links. Sein Wagen stand zwischen den Bäumen am Rand der
Straße, die sich vom Haupttor des Landsitzes aus in den umliegenden Wald
schlängelte und darin verlor. Er konnte von seiner Position aus das Dach sehen. Je weiter er lief und sich dabei umsah, desto seltsamer fühlte es sich an,
denn ihm fehlte die Erinnerung, dort geparkt zu haben. Aber er *wusste*, das es
sein Auto war.

Am Wagen angekommen, umrundete er diesen mit prüfendem Blick. Immerhin gab es weder an der Karosserie noch an den Reifen und der Stoßstange Hinweise auf einen Unfall.

Er griff in die Tasche seines Jacketts und holte die Zigaretten hervor. Die
Verpackung war leicht feucht, der Inhalt zum Glück trocken. Er nahm eine Zigarette, zündete sie an und nahm einen tiefen Zug.

Um ihn herum knackte es im Unterholz. Wassertropfen fielen aus der Höhe
auf feucht glänzendes Laub, Holz, Moos und das Autodach. Und wo außerhalb die Farben fehlten, fehlte hier durch die teils dicht stehenden Bäume bereits ein Großteil des Tageslichts. Die Straße lag unter einer fast lückenlosen
Schicht aus Laub und Nadeln.

Sark beobachtete Kerns aus der Ferne dabei, wie dieser um das Haupthaus
Richtung Scheune lief, die sich auf der anderen Seite des großen Vorplatzes
befand, auf dem zwei teure Wagen standen. Ein paar Hühner liefen pickend
umher und schenkten Kerns keinerlei Aufmerksamkeit. Kerns verschwand im
Inneren und kam kurz darauf mit zwei gelben Plastikeimern zurück, mit denen
er hinter der Scheune verschwand. Sark tippte auf Tierfutter.

Sark setzte sich in den Wagen, rauchte die Zigarette fertig und startete den
Motor. Er schaltete die Heizung ein und erhöhte die eingestellte Temperatur.
Während er darauf wartete, dass sich die durch die Feuchtigkeit seiner Kleidung beschlagene Frontscheibe klarte, gab er im Routenplaner seines Smart-
phones seine Adresse ein. Dabei fragte er sich, wann der Entschluss gefallen
war, Kerns spontan aufzusuchen. Er prüfte das Datum und stellte erleichtert
fest, dass ihm kein Tag in seiner Erinnerung fehlte – was ihn jedoch nicht
wirklich überrascht hätte.

Er wendete den Wagen und fuhr durch den Wald, der in seinem Inneren mit
dem typischen Glanz überzogen war, den es so nur im Herbst gab. Nach etwa
zehn Minuten fuhr er bereits zwischen brachen Feldern dahin. Er drosselte die
Temperatur im Wagen und öffnete kurzzeitig das Seitenfenster, um frische
Luft zu atmen, denn er spürte schon wieder eine unangenehme Müdigkeit aufkommen. In der nächsten Ortschaft wollte er sich deshalb einen Kaffee kaufen. Laut Navigation lagen noch etwa zwei Stunden Fahrt vor ihm, eine Aussicht, die ihn nicht gerade freudig stimmte; er musste schlafen.

Kapitel 22

Die Last der Erkenntnis

Sark sah über die Landschaft und rauchte eine Zigarette.
Er saß auf einer Bank am Rand eines kleinen Parkplatzes. Von der Anhöhe aus konnte er in herbstliche Farben getauchte Wälder und Haine und mehrere kleine Ortschaften zwischen abgeernteten Feldern ausmachen. In den Senken zwischen den Hügeln erhob sich langsam Nebel, der den Abend begleitete. Der Himmel war mittlerweile überzogen von einem so klaren Blau, dass es fast fremd wirkte. Das feuchte Gras verströmte eine unangenehme Kälte. Irgendwo läutete eine Kirchenglocke, gewiss für einige Kinder das verabredete Signal, sich nach Hause zu begeben.

Die frische Luft wirkte belebend. Er hatte noch etwas mehr als eine Stunde Fahrt vor sich.

Das Studium der Aufzeichnungen bei Sosa hatte sich schneller abschließen lassen, als in Anbetracht der Menge an Tagebüchern zunächst vermutet. Wo sich die Einträge der ersten Zeit noch hin und wieder mit der Geschichte des Sanatoriums und Faurets Notizen befassten, verlor sich der Inhalt nach und nach in Belanglosigkeiten, zumindest in Sarks Augen. Die Schilderungen über Edensors Werdegang und dessen Wirken innerhalb der Anstalt waren allerdings Informationen, die Sark in seiner Annahme bestärkten, dass die Kupferplatte tatsächlich aus jener Zeit stammte, nicht zuletzt wegen des erwähnten Zwischenfalls, der eine Radiernadel beinhaltete. Mehr noch: Wo es zu diesem Zeitpunkt noch durchaus Raum für Spekulationen gegeben hatte, stand nach einem weiteren Blick auf das Foto der Platte fest, dass es sogar eine direkte Verbindung zwischen Edensor und dem Bild gab; es lag auf der Hand, denn da war diese riesige Gestalt im Hintergrund, die ein Horn hielt. Edensor hatte immer wieder vom „hässlichen Klang des Windes" gesprochen, welcher sehr wahrscheinlich eben jenem Horn entsprang, das mit dem Atem der Kreatur gefüllt werden konnte. Ein zweites und nicht weniger überzeugendes Element war die erhängte Frau an dem Baum, die eine Schlange gebar. Sark sah darin Edensors Schwester. Sehr wahrscheinlich hatten auch in dem Sanatorium, in welchem sie untergebracht war, sexuelle Übergriffe stattgefunden, abgebrochene Schwangerschaften und Morde. Dass Edensor die Gliedmaßen seines Opfers an einen Baum hängte, war für Sark ein weiteres Indiz, mit dem sich der Kreis schloss.

Sark machte sich nichts vor. Er wusste, dass er sich lediglich auf Annahmen stützte, und doch spendeten sie seinen Gedanken Halt, denn so konnte er hinter die Frage nach dem Ursprung der mysteriösen Kupferplatte endlich einen Haken setzen.

Ein kurzer Windstoß versetzte die Landschaft in Bewegung und hauchte Sark eine Klarheit ein, durch die er die Umgebung mit ihren Farben, Klängen und Gerüchen plötzlich viel intensiver wahrnahm. Er vergrub die Hände in den Taschen seines Jacketts und lehnte sich auf der Bank zurück. Er ließ die Gedanken so schweifen wie seinen Blick. Ein paar Vögel sammelten sich in den Kronen eines Hains, wahrscheinlich in Vorbereitung auf den nahenden Sonnenuntergang.

Die Langen. Die Blicke und die Schemen.

Wie aus dem Nichts fügten sich weitere Teile des ungelösten Puzzles zusammen, um den Blick auf neue Details zu gewähren. Es war schlüssig und einleuchtend, und zwar auf eine Weise, dass es ihn wunderte, es nicht eher ernsthaft in Betracht gezogen zu haben, trotz all der mehr oder minder eindeutigen Hinweise: Auf der Kupferplatte lastete ein Fluch.

Sark versuchte, den Gedanken zu halten und all das zu fassen, das schlagartig sein Bewusstsein flutete.

Halford Edensor.

Edensor tötete den Mörder seiner Schwester, doch diese Tat konnte seinen flammenden Zorn nicht löschen, und als er erkannte, dass das Sanatorium, in welches er eingewiesen wurde, auch ein grausamer Ort war, begann er damit, die Menschen zu manipulieren – bis hin zur *Großen Eskalation*, in deren Verlauf er sich opferte und von den Patienten verzehrt wurde, um so nicht länger all das ertragen zu müssen, was um ihn herum geschah. Zugleich stellte er sicher, dass mit jedem Bissen das Herz der Menschen vergiftet wurde. Und doch war damit seine Rache nicht vorüber, denn irgendwie war es ihm gelungen, die Kupferplatte mit einer Darstellung zu versehen, die seine Wut, seine Flüche und all jene finsteren Energien, die in ihm brodelten und ihn keine Ruhe finden ließen, einfing und abzugeben in der Lage war; ein Loblied auf den Hass, der die Zeit überdauern sollte.

Sark sah den Grauen Herrn und sprach mit ihm, wodurch er näher am Wahnsinn war als viele in seiner Umgebung, und doch hatte er eine andere Erklärung für das Schicksal gesucht, das Vali und Chloé widerfahren war, einen komplizierteren, nicht greifbaren Ansatz. Doch nun war er hier, klar und einfach, der Durchbruch, den er benötigte.

War dieser Fluch der Grund, dass die Platte auf keinem der Fotos in Valis Daten zu sehen war? Hatte er die entsprechenden Dateien gelöscht und damit die Lücken hinterlassen, die Sark zwar erkannt aber nicht richtig interpretiert hatte? Wenn ja, so musste er von der Wirkung gewusst haben. Oder begegnete er der Erkenntnis erst, als Chloé die Morde begangen hatte? Tötete er sie letztendlich, um weitere Taten zu verhindern? Oder verlor er selbst die Kontrolle? Wollte er sich vor ihr schützen? Möglicherweise trieben ihn die Dämonen in seinem Kopf dazu, jene Schatten und Blicke, die sich längst an Sarks Fersen geheftet hatten. Wenn Kerns niemanden auf ihn ansetzte und es laut Hilmer keine Gerüchte auf den Straßen gab, dass jemand anderes hinter ihm her war, um wen oder was sollte es sich sonst handeln?

Wie wirkte der Fluch? Er überlegte. Hätte jemand der Leute, die durch ihn das Foto sahen, etwas Seltsames beobachtet, wäre man auf ihn zugekommen, dessen war er sich sicher, besonders bei Hilmer. Die Beamten, welche den Tatort untersucht hatten, machten ebenfalls keine ungewöhnlichen Erfahrungen; so etwas wäre zu ihm durchgedrungen. Es konnte sich folglich nicht um eine Art Aura handeln, die wie ein fauler Nebel eine Krankheit übertrug. Griff Edensors Wirken folglich durch eine Berührung der Platte aus der Vergangenheit in die Gegenwart? Wenn dem so war, dann gab es möglicherweise keine unbekannte, dritte Person im Hintergrund, niemanden, der für die Morde und die sonderbaren Umstände direkt oder indirekt verantwortlich sein konnte. Jeder Faktor in diesem Mysterium musste auf das Objekt zurückzuführen sein.

Er erhob sich von der Bank und lief zurück zum Auto. Dabei war ihm, als würde er das Gewicht der Erkenntnis auf sich spüren, die Tragweite der Zusammenhänge, die sich gezeigt und vor ihm entfaltet hatten.

Was, wenn er sich die Dinge nur einbildete und er in Wirklichkeit nur Opfer seines Alkoholkonsums war? Vielleicht versagte sein Hirn schrittweise, erzeugte unsinnige, letzte Verknüpfungen, schaltete wichtige Funktionen ab und half ihm so dabei, sich endlich selbst aufzulösen und seine Ruhe zu finden.

Erneut verlor sich seine Aufmerksamkeit in einem Durcheinander von Gedanken. Er musste endlich nach Hause; er brauchte dringend Schlaf.

Kapitel 23

Fieberwahn

Nach über 14 Stunden Schlaf fühlte sich Sark nach wie vor fiebrig und ausgesprochen schwach auf den Beinen. Der Blick in den Spiegel zeigte nur noch einen Schatten: Seine Haut sah ungesund aus, fahl und matt, und die Lippen waren blass.

Was, wenn er einfach auf die Schemen, auf seine mysteriösen Beobachter zugehen würde?

Bei dieser Frage kam ihm die Möglichkeit in den Sinn, dass Chloé gar nicht bewusst die Mieter des Hauses tötete, sondern etwas, das nur sie wahrnehmen konnte. Oder hatten ihr die Beobachter Anweisungen zugeflüstert? Vielleicht mit dem Versprechen, sie dann in Ruhe zu lassen. Was, wenn er am Ende selbst fremde Menschen angreifen würde, weil er sich von den Schatten bedroht fühlte?

Er erledigte nur die nötigsten Dinge, ging einkaufen, besorgte sich ein paar Medikamente und tat das, was für ihn bei einer Erkältung schon immer effektiv war: Schlafen. Das zog allerdings nach sich, dass er teilweise nicht wusste, ob er wach war oder schlief und träumte, denn die Bilder flossen in seinem umnebelten Kopf unkontrolliert ineinander.

Er sah blinde Vögel, die seltsame, schiefe Lieder sangen, Tentakel, die im Augenwinkel aus der Kanalisation züngelten und sich blitzschnell zurückzogen, sobald er zu ihnen sah, riesige, schwarzblaue Maden, die aus überquellenden Abfalleimern fielen wie mit Gelee gefüllte Luftballons, und knochige, alte Leute, die sich auf gebrochenen Gliedern nackt über den Boden schleppten und ihre Wunden immer weiter öffneten.

Er träumte von fliegenden Walen aus Stein, Menschen die brannten und barsten, um große und kleine Kreaturen zu gebären, die zuckend, humpelnd oder langsam kriechend die Schatten suchten. Giganten beugten sich als stille Beobachter aus den Wolken herab, Gebäude atmeten und an Bäumen wuchsen statt Früchten Augäpfel, die allesamt auf ihn gerichtet waren.

Augen.

Mittlerweile trug er stets das Foto mit sich, das Chloé und Vali zeigte. Er betrachtete es als eine Art Talisman, denn sie waren die einzigen Menschen, die verstanden, denn sie hatten das gesehen, was er nun sah.

Sark fühlte sich schwach, taub, wie in Watte gehüllt und von der Wirklichkeit immer weiter getrennt. Er vermutete, dass die Intensität der Dinge in direktem Zusammenhang zu seiner gesundheitlichen Verfassung stand.

Wenn er von draußen kam, stieg ihm in seiner Wohnung der süßliche Geruch kalten Schweißes in die Nase, der sich in seinem Bett und in den Decken auf der Couch festgesetzt hatte und selbst mit längerem Lüften nicht zu entfernen war. Sogar ein frisch bezogenes Bett roch nur eine Nacht später wieder gleich. Sein Krankheitszustand zeigte sich zudem im fehlenden Verlangen nach einer Zigarette; und Bier ersetzte er schlagartig durch Wasser und Tee.

Sarks Gedanken wanderten unkontrolliert umher und stoppten eine Weile bei Celeste Fauret, der Frau des ersten Direktors Maurice Fauret, die vom Dach in den Tod sprang. Was, wenn sie nicht mehr mit den Dingen umgehen konnte, denen sie während ihrer Arbeit ausgesetzt war? Immerhin durften neben Personen mit geistigen und körperlichen Behinderungen auch Menschen mit Traumata zu den Patienten gezählt haben, Opfer von Verbrechen und all den Grausamkeiten, mit denen auch Sark während seiner Dienstjahre konfrontiert worden war. Wohin das führen konnte, sah er jeden Morgen im Spiegel.

Was, wenn Celeste ebenfalls Opfer der Übergriffe durch Insassen wurde? Zwar gaben Sosas Schriften keine Hinweise, aber das schloss die Möglichkeit nicht automatisch aus.

Es lag nahe, dass Celeste glaubte, nur im Freitod ein Ende der Erinnerungen und Träume zu finden, kein Wunder an diesem Ort, einem Quell für negative Energien, der nicht versiegen wollte.

Energie.

Die Kupferplatte.

Wenn sie im Sanatorium von Halford Edensor hergestellt worden war und all die Jahrzehnte in ihrem Versteck überdauert hatte, so hatte sie möglicherweise jene Energie abgestrahlt, die nun bei Sark wirkte und sein Wesen Stück für Stück zersetzte; lag darin eventuell der Ursprung der *Großen Eskalation* von 1902? Es konnte sich wie mit radioaktiver Strahlung verhalten. Eine hohe Dosis entsprach einer Berührung der Platte, wohingegen eine geringe Menge in ihrer Umgebung zu finden war. Je länger man sich darin aufhielt, desto schlimmer wurde es, und wer nur kurz in die Nähe kam, bemerkte gar nichts und tat eine vorübergehende, leichte Wirkung als Alptraum ab.

Hatten Insassen und das Personal des Sanatoriums Wahnvorstellungen erlebt, die auf Edensors Hass zurückzuführen waren? Und wie viele der vollzogenen Selbstmorde wiesen diese Gemeinsamkeit auf? Es würde sich nie klären lassen. Wahrscheinlich war Sark sogar der einzige Mensch, der überhaupt in diese gedanklichen Regionen vordrang und diesen Teil der Geschichte nicht ruhen lassen konnte.

Celeste, dann Vali. Nun schien er an der Reihe zu sein, als Geisel und Opfer der Bilder. Wenn er dem entrinnen wollte, wie konnte er den Fluch auflösen? Sark schwitzte unentwegt, spürte die Glut der Krankheit in sich und keinerlei Besserung.

Hitze.

Feuer.

Hatten die Arbeiter während den Umbauarbeiten ungewöhnliche Dinge gesehen oder bemerkt? Waren die ausgebrochenen Feuer wirklich allesamt einem Fluch zuzuschreiben? Und was war mit Marie Hedenford? Hatte vielleicht auch sie Schreckensvisionen? Gab sie sich womöglich den selbst gelegten Flammen hin, um endlich Ruhe zu finden, wie Celeste Fauret? Wollte sie sich so von den Träumen *reinigen*? Und was war mit Krister Hedenford? Waren all die Frauen, Drogen und Partys sein Weg, den Bildern weniger Macht über sich zu geben? Sark spann den Faden sogar so weit, dass er den Krebs, dem Sarah Hedenford erlag, als Manifestation der giftigen Aura betrachtete. Und Donal Hedenford? Er war offenbar zu sehr Geschäftsmann und Familienvater gewesen, um sich irgendetwas anmerken zu lassen.

Sark musste mit Krister Hedenford sprechen. Wenn nur die geringste Wahrscheinlichkeit bestand, dass dieser ähnliche Erfahrungen gemacht hatte, dann bestand für Sark eventuell doch Hoffnung auf Rettung.

Im Zuge dessen entfernte er die Kupferplatte aus seiner Wohnung und verstaute sie im Keller in der Hoffnung, die Symptome zu lindern oder zumindest nicht weiter zu verstärken. Eine andere Möglichkeit war ausgeschlossen, solange er nicht Gewissheit hatte, dass die Zusammenhänge, die sein Kopf produzierte, der Wahrheit entsprachen. Erst dann wäre er in der Lage, über die Zukunft dieses sonderbaren Artefakts zu entscheiden.

Die Schatten um ihn herum wurden dichter und schwärzer, der Abgrund tiefer, so dunkel und leer, dass selbst die durch die Fenster einfallende Sonne den Schleier nicht zu lichten vermochte. Der Dämmerzustand und die Reisen seines Geistes beraubten ihn der Fähigkeit, zu unterscheiden, ob der Ursprung der Bilder in ihm selbst lag oder in den Erinnerungen an Sebastian Sosas Aufzeichnungen.

Und von diesen Eindrücken aus driftete er immer wieder in die alles erfüllende Dunkelheit, hilflos wie Treibgut in den Gezeiten des Meeres.

Zwischenspiel

Der Atem des Waldes

Die tieferen Teile der Wolken waren an diesem Morgen golden, während der Rest irgendwo zwischen graublau und violett schwankte. Das Feuer intensivierte sich zur Sonne hin, die hinter einem flammenden Nebelschleier glühte, der wie eine Regenfront in der unbestimmten Ferne am Himmel dahinzog. Im nächsten Moment legte sie ihr Licht ungehindert auf die Welt, um all die Tau- und Regentropfen funkeln und das klamme Holz wie Seide glänzen zu lassen.

Sark lief durch den herbstlichen Wald, dessen Baumkronen fast kahl waren. Der Boden lag unter einer dicken Schicht aus rotbraunen Blättern. Es war stellenweise feucht. Er folgte einem unter dem Laub kaum sichtbaren Pfad, einer Schneise, ausgetreten von Wildschweinen und anderen Bewohnern des Waldes. Er marschierte ohne Rast und ohne Ziel. Er wollte sich die Beine vertreten und so den Kopf frei bekommen.

Der Weg stieg leicht an und machte dabei eine Biegung nach links. Immer wieder trat er auf knochige Wurzeln und unterschiedlich große Steine, die sich unter dem Laub befanden. Ein Windstoß löste ein paar der verbliebenen Blätter in der Höhe und trieb ein Rauschen und Rascheln durch die Umgebung. Nach einer Weile konnte Sark die große Senke sehen, die sich rechter Hand mit einem Durchmesser von über 100 Metern erstreckte und etwa 8 bis 10 Meter tief war. Dort standen Bäume und mittlerweile abgestorbene, in sich zusammengesunkene Farne. Große und kleine Felsbrocken durchstießen das Laub und erhoben sich moosbewachsen in dem schattigen Krater, der wohl von einem Bombenabwurf im Krieg stammte oder das Ergebnis eines eingestützten Hohlraums war.

Sark blieb stehen und schaute in die Senke. Dann machte er sich an den Abstieg, ohne zu wissen, weshalb. Möglicherweise ging es ihm nur um die veränderte Perspektive, die er von dort unten aus haben würde.

Vorsichtig setzte er einen Fuß vor den anderen, da der feuchte Untergrund rutschig und stellenweise sehr unwegsam war. Kaum verließ er die Streifen, welche die Sonne in den Wald legte, fröstelte er. Der Boden verlor nach und nach an Festigkeit und fühlte sich unter seinen Sohlen schwammig an, wie ein dicker Teppich aus Moos. Das Funkeln der Tautropfen ging fließend in das von Reif über, der sich hier unten hartnäckig behaupten konnte.

Etwa auf halbem Weg zum Grund spürte er eine Veränderung im Erdreich und blieb stehen. Die Welt um ihn herum bewegte sich leicht, als wäre er etwas angetrunken oder durch intensives, schnelles Einatmen plötzlich mit Sauerstoff überversorgt. Es dauerte einen Moment, bis er realisierte, dass die Bewegung nicht von ihm ausging, sondern vom Boden: Dieser hob und senkte sich, als stünde Sark auf einem gigantischen Wesen, das versteckt unter dem Herbstlaub ruhte.

Sark machte kehrt und stieg den Hang hinauf zurück Richtung Weg. Der Boden wurde zunehmend weicher und er kam immer schlechter voran. Er glitt mehrfach aus und stürzte. Es war, als würde der Hang steiler werden.

Plötzlich konnte er sich nicht mehr fangen, verlor das Gleichgewicht und stürzte rückwärts den Hang hinunter. Er überschlug sich mehrfach und traf auf Felsen, während sich um die Senke herum die Langen aus den Schatten der Bäume schälten, aufreihten und zu ihm blickten. Dann wurden sie immer mehr, traten aus der Deckung und näherten sich. Er konnte sie nur schemenhaft wahrnehmen, als sich bewegende Schatten, die zunehmend Wald und Himmel verdeckten.

Dann stürzte er in eine bodenlose Dunkelheit ohne Klang, die ihn umfing und nicht wieder freigab.

Kapitel 24

Die Dynamik der Dinge

Mit der Erinnerung an die Langen schlug Sark die Augen auf. Der Geruch von Harz hing in seiner Nase, jener Geruch, der aus ihren Wunden drang. Das Bett unter ihm fühlte sich weich an, als würde er darin versinken, genau wie im Waldboden in seinem Traum. Es dauerte einen Moment, ehe die Schemen um ihn herum aufhörten, sich zu bewegen. Als sie sich zurückzogen, realisierte er, dass er in seinem Schlafzimmer lag, das minimal erhellt wurde vom Licht der nächtlichen Stadt, welches sein Wohnzimmer durchdrang und über den Flur durch die offene Tür in den Raum fiel. Es war nur ein Hauch, aber dieser genügte, um den Dingen eine Kontur zu verleihen. Das Laken klebte unangenehm an seinem Körper und der Geruch von Harz und Wald wurde von dem seines Schweißes durchsetzt und letztendlich verdrängt.

Wie entbehrungsreich und damit gefährlich das Leben früher gewesen sein musste. Nun konnte er hier im Bett liegen, geschützt in der Wärme seiner Wohnung, und gesunden, anstatt in einem feuchten Erdloch unter Ästen und Laub zu verenden, weil sich niemand in seinem geschwächten Zustand um ihn kümmerte. Er konnte essen und trinken und musste nicht die letzten Kräfte mobilisieren, um auf die Jagd zu gehen. Derartige Dinge sollten sich die Menschen dort draußen öfter ins Gedächtnis rufen; mit etwas Glück würde das ihre Aggressionen senken und sie zu dankbareren Individuen machen, anstatt ihre Umgebung zu vergiften, und das auf physischer und psychischer Ebene.

Sark richtete sich mit schmerzenden Gliedern auf. Er musste einige Sekunden sitzen, ehe er aufstand und sich ins Badezimmer begab, um seine Blase zu leeren. Dann lief er in die Küche und trank etwas Wasser. Da ihm sehr warm war, kippte er die Tür zum Balkon an, um etwas von der frischen Nachtluft in die Wohnung zu lassen. Er ging zurück in die Küche, trank noch etwas und und legte sich zurück ins Bett. Dort dauerte es nach dem Löschen des Lichts eine Weile, bis sich seine Augen wieder an die Dunkelheit gewöhnten.

Er lag wach und erinnerte sich an den Traum. Ob er dort anknüpfen und am feuchten Waldgrund in der Senke erwachen würde?

Im Augenwinkel verdunkelte sich das ohnehin schwache Licht aus dem Flur zu einer schwarzen Fläche.

Dieser kurze Moment reichte, um Sark aus seinen Gedanken zu reißen. Er sah Richtung Tür.

Die Finsternis wich und in ihrer Bewegung zeichneten sich die Umrisse einer Person ab, die lautlos nach rechts Richtung Wohnzimmer lief.

Sarks Sinne schärften sich. Schlagartig endete sein Dämmerzustand und er verließ das klamme Bett. Er lauschte. Lediglich das leise Brummen des Kühlschranks drang aus der Küche nebenan zu ihm.

War jemand in seiner Wohnung oder sah er sich einer weiteren Einbildung gegenüber?

Sark schlich zur offenen Tür, wartete kurz und spähte dann um die Ecke: Mitten im Wohnzimmer stand eine großgewachsene Gestalt mit leicht gekrümmter Haltung und ungewöhnlich langen Armen, die Sark an die eines Affen erinnerten. Er konnte nicht mit Gewissheit sagen, ob die Person aus dem Fenster sah oder zu ihm. Kurzentschlossen drückte er auf den Lichtschalter neben der Tür, woraufhin der Flur in Licht getaucht wurde. Dabei verließ er das Schlafzimmer, ohne den Eindringling aus den Augen zu lassen.

„Wer zum Teufel sind Sie?" fragte Sark. In seinem Schädel pulsierte ein dumpfer Schmerz.

Die dunkle Gestalt verweilte regungslos. So, wie das Licht auf die Person fiel, schien es, als wäre sie in einen eng anliegenden Stoff gekleidet. Oder war es ein Fell mit sehr kurzem Haar? Trug sie schwarze Handschuhe?

„Er wird dir nichts sagen", erklärte der Graue Herr.

Sark sah zur Seite ins Halbdunkel des Schlafzimmers. Der Graue Herr stand mitten im Raum, schwach erhellt vom Licht aus dem Flur.

Eine Waffe. Sark hatte nichts, um sich zu verteidigen, und doch stand er hier und sprach den Eindringling an, ohne zu wissen, ob dieser bewaffnet war.

Dieser kurz aufflackernde Gedanke zerstob, als Sark den Blick nach vorn zu der unbekannten Gestalt wandte: In dieser Sekunde wurde er von etwas gepackt und von den Beinen gerissen. Er spürte den Druck um seinen Körper. Er wollte etwas rufen, doch seine Stimme wurde erstickt von etwas Feuchtem, das sich kalt auf seinen Mund und die Nase legte, den Kopf umschlang und ihm Sicht und Gehör raubte. Er registrierte, wie der Boden unter ihm verschwand und er durch den Raum gehoben wurde. Er war schwerelos und rang nach Luft, versuchte, sich zu befreien, doch er konnte weder Arme noch Beine bewegen. Sein Körper gierte nach Sauerstoff. In seiner Brust baute sich ein Druck des Verlangens auf, unbändig und in diesem Augenblick unstillbar.

Es dauerte eine Weile und Sark glitt in eine Finsternis, die stiller und dunkler war als jene in seinem Traum; und es gab kein Entrinnen.

„Der Mann war der festen Überzeugung, dass in der Sonne glitzernde Spinnweben Risse in unserer Welt waren", sagte der Graue Herr.

Die Stimme brachte Sark aus der Dunkelheit zurück in das Licht des Tages. Die Sonne fiel wärmend in das Wohnzimmer, wo er sich blinzelnd von der Couch aufrichtete. Er fühlte sich weniger erschöpft als am Vortag. Er rieb sich das Gesicht und erwartete fast, feuchte Rückstände des nächtlichen Angriffs zu spüren. Doch es waren nur Schweiß und Fett, die seine Haut bedeckten. Er lehnte sich an den Couchrücken und sah zu dem Grauen Herrn. Dieser stand mit dem Rücken zu ihm, die Arme vor der Brust verschränkt, und blickte aus dem Fenster über die Stadt. Sein Schatten lag langgestreckt am Boden.

„Er konnte sich kaum frei bewegen, denn Spinnen gibt es nicht nur in der Natur, sondern auch in Häusern. Aber er fürchtete nur einzelne Fäden, nie ganze Netze. Es waren für ihn Schnitte in der Welt. Er konnte sich ihnen nicht nähern. Es war ihm egal, wenn man ihm sagte, dass er aus der Nähe nichts Seltsames sehen würde. Seiner Meinung nach würde man eine andere, fremde Welt erblicken, mit Bäumen und Häusern aus funkelndem Kristall, in der es Dinge gab, die den Geist so weit überstiegen, dass man verrückt wurde."

Sark hörte zu. Er hatte keine Ahnung, wie der Graue Herr auf ein solches Thema kam oder was er ihm damit sagen wollte.

„Aber vielleicht hatte er auch nur Angst davor, einen Blick auf sich selbst zu werfen", führte der Graue Herr seinen Gedanken fort. „Es gibt Leute, die der festen Überzeugung sind, dass alle Szenarien, an die wir denken, in einer anderen Welt real sind, dass wir nichts weiter sind als ein Teil in einem riesigen Netzwerk der Möglichkeiten. Wenn wir uns vorstellen, ein bekannter Wissenschaftler zu sein, dann soll das in einer anderen Wirklichkeit zutreffen. Oder wir träumen, dass wir das Leben unseres Lieblingsschauspielers leben, auch das soll nicht nur eine Einbildung sein."

Sark lauschte den Worten. Im Sonnenlicht schwebten funkelnde Staubpartikel. Er sah auf einen unbestimmten Punkt am Boden.

Spinnweben. Seit einiger Zeit gab es in der Wohnung mehr davon. Wie aus dem Nichts tauchten sie auf, staubige Linien an den Wänden und Netze in den Winkeln. Auch fand er immer wieder Spinnen. Suchten sie Schutz und Wärme? Oder spürten sie, wie sich Sark auflöste? Vielleicht war für sie die Wohnung längst so verlassen wie eine alte Ruine.

„Es bringen sich immer wieder Menschen um, weil sie ihr Dasein nicht länger ertragen. Wer weiß, wie viele dabei auf ein besseres nächstes Leben hoffen. Möglich, dass Celeste Fauret auch so dachte. Bei all den Dingen, die im Sanatorium abliefen, wäre so ein Wunschtraum verständlich."

Sark konzentrierte sich. Steckte er nun in der gleichen Situation, wie damals Celeste Fauret? Wollten ihn die Schemen in den Wahnsinn und damit in den Freitod treiben? Waren sie stumme Boten einer anderen Wirklichkeit?

Sark hob den Blick und wollte etwas sagen, doch der Graue Herr war verschwunden.

Er atmete durch. Es fühlte sich an, als würden die Dinge erst nun ihre volle Dynamik entfalten. Und genau das bereitete ihm große Sorge.

Zwischenspiel

G e w e b e

Sark erwachte plötzlich durch das laute Donnern eines aufgezogenen Gewitters. Er ahnte, dass sich die Welt beim Aufstehen von der Couch drehen würde, also blieb er zunächst in der Dunkelheit liegen. Hin und wieder wurde das Schwarz vom Licht der Blitze durchbrochen. Die schwüle Luft stand unveränderlich in den Zimmern, trotz der offenen Fenster. Er spürte deutlich, wie das feuchte Haar unangenehm an seinem Kopf klebte.

Er fragte sich, wie lange Mara und Anna bereits fort waren. Er wusste, dass er hier ausziehen musste, denn die Wohnung erinnerte ihn zu sehr an sie und vor allem daran, wie er seine Ehe und damit seine Familie zerstörte. Annas Zimmer war noch immer unverändert. Lediglich der Staub verriet, dass nichts bewegt wurde, seit er in die leere Einsamkeit getorkelt war, die sein Leben unaufhaltsam verschlang.

Nach einer Weile richtete er sich langsam und bedacht auf. Er wartete kurz und erhob sich dann vorsichtig von der Couch, um in die Küche zu gehen und etwas Wasser zu trinken. Dabei stieß er in der Dunkelheit mit dem Knie gegen den Couchtisch.

Obwohl der Schmerz schnell nachließ, blieb er nach wenigen Schritten im Raum stehen: Irgendetwas bewegte sich auf dem Teppich an seinen nackten Füßen. Er lief zum Lichtschalter und betätigte ihn.

Das Licht offenbarte blass fleischfarbene, fast durchsichtige Würmer, die den Schutz der Dunkelheit suchten. Einige wanden sich in die Fasern des grünen, flauschigen Teppichs, wo sie sich nicht ganz verstecken konnten und daher teilweise sichtbar blieben. Andere verschwanden unter der Couch, dem Tisch und in den übrigen Schatten des Zimmers.

Er sah angewidert nach unten, wo einige der Würmer, die Sarks Hirn mit Regenwürmern verglich, unter seine Füße kriechen wollten. Er wich zur Seite und erkannte, dass ein Exemplar dabei war, seitlich in seinen linken, großen Fußzeh einzudringen. Der Wurm zuckte und wand sich, während er Stück für Stück im Gewebe verschwand, ohne einen Schmerz zu erzeugen.

Sark hob den Fuß und bückte sich dabei, um das sonderbare Tier zu greifen. Er wollte es aus seinem Fleisch ziehen, doch es zerriss. Das kürzere Ende verschwand daraufhin blitzschnell in seinem Zeh, das andere drang in seinen Handballen. Sark wollte mit der anderen Hand danach schlagen, aber es war schon zu spät: Er verlor das Gleichgewicht. Der Raum bewegte sich auf eine Art, die nicht zu seinem Körpergefühl passte. Sark kippte schräg nach vorn und schlug mit der Schulter voran auf dem Boden auf. Sogleich wanden sich Würmer aus dem Teppich, um sich im Schatten seines Körpers und in dessen Gewebe vor dem Licht zu verstecken.

Würmer zuckten unkontrolliert vor seinen Augen und er sah, wie sich ein dunkler, diffuser Streifen in sein Blickfeld schob, den er nicht fortwischen konnte; und dann noch einer und noch einer.

Sark lag am Boden, unfähig, sich aufzurichten. Alles hinter den aufziehenden Schatten drehte sich. Und damit kam die Dunkelheit.

Kapitel 25

Z w e i f e l

Sark wusste nicht, wann er zuletzt mit Anna Kontakt gehabt hatte, da die Tage ineinanderflossen, ohne ein Zeitgefühl zu hinterlassen. Umso erfreuter war er, als sie auf eine Textnachricht schrieb, dass es ihr gut ging und sie in letzter Zeit viel mit Lernen beschäftigt war, da in der Schule zahlreiche Tests anstanden. Dass es bei ihr nichts Außergewöhnliches zu berichten gab, war in Anbetracht der Geschehnisse in Sarks Leben eine gute Sache. Und obwohl er die vorhandenen Fakten und seine Erkenntnisse in Ruhe betrachtet hatte, wusste er nicht recht, wie er weiter vorgehen sollte, zumal es nun nicht mehr um den mehrfachen Mord durch Chloé und den Tod von Vali ging, sondern um ihn selbst. Ob und wie der Fluch – Edensors Wut – gebrochen werden konnte, war mit sachlichem Verständnis wohl kaum zu beantworten. Würde es genügen, die Platte zu vernichten? Oder wäre ein solcher Schritt kontraproduktiv? Aber für was konnte das Stück eventuell hilfreich oder gar nötig sein?

„Wollen Sie mir sagen, dass der Tod meiner Schwester Selbstmord gewesen sein könnte?" fragte Krister Hedenford. „Und was soll das mit dem Fall zu tun haben, mit dem Sie sich bei Ihrem letzten Besuch beschäftigten?"

Sark sah zu ihm. Hedenford trug eine schwarze Hose, ein weißes Hemd, eine schwarze Weste und beige Hosenträger. Die Krawatte war pastellblau und seine Lederschuhe dunkelbraun. Die Ärmel des Hemdes hatte er bis knapp über die Ellenbogen gekrempelt. Die Unterarme wirkten sehniger, als Sark erwartet hätte. Er hatte die Hände in den Taschen der Weste, was seiner Körperhaltung ein Plus an Autorität verlieh. Das schwarze Jackett hing über der Lehne seines Bürosessels.

„Meiner Kenntnis nach gab es nie einen Hinweis auf Selbstmord", begann Sark. „Allerdings wurde es auch zu keiner Zeit explizit ausgeschlossen."

„Das ist korrekt. Und es wurde damals mit Hochdruck in alle Richtungen ermittelt. Immerhin hatte mein Vater immensen Einfluss und zahlreiche Beziehungen. Deshalb unternahm man jeden Schritt mit höchster Sorgfalt."

„Leider ohne eindeutiges Ergebnis."

Hedenford nickte. „Aber was bringt Sie nun zu der Annahme?"

„Es ist eine Frage, keine Annahme."

Hedenford, der mit dem Rücken zu den Fenstern seines Büros stand und zu Sark blickte, sagte: „Es gab keinen Grund und keine Hinweise, wenn Sie das meinen. Und Sie beantworteten meine Frage noch nicht: Was hat das mit Ihrem Fall zu tun?"

Sark spürte den musternden Blick Hedenfords; und die Wärme der Kaffeetasse in seiner Hand. „Ehrlich gesagt: Nichts. Aber ich befasste mich etwas eingehender mit der Geschichte des Sanatoriums, und da kam die Frage aufgrund diverser Vorfälle in der Vergangenheit auf."

„Sie interessieren sich für Geistergeschichten?" Hedenfords Gesichtsausdruck nach zu urteilen, wusste dieser nicht, ob er Sark ernst nehmen sollte.

„Da bin ich mir nicht sicher", gestand Sark. Er nahm einen Schluck Kaffee. Dieser schmeckte für Sark ungewohnt aromatisch. Ob es an der Zubereitung lag oder am Kaffee selbst, konnte er nicht sagen. Vielleicht wirkte sich auch einfach der Verzicht auf Zigaretten positiv auf seine Geschmackssinne aus.

Hedenford hob kaum merklich die Augenbrauen. „Sie meinen es erst."

Sark schwieg.

Hedenford lief etwas im Raum umher. „Wissen Sie, ich bin Realist. Von angeblich übernatürlichen Dingen halte ich nicht viel." Er sah zu Sark. „Geld verdient man mit Arbeit, nicht mit Hexerei. Sie sollten das wissen."

Sark spürte, dass er dabei war, sich in Hedenfords Augen lächerlich zu machen, aber das war ein geringer Preis für mögliche Antworten. „Sie wissen ja von den Bränden."

„Natürlich", antwortete Hedenford, „wie jeder in der Gegend. Das sind die Art von Geschichten, die nicht verschwinden."

„Was ist Ihre Meinung dazu? Soweit ich weiß, wurden die Brandursachen nie eindeutig geklärt."

„Dabei lassen Sie außer Acht, dass Ermittlungen vor 100 Jahren noch ganz anders abliefen. Von den begrenzten Möglichkeiten ganz zu schweigen. Aber, um Ihre Frage zu beantworten: Ich denke, dass jedes Feuer auf Leichtsinnigkeit oder einen Unfall zurückzuführen ist, nicht auf das Wirken von bösen Geistern. Vielleicht wurden solche Gerüchte ja von denen in die Welt gesetzt, die in Wirklichkeit Schuld daran waren."

Sark trank den Kaffee aus und stellte die Tasse klappernd auf den Unterteller, welcher auf dem Tisch der Sitzgruppe für Besucher stand.

„Und selbst wenn die Ursache nicht natürlichen Ursprungs war: Was macht es für einen Unterschied? Der Grund ändert nichts an den Auswirkungen."

Sark blickte aus dem Fenster. Hedenford stand rechts neben ihm. Der Mann roch nach einem teuren Aftershave. „Die ganze Angelegenheit verlief geradewegs ins Nichts."

Hedenford warf Sark einen seitlichen Blick zu, sah dann aber ebenfalls wieder aus dem Fenster. „Wenn Sie, und das verstehe ich so, davon ausgehen, dass keine Menschen für all das verantwortlich sind, dann müssen Sie sich in der Tat damit abfinden, dass die Sache keinen zufriedenstellenden Abschluss finden wird." Er sah ein weiteres Mal kurz zu Sark. „Es gibt also keine neuen Entwicklungen, was die Platte angeht? Kupfer, wenn ich mich recht entsinne."

„Richtig. Und nein, es gibt nichts Neues."

„Vielleicht stammt sie ja nicht einmal von meinem Grundstück. Ich dachte nach Ihrem Besuch noch eine Weile darüber nach, aber ich kann mich nicht entsinnen, dass mein Vater nach unserem Auszug je erwähnte, dass er etwas vermisste. Wenn sich der Mann-"

„-Vali."

„Genau. Wenn er sich denn so für alte Orte und Kunst interessierte, wie Sie behaupten, kann sie auch woanders in seine Hände gefallen sein."

Ein guter Punkt, wie Sark gestehen musste, aber damit ließen sich weder die fehlenden Fotos erklären noch das Versteck der Platte auf dem Dachboden, von den Begleitumständen ganz zu schweigen. Sollte die Kupferplatte tatsächlich aus einer anderen Quelle stammen, so gab es keinerlei Hinweise darauf, nicht bei den sichergestellten Unterlagen und nicht bei angezeigten Straftaten der letzten zwei Jahre. Eine Option wäre der Schwarzmarkt, aber selbst dann hätte man eine Verbindung gefunden, ob nun durch polizeiliche Ermittlungen, durch Hilmer oder durch die zahlreichen Kunsthändler. Und schließlich waren da noch die Parallelen zu Edensor innerhalb der Darstellung, etwas, das Sark nicht vernachlässigen konnte, so schwammig diese Annahme auch sein mochte. Was hatte zudem mehr Gewicht: Eine Vermutung oder der Glaube an Übernatürliches? Faktisch betrachtet war beides wertlos.

Er musste kurz seine Gedanken sortieren, denn alles hatte mit einem Mehrfachmord begonnen und nun stand er hier und setzte sich mit übernatürlichen Phänomenen auseinander, die zu realen Todesopfern geführt hatten.

Sark kam *Edensors Wut* in den Sinn, jene Energie, die den Kerben des Metalls entströmte, als sei es ein Fragment aus dem Herzen von Tschernobyl. Wenn die Platte eine Gabe – oder ein Fluch – des Schicksals war, um ihm dabei zu helfen, sich in Nichts aufzulösen, dann sollte er die Umstände wohl dankend annehmen und sie nicht hinterfragen. Auf der anderen Seite raubten sie ihm die Kontrolle. Er war der Spielball von Kräften, die weit außerhalb seines Einflusses lagen. Hing er etwa doch am Leben?

Als Sark 20 Minuten später in sein Auto stieg, dachte er über die Unterhaltung mit Hedenford und dessen Aussagen nach. Falls die Platte nichts mit dem Sanatorium zu tun hatte, der Grund, weshalb Vali sie versteckte, ein anderer war, dann verhielt es sich mit den ausgebrochenen Feuern vielleicht ähnlich. Allerdings würden sich bei dieser Variante sämtliche Erklärungsversuche für die merkwürdigen Geschehnisse, die Schatten und die Blicke in Luft auflösen. Gegeneinander aufgewogen sprach eindeutig mehr für die Verbindung zum Sanatorium und damit zu Edensor, als dagegen.

Nun saß er hier in seinem kalten Wagen und fragte sich, weshalb er überhaupt mit den Nachforschungen begonnen hatte, denn trotz der Einblicke in die Vergangenheit war er so weit wie zu Beginn, einzig mit dem Unterschied, dass auch er in den Mahlstrom geraten war, der seinen Verstand zerrieb. Was sollten diese Gedanken? Er wusste, dass aus der fortschreitenden, freiwilligen Isolation nur ein Weg führte, der vermutlich gleiche Weg wie jener, den ihm die Bilder und Blicke wiesen mit dem Versprechen, sich dann aufzulösen. Er wollte doch Nebel sein, durch den sich das Sonnenlicht brannte, bis nichts mehr davon übrig war.

Anna würde das alles verschmerzen, keine Frage. Er war nicht ihre Bezugsperson. Er war ein Teil ihres Lebens, ja, aber er wusste nicht einmal, wie groß dieser Teil überhaupt war; ein Gedanke, der sich nicht gut anfühlte, der schmerzte und ihn verletzte. Da machte es auch keinen großen Unterschied, dass alles vergänglich war und damit theoretisch ohne Bedeutung. Aber sie war doch seine Tochter.

Noch vor einiger Zeit befasste er sich mit den Fehlentscheidungen in seinem Leben, mittlerweile fragte er sich allerdings, ob er nicht einfach ein schlechter Mensch war, jemand, dem man nicht eine Träne nachweinen sollte. Der Kern lag wohl im Gefühl der Machtlosigkeit. Er konnte den Dingen, die sich seit dem Fund auf dem Dachboden um ihn formten, nichts entgegensetzen, und genau das machte ihn verletzlich. Dass es eine Prüfung Gottes war, die ihn dazu bringen sollte, über sein Leben nachzudenken, wollte und konnte er nicht in Betracht ziehen.

Sark erkannte sich in diesen Gedanken kaum wieder. Hatte sich sein Wunsch nach Auflösung gegen ihn gewandt? Wurde die harte Schale seines Wesens nach und nach abgeschabt und zersetzt, um das faule, jämmerliche Innere zu entblößen? Spontan fiel ihm keine gute Tat ein, mit der er sich hätte brüsten können. In seiner Brust befand sich ein abgestorbener Keim, vertrocknet vor der Entfaltung der ersten Blätter.

Zwischen ihm und seinem Gegner lagen viele Jahrzehnte. Wie hätte er da nicht jede Hoffnung verlieren sollen? Sich selbst zu bedauern half dabei in keiner Weise, das war ihm klar, und doch sah sein Bewusstsein in diesem Augenblick keinen anderen Weg.

Sark atmete durch, startete den Motor und fuhr los.

Zwischenspiel

Wann hatte er zuletzt geschlafen? Und wann etwas Normales gegessen?

Die Tage bluteten ineinander, die Stunden flogen ungenutzt vorüber und Sark tat nichts anderes, als wie gelähmt dahinzusiechen und in seinen Gedanken den einen Moment zu suchen, an welchem er hätte innehalten müssen, um das Ruder herumzureißen, um seine Ehe zu retten. Aber er konnte die Geschehnisse nicht rückwärts ablaufen lassen, wie einen Film, der zur entscheidenden Szene zurückgespult wurde.

Und in diesen Momenten, in denen er die ungezügelte Kraft der Leere spürte, dachte er unweigerlich daran, alledem ein Ende zu setzen. Seine Tochter würde heranwachsen in dem Wissen, dass er ein Versager war, der sich der Verantwortung nicht hatte stellen wollen. Und das wäre in Ordnung gewesen. Er wäre unter der Erde und damit nicht mehr Teil der Geschichte.

Er hatte längst darüber nachgedacht und entschieden, in den Keller zu gehen und sich dort zu erhängen. Es gäbe kein Blut wie bei einem Sprung oder dem Weg der Kugel. Er kannte zahlreiche effektive Möglichkeiten, doch Erhängen ließ wenig Raum für Zufall, und selbst diesen konnte er dank seines Wissens weiter reduzieren.

Ihm war auch die Idee gekommen, einfach hinaus in die Natur zu gehen, hinein in einen weitläufigen Wald, vielleicht einen halben Tag marschieren und sich dann irgendwo töten, wo man seinen Leichnam aufgrund von Raubtieren vermutlich nie finden würde. Allerdings war ein solches Vorhaben nicht spontan durchführbar; es bot zu viel Zeit für einen Rückzieher. Und so kam es, dass er eines Abends an seinen Wagen torkelte und das Abschleppseil aus dem Kofferraum holte.

Doch anstatt direkt in den Keller hinabzusteigen, in seinen Lagerraum zu gehen und sich dort aufzuhängen, blieb er am oberen Absatz der Treppe stehen und sah hinab in das Dunkel. Kälte strömte ihm entgegen wie ein lautloser Schrei, dessen Kraft er auf seiner Haut spürte. Er hätte das Licht anmachen können, aber er wollte keinesfalls sehen, was sich dort unten verbarg und auf ihn wartete. Er wusste, dass dieses Etwas nicht gut war, dass es Verderben ausschwitzte und in seinen eigenen Exkrementen faulte; es war materialisiertes Leid.

Sark wurde schwindelig und er musste sich am Türrahmen festhalten, um nicht doch noch hinab in die Dunkelheit zu stürzen, in die willigen Arme dieser Kreatur, die seit Jahrtausenden unter der Erde hauste und immer zu jenen kam, die keine Hoffnung sahen, um sie mit sich zu nehmen.

Er würde Anna nicht aufwachsen sehen, dessen war er sich sicher. Er würde von keinem himmlischen Ort zu ihr herabblicken, denn das Wesen würde ihn blenden und in seinen stinkenden Sud ziehen, um ihn zu einem Teil des Grauens zu machen. Diese Aussicht schreckte ihn ab, klärte seine Gedanken und machte ihn schlagartig nüchtern.

Sark trat einen Schritt zurück, schloss die Tür und begab sich wieder in seine Wohnung. Er warf das Abschleppseil in die Ecke, legte sich ins Bett und schlief sofort ein, um am nächsten Morgen mit neu entfachter Hoffnung zu erwachen. Er musste etwas ändern.

Kapitel 26

L e i c h t s i n n

Was war aus seinem Vorhaben geworden, Chloé ihren Frieden zu schenken, zu beweisen, dass mehr hinter den Morden steckte und sie nicht einfach einer abnormalen Begierde verfallen war? Gab es bei der aktuellen Lage überhaupt mehr zu erfahren, zu ergründen? Für ihn stand fest, dass sie zu den Opfern von *Edensors Wut* zählte, genau wie Vali, wie möglicherweise viele Menschen im Sanatorium und nicht zuletzt wie er selbst.

Und dann war da noch die Frage, wie er die Sache abschließen sollte. Wie konnte er die unbeantworteten, nebelhaften Fragen hinter sich lassen und nach alledem wieder in den mehr oder minder normalen Alltag zurückfinden? Dabei berücksichtigte er noch nicht einmal die Bilder und unsichtbaren Blicke, die ihn mit zunehmender Häufigkeit und Intensität verfolgten.

Was würde übrig bleiben? Natürlich hätte er zu einem Arzt gehen und sein Hirn untersuchen lassen können, um herauszufinden, ob es eine körperliche Ursache für alles gab; selbst ein Psychologe hätte eventuell eine Erklärung parat. Fest stand, dass er seinen Posten verlieren würde, sollten Details über seine Verfassung ans Tageslicht kommen. Eventuell würde man ihn in den Innendienst versetzen oder er müsste sich auf Streife mit den großen und kleinen Problemen des zwischenmenschlichen Alltags befassen; allein der Gedanke daran war für ihn eine Qual. Aber ganz ohne Arbeit? Was konnte er denn schon? In der Konsequenz – und da machte er sich nichts vor – gab es nur den Weg tiefer in den Abgrund. Es war schon ironisch. Da verzichtete er seit einigen Tagen auf Zigaretten und Alkohol und trotzdem wurde er den Eindruck nicht los, dass sich die Situation in seinem Leben verschärfte. Eine Möglichkeit war freilich, dass er die Dinge jetzt zwar mit klarem Verstand betrachtete, sie sich jedoch bis zu diesem Augenblick von ihm unbemerkt in diese Richtung entwickelt hatten. Die Alpträume blieben, genau wie seine Verfolger, nichtsdestoweniger genoss er es, seit einer gefühlten Ewigkeit die längste Zeit am Stück nüchtern zu sein, selbst wenn das bedeutete, über sich selbst nachdenken zu müssen. Er verspürte auch kein Verlangen. Er war stolz auf sich.

Es war nicht nur *Edensors Wut*, die sein Leben beeinflusste, sondern der gesamte Fall, mit welchem das Drama seinen Anfang genommen hatte. Aber sollte es nicht so sein? In seiner beruflichen Laufbahn war er so vielen Schicksalen begegnet, die gleichwertig oder sogar noch schlimmer gewesen waren, ohne ihnen auch nur einen Gedanken zu viel zu widmen. Es musste also Bestimmung sein, dass ihn die Sache mit Chloé und Vali von Anfang an nicht losließ. Oder war das nur ein erbärmlicher Versuch, dem Chaos einen Sinn zu geben und es erträglicher zu machen? Er wusste es nicht.

Und dann war da dieser Anruf.

Er hatte sich mit Hilmer getroffen, um ihn darüber zu informieren, dass er aktuell keine Tipps bezüglich anstehender Razzien und Straßenkontrollen vorliegen hatte, da er noch immer beurlaubt war. Auf der anderen Seite gab es für ihn aus Hilmers Quellen keine neuen Hinweise zu der Kupferplatte. Offenbar standen Druckplatten generell nicht hoch im Kurs, schon gar nicht aus einer unbekannten Quelle. Hilmer scherzte, dass das gute Stück vermutlich als Attraktion in einem Heimatmuseum am besten aufgehoben wäre.

Damit hatte Hilmer nicht ganz unrecht, zumal niemand hinter Sark her zu sein schien, dem daran lag, die Platte zu entwenden. Keiner brach bei ihm ein und durchsuchte und verwüstete die Wohnung; keine unbekannte Person, die aus den Schatten auf die Bühne trat, um das Objekt an sich zu nehmen, welches sein Leben zersetzte.

Sark befand sich auf dem Weg zu seinem Wagen, als sein Smartphone klingelte. Es war Olofson. Sark blieb stehen und nahm das Gespräch an.

„Ich wollte mich längst bei Ihnen melden, aber mich streckte eine Erkältung nieder", erklärte Sark. „Ich kenne dank Christiano Sosa nun ein paar weitere Details zum Sanatorium, die für Sie interessant sein könnten."

„Das trifft sich gut, denn ich habe eventuell etwas Neues über die Platte herausgefunden", antwortete Olofson. „Ich beschäftige mich wieder intensiver mit dem Sanatorium und denke, dass zumindest die Geschichten zusammengetragen werden sollten, um sie der Nachwelt zu erhalten."

„Was haben Sie herausgefunden?"

„Sind Sie in der Nähe? Kommen Sie doch auf einen Kaffee vorbei, dann können Sie mir im Gegenzug direkt Ihre neuen Erkenntnisse mitteilen."

Sark warf einen kurzen Blick auf seine Armbanduhr. Es war früher Nachmittag. „In etwa zwei Stunden? Das sollte ich schaffen."

„Perfekt!"

Damit verabschiedeten sie sich.

Sark steckte das Telefon ein und lief weiter.

Rechter Hand erstreckte sich ein Park. Dort sah er zwei junge Mädchen, die über irgendetwas lachten, eine ältere Dame mit ihrem Hund, einen Jogger mit einem braunen Schal und eine Frau, die mit einem Buch auf einer Bank in der Sonne saß. Das Laub der Bäume war gelb, als hätte es die Sonnenstrahlen eingefangen, um in den kälter werdenden Nächten daran festzuhalten.

Sark erreichte seinen Wagen und stieg ein. Er wollte gerade den Zündschlüssel umdrehen, als ihm eine dunkle Gestalt auf der rechten Straßenseite auffiel, die im Schatten einer schmalen Gasse stand und offenbar zu ihm sah. Obwohl er die Augen nicht erkennen konnte, spürte er doch den auf ihn gerichteten Blick, welchem er standhielt, ohne zu wissen, ob die Person ihn hinter der Scheibe überhaupt sehen konnte.

Sark wartete eine Weile, zog dann den Schlüssel aus dem Zündschloss und stieg wieder aus.

Die Gestalt verharrte regungslos, während Sark neben dem Wagen stand und zu ihr schaute.

„Warten Sie!" rief Sark und hob dabei den Arm. Er sah über seine Schulter, um sich zu vergewissern, dass sich kein Fahrzeug von hinten näherte, und überquerte eilig die Straße.

Die Gestalt wartete noch einen Moment, dann wandte sie sich ab und verschwand hinter der Hauswand im Dunkel der Gasse.

Sark lief schneller. Kurz vor Erreichen der Stelle, wo die Person gestanden hatte, hielt er inne und spähte um die Ecke: Die lange Gasse lag still vor ihm. Der helle Streifen am anderen Ende, der zwischen den finster aufragenden Häuserwänden lag, zeigte die Fassade eines Bürogebäudes. Davor bewegten sich Leute und Fahrzeuge in beide Richtungen. In der Gasse gab es mehrere Müllcontainer. Ein Lieferwagen stand rechts in einer der Einbuchtungen und war nur halb sichtbar. Links befanden sich ein paar Kartons an der Hauswand. Sie waren aufgeweicht und deformiert. Was sich darin befand, konnte Sark nicht erkennen. In der Höhe überspannten Kabel die Gasse. Es waren Schnitte im Himmel. Eine Taube flatterte auf und entschwand aus Sarks Blickfeld. Irgendwo hupte ein Auto.

Er lief vorsichtig weiter. Er musste alles im Auge behalten, jede noch so kleine Unregelmäßigkeit bemerken, denn er wollte keinesfalls, dass die ungewöhnliche Situation eskalierte.

„Lass den Mist!" rief Sark in die Schatten. „Komm einfach raus und sag, was du zu sagen hast!"

Keine Antwort, keine sich entfernenden oder nähernden Schritte.

Er passierte mehrere geschlossene Türen. Er hob einen kleinen Stein auf und warf ihn neben die Müllcontainer, um denjenigen aufzuschrecken, der sich eventuell dort versteckte. Im Lieferwagen, dessen Lack Kratzer und rostige Stellen aufwies, befand sich niemand. Auf dem Autodach stand eine hölzerne Stiege. Abgesehen von paar vertrockneten Salatblättern war sie leer.

Als Sark zu einer offenen Tür auf der rechten Seite kam, verlangsamte er seinen Schritt und tastete sich voran. Da die Person weder unbemerkt noch in dieser kurzen Zeit das andere Ende der Gasse erreicht haben konnte, lag die Vermutung nahe, dass sie entweder diesen Weg eingeschlagen oder sich als Einbildung in Luft aufgelöst hatte. Sark prüfte kurz den rückwärtigen Raum, dann betrat er das Gebäude.

Er folgte dem schmalen Flur, an dessen Ende er eine Treppe ausmachen konnte, die nach links oben führte. Die abgehenden Zimmer waren leer. Auf dem Boden lag verschiedener Unrat. Unübersehbar stand das Gebäude seit mehreren Jahren leer. Allerdings gab es keinerlei Graffiti oder mutwillige Zerstörung.

Als er den Flur verließ, sah er nach rechts, wo sich ein verdrecktes Fenster befand, das den Blick in einen kleinen, verwilderten Innenhof freigab, der im Halbdunkel lag. Sark lief seitlich, um die Treppe nicht aus den Augen zu lassen, bis er das Fenster erreichte. Es war verschlossen. Er spähte kurz hinaus. Zwischen den Büschen stand eine Schrankwand aus Holz, an der Zeit und Witterung ihre Spuren hinterlassen hatten. Er wandte sich ab und betätigte die Klinken der zwei abgehenden Türen, ohne diese öffnen zu können. Dann stieg er die hölzerne, ausgetretene Treppe hinauf, den Rücken an der Wand. Er war angespannt und wollte einem eventuellen Überraschungsangriff zuvorkommen.

Er holte den Teleskopschlagstock hervor, den er am Gürtel mit sich führte. Er bereute es, seine Pistole nicht mitgenommen zu haben, aber dafür hatte es beim Verlassen der Wohnung keinen Grund gegeben; das sollte ihm nicht ein weiteres Mal passieren.

Wer immer die Person war, wieso lief sie davon? Es wäre einfacher gewesen, Sark in der Gasse niederzustrecken; es hätte weit und breit keine Zeugen gegeben.

Sark brachte fünf Stockwerke hinter sich. Da sämtliche Türen des Treppenhauses verschlossen waren, fand er sich kurze Zeit später auf dem Dachboden wieder, der mit seinem hölzernen Boden, den diagonalen Balken und den kleinen Fenstern, durch die nur wenig Licht drang, etwas Dunkles und Unheimliches hatte. Er musste zwangsläufig an die Morde und die Leichen denken, während er nahe der Tür stand und durch den Raum sah, der still vor ihm lag. Er lauschte, ob irgendwo ein Brett verräterisch unter dem Gewicht einer Person knarrte.

Er schaute nach rechts. In der dortigen Wand klaffte ein Loch, durch das man den Dachboden des Nachbarhauses erreichen konnte. Er lief, nach wie vor seitlich versetzt, darauf zu. Immer wieder sah er sich um, damit ihm keine noch so winzige Bewegung im Halbdunkel entgehen konnte.

Der Durchbruch war klein. Sark ging daneben in die Hocke, geschützt durch das Mauerwerk. Er betrachtete die herumliegenden Steine, auf denen sich eine Staubschicht gebildet hatte. Er wischte über die unteren Steine im Durchbruch selbst, woran er ablesen konnte, dass sich in jüngster Zeit niemand zur anderen Seite gezwängt hatte.

Er lief schnell an der Öffnung vorbei und überblickte von dort den Dachboden: Es gab zwei Stapel mit Dachschiefer und daneben mehrere Bretter. An einem der Stützpfeiler hing ein kurzes Seil an einem Nagel. Er entfernte sich von der Wand, sah aber immer wieder instinktiv zurück zu dem Loch.

Das Holz ächzte unter seinem Gewicht, während der Wind deutlich hörbar durch Löcher und Spalten pfiff.

Irgendwo vor ihm knarrte es.

Sark nahm eine leicht geduckte Haltung an und stellte sicher, dass er den Schlagstock fest in der Hand hielt. Er schlich weiter in den Raum.

Als er sich auf der Höhe der Tür befand, hielt er inne: Etwa zehn Meter von ihm entfernt stand die Person aus der Gasse regungslos mitten im Raum. Sark konnte keine Details erkennen, nur eine Silhouette, die sich schwach von der Umgebung abhob.

Sark richtete sich auf. „Gibt es einen Grund, weshalb du mich verfolgst?"

Die Gestalt schwieg.

„Auch gut", sagte Sark und holte mit der linken, freien Hand sein Smartphone hervor. Er hielt es etwas von sich weg auf Augenhöhe, um die Person konstant im Visier zu haben, während er die Nummer der Polizei wählte. Er erinnerte sich an die alten Mobiltelefone mit Tasten. Diese konnte man bedienen, ohne sie überhaupt zu betrachten. Und nun?

Er hielt das Gerät an sein Ohr und wartete auf eine Verbindung.

Es knarrte rechts von ihm.

Noch ehe Sark zur Seite schauen konnte, wurde er von einem Schatten angefallen. Dieser riss ihn von den Füßen und ließ ihn hart auf den Boden prallen. Er verlor das Smartphone. Als es auf den Brettern landete, ging es aus.

Die Gestalt schlug Sark in die linke Seite und platzierte sich so auf ihm, dass er sich nicht befreien konnte. Dann packte sie Sark mit der rechten Hand am Hals und drückte zu, während die linke Hand den Schlagstock unter Kontrolle hielt.

Sark spürte den Druck, der ihm die Luft raubte. Die Hand mit dem Schlagstock war durch die unglaubliche Kraft des Angreifers fixiert. Mit der anderen Hand konnte er nichts ausrichten. Er schlug nach der Gestalt, doch nichts geschah. Zudem war sie zu groß, um aus Sarks Position heraus den Kopf oder den Hals treffen zu können.

Ohne in Sarks Bewusstsein vorzudringen, knackte etwas unter ihm.

Sark trat aus, versuchte, sich aufzubäumen und von dem Mann zu befreien, doch dieser war zu schwer und zu gut positioniert; der Kerl wusste, was er tat.

Die Gestalt, deren Gesichtszüge bei den Lichtverhältnissen nicht auszumachen waren, hob Sarks rechte Hand an und schmetterte sie auf den Boden, wodurch er den Schlagstock verlor. Dann legte der Mann seine freie Hand auf Sarks Brustkorb und übte damit eine derartige Kraft aus, dass Sark nicht mehr einatmen konnte und die Luft aus seiner Lunge gepresst wurde.

Sark glitt in die Schwärze, versank in ihr, fiel. Er wurde schwerelos.

Ein harter Aufprall riss ihn zurück ins Bewusstsein.

Holz und Schutt fielen auf ihn. Er hob die Hände, um sein Gesicht zu schützen, und drehte sich unter Schmerzen auf die Seite.

Dann kam die Dunkelheit zurück.

Zwischenspiel

N e b e l

Sark verfolgte die Party auf der Dachterrasse auf der anderen Straßenseite. Überall standen Teelichter in Gläsern, die gut zu den bunten, gespannten Lichterketten passten. Von der Musik drang nur hin und wieder ein undefinierbarer Fetzen zu ihm. Es standen zahlreiche Tische und Stühle dort drüben. Die Party war gut besucht, viele Leute liefen umher, unterhielten sich, kamen und gingen. Sark vermutete, dass es sich um Studenten handelte oder um die Mitarbeiter eines jungen Unternehmens. Jeder war dick angezogen und die meisten wärmten sich die Hände an einem heißen Getränk.

Er stand im Schutze der Dunkelheit auf dem Dach. Ein Blick über die Brüstung zeigte die zu dieser Zeit noch immer gut befahrene Hauptstraße, auf der sich die Fahrzeuge stauten, als wären auch sie nichts weiter als Lichterketten. Leute liefen geschäftig über die Bürgersteige, um ihre Einkäufe zu erledigen, die sie dann in Tüten und Taschen in ihre warmen Wohnungen trugen. Vor Sarks Augen stieg sein Atem auf und verlor sich kurz darauf im Nichts.

Etwas tanzte in sein Blickfeld: Eine Schneeflocke. Dann noch eine. Binnen weniger Augenblicke sanken Hunderte, Tausende von ihnen herab, groß und schwer. Sie dämpften die Lichter und legten sich lautlos auf alles nieder, wo sie dank Windstille verweilten.

Sark hielt die Hand auf und wartete, bis eine Flocke darauf landete, die weder Gewicht noch eine Temperatur besaß. Sie schmolz zu einem winzigen Tropfen, der ebenso schwerelos auf seiner Haut lag. Er wunderte sich, denn Bild und Gefühl schienen in diesem Moment für ihn in unterschiedlichen Welten zu existieren.

Wie kam er überhaupt hier auf das Dach?

Er sah sich um. Er war allein. Die Tür zum Treppenhaus wurde offen gehalten durch einen Ziegel, der am Boden lag. Die umliegenden, höheren Gebäude gaben ihre Existenz nur durch die vereinzelt erhellten Fenster preis.

Ein seltsames Kribbeln durchzog seinen Körper, ihm wurde leicht schwindelig, als hätte er mehrmals tief eingeatmet. Alle Eindrücke waren mit einem

Mal intensiver, die Lichter heller, die Geräusche der Straße in der Tiefe lauter. Seine Bewegungen fühlten sich schwerelos an. Fast war ihm, als könne er den Schnee fallen und landen hören.

Dann dachte Sark an seine kleine Tochter Anna und seine Ex-Frau Mara. Die Scheidung lag nun schon über ein Jahr zurück und damit das Erlöschen jeglicher Hoffnung, jemals wieder zu einer normalen Familie zusammenzufinden. Wie oft hatte er durch seinen Beruf gesehen, wie genau diese Situation zu einem blutigen Drama führte? Liebe und Hass lagen so nahe beieinander, dass es für ihn mittlerweile einem Wunder glich, dass sich jemand überhaupt auf eine ernsthafte Beziehung einließ.

Und wie er so auf dem Dach stand, die freudig ausgelassenen Leute auf der anderen Seite hinter der immer dichter werdenden Wand aus Schnee sah und die sich unten langsam dahinschleppenden Fahrzeuge, jedes eine Raumkapsel mit Menschen, die in ihrem eigenen Universum lebten, wurde ihm klar, dass keines dieser Leben anders verlaufen würde, wenn er jetzt in seine Wohnung gehen und sich eine Kugel in den Kopf jagen würde. Wie lange Mara wohl traurig wäre? Und wann würde Anna mit ihren Fragen aufhören, weshalb er nicht mehr mit ihr Eis essen ging?

Aufgrund dieser Gedanken rief er sich ins Bewusstsein, dass er später keinesfalls zur Flasche greifen durfte; seine Zeit war noch nicht gekommen.

Als er sich wieder auf die feiernden Menschen konzentrierte, waren diese schon hinter wildem Schneegestöber und aufgezogenem Nebel verborgen. Sogar die Lichter in der Tiefe waren nichts weiter als ein diffuser Schein, ein formloses Glühen kalter Irrlichter. Und so, wie sich die Welt vor seinen Augen auflöste, so fühlte er sich; ein Zustand, der ihm gar nicht gefiel.

Sark entschied, sich von einer Fernsehsendung berieseln zu lassen, bis er einschlief. Und er wollte sich eine Tasse Tee zubereiten, denn ihm war kalt.

Mit diesem Vorsatz verließ er das Dach, schob den Ziegel mit dem Fuß zur Seite und ließ die Tür hinter sich ins Schloss fallen.

Kapitel 27

Die Wende

Sark erwachte. Er zitterte vor Kälte. Unter Schmerzen richtete er sich auf und sah sich um. Der schwache Schein des anbrechenden Morgens drang durch zwei dreckige Fenster am anderen Ende des leeren Zimmers. Sark sah nach oben, wo das riesige Loch zum Dachboden klaffte, durch das er etwa drei Meter in die Tiefe gestürzt war. Sein Brustkorb schmerzte genau da, wo die Gestalt Druck ausgeübt und ihm die Luft geraubt hatte.

Weshalb war er so leichtsinnig gewesen? Wieso war er dem Schatten gefolgt, wo er doch davon ausgehen konnte, dass dieser nichts Gutes im Schilde führte? Er fand keine Antwort. Er hätte auch viel tiefer stürzen oder unglücklich auf einem Möbelstück landen können, dann wäre der Vorfall nicht so glimpflich abgelaufen.

Sark versuchte, sich an die Einzelheiten zu erinnern, aber es wollte ihm nicht gelingen. In seinem Kopf drehten sich nicht nur die Gedanken, sondern auch die Welt.

Auf wackeligen Beinen lief er langsam zu den Fenstern und sah hinaus. Auf den Dachschindeln der angrenzenden Häuser sah er eine dünne Schneeschicht. Der Himmel darüber war blau, klar und kalt. Das Glas beschlug durch Sarks Atem. Auf der Schrankwand im Innenhof hockten zwei Elstern.

Er wandte sich ab. Die Tür zum Treppenhaus war abgesperrt. Ein Zeichen, dass er doch den Verstand verlor und ihn niemand angegriffen hatte? Aber was war mit den überaus realen Schmerzen? Diese bildete er sich keineswegs ein.

Nach mehreren, ungeschickten Versuchen, trat er die Tür auf und schleppte sich hinauf auf den Dachboden, wo er seinen Teleskopschlagstock neben dem Loch im Boden fand. Er tappte eine Weile durch das Halbdunkel, ehe er an einem der Stützpfeiler sein Smartphone entdeckte. Er steckte beides ein, lief zurück ins Treppenhaus und brachte die Stufen und Stockwerke hinter sich, während er zunehmend standsicherer wurde. Dann folgte er dem Flur und trat hinaus auf die Gasse.

Der Lieferwagen stand mittlerweile an einer anderen Stelle. Aus den Löchern der Gullideckel stieg Dampf auf, der sich in der klaren, eisigen Morgenluft verlor.

Sark betrachtete den mit einem Hauch von Schnee und Reif bedeckten Boden: Außer ein paar Spuren, die vermutlich von einer Katze stammten, gab es keine weiteren Abdrücke.

Er sah zum Himmel, zu diesem Streifen, der das Schwarz der Fassaden teilte. Dann vergrub er die Hände in den Taschen seines dreckigen Jacketts und machte sich auf den Weg zu seinem Wagen.

Zuhause angekommen, legte er seine Kleidung ab und ging ins Badezimmer, um eine heiße Dusche zu nehmen. Zu den Prellungen und Schürfwunden, die der Sturz verursacht hatte, und den blauen Flecken auf seinen Brustkorb, gesellten sich Würgemale an seinem Hals, die er erst im Spiegel entdeckte.

Was wäre geschehen, wenn der Boden nicht nachgegeben hätte? Was, wenn es doch keine Einbildung gewesen war? Weshalb hatte der Angreifer dann die Flucht ergriffen, ohne ihn zu töten? Oder ging es um Einschüchterung? Und wieso war die Tür zum Treppenhaus verschlossen? Eine Möglichkeit ergab dabei so viel Sinn – oder so wenig – wie jede andere. Vielleicht überlebte er nur, weil er auch diesmal das Foto von Chloé und Vali bei sich trug und damit seinen Talisman.

Als er in seinem Bademantel auf der Couch saß und einen Kaffee trank, sah er nach links zu den Fenstern, hinter denen sich ein mittlerweile grauer Himmel zeigte. Er überlegte, sich einfach ins Bett zu legen, da ihm die Glieder noch immer schmerzten. Oder war es ein erneutes Aufflammen der Erkältung? Er ließ den Gedanken jedoch fallen, als ihm Magnus Olofson in den Sinn kam – und die gemeinsame Verabredung vom Vortag.

Kurzentschlossen leerte er den Kaffee und machte sich frisch gekleidet auf den Weg, diesmal mit seiner Pistole im Schulterholster.

Die Fahrt über fragte er sich, was wohl die Neuigkeiten waren, die Olofson erwähnt hatte. Möglicherweise war dieser an Kontakte herangetreten, welche auf Informationen Zugriff hatten, die für Sark unerreichbar geblieben wären.

Diese Hoffnung zerschlug sich leider jäh, als er in die Straße einbog, in der sich Olofsons Tischlerei befand: Hinter einer weiträumigen Absperrung standen mehrere Einsatzfahrzeuge der Polizei. Er parkte den Wagen in der Nähe halb auf dem Gehweg und lief zu Fuß weiter.

„Was ist passiert?" fragte Sark den Polizisten, der am Absperrband die Stellung hielt und eine Zigarette rauchte.

Der Mann kannte Sark und hob das Band. „Ein Feuer in einer Tischlerei."

Sark tauchte unter dem Absperrband hindurch zur anderen Seite. „Gibt es Verletzte?"

„Ein Toter."

Sark benötigte keine weitere Aussage, um zu wissen, um wen es sich bei dem Opfer handelte. Trotz seiner schmerzenden Glieder konnte er weiterhin nicht sagen, ob es sich bei dem Angriff vom vergangenen Tag um ein Produkt seiner Phantasie handelte oder um die Wirklichkeit, zeitgleich stand fest, dass er es bei dem Feuer hier keinesfalls mit einer Einbildung zu tun hatte.

Nun war die Zeit angebrochen, in der die Geschichten rund um das Sanatorium wiederbelebt wurden, hervorgeholt in Ehrfurcht, ja sogar in Angst, um zu beweisen, dass einige Dinge selbst viele Jahrzehnte überdauerten, ohne an Kraft zu verlieren. Es konnte kein Zufall sein, dass Olofson seine Recherchen zum Sanatorium wieder aufnahm und kurz darauf starb.

Im Innenhof offenbarte sich das Ausmaß der Zerstörung. Wo einst die Räume der Tischlerei gewesen waren, befand sich nun eine schwarze, vom Löschwasser nasse Höhle. Auch das Stockwerk darüber war vollkommen ausgebrannt und damit Olofsons Arbeitszimmer und Archiv. Vom Dachstuhl waren nur noch ein paar verkohlte Balken übrig.

„Sark!" rief Seyler. Er wechselte mit einem Kollegen letzte Worte, nickte abschließend und lief auf Sark zu. „Sie sind zwar freigestellt, aber erreichbar könnten Sie schon sein."

Sark holte sein Smartphone hervor und sah, dass es ausgeschaltet war. Zunächst wunderte er sich, dann fiel ihm ein, dass es ihm auf dem Dachboden aus der Hand gefallen war. Er steckte es wieder ein, ohne sich darum zu kümmern. „Was ist passiert?"

„Das möchte ich Sie gerne fragen", entgegnete Seyler.

Sark verstand nicht.

„Wir wissen, dass Olofson von hier aus Ihre Nummer anrief und Sie das Gespräch annahmen", erklärte Seyler. „Und das macht Sie vermutlich zur letzten Person, mit der er sprach."

Seylers Telefon klingelte. Er nahm den Anruf entgegen.

Sark hatte wieder den Eindruck, dass sich die Welt um ihn herum drehte, unkontrolliert, unaufhaltsam.

Das Feuer. Vielleicht eines jener Feuer, für die das Sanatorium bekannt, berüchtigt und gefürchtet war? Hatte Sark mit seinen Recherchen unfreiwillig den Tod eingeladen? Er konnte den Bruchstücken nach wie vor keine Bedeutung entnehmen. Und nun hatte das Puzzle sogar noch mehr Teile bekommen.

„Verstehe", sagte Seyler. „Danke." Damit beendete er das Telefonat und steckte das Telefon in die Innentasche seines Mantels. Er betrachtete Sark. „Sie sehen furchtbar aus. Ist Ihnen nicht kalt?"

Sark fühlte nichts. Weder den leichten, eisigen Wind, noch die hohe Luftfeuchtigkeit. Er hob den Blick: Der Himmel erstrahlte makellos blau. Die Sonne fiel über die umliegenden Dächer und tauchte den oberen Teil des ausgebrannten Gebäudes in ein goldenes Licht, das auf den rußgeschwärzten Resten sonderbar wirkte.

Seyler vergaß die Frage und sah ebenfalls zu den verbrannten Balken. „Ich wurde gerade darüber informiert, dass hier kein Unfall vorliegt."

Sark blickte zu Seyler. „Und das bedeutet im Detail?"

„Man holte gerade mehrere Kugeln aus Olofsons Leiche ... zumindest, was davon noch übrig ist."

Kugeln manifestierten sich so wenig aus dem Nichts wie ein Feuer.

„Wann brach das Feuer aus?" wollte Sark wissen.

„Gestern, im Laufe des Nachmittags. Durch das Holz breitete es sich rasend schnell aus. Die Feuerwehr konnte nur noch verhindern, dass es auf die anderen Gebäude überspringt."

Sark war klar, dass alles hätte vorbei sein können, wäre er gestern direkt zu Olofson gefahren. Seine Gedanken kreisten unkoordiniert und ungreifbar. Was wurde hier gespielt? Ihn griff man an, ohne ihn zu töten, und dann erschoss jemand Olofson und zündete die Tischlerei an.

„Also, was wollte er von Ihnen?" hakte Seyler nach und riss Sark damit aus seinen Gedanken.

„Es ging um einen Sekretär", log Sark spontan. Jede andere Antwort hätte Seyler nur darauf gebracht, dass er trotz Verbot in der Sache rund um Vali und Chloé ermittelte, was wiederum einige seiner Kollegen mit in die Sache gezogen hätte. Und eventuell wäre er selbst in den Kreis der Verdächtigen gerückt.

„Ein Sekretär?"

„Sie wissen schon, eine Art Schreibtisch."

„Ach so. Was wollen Sie mit so etwas?"

Sark ignorierte den sarkastischen Ton in Seylers Stimme. Ruhig antwortete er: „Ein Weihnachtsgeschenk für meine Tochter. Aber das hat sich dann wohl erledigt."

Seyler gab einen undefinierten Brummlaut von sich. „Aber mit etwas Glück haben wir bald Bilder und ein Gesicht. Oder mehrere, je nach dem."

„Überwachungskameras?"

„Ja. Sie reagieren auf Bewegung und schicken dann ein Foto auf einen Server im Internet. Das wissen wir von den Mitarbeitern. Die waren bei einem Kunden, als das Feuer ausbrach. Parallel dazu befragen wir die Nachbarschaft." Seyler sah zu einem Kollegen von der Brandermittlung. Dabei sagte er: „Diese Spuren konnte das Feuer zum Glück nicht verwischen."

Sark betrachtete die abbruchreifen Reste des Gebäudes. Dass ausgerechnet jetzt jemand Olofson erschoss und dann noch ein Feuer legte, konnte Sark nur als potenziellen Hinweis in seine Richtung deuten. Falls es ein Raubmord war, gut, aber solange das nicht feststand, verband er den Vorfall unweigerlich mit der Geschichte des Sanatoriums. Gab es vielleicht doch eine unbekannte Person im Hintergrund? Hatte man ihn gestern außer Gefecht gesetzt und sich dann um Olofson gekümmert? Was sollten diese Spielchen?

„Vielleicht verraten uns die Bilder auch, ob etwas gestohlen wurde."

„Wahrscheinlich das Übliche", sagte Sark. In seinem Kopf schuf er sich so eine Deckung. Wenn Seyler mit anderen Dingen beschäftigt war, würde ihn dieser nicht bei seinen eigenen Nachforschungen behindern.

Sark hätte es nicht gewundert, wenn aus einem der umliegenden Fenster der Lauf eines Gewehrs auf ihn gerichtet gewesen wäre, denn in diesem Augenblick fühlte er sich wie im Fadenkreuz eines unsichtbaren Gegners. Allein die Möglichkeit von dessen Existenz gab vielen Geschehnissen, die sich seit dem Fund der Kupferplatte ereignet hatten, das Potenzial, kein Produkt von Sarks Einbildung gewesen zu sein. Wo er sich vor Olofsons Tod die Frage gestellt hatte, welche der Visionen real sein könnten, ging es nun eher darum, zu erkennen, welcher Schatten keine Bedrohung war; die Verhältnisse hatten sich verschoben.

Olofsons Tod war tragisch und bedauerlich, nicht nur für seine Angehörigen, sondern auch für Freunde und die Angestellten, aber mehr auch nicht. Sark nahm die Tatsache ohne größere Gefühlsregung hin, auch wenn er mit Olofson ein paarmal gesprochen und ihn persönlich kennengelernt hatte. Es war schade um ihn.

„Mir kam übrigens zu Ohren, dass Sie Kerns einen Besuch abstatteten", sagte Seyler. „Habe ich nicht ausdrücklich gesagt, dass Sie den Kopf unten halten sollen?"

„Ich wollte mit ihm sprechen und die Sache bereinigen", erklärte Sark. In diesem Fall war es nur eine halbe Lüge. „Er meinte, er habe überreagiert und sei froh, dass seiner Tochter nichts Schlimmeres passiert ist."

„Dann scheint sich sein erhitztes Gemüt abgekühlt zu haben. Er war wirklich außer sich." Seyler holte eine Schachtel Zigaretten hervor und bot Sark an, sich zu bedienen.

Sark winkte ab. „Nein, danke."

Verwundert sagte Seyler: „Ihnen scheint es wirklich nicht gut zu gehen." Er nahm eine Zigarette und zündete sie an.

„Wahrscheinlich. Bald dürfte der Husten losgehen. Ich kann die Dinger momentan nicht anrühren."

„Gut für Sie. Ich bin wieder bei einer Schachtel am Tag." Seyler musterte Sark. „Sie kurieren sich nächste Woche noch aus, so blass wie Sie aussehen. Sie sollten mehr an die frische Luft."

„Das sollte ich wohl."

Seyler nahm einen tiefen Zug. „Und jetzt verschwinden Sie, wir kommen hier klar."

Sark schwieg und nickte.

„Und schalten Sie ihr verdammtes Telefon ein."

„Wird gemacht", sagte er und wandte sich ab, um zu gehen. „Wenn es etwas Neues in der Sache hier gibt, lassen Sie es mich wissen."

„Sicher", sagte Seyler ausdruckslos und lief zu einem Polizisten, ohne Sark zu verabschieden oder nochmals zu ihm zu schauen.

Sark verließ den Innenhof und trat in die gleißende Sonne, die tief über der Straße stand. Er musste die Augen zusammenkneifen. Die Wärme tat gut. Ruhigen Schrittes lief er zurück zu seinem Wagen und grüßte dabei einige seiner

Kollegen. Ihren Blicken nach zu urteilen, musste er tatsächlich furchtbar aussehen. Aber war das etwas Neues?

Sark stieg in sein Auto. Dort holte er sein Smartphone hervor, schaltete es ein, bestätigte die Eingabe der PIN – Annas Geburtstag – und stellte es auf lautlos.

Er hatte ein flaues Gefühl im Magen. Die Dinge entwickelten sich nun zu schnell und vor allem zu unkontrolliert.

Sollte er sich schlecht fühlen, weil ihn Olofsons Tod nur dahingehend berührte, weil er nun nicht erfahren würde, was dieser ihm hatte mitteilen wollen? Immerhin war er keines der fremden Gesichter, denen er jeden Tag begegnete. Wenn er es sich recht überlegte, war ihm eine Spinne, die er in seiner Wohnung einfing und auf dem Balkon aussetzte, anstatt sie zu töten, mehr wert als die Menschen auf der Straße. Tiere bargen in ihrer Einfachheit etwas Unschuldiges. Zumindest die meisten. Wie das bei Menschenaffen oder Delfinen aussah, wusste er nicht. Dort gab es vermutlich bei Streitigkeiten den einen oder anderen Vergeltungsschlag, aber er war kein Experte. Es ergab trotzdem Sinn. Je intelligenter eine Lebensform war, desto hinterhältiger und egoistischer waren vermutlich ihre Züge, und das nur, um ihre Stellung zu behalten – oder sie zu definieren.

Möglicherweise war Olofsons Tod aber auch ein Zeichen an Sark, die Dinge ruhen zu lassen, selbst wenn das bedeutete, keinen Abschluss in dem Fall rund um Vali und Chloé zu finden und obendrein keine Lösung für das Problem mit den furchtbaren Träumen und den ihn verfolgenden Blicken.

Er war an einem Punkt, an dem er nicht sein wollte. Ihm war, als würde er in einem reißenden Strom gegen die ungestümen Kräfte des Wassers ankämpfen in dem Wissen, nichts an seiner Lage ändern zu können, denn der Wasserfall kam so unaufhaltsam näher wie die Felsen. Es war folglich nur eine Frage der Zeit, bis er entkräftet untergehen würde in diesen eisigen Fluten, die ihm die Sinne raubten und selbst den Schmerz auslöschten, seine einzige Verbindung zum Leben.

Sark konnte kaum klar denken. Auf der einen Seite gab es *Edensors Wut*, etwas nicht Greifbares, und auf der anderen diese realen Vorfälle, die sich, wenn auch in geringer Zahl, durch die Jahrzehnte zogen. In Sarks Kopf verschmolz alles zu einer einzigen, undefinierbaren Masse, die er nur stumm betrachten konnte.

Wie er so mit schweifenden Gedanken im Wagen saß, fühlte sich sein Körper zunehmend schwerer an. Deshalb entschied er, ohne Umwege zurück nach Hause zu fahren, sich bei einem heißen Tee aufzuwärmen und auszuruhen. Hier vor Ort gab es ohnehin nichts, das er hätte tun können.

Er war müde. An der nächsten Tankstelle würde er sich deshalb einen Kaffee kaufen.

Mit diesem Vorsatz startete er den Wagen und fuhr davon.

Kapitel 28

S c h e i d e w e g

Nachdem Sark knapp 16 Stunden am Stück geschlafen hatte, ohne von einem Alptraum geplagt zu werden, erwachte er mit deutlich weniger Schmerzen. Er benötigte allerdings ein paar Augenblicke, um sich an die Ereignisse der letzten beiden Tage zu erinnern. Anschließend stillte er seinen Hunger und überlegte, wie es weitergehen sollte, was die Entspannung, mit der er aufgewacht war, verdrängte. Er fand sich wieder in diesem beklemmenden Gefühl der Ausweglosigkeit, das vom dunklen Grau des Tages begleitet wurde. Selbst die Wohnung fühlte sich kalt und verlassen an, obwohl überall Licht brannte und die Räume angenehm warm waren. Nicht einmal eine Textnachricht von Anna konnte ihn aufheitern. Sie schrieb, dass die Noten für die Tests zwar noch ausstanden, sie aber guter Dinge war, da sie viele Fragen beantworten konnte.

Sark hätte Anna gern gesehen, denn der letzte Besuch lag bereits eine ganze Weile zurück. Unter normalen Umständen hätte er sie für ein Wochenende eingeladen, aber aktuell wäre sie in seiner Nähe nicht sicher. Er schrieb, dass er ihr die Daumen drückte und dass er aktuell mit einer Erkältung zu kämpfen hatte, während es arbeitstechnisch drunter und drüber ging. Das war nicht ganz gelogen und zugleich besser als die Wahrheit.

Ein Anruf von Seyler unterrichtete ihn darüber, dass man durch die Aufnahmen der Überwachungskameras ein gutes Foto für eine großflächige Fahndung nach dem Brandstifter hatte. Obendrein war er nicht nur in der Tischlerei zu sehen, sondern auch beim Legen des Feuers. Der Mord an Olofson selbst wurde nicht von den Kameras erfasst, aber Seyler ging davon aus, dass der Mann genau deshalb das Feuer legte. Falls es noch eine zweite Person gab oder sich die Zusammenhänge anders gestalteten, würde das eine Befragung klären, sobald man den Kerl hatte.

Er war zwar noch immer vom Dienst freigestellt, trotzdem wollte er sich die Aufnahmen der Kameras im Präsidium anschauen. Auf dem Weg dorthin hielt er spontan an einem kleinen Park, um den sonnigen Tag bei einem kleinen Spaziergang zu genießen. Obwohl er viel schlief, fühlte er sich nicht besser.

Obendrein schien ihm die Wohnung zusätzlich die Luft zu rauben, sogar auf dem Balkon; umso schöner war die Zeit im warmen Sonnenlicht.

Während er die Bilder über Seylers Schulter hinweg auf dessen Monitor betrachtete, ohne einen Kommentar abzugeben, rieb er seine klammen Handflächen an seiner Hose ab. Ihm war unglaublich warm.

„Wisst ihr, ob er schon einmal im Laden war?" fragte Sark. „Vielleicht ein Kunde und es gab es Streit."

„Die Angestellten erkannten ihn nicht", antwortete Seyler. „Es sind zwar immer nur Einzelbilder, aber bisher gehen wir davon aus, dass er und Olofson in der fraglichen Zeit allein waren."

Sark betrachtete die Bilderfolge: Der Mann sprach mit Olofson, dessen Körperhaltung verriet, dass er sich keiner Gefahr bewusst war. Vermutlich gab sich der spätere Angreifer als Kunde aus.

„Haben wir eine Zeit?" wollte Sark wissen.

Seyler schaute auf ein Blatt Papier, das auf dem Schreibtisch lag. „14:31 Uhr betrat er die Tischlerei und das Feuer legte er 17:08 Uhr. Da war Olofson vermutlich längst tot. 17:15 Uhr rief ein Nachbar die Feuerwehr. Die vier Angestellten von Olofson kamen 17:22 Uhr von einer gemeinsamen Baustelle zurück zur Tischlerei, da war die Feuerwehr bereits vor Ort."

„Rauchmelder?"

„Von unserem Mann unschädlich gemacht." Seyler legte das Blatt zurück.

„Da wollte jemand auf Nummer sicher gehen", fand Sark. „Aber das war trotzdem eine knappe Sache mit den Männern."

„Das kann man sehen, wie man will. Eventuell hätte er sie auch erschossen. Und wir haben keine Ahnung, wann genau Olofson getötet wurde. Wir haben nur unser Zeitfenster."

Sark holte sein Smartphone hervor und prüfte die Uhrzeit, zu der Olofson angerufen hatte. 14:39 Uhr. Da war der Unbekannte bereits in der Tischlerei und hatte nachweislich mit Olofson gesprochen.

Wollte man ihm eine Falle stellen? Hatte der Kerl Olofson gezwungen, Sark anzurufen und ihn unter einem Vorwand in die Tischlerei zu locken? Wieso? Der Kerl hätte schließlich auch einfach vor Sarks Wohnungstür warten können. Weshalb dann der Mord an Olofson?

Sark trat unverändert auf der Stelle. Die einzige Verbindung war die verdammte Platte, dieses unheilbringende Stück Metall. Gab es also doch jemanden im Hintergrund? Die dritte Person, die ein unbekanntes Ziel verfolgte?

Er musste auf der Hut sein. Auch wenn er noch immer nicht definitiv wusste, ob der Angriff auf dem Dachboden real oder Einbildung gewesen war, gab es durch Olofsons Tod keinen Zweifel: Jemand war hinter ihm her.

„Mich macht allerdings stutzig, dass er es nicht für nötig hielt, eine Maske zu tragen", sagte Seyler.

„Raubmord können wir wohl ausschließen", warf Sark ein. „Kein Dieb hält sich so lange vor Ort auf."

„Das stimmt. Laut den Angestellten gab es nur einen kleinen Bargeldbestand, nicht einmal einen Tresor. Sie haben sich also in den zwei Stunden nicht über eine Kombination unterhalten. Vielleicht ging es um etwas Persönliches."

„Und die Sache eskalierte."

„Das ist nicht auszuschließen. Hoffentlich haben wir den Kerl bald, damit er uns ein paar Fragen beantworten kann. Entweder ist er verdammt schlau oder unglaublich dumm."

„Oder einfach verrückt", sagte Sark und begab sich Richtung Bürotür.

Seyler sah ihm nach. Er wollte Sark erneut auf die Beurlaubung hinweisen, stattdessen sagte er: „Ruhen Sie sich aus."

Sark hob die Hand als Abschiedsgruß und verließ den Raum. Er widerstand dem Drang, seinen Schreibtisch aufzusuchen, um zu sehen, was sich dort an Unterlagen angesammelt hatte. Er musste sich ernsthaft Gedanken machen, wie er seine Situation verbessern und vor allem den Fluch brechen konnte. Ob es für so etwas eine Art Zauberspruch gab?

Noch vor einiger Zeit hätte er das alles als Spinnerei abgetan. Natürlich gab es Menschen, die daran glaubten und Erfahrungen damit hatten, aber das gesamte Thema war ihm derart fremd und egal, dass er nichts davon ernst nehmen konnte. Und nun?

Was, wenn er sich die Dinge doch nur einbildete? Wenn *Edensors Wut* nichts weiter war als ein Erklärungsversuch für das Unerklärbare? Wenn der Glaube angeblich Berge versetzen konnte, konnte er dann nicht auch Dinge in die Realität holen, die es dort sonst nicht gab? Eventuell hatte er sich zu weit in die Materie hineingesteigert, so weit, dass er nun mit den Konsequenzen leben musste.

Sark nahm ein Fahndungsfoto des Täters vom Stapel, der auf dem Schreibtisch eines Kollegen lag, der nicht am Platz war, faltete es und steckte es ein. Er wollte damit zu Hilmer, denn vielleicht konnten seine Leute etwas Licht ins Dunkel bringen, sofern die Information zur Fahndung nicht ohnehin längst zu ihm durchgedrungen war.

Sark lief zum Aufzug, ohne mit den anwesenden Kollegen auch nur ein Wort zu wechseln. Er hörte trotzdem die geflüsterten Kommentare, wie blass und schlecht er aussah. Er betrat den Aufzug, betätigte die Taste, um in die Tiefgarage zu gelangen, und wartete darauf, dass sich die Tür hinter ihm schloss, ehe er sich umdrehte. Dann setzte sich der Fahrstuhl in Bewegung.

In der Tiefgarage schlug Sark nasskalte Luft entgegen. Er konnte seinen Atem sehen. Ein Frösteln überkam ihn. Er wandte sich nach rechts. In einer der dortigen Parkreihen stand sein Wagen. Die Fahrstuhltür schloss sich langsam.

Sark hörte seine Schritte und das Brummen der Belüftungsanlage. Ob die Luft kurz nach dem Löschen der Flammen bei der Tischlerei auch so nasskalt gewesen war?

Hinter ihm öffnete sich die Fahrstuhltür.

Er wollte gerade bei einem Betonpfeiler nach links in die Parkreihe abbiegen, in der sein Wagen stand, als er deutlich die Blicke an seinem Hinterkopf spürte. Er schaute kurz über seine Schulter, nahm eine lange, dunkle Gestalt am Aufzug wahr und ging instinktiv hinter dem Pfeiler in Deckung. Geduckt brachte er mehrere Fahrzeuge hinter sich. Dann hielt er inne und lauschte.

Da er keine verdächtigen Geräusche hörte, spähte er zwischen zwei Fahrzeugen vorsichtig Richtung Aufzug. Und da stand er: Ein Mann mit ungewöhnlich langen Armen, schlank und groß, mit einer leicht gekrümmten und schiefen Haltung, als hätte er Probleme mit dem Rücken, einem Bein oder der Hüfte. Er trug einen anthrazitfarbenen Anzug und schwarze Handschuhe. Sein Gesicht war schmal und lang, genau wie seine Nase mit ihrem krummen Nasenrücken. Die Wangen waren eingefallen. Obwohl die langen Arme aus den Ärmeln ragten, zeichnete sich keine Haut ab.

Sark machte geduckt einen Schritt nach hinten und spähte nach rechts, um zu sehen, wie weit er es noch bis zu seinem Auto hatte. Dann sah er wieder Richtung Aufzug: Die Gestalt war verschwunden.

Er zog seine Waffe, entsicherte sie und schlich geduckt weiter, um schnellstmöglich den Wagen zu erreichen. Dabei wechselte er immer wieder die Blickrichtung. Er wusste, dass der Kerl nichts Gutes im Schilde führte.

Es war das erste Mal, dass eine der Gestalten ein Gesicht besaß. Selbst auf dem Dachboden hatte ihn jemand angefallen, dessen Züge nichts weiter gewesen waren als eine Ahnung, so dunkel und formlos, dass die Grenzen zwischen Wirklichkeit und Phantasie verschmolzen.

Sark brachte mehrere Wagen hinter sich und erreichte seinen ohne Zwischenfall. Er holte den Schlüssel hervor, sperrte das Auto auf und öffnete die Tür. In diesem Augenblick hörte er etwas neben sich, das ihn herumwirbeln ließ: Und dort stand er, der unbekannte Mann, mit den langen, hängenden Armen. In dieser Ecke der Tiefgarage war die Beleuchtung so schlecht, dass das Gesicht des Kerls seine Konturen ablegte und zu dem schwarzen Nichts wurde, das Sark kannte. Er nahm die Dinge in den Bruchteilen einer Sekunde wahr, als wäre die Zeit verlangsamt. Er wollte die Waffe hochreißen, um der Begegnung einen anderen Verlauf als auf dem Dachboden des verlassenen Gebäudes zu geben, doch ehe er die Bewegung vollenden konnte, machte der Mann einen Satz nach vorn und trat zu.

Sark wurde unterhalb des Schlüsselbeins getroffen. Durch seine geduckte Haltung verlor er die Balance und kippte nach hinten. Sogleich trat der Mann nach und stürzte sich auf ihn. Der Kehle des Angreifers entsprang ein undefinierter Laut, irgendwo zwischen grell und guttural, während Sark ein Gestank entgegenschlug, der an Faulschlamm erinnerte. Die Pistole entglitt seiner Hand, fiel auf den Boden und rutschte in die Schatten unter dem Nachbarwagen. Er versuchte, sich zu wehren, doch die Gestalt war zu schnell, gewann die Oberhand und drückte Sark mit ihrem ganzen Körpergewicht auf den Boden, blockierte dabei seine Beine und hielt beide Arme unter Kontrolle. Obwohl der Körperbau gebrechlich wirkte, hatte der Angreifer eine ungeheure Kraft. Das Leder der Handschuhe knirschte, so fest war der Griff. Oder waren es die Muskeln und Sehnen, die sich im Körper des Mannes spannten?

Sark versuchte, sich unkontrolliert zu bewegen, um den Gegner irgendwie aus dem Gleichgewicht zu bringen oder zumindest so zu überraschen, dass dieser eine falsche Bewegung machte oder sogar den Griff lockerte. Es blieb eine Mühe ohne Erfolg.

Und da war wieder dieser furchtbare Laut, der Sark aus der stinkenden Lunge entgegengespien wurde. Er kniff die Augen zusammen und mobilisierte alle Kräfte, doch nichts half. Sollte es das gewesen sein?

Das Brüllen und Kreischen des unheimlichen Mannes veränderte sich langsam in der Dunkelheit, wurde zunehmend menschlicher und mündete schlussendlich im Klang einer Stimme, die Sark nur zu gut kannte.

„Verdammt, beruhigen Sie sich!" schrie Seyler.

Sark öffnete die Augen und blickte ins Gesicht seines Vorgesetzten. Dieser keuchte von der Anstrengung, Sark am Boden und unter Kontrolle zu halten.

„Sind Sie jetzt endgültig verrückt geworden?!" brüllte Seyler. Als er merkte, dass Sarks Gegenwehr verebbte, lockerte er vorsichtig den Griff und ließ von ihm ab.

Sark spürte, wie sein Körper leichter wurde, als sich Seyler erhob, vorsichtig und wachsam, um nicht von einem weiteren Ausbruch überrascht zu werden. Sark raffte sich stöhnend auf.

Seyler hatte sich nur oberflächlich beruhigt. Er schrie: „Was ist mit Ihnen los?!"

Sark musste sich sammeln, denn das Hier und Jetzt passte nicht mit den Dingen zusammen, die er noch vor einigen Sekunden erlebt hatte.

Seyler atmete tief durch. Er wollte sich abwenden, doch dann verpasste er Sark blitzschnell einen Schlag auf den Solarplexus, woraufhin dieser schmerzgekrümmt zurückwich und nach Luft rang. „Wenn Sie noch einmal eine Pistole auf mich richten, bringe ich Sie um."

An Seylers ruhiger Stimme erkannte Sark, dass es keine leere Drohung war.

„Haben Sie gedacht, ich will Sie überfallen und Ihre Millionen stehlen?" Er ging in die Hocke und holte Sarks Waffe unter dem geparkten Auto hervor. „Die behalte ich. Und jetzt verschwinden Sie!"

Sark wusste darauf nichts zu erwidern. Er konnte sich nicht einmal an das erinnern, was Seyler sonst noch sagte, als er sich in das Auto setzte, den Motor startete und die Tiefgarage verließ, wo ihn das goldene Licht der Nachmittagssonne blendete. Und dann fuhr er in diese Welt, die ihm ruhig vorkam und still, als wäre er ein schwereloser Zuschauer.

„Vielleicht ist es irgendwann wirklich an der Zeit, sich eine Kugel in den Kopf zu jagen", sagte der Graue Herr, der auf der Rückbank saß und aus dem Fenster sah.

Sark nahm den Blick vom Rückspiegel und konzentrierte sich wieder auf die Straße.

„Ich meine, nach der Aktion von eben kannst du davon ausgehen, dass deine berufliche Zukunft ab jetzt anders verläuft. Kann natürlich sein, dass dich Seyler zum Psychologen schickt und die Sache damit erledigt ist, aber darauf verlassen würde ich mich nicht."

Sark wusste, dass der Graue Herr Recht hatte. Jetzt, nach dieser deutlichen Überschneidung von Halluzination und Wirklichkeit, kam natürlich erneut der Gedanke auf, dass es bei Chloé und Vali exakt so abgelaufen war, dass er das erlebte, was sie durchgemacht hatten; und dass er nun im Begriff war, sein Leben vollends zu ruinieren – sofern überhaupt noch möglich. Die letzten Brücken hinter sich abzubrechen, war wohl die real werdende Konsequenz des Wunsches, sich aufzulösen und zu verschwinden. Er wurde eine Gefahr für andere und ließ dabei den Scheideweg Richtung Abgrund mühelos hinter sich.

Dass Seyler Sarks Waffe konfisziert hatte, war in Anbetracht der Entwicklungen eine überaus gute Entscheidung. Er hatte nicht vor, sich nun auf illegale Weise Ersatz zu beschaffen. Das hätte möglicherweise nur den Wunsch verlockender gemacht, den letzten Akt aufzuführen und das Drama zu beenden.

„Ich habe keine Ahnung, wie es weitergehen soll", gestand Sark.

Eine Reaktion blieb aus; der Graue Herr war verschwunden.

Kapitel 29

Hinrichtung

Hilmer betrachtete das Foto des flüchtigen Täters. „Das ist zumindest keiner von meinen Leuten." Er winkte einen seiner Männer heran. „Hör dich mal um, ob jemand weiß, wer das ist und wo er steckt."

„Sieht wie ein Junkie aus", fand der kräftig gebaute Kerl im maßgeschneiderten Anzug, als er das ausgedruckte Fahndungsfoto annahm. Er hatte die Unterhaltung gehört und wusste, weshalb der Mann gesucht wurde. Er nickte Hilmer kurz zu, dann verließ er den Raum.

Sark blickte aus dem Fenster. Unterhalb sah er eine kleine Gasse, die auf der anderen Seite von einer hohen, mit Stacheldraht gesicherten Mauer begrenzt wurde, hinter der sich ein weitläufiger Schrottplatz befand. Er konnte neben Autowracks auch Stahlträger, Maschinen aus der Landwirtschaft und dem Straßenbau und sogar zwei kleinere Boote und eine Yacht ausmachen. Teile des riesigen Areals waren verwildert mit Büschen, vereinzelten Bäumen und sogar Hainen. Mit dem ländlichen Erscheinungsbild wirkte das Grundstück zwischen den Hallen am Hafen deplatziert. Sark konnte sich nicht erinnern, ob es zwei oder mehr Jahre her war, seit Hilmer dieses alte Gebäude und die angrenzende Lagerhalle bezogen hatte. Durch die stellenweise kahl gewordene Vegetation hatte der Schrottplatz etwas Unheilvolles, wie ein atomar verstrahltes Gebiet.

Er war froh, diese Unterhaltung ohne Zwischenfälle führen zu können. Keine Kreatur in der Ecke des Raums, keine wartenden Schatten zwischen den eisernen Leichen dort drüben jenseits der Mauer.

„Wahrscheinlich ist er längst über alle Berge", sagte Hilmer und lehnte sich zurück. Das Leder seines Bürosessels knirschte.

Sark, der sich fragte, welcher Materialwert dort drüben verrostete, sah empor zum Himmel, der sich in den letzten Stunden verfinstert hatte. „Aber hoch leben die Zufälle. Wenn einer einfach so in ein Geschäft spaziert, jemanden erschießt und ein Feuer legt, dann würde es mich nicht wundern, wenn er seinem Alltag nachgeht, als wäre nichts passiert."

Sarks Smartphone klingelte. Er holte es hervor und nahm den Anruf an. Hilmer beobachtete Sark. Dieser hörte zu und nickte, während er weiter aus dem Fenster sah. Dann war das Gespräch vorbei.

Sark steckte das Telefon ein und drehte sich um. „Er ist tot."

„Wer? Der Kerl, den ihr sucht?"

„Ja", antwortete Sark. Er blieb am Fenster stehen. „Man fand ihn erschossen bei der alten Textilfabrik."

„Eine wirklich hässliche Gegend." Hilmer machte eine Pause. „Weiß man schon Näheres?"

„Er hatte eine Pistole bei sich, vermutlich die Waffe, mit der er Olofson tötete. Das werden wir bald wissen. Und etwas Geld."

„Und dann dort draußen. Da gibt es nur Ruinen und Obdachlose. Klingt nach einer Hinrichtung."

„Genickschuss", bestätigte Sark.

„Die Morde liegen nicht weit auseinander. Und wenn nicht einmal die Waffe fehlt, wäre das ein seltsamer Zufall. Vielleicht wurde er erpresst, sollte einen Auftrag ausführen und wurde dann selbst beseitigt." Hilmer zuckte mit den Schultern. „Wäre nicht das erste Mal, dass es so läuft."

Sark musste an flüchtige Terroristen denken, die dann auf inoffiziellen Befehl hin erschossen wurden, damit sie keine unliebsamen Fragen beantworten konnten. Solche Ereignisse waren seiner Meinung nach immer geplant.

Er konnte auch die Ähnlichkeit zu dem Fall rund um Vali und Chloé nicht abstreiten. Scheinbar grundlose Morde und dann sterben die Täter. Und zusammengehalten wurden die Dinge durch die verdammte Kupferplatte; und mittlerweile seine eigene Person. Aber konnte er an diesem Punkt überhaupt noch seinen eigenen Gedanken und seinem Urteilsvermögen trauen?

„Vielleicht besaß dieser Olofson etwas, das jemand wollte", sagte Hilmer.

„Unwahrscheinlich. Ich sah die Tischlerei und sein privates Arbeitszimmer, da war nichts, das aussah, als könne man es zu so viel Geld machen, dass sich der Aufwand lohnen würde. Schon gar nicht ein Mord."

„Meinen Männern kam nichts zu Ohr. Es muss sich ja jemand nach einem geeigneten Kandidaten für so einen Auftrag umgehört haben." Hilmer machte eine kurze Pause. „Was ist mit der Platte? Vielleicht dachte jemand, dass er sie hat."

„Da hätte es auch eine einfache Frage getan. Aber direkt jemanden erschießen und ein Haus anzünden? Ich fragte bei so vielen Leuten und Händlern nach, jeder wusste, wer ich bin und wie man mich erreicht."

Hilmer machte einen zustimmenden Brummlaut.

„Könnten deine Leute an der Sache dran bleiben? Aber unauffällig."

„Sicher. Ich habe nämlich keine Lust, dass mir so ein Mist angehängt wird."

Sark musterte Hilmer. Die Frage war ausgesprochen, eher er nochmals darüber nachgedacht hatte: „Und du bist dir sicher, dass keiner deiner Männer etwas damit zu tun hat?"

„Was glaubst du denn?"

„Es fehlen Antworten, deshalb die Frage."

„Schon gut", sagte Hilmer.

Sark erkannte am Tonfall, dass es weder eine Floskel noch eine Lüge war. Nach wie vor profitierten beide Parteien zu sehr von der Zusammenarbeit, obgleich diese von seiner Seite aus vorläufig unterbrochen war – oder für immer. Er wollte gar nicht daran denken, was ihm blühte, wenn er sich wieder im Präsidium blicken ließ.

Hilmer griff zum Smartphone, das auf seinem Schreibtisch lag, und informierte den Mann, den er eben losgeschickt hatte, über die Neuigkeit. „Hör dich trotzdem um. Aber unauffällig, die Bullen sind auch an der Sache dran." Er sah zu Sark und zuckte mit den Schultern. Dann beendete er den Anruf. „Durchleuchtet ihr auch Olofsons Umfeld? Vielleicht ging es um etwas Persönliches. Das ist zumindest nicht auszuschließen."

„Tun wir", erklärte Sark. „Bisher gibt es aber keinen Treffer." Er sah auf seine Uhr. „Ich mache mich dann mal wieder auf den Weg."

„Du solltest dich mal ordentlich ausschlafen", fand Hilmer und lehnte sich wieder zurück. „Du siehst furchtbar aus."

„Irgendwie höre ich das in letzter Zeit oft."

„Dann ist vielleicht etwas Wahres dran."

Sark wusste nicht, was er darauf erwidern sollte. Deshalb schwieg er, nickte kurz zum Abschied und ging.

Zwischenspiel

Sark stand unter Hochspannung, als er leicht geduckt durch das Waldgebiet lief. Die Luft war nasskalt und auf allem lag der Glanz des Regens, der die ganze Nacht gefallen war und erst vor etwa einer Stunde aufgehört hatte. Der Himmel war nach wie vor nichts weiter als eine dunkelgraue Decke, wie die gigantische, überhängende Wand eines Berges, so mächtig, dass er die Sonne und jedes Blau verdeckte.

Er sah zur Seite, wo sich Seyler mit einem Kollegen durch das Unterholz kämpfte. Jeder wusste, dass sie sich keinen Fehler leisten durften, nicht nach der letzten Aktion und der gescheiterten Festnahme.

Ein Streifenpolizist hatte die Zielperson aus dem Wagen heraus zufällig gesehen und identifiziert, Verstärkung geordert und sich an die Fersen des Kerls geheftet. Und nun waren etwa 50 Einsatzkräfte in der Umgebung verteilt und das Gebiet großräumig abgeriegelt. Selbst die Waldwege wurden überwacht.

Die *junge Frau* blickte ihn hilflos in seinen Gedanken an und bat darum, dass es nun ein Ende nehmen würde.

Linker Hand konnte Sark das Dunkel der Talsperre ausmachen, die tief und kalt dalag, umgeben von dichtem Wald auf steinigem Grund, der stellenweise sehr steil zum Gewässer hin abfiel und so eine Kerbe in der Landschaft formte. Dann verschwand das Wasser hinter aufragenden Felsen, feucht glänzend und von Moos bedeckt. Sie waren massig, wie die Schultern mehrerer Giganten, die sich in einer Vergangenheit ins Erdreich gegraben hatten, in der es noch Raum für Wunder gab. Und hier ruhten sie, freigelegt von den Jahrtausenden, während sie träumten und nichts davon ahnten, dass ihre Zeit längst vorüber war, dass kaum noch jemand an Wunder glaubte und sie beim Erwachen bersten und zu Staub zerfallen würden.

Sark schlitterte über Felsen und knochige Wurzeln, hatte zu kämpfen, dabei nicht zu stürzen. Der teils aufgeweichte Boden erschwerte zusammen mit dem starken Gefälle Sarks Vorankommen. Seyler war mittlerweile so außer Sicht, wie alle anderen. Nach einer Weile sah er den stark vermoosten Asphalt einer

Straße, die an den Seiten von nun beinahe restlos abgestorbenen Gräsern und einer dünnen Erdschicht bedeckt wurde und sich damit sanft in der Umgebung verlor. Überall lag und klebte das Laub der Bäume, die in diesem Jahr zeitig damit begannen, sich auf den Winter vorzubereiten.

Man musste bedacht und ruhig vorgehen, da man nicht sicher war, ob sich eine Person in der Gewalt des Kerls befand, die man mit einer aggressiveren Taktik unnötig gefährdet hätte. Er wusste, dass man ihn jagte, und das machte ihn noch unberechenbarer. Ihr Vorteil war – zumindest hofften sie es –, dass er keine Ahnung hatte, wie dicht sie ihm diesmal auf den Fersen waren.

Sark blieb stehen. Nun trennten ihn lediglich ein paar Baumreihen von der Straße, auf der es keine Deckung gab. Er spähte nach rechts. Seyler und der Kollege waren in das Unterholz auf der anderen Seite vorgedrungen und warteten. Sark nickte ihnen zu und lief nach links.

Etwa 100 Meter weiter erhob sich mit gut 35 Metern Höhe die Staumauer, errichtet aus Beton und riesigen Quadern blaugrünen Gesteins. Die Straße machte einen Bogen nach rechts und verlief in einem Abstand von geschätzt 15 bis 20 Metern parallel zu der Staumauer.

Sark näherte sich der Biegung. Zwischen Straße und Mauer gab es nur eine gemähte Rasenfläche, keine Büsche, keine Bäume. Große, unbehauene Felsblöcke bildeten eine Barriere, die Fahrzeuge daran hindern sollte, auf die freie Fläche zu fahren. Vor Erreichen der Biegung wechselte Sark der Deckung wegen zur anderen Straßenseite, wo er im Unterholz Schutz suchte. Hinter einem mächtigen Baum blieb er stehen, ging in die Hocke und spähte in seine Marschrichtung. Es gab nichts Auffälliges zu sehen oder zu hören.

Die Staumauer war etwa 200 Meter lang. Unterhalb des Überlaufs befand sich ein langes, breites Becken, das weiter vorn in das Tosbecken überging, über das eine Brücke führte. Dahinter gab es einen Parkplatz, auf welchem ein Fahrzeug stand. Die hohen Fenster des am Parkplatz gelegenen Betriebsgebäudes, das Teil der Architektur der Staumauer war, waren dunkel. Hinter dem Parkplatz führte die Straße in den ansteigenden Wald.

Auf der Staumauer, die von Fußgängern begangen werden konnte, waren bereits Männer mit Gewehren in Position gegangen, die geduckt hinter dem Geländer die Gegend überblickten.

Sark sah in den rückwärtigen Wald und konnte kurz darauf Seyler ausmachen, der ihm zunickte. Dann tastete er sich weiter voran.

Je näher er dem Tosbecken und der Brücke kam, desto lauter wurde das Rauschen des Wassers, das aus einer der insgesamt drei Ventilöffnungen schoss. Der feine Wassernebel kühlte die Luft in der Umgebung weiter ab, was Sark frösteln ließ. Unter der Brücke floss das Wasser aus dem Tosbecken ab und bildete einen flachen, etwa sechs Meter breiten Fluss, der in dem Waldgebiet verschwand.

Sark blieb im Schutz der Bäume und Büsche und tastete sich rechts der Brücke die Böschung hinab zum Fluss vor. Er sah unter der Brücke hindurch, konnte von dieser Position aus aber nichts weiter erkennen als den Überlauf des Beckens und das daran herabfließende Wasser. Im Fluss gab es einige Steine, die aus dem Wasser ragten, ideal, um zur anderen Seite zu gelangen und damit die Brücke zu meiden.

Der Gedanke, das Auto des Kerls in Brand zu stecken, zu warten, bis dieser verwundert aus seinem Versteck kam, und ihm dann ein paar Kugeln in die Beine zu verpassen, um ihn außer Gefecht zu setzen, gefiel ihm. Allerdings hätte das nur funktioniert, wenn er allein hier gewesen wäre. So musste er sich leider an die Regeln halten.

Sark erreichte problemlos das andere Ufer. Nur sein linker Fuß wurde etwas nass. Er ging hinter der Brücke in Deckung und sah zwischen den Geländerstäben hindurch Richtung Parkplatz und Betriebsgebäude. Dann zog er seine Pistole. Er spähte in den Wald vor sich, wo er zwei Polizisten mit Sturmgewehren ausmachen konnte, die am Rand der Straße in Stellung gegangen waren.

Hinter sich hörte er, wie Seyler den Einsatzkräften per Funk die aktuelle Lage durchgab, um zu verhindern, dass einer der Männer einen zu nervösen Finger am Abzug bekam. Er wartete, bis Seyler und der Kollege ebenfalls das Ufer gewechselt und zu ihm aufgeschlossen hatten.

„Ich bilde die Vorhut", erklärte Sark flüsternd, um das Vorgehen nochmals zu bestätigen.

Er und Seyler hatten die Sache bei der kurzen Einsatzbesprechung während der Autofahrt diskutiert. Sark war von seinem Entschluss nicht abgerückt, dem Kerl als Erster gegenüberzutreten. Im Gegenzug hatte Seyler darauf bestanden, dass Sark eine kugelsichere Weste trug; ein guter Kompromiss.

Seyler nickte. Auch er zog seine Waffe. Dann unterrichtete er die anderen: „Sark geht rein."

Sark stieg die Böschung hinauf und blieb im Wald. Er lief parallel zur Straße, bis er den Parkplatz nicht mehr sehen konnte, und wechselte dann die Straßenseite. Er sah zu den beiden Männern mit den Sturmgewehren und deutete an, dass sie zu ihm kommen sollten. „Ihr haltet mir den Rücken frei."

Die Männer nickten.

„Falls irgendetwas schief läuft, würde ich euch bitten, mich nicht direkt zu erschießen."

„Das Kopfgeld wurde aber gestern erhöht", scherzte einer der Männer mit ernstem Ton.

„Dann viel Glück!" kommentierte Sark. Er stellte sicher, dass seine Pistole entsichert war.

Er lief in den Wald und näherte sich im Bogen dem Betriebsgebäude. Rechts ragte die Staumauer bedrohlich auf. Das Gelände war auch hier abschüssig und relativ unwegsam. Er musste vorsichtig sein. Neben dem Parkplatz blieb Sark hinter einem Baum stehen. Die beiden Männer waren einige Meter in der Deckung hinter ihm. Von hier aus konnte er den Eingang zum

Betriebsgebäude sehen: Eine Flügeltür, zu welcher eine breite, halbkreisförmige Treppe führte. Es saß niemand im Wagen. Mit schnellen, kleinen Schritten ließ er den Parkplatz hinter sich. Mit der Gebäudemauer im Rücken wartete er darauf, dass die beiden Männer in Stellung gegangen waren: Einer ein paar Meter neben ihm an der Wand, der andere hinter dem Auto.

Sark schaute nach rechts zu der Brücke am Tosbecken, wo er Seylers Kopf ausmachen konnte.

Sark spähte kurz durch eines der Fenster, konnte im Inneren aber niemanden sehen. Dann ging er zur Tür. Der Polizist, der bei Sark war, schaute durch ein Fenster hinein, wartete einen Augenblick und gab ihm dann per Handzeichen das Signal, dass es losgehen konnte.

Sark öffnete die eiserne Tür, die weitaus schwerer war, als erwartet, und schlüpfte hindurch. Er sicherte den Raum, in welchem es Stellräder für die Ventile gab, Druckanzeigen, Rohre und technische Vorrichtungen, die aussahen, als wären sie seit den 70er Jahren in Betrieb. Eine Treppe führte nach unten, tiefer in das Fundament der Staumauer. Der kleine Aufenthaltsraum, in welchem sich ein Tisch, ein Abfalleimer, zwei Stühle und ein offener Metallspind befanden, war leer. Durch ihn gelangte man in die Toilette, doch außer der Kloschüssel, dem Waschbecken mit einem Seifenspender und ein paar Rollen Toilettenpapier, die unter dem Waschbecken auf einem kleinen Plastikhocker standen, gab es nichts zu sehen.

Der Polizist folgte Sark. Der andere gab Seyler vom Wagen aus ein Zeichen, dass dieser mit dem Kollegen aufschließen konnte.

Sark durchquerte den Raum bis zu dem abgehenden Kontrollgang. Das Licht war eingeschaltet. Durch die Perspektive, die Größe des Querschnitts und die Länge des Gangs konnte Sark schwer sagen, ob er das andere Ende sah oder nicht. Es gab keine Bewegungen. Die Temperatur fiel hier spürbar, als würde ihm ein kalter Hauch entgegenwehen.

Von außen war es ihm nicht klar gewesen, erst hier drin wurde ihm bewusst, dass er sich an dieser Stelle viele Meter unter der Wasseroberfläche der Talsperre befand und damit direkt neben einer kleinen, überfluteten Ortschaft, deren Bewohner damals noch vor dem ersten Spatenstich umgesiedelt wurden.

Sark betrat den Kontrollgang. Dieser verfügte auf der rechten Seite in regelmäßigen Abständen über Vorsprünge, die vermutlich eine statische Bewandtnis hatten. Er tastete sich langsam voran und blieb wachsam, denn problemlos hätte sich hier jemand verstecken und ihm auflauern können. Nach einer gefühlten Ewigkeit erreichte er das Ende des Gangs, glücklicherweise ohne Zwischenfall. Auf dem Weg fand er nichts weiter als ein paar verlassene Spinnweben und die vertrockneten Überreste einer Maus.

Als er den Gang wieder verließ und zurück den Hauptraum kam, waren die anderen mit der Durchsuchung der übrigen Gänge und Räumlichkeiten fertig.

„Er ist nicht hier", sagte Seyler, der seine Waffe bereits weggesteckt hatte. Man merkte die Enttäuschung in seiner Stimme. Er verließ das Gebäude, um draußen per Funk die anderen Einsatzkräfte zu unterrichten und zu fragen, ob sie etwas Ungewöhnliches beobachtet hatten.

„Aber er wurde bis hierher verfolgt und überwacht", sagte der Mann, der mit Seyler gekommen war.

Das war korrekt. Sarks Kenntnisstand zufolge hatte der Streifenpolizist, der die Zielperson identifizierte, die Verfolgung aufgenommen, war in sicherer Entfernung zur Staumauer aus dem Wagen gestiegen und zu Fuß weitergelaufen. Die ganze Zeit über hatte er per Mobiltelefon Kontakt zur Zentrale. Er gab durch, dass er den Verdächtigen dabei beobachtete, wie dieser am Kofferraum seines Wagens war und dann in das Betriebsgebäude ging. Dann wartete der Polizist auf das Eintreffen der ersten Beamten.

Obwohl es in der Zwischenzeit keine Bewegungen gegeben und man das Gebäude nicht aus den Augen gelassen hatte, war ihr Mann nicht hier.

Sark konnte und wollte es nicht glauben. Sollte ihnen der Kerl nun ein weiteres Mal entwischt sein? Er sicherte seine Waffe und steckte sie in das Schulterholster. Anschließend stieg er die Treppe hinab, die weiter ins Innere der Staumauer führte, und schritt dort einen weiteren Kontrollgang ab, der nach links abging. Dann sah er sich rechts in dem Raum um, durch welchen die Rohre verliefen, mit deren Hilfe das Wasser der Talsperre abgeleitet werden konnte. Ein tiefes Brummen erfüllte die Luft. Dann wandte er sich ab und ging wieder nach oben.

Die Kollegen hatten das Gebäude verlassen. Er hörte ihre Stimmen von draußen, konnte aber nicht verstehen, über was sie sprachen.

Etwas stimmte nicht. Man konnte Leute täuschen, sich heimlich entfernen oder andere dafür bezahlen, Verwirrung zu stiften. Aber niemand konnte sich in Luft auflösen. Und natürlich bestand die Möglichkeit, dass sich der Kerl unbemerkt aus dem Staub gemacht hatte, egal, was gesagt wurde. Wenn er, wie sie mittlerweile wussten, regelmäßig hier draußen arbeitete, kannte er eventuell Schleichwege. Vielleicht hatte er sogar einen Unterschlupf in der Gegend.

Ein Versteck. Ein geheimer Durchgang wie in seinem Haus. Es musste irgendetwas geben.

Sark hätte sämtliche Nischen in den Kontrollgängen abklopfen können, doch er ging der offensichtlichsten Variante nach und begab sich in den Aufenthaltsraum mit dem alten, leeren Spint. Obwohl es am Boden keine Hinweise darauf gab, dass der Spint hin und wieder verschoben wurde, wollte Sark sehen, was dahinter war. Zu seiner Überraschung ließ er sich nicht bewegen. Das Metall klapperte zwar, blieb aber an der Wand fixiert. Auch der Versuch, den Spint anzuheben, scheiterte. Da zwischen Rückseite und Wand lediglich ein Spalt von wenigen Millimetern Breite war, und damit zu wenig, um etwas dahinter zu erkennen, widmete sich Sark dem Inneren.

Er klopfte gegen die Rückwand, die sich völlig normal anhörte. Die fünf kleinen Löcher, die der Belüftung dienten, boten nichts als Schwärze. Anschließend fuhr er mit den Fingern die Ecken ab. Dabei fand er einen kleinen Spalt zwischen Rückwand und Decke. Er trat daraufhin in den Spint und steckte die Zeigefinger und Mittelfinger in je eines der Belüftungslöcher. Und siehe da: Er konnte das Metall anheben und von der Wand lösen.

Sark benötigte ein paar Anläufe, ehe er die Rückwand aus dem Spint geholt hatte, da sie sich immer wieder in dem begrenzten Raum verkeilte. Hastig zog er seine Waffe, entsicherte sie und sah in den Spint, wo er eine eiserne Tür freigelegt hatte. Er drückte die Klinke nach unten, stieß die Tür auf und wich zurück, da er nicht wusste, ob er mitten in der Schusslinie stand.

Als nichts geschah, spähte er kurz um die Ecke. Dann richtete er die Waffe in den Raum, der von Neonröhren erhellt wurde. Er betrat den Spint. Das Adrenalin schärfte seine Sinne. Er drückte die Tür ganz auf, um zu verhindern, dass sich jemand dahinter versteckte. Und dann sah er ihn: Er stand links im Raum an einem Tisch, mit dem Rücken zu Sark.

Sark zielte auf den Mann. „Die Hände dahin, wo ich sie sehen kann!" Er ließ blitzschnell den Blick schweifen. Sie waren allein.

Rechts befand sich ein Lattenrost mit einer Matratze am Boden. Eine Decke und ein Kopfkissen lagen darauf. Darüber befanden sich zwei eiserne Ringe an der Wand; Sark wusste sofort, wofür sie genutzt wurden. Links gab es neben dem Tisch noch einen hölzernen Stuhl. Auf dem Tisch lagen, soweit Sark auf die Schnelle erkennen konnte, mehrere Blätter, Fotografien und Zeitungsausschnitte. Der Mann trug Jeans und dunkelbraune Lederschuhe. Den muskulösen Oberkörper hatte er entblößt. Die Kleidung lag sorgfältig zusammengelegt auf dem Stuhl.

Sark war vom durchtrainierten Körperbau des Kerls überrascht. Er wusste, dass der Mann Anfang 50 war. Er hatte sich etwas anderes vorgestellt.

„Ich habe Sie bereits erwartet", sagte der Mann mit ruhiger Stimme.

„Hände hoch!" forderte Sark erneut.

Der Mann reagierte nicht. Stattdessen betrachtete er die Unterlagen.

Im Nachhinein fragte sich Sark, wie der Kerl es hatte schaffen können, hier eine Trennwand einzuziehen und diesen Raum geheim zu halten. Auf der anderen Seite kannte er noch ganz andere Dinge, die Menschen mehr oder minder vor den Augen anderer taten, ohne dabei erwischt zu werden. Sie machten sich einfach keine Gedanken um mögliche Konsequenzen, handelten so und kamen damit durch; zumindest eine Zeit lang. Und die, die nicht ins Visier gerieten, bildeten jene Dunkelziffer, über die niemand gern sprach.

„Was war mein Fehler?" wollte der Mann wissen, dessen kurzes Haar nach hinten gegelt war und glänzte.

„Hier in der Gegend zu bleiben", antwortete Sark. Es handelte sich in der Tat lediglich um Zufall, dass der Kerl von dem Polizisten erkannt wurde.

„Sonst nichts?"

„Ein zu ähnlicher Opfertyp, ein zu kleiner Radius und später zu geringe Abstände zwischen den Taten."

„Hätte ich mir also mehr Zeit gelassen und meine Wahl noch zufälliger getroffen, stünde ich nicht hier? Wollen Sie mir das sagen? Denn was die Ähnlichkeiten angeht ... da versuchte ich ja zu experimentieren, meinen Horizont zu erweitern. Aber wissen Sie, es ist eben nicht das Gleiche, wenn man sich mit einer Notlösung begnügt. Das ist wie mit Pseudoindividualismus. Es ist nicht echt."

Sark hätte ihm gerne von hinten in den Kopf geschossen. Fast war ihm, als würde die *junge Frau* auf der Matratze sitzen und stumm zu ihm blicken.

„Es ist vorbei", sagte Sark. „Draußen sind bewaffnete Einsatzkräfte."

„Ich las in der Zeitung, dass *sie* sich umbrachte, nachdem sie von *Ihnen* gerettet wurde."

Konnte der Kerl Gedanken lesen? Soweit Sark wusste, war sein Name nie in der Presse aufgetaucht, auch kein Foto. Was war hier los? Hatte der Typ den Einsatz etwa trotz all der Polizei in der Gegend aus sicherer Entfernung beobachtet? Oder gab es versteckte Kameras? Ihm wurde übel.

Der Kerl schob einige der Unterlagen zurecht. Dann drehte er sich um.

Sark betrachtete das Tattoo, das den gesamten Oberkörper des Mannes einnahm; ein Brustpanzer aus Haut. Es bestand aus zahllosen verzerrten, geisterhaften Fratzen, mal wirbelnd, mal flammengleich züngelnd, die detaillierte Totenköpfe rahmten, umspielten und durchdrangen. Das geschah auch mit einem Adler, der auf der Brust die Flügel spannte, die bis zu den Schlüsselbeinen reichten. In der linken Klaue hielt der Adler ein hohles Dreieck mit einer Schlange und in der rechten etwas, das aussah wie eine Sonne.

Der Mann betrachtete Sark mit einem stechenden, unangenehmen Blick durch die winzigen, ovalen Gläser seiner Brille.

„Hände hoch!" brüllte einer der Polizisten hinter Sark und richtete sein Sturmgewehr auf den Mann.

„Fühlen Sie sich gut, jetzt, wo es geschafft ist?" fragte der Kerl an Sark gerichtet und hob dabei in aller Ruhe die Hände.

Das waren die letzten Worte, die der Mann sagte. Er äußerte sich nicht zu seinen Taten, schwieg vor Gericht und verlor auch im Gefängnis nicht ein Wort. Keinen Monat nach seiner Inhaftierung fand man ihn erstochen in seiner Zelle. Natürlich hatte niemand etwas gesehen oder gehört.

Die Unterlagen auf dem Tisch zeigten Fotos von Misshandlungen und verschiedene Räume, in denen die Taten ausgeübt worden waren. Die Zahl der Opfer überstieg die der offiziell bekannten bei weitem. Man ging kurzzeitig sogar davon aus, dass es das Werk von mehr als einem Täter war, auch wenn es dafür nie einen Hinweis gab und die Morde nach der Festnahme aufhörten.

Da es an diesem Ort einen Raum gab, der schallisoliert war, suchte man das umliegende Gebiet mit Spürhunden ab und fand dabei die Überreste von 9 Leichen und mehrere menschliche Knochen, die sich nicht zuordnen ließen.

Sark dachte selbst Wochen nach der Festnahme über die Frage des Mannes nach. Und nein, er fühlte sich nicht gut. Erstens gab es keine Antworten zu den Taten und zweitens keine hilfreichen Hinweise darauf, wo sich eventuell in weiteren versteckten Räumen Frauen befanden, die allerdings zu diesem Zeitpunkt gewiss schon unbemerkt verdurstet oder verhungert waren. Und so, wie ihn der Kerl angestarrt hatte, wurde Sark das Gefühl nicht los, dass dieser genau wusste, dass ihn Alpträume peinigten, wiederkehrende Bilder, die ihm keine Ruhe ließen und über die er nie sprach. Sah er womöglich in Sark sein eigenes Spiegelbild?

Was wohl die *junge Frau* über die Festnahme dachte? Oder hätte Sark ihn tatsächlich einfach erschießen sollen?

Als er schweigend im Wagen auf dem Weg zurück zum Präsidium saß und aus dem Fenster sah, während Seyler fuhr, fühlte er sich sogar noch schlechter als im Angesicht der Möglichkeit, dass ihnen der Kerl ein weiteres Mal entwischt sein könnte.

Er kurbelte die Scheibe etwas herunter und ließ die nasskalte Luft des dunkler werdenden Tages ins Innere des Wagens. Dann schloss er die Augen und schlief ein.

Kapitel 30

Z e r s e t z u n g

Es kehrten zahlreiche Erinnerungen an den Tag der Festnahme des Mörders zurück, als Sark das Gebäude verließ und ihm die Kälte des Tages entgegenschlug. Mittlerweile fielen vereinzelte Schneeflocken. Allein ihre Gegenwart schien den Tag stiller und weniger hektisch zu machen, ja fast friedvoll.

Sark steckte die klammen Hände in die Taschen des Jacketts und machte sich auf den Weg zu seinem Auto, das er in einer nahen Seitenstraße geparkt hatte. Er wollte Hilmers Rat beherzigen, nach Hause fahren und sich ausruhen, was bei dem aktuellen Wetter eine überaus verlockende Aussicht war.

Als er kurze Zeit später im Wagen saß und den Zündschlüssel umdrehen wollte, drang ein Geruch in seine Nase, der ihn innehalten ließ. Er kannte ihn nur zu gut: Es war der Geruch des Todes; Blut und rohes Fleisch.

Er sah sich im Auto um, konnte aber außer ein paar alten Parkscheinen, einer Einkaufstüte und einer angerissenen Packung Papiertaschentücher nichts finden. Allerdings wurde der Geruch zur Rückbank hin intensiver. Deshalb stieg er aus, öffnete die hintere Tür und beugte sich in den Innenraum. Nichts, nur dieser Gestank. Sark schaute sogar kurz unter das Auto, in den Motorraum und in die Radkästen, ehe er den Kofferraum öffnete und darin eine alte Decke fand, die nicht ihm gehörte. Unverkennbar war sie mit Erde beschmutzt und verbarg etwas. Er griff danach. Sie fühlte sich hart und rau an. Er schlug sie zurück.

Was er freilegte, war eine alte Holzstiege, in der die abgetrennten Köpfe von Christiano Sosa und dessen Frau Elice lagen.

Sark schlug die Kofferraumklappe zu und sah sich um: Er war allein in der Straße. Es gab ein paar parkende Fahrzeuge, aber niemand saß darin. Er betrachtete die dunklen Fenster der angrenzenden Industriegebäude, doch auch dort konnte er keinen Beobachter finden.

Er wusste nicht, wie lange er hinter dem Auto stand, ehe er nach seinem Smartphone griff und die Nummer von Sosa wählte. Niemand nahm ab. Er ließ es klingeln.

Wer war ihm gefolgt, wer wusste, dass er bei Sosa gewesen war und welcher Zweck wurde mit diesen beiden Morden verfolgt? Und wer hatte sich während seiner Unterhaltung mit Hilmer an seinem Wagen zu schaffen gemacht und unbemerkt die Köpfe darin platziert? Stand das in Verbindung mit dem Auftragsmord an Olofson? Räumte hier doch jemand auf? Aber weshalb wurde er verschont? War das für jemanden eine absurde Art der Belustigung, ehe er an die Reihe kam? Ein Spiel, das jemand spielte und welches ein perverses Vergnügen bereitete?

Sark beendete den vergeblichen Anruf. Was sollte er nun tun? Er fühlte sich in die Enge getrieben und hatte das ungute Gefühl, dass genau das erst der Anfang war. Er hatte die Kontrolle verloren und wusste weder ein noch aus. Falls man die enthaupteten Leichen fand, würde es nur eine Frage der Zeit sein, bis man ihn dazu befragte, denn allein die Verbindungsnachweise lieferten den Beweis, dass man sich kannte. Und selbst mögliche Spuren an den Köpfen würden nicht helfen, seine Lage zu verbessern. Am Ende würde es wohl, genau wie bei Olofson, irgendein armes Schwein treffen, während der Architekt im Hintergrund verborgen und damit in Sicherheit blieb.

Er konnte die Köpfe nicht bei der Polizei abgeben, sie auch nicht anonym in einem Schließfach hinterlegen oder in ein abgelegenes Waldgebiet fahren und sie dort verscharren. Allein das Verschwinden des alten Ehepaares würde über kurz oder lang zu Fragen an ihn führen.

Sein Smartphone klingelte. Er hielt es noch immer in der Hand und schaute auf das Display. Es war Sosas Nummer.

„Hallo?" meldete sich Elice am anderen Ende der Verbindung. Sie war etwas außer Atem.

Sark begrüßte sie.

„Oh, guten Tag", antwortete sie. „Was verschafft mir die Ehre?" Sie holte hörbar Luft.

„Ist bei Ihnen und Ihrem Mann alles in Ordnung?" fragte Sark.

„Natürlich. Christiano ist nur aktuell unterwegs und ich war in der Waschküche und habe das Telefon nicht sofort gehört. Ich dachte, es sei vielleicht Christiano. Letztens vergaß er seinen Geldbeutel und ich durfte ihn aus der Klemme befreien." Sie lachte. „Wie kann ich Ihnen helfen?"

„Kann es sein, dass ich ein paar meiner Aufzeichnungen bei Ihnen vergaß?" Während Sark sprach, öffnete er den Kofferraum.

„Das hätte Christiano erwähnt", sagte Elice. „Ich kann ihn aber gerne nachher fragen, dann kann er sich bei Ihnen melden."

„Das wäre sehr hilfreich", erklärte Sark, der weder die Decke noch die Stiege oder die Köpfe in seinem Kofferraum fand, lediglich einen angebrochenen Verbandskasten und ein paar Pfandflaschen. „Vielleicht habe ich sie selbst verlegt und finde sie noch. Ich wollte nur kurz nachfragen, um die Möglichkeit auszuschließen."

„Haben Sie etwas Neues über die Platte herausfinden können?" fragte Elice.

„Leider nein", log Sark. „Ich machte mir aber auch keine falschen Hoffnungen. Es gibt schließlich Unmengen an Werken von unbekannten Künstlern, die so in Vergessenheit gerieten, wie ihre Namen."

„Das ist wahr."

„Bedauerlicherweise muss ich mich schon wieder auf den Weg machen", sagte Sark, um das Gespräch nicht unnötig in die Länge zu ziehen. „Wie gesagt, ich werde Christiano fragen, wenn er wieder hier ist."

„Das ist sehr freundlich von Ihnen."

Sie beendeten das Gespräch. Sark steckte das Smartphone ein und betrachtete den fast leeren Kofferraum. Er beugte sich hinab und nahm einen tiefen Atemzug, konnte aber lediglich den Hauch einer Mischung aus Benzin und Öl riechen.

Er richtete sich auf, schlug die Kofferraumklappe zu und betrachtete die Schneeflocken, die auf dem Autodach landeten und schmolzen. Und so, wie die feinen Kristallstrukturen zerfielen, schien sich Sarks Geist zu zersetzen. *Edensors Wut* griff mittlerweile mehr in die Realität als das bloße Erscheinen von Schatten, seltsamen Angreifern und die nächtliche Heimsuchung durch Alpträume.

Sark durchlief ein Schauder. Er hatte eisige Hände. Er setzte sich in das Auto, betätigte die Zentralverriegelung, und startete den Motor. Er wartete, bis die Heizung den Innenraum wärmte. Dann fuhr er los.

In diesem Augenblick wurde ihm bewusst, wie miserabel er sich fühlte; und das nicht nur körperlich.

Kapitel 31

Die Bitterkeit der Erkenntnis

Sark stand in seinem Wohnzimmer vor der weit geöffneten Balkontür. Der Wind trieb den Schnee herein, der seit der vergangenen Nacht fiel. Dieser schmolz allerdings in den meisten Ecken der Stadt, so dass nur vereinzelt eine dünne Schicht liegen blieb, mal auf einem Autodach, dann auf einem Abfallcontainer oder auf einem Stück Rasen. Zeitgleich zog kalter Nebel durch die Straßen und verhüllte die Stadt, deren Lichter nichts weiter waren als ein diffuses Glühen. Die Sonne hatte gegen die dunkelgrauen Wolken keine Chance.

Er schwitzte. Seine Hände waren noch immer kalt und er fühlte sich leicht, als wären seine Bewegungen und sein Körpergefühl zeitversetzt zu seiner optischen Wahrnehmung, wobei er sich nicht sicher war, in welche Richtung der Versatz wirkte.

Ein Teil des ins Zimmer gewehten Schnees landete auf dem Boden und den Möbeln und schmolz, ein anderer blieb liegen. War es vielleicht gar kein Schnee, sondern Asche? Er versuchte, sich zu konzentrieren. Wie roch der Wind, der seine Haut berührte? Spürte er die Ascheflocken im Gesicht? Stieg dort draußen Rauch auf?

Sark wusste nicht, seit wann er hier stand. Es war ihm auch egal. Alles um ihn herum zerbröckelte. Er konnte sich nicht einmal mehr daran erinnern, wie es früher gewesen war, bevor die Arbeit sein Leben beeinflusste und beeinträchtigte. An welchem Punkt hätte er reagieren und sofort die Reißleine ziehen müssen, um sich zu retten?

„Du weißt, dass du nicht weglaufen kannst", erklärte der Graue Herr. Er stand geschützt vor den geschlossenen Fenstern neben der Balkontür und blickte hinaus. „Das wusstest du schon immer, aber du hast es dir trotzdem gewünscht. Wer hätte das nicht?"

Sark stand nur da und betrachtete den Schnee, der sich nun vermehrt am Boden sammelte, während die Temperatur im Raum stetig fiel. Die Kristalle verhakten sich, bildeten Ketten und damit aus Fugen wachsende Muster, weiße und graue Flechten. Er bewegte sich so wenig wie der Graue Herr, der die

Hände hinter dem Rücken verschränkt hatte. Sark fühlte sich wie ein Beobachter dieser Szene, als wäre er gar nicht körperlich anwesend.

Der Graue Herr brach das Schweigen: „Glaubst du ernsthaft, dass Chloé die Morde beging, weil sie in den Leuten irgendwelche Dämonen sah, die sie vernichten musste, um sich selbst zu retten?"

Sark schwieg. In der Wohnung brannte kein Licht. Er wusste nicht einmal, ob die Heizung an war. Wie lang hatte er geschlafen? Und seit wann stand er hier? Er hörte dem Grauen Herrn zu, hatte aber Mühe, ihm zu folgen, da seine Gedanken immer wieder ins Nichts abglitten, als wäre es Treibsand.

„Ich habe da eine andere Theorie. Chloé brachte ihre Nachbarn nicht nur um, sondern sie zerlegte sie und bastelte daraus verschiedene Objekte. Wenn man sie mit ihren anderen Kreationen in Verbindung bringt, kann leicht der Eindruck entstehen, dass ein mentales Problem zugrunde lag. Gewiss, das kann der Schirm über allem gewesen sein, ich weiß es nicht. Der Punkt ist aber, dass ich vermute, dass das eine nichts mit dem anderen zu tun hat. Ich formuliere es einmal so: Ich denke, dass Chloé mit den Objekten versuchte, *Edensors Wut* von sich fernzuhalten, wie mit einem Traumfänger. Vielleicht nahm sie auch an, dass ein Menschenopfer helfen würde, zumal diese Praxis seit Jahrtausenden Verwendung findet. Dann funktionierte es nicht und sie opferte ein weiteres Leben. Eventuell wollte sie am Ende sogar Vali töten, einen geliebten Mensch. Das würde enorme Energien freisetzen. Ob es Notwehr war oder er sie umbrachte, weil er dem ganzen Wahnsinn ein Ende setzen wollte, wer weiß. Letztendlich wussten nur die beiden, ob Vali eine Ahnung von Chloés Taten hatte oder ob er daran beteiligt war.

Was auch immer zutrifft, es ändert nichts daran, dass du jetzt hier stehst und nicht weißt, wie es weitergehen soll."

Weiteres Schweigen. Die Annahme des Grauen Herrn kam für Sark nicht überraschend. Dass er dem Thema von möglichen Ritualen keine weitere Aufmerksamkeit hatte zukommen lassen, schloss nicht aus, dass er ebenfalls Chloés Weg eingeschlagen hätte, wenn alle anderen Optionen ohne Wirkung geblieben wären. Wobei, ein solches Bestreben setzte einen gewissen Lebenswillen voraus, und das wiederum ließ sich nicht mit dem Wunsch vereinbaren, sich auflösen und aus der Welt zu verschwinden. Er war also kein guter Kandidat für weitere Morde mit diesem Motiv, zumal die Gefahr bestand, dass man ihn dann so schnell nicht vergessen würde.

Es war ihm nicht möglich, Chloés Unschuld zu beweisen, da er den wahren Grund für ihr Handeln nicht kannte. Und selbst wenn, wie hätte er alles glaubhaft belegen können? Und dann war da noch die *junge Frau*. Verfolgte sie ihn, weil er sie damals in dem Verlies nicht erschoss, um ihr Leid zu beenden? Brachte sie sich um, um körperlos zu werden, damit sie sich in Sarks Alpträume schleichen konnte?

Seine Gedanken tanzten wild umher, so ungestüm wie der Schnee, der nun so dicht und großflockig geworden war, dass Sark kaum noch die Tür und den

Grauen Herrn am Fenster sehen konnte. Am Boden bildete sich ein Flickenteppich aus Schnee, welcher sich auf der Windseite der Möbel sammelte, hinter denen ein schattengleiches Nichts im Weiß entstand.

Sark schaute an sich herab. Der Schnee hatte mittlerweile seine gesamte Vorderseite bedeckt, doch er spürte weder Feuchtigkeit noch Kälte hinter dem Panzer, der ihn in diesem Augenblick schützte, Sark beinahe ein Gefühl der Geborgenheit verlieh; eine Umarmung ohne gefühlte Berührung. Und vielleicht war das, was er suchte, die Lösung für seinen Umgang mit *Edensors Wut*. Es war etwas, das ebenfalls Ruhe versprach und nach all den Jahren des Lockens nun endlich Erfolg hatte: Der Tod.

Er konnte nicht riskieren, in Chloés Schema zu verfallen, womöglich mit dem Ziel, Anna zu töten, da sie die wichtigste Person in seinem Leben war und damit potenziell die größte Macht, um *Edensors Wut* zu besänftigen.

Dass er auch nur darüber nachdachte, entsetzte ihn; die Dinge durften nicht aufgeschoben werden. Vielleicht war der Fall mit den seltsamen Morden – nicht zu vergessen die daraus resultierenden Entwicklungen – das letzte Mittel des Schicksals, Sark endlich in diese eine, für ihn bestimmte Richtung zu lenken. Er würde damit Annas Leben retten, eine bessere Motivation gab es nicht.

Er öffnete die Augen und sah zum Fenster. Der Graue Herr hatte sich umgedreht und lief im dichten Schneetreiben an Sark vorüber.

Als der Graue Herr hinter Sark war, blieb er stehen und sagte: „Es ist Zeit."

Sark blinzelte mehrfach. Als er sich dann umschaute, beschränkte sich das Schneegestöber auf die Welt da draußen. Einzig der kalte Wind wehte durch die offene Balkontür zu ihm. Er war nackt und zitterte vor Kälte.

Die Stimme des Grauen Herrn hallte in Sarks Kopf wider. Und er hatte Recht: Es war Zeit.

Zwischenspiel

Gefangen

Sark wusste nicht, worum es in der Unterhaltung ging. Vermutlich um seinen Alkoholkonsum, aber das war nur eine der Möglichkeiten. Eine Eheberatung? Aber bluteten die Dinge nicht mittlerweile ineinander? Und obwohl er im selben Raum saß, wirkte alles weit weg.

Anna war nicht hier. Vermutlich war sie bei einer Freundin von Mara, um diesen Termin wahrnehmen zu können. Mara unterhielt sich mit einer Frau, die hinter einem Schreibtisch saß. Sie war recht jung. Ob man ihr vertrauen konnte?

Er blickte nach links. Dann stand er auf und lief in den kleinen Nebenraum mit dem offenen Fenster.

„Möchten Sie ein Glas Wasser?" hörte er die Frau hinter sich fragen.

„Ich brauche nur kurz etwas frische Luft", antwortete er und stellte sich vor das offene Fenster, durch das ein angenehmer Wind wehte.

Der Nebenraum war eine kleine Küche mit Kühlschrank, einem Wasserkocher, etwas Geschirr, einer Mikrowelle und einer Spüle. Auf einem kleinen Holztisch in der Ecke stand eine grüne Topfpflanze, die mit ihren großen Blättern etwas unspektakulär aussah, mehr wie ein Unkraut, und doch hatte sie sich mit Hilfe einiger Nägel in der Wand an dieser nach oben bis unter die Decke gerankt, wo sie sich immer weiter im Raum ausbreiten konnte. Am Tisch stand ein einzelner Stuhl. Die Frau aß hier gewiss immer allein. Aber Pflanzen waren ohnehin eine bessere Gesellschaft als Menschen.

Sark streifte die leichte Gardine zur Seite und schaute hinaus. Unten sah er einen breiten Gehweg, der durch einen Grünstreifen von der Straße getrennt wurde. Gegenüber erstreckte sich ein Park. Er konnte dahinter mehrere Gebäude ausmachen. War er in der Nähe der Universität? Er schaute wieder zum Gehweg und schätzte, dass es etwa 20 Meter bis nach unten waren.

Sark kannte genügend Beispiele, in denen so etwas furchtbar schief ging und die Leute zu sabbernden Pflegefällen wurden, zu leeren Hüllen, die man im Rollstuhl durch die Gegend fahren musste. Wenn er es aber schaffen würde, auf dem Kopf zu landen, wären alle Sorgen unbegründet und sämtliche Probleme aus der Welt.

Er schaute kurz zurück. Weder Mara noch die Frau konnten ihn von ihrer Position aus sehen. Es war die Gelegenheit. Er würde einfach verschwinden und sich in Luft auflösen, wie ein Magier. Zumindest so lange, bis man den praktischen Trick durchschaute und das zurückgelassene Requisit fand.

Ohne weiter darüber nachzudenken, stieg er auf die Fensterbank und sah hinab. Die Hocke fühlte sich falsch an, weshalb er sich aufrichtete und innen am Fensterrahmen festhielt. Dann spielte er seine Bewegung im Kopf durch: Er musste sich nach vorn kippen lassen und dafür sorgen, den Kopf auf jeden Fall nach unten zu bekommen. Dann schloss er die Augen und ließ los.

Es war, als könne er aus sich heraus blicken und die Umgebung in ihrer Gesamtheit wahrnehmen, alles in einem Bild vereint. Sein Blick umfasste jedes Detail, wie die Reflexion auf einer Kugel aus poliertem Chrom. Die Grenzen seines Körpers waren dabei dunkle Kanten und Schatten, deutlich und unsichtbar zugleich. Und so nahm er wahr, dass er sich weiter drehte, zu weit, und letztendlich mit dem Rücken aufschlug.

Er öffnete die Augen.

Sark stand im Durchgang zum Nebenzimmer und betrachtete das Fenster mit der im Wind wehenden Gardine. Alles war blau, als würde er durch einen Filter blicken. Ein weiches, angenehmes Pastellblau.

Er weinte, ohne dass die Welt um ihn herum verschwamm. Deutlich spürte er die Tränen auf den Wagen.

Sark drehte sich um und blickte zu Mara und der Frau hinter dem Tisch; beide sahen ihn ratlos an und schwiegen.

Kapitel 32

Während Sark im Auto die Stadt verließ, klarte der Himmel auf, was der Sonne erlaubte, den Schnee zu verzehren. Überall funkelte es, als hätte ein Gigant Milliarden Diamanten auf die Landschaft gestreut.

Neben ihm lag die in Leder eingeschlagene Kupferplatte, die er mit sich an den Ort ihrer Entstehung nehmen wollte: Zum Sanatorium. Er hatte über die Methode nachgedacht und sich aus dem Bauch heraus für den Sprung vom Steilkliff entschieden. Wenn er nicht gegen die Felswand geschmettert wurde, würde ihm das eisige Wasser Atem und Leben rauben, sofern es nicht der Aufprall tat, zumal das Kliff in der Gegend rund 200 Meter aufragte.

Er fuhr nicht den direkten Weg, sondern rollte über weite Landstraßen, um Abschied zu nehmen. Vermutlich hätte er es nicht gemacht, wenn das Wetter trist geblieben wäre, doch nun konnte er die letzte Sonne spüren und sich noch einmal an dem erfreuen, was ihm die Gegend auf dieser Strecke bot. Es war schön hier draußen, fernab von dem hektischen Lärm der Stadt, die durch keine Lichtstimmung verbergen konnte, dass unter ihrer Oberfläche ein stinkender Mahlstrom menschlichen Seins wirkte, der alles Gute in den Abgrund riss.

Seine Gedanken schweiften unkontrolliert umher. Gab es etwas, der er noch hätte erledigen sollen? Verträge und Passwörter waren in einem Ordner in seiner Wohnung, folglich würde es keine Überraschungen geben. Er hatte Anna bereits eine letzte Textnachricht geschickt und darin geschrieben, dass er gerade an sie dachte und sie sich einen wunderbaren Abend machen soll. Es stimmte ihn traurig, dass er sie nicht noch einmal sehen konnte, und doch war es wohl besser so. Je schneller er es beendete, desto sicherer war seine Umgebung und umso geringer das Risiko, einen Rückzieher zu machen und alles unnötig in die Länge zu ziehen und vor allem zu verschlimmern. Er wollte sich endlich dem Unausweichlichen stellen.

Er hatte Hilmer keine Nachricht zukommen lassen. Dieser würde auch ohne sein internes Wissen zurechtkommen. Er hatte allerdings dafür gesorgt, dass man in seinen Unterlagen und Daten keine Verbindungen zwischen ihnen fand, um es Hilmer im Nachhinein nicht schwerer zu machen, als nötig. Gleiches galt für das ihm zugespielte Beweismaterial aus dem Fall um Vali und Chloé. Es lag nicht in seinem Interesse, Kollegen in Schwierigkeiten zu bringen, nur weil er entschied, sein Leben zu beenden und alles hinter sich zu lassen. Niemand sonst hatte sich für die Ungereimtheiten und offenen Fragen interessiert und nur er war derart tief in die Materie vorgedrungen, dass sie ihn letztendlich verschlungen und damit sein Schicksal besiegelt hatte.

Würde ihn jemand außer Anna und Mara vermissen? Es gab immerhin einen Grund dafür, dass in Städten Menschen jahrelang tot in ihrer Wohnung liegen konnten, ohne gefunden zu werden. Je größer eine Gemeinschaft, desto egoistischer ihre Mitglieder, wenn ihnen durch die äußeren Umstände der Zugang zu Nahrung und sonstiger Versorgung möglich ist. Da wurden in der Vergangenheit Königreiche errichtet und niedergebrannt, nur damit Leute nun in Großstädten völlig isoliert leben konnten, betäubt durch Arbeit und Konsum. Aber was kümmerte es ihn?

In Anbetracht seiner Lage hätte er sich schlecht fühlen können, und doch erfüllte ihn eine angenehme Ruhe, als säße er in einem der friedlich wirkenden Birkenhaine, die vorüberzogen. Er ließ sich von der Wärme und dem Sonnenlicht tragen und kam erst wieder in das Hier und Jetzt zurück, als er sich auf der alten Straße Richtung Sanatorium befand. Der brüchige Asphalt machte sich durch leises Knacken und Knirschen unter den Rädern bemerkbar.

Rechts erstreckte sich das graublaue Meer, hinter welchem mächtige Wolkenberge aufragten wie der unbewegliche Teil einer Kulisse. Sark verringerte die Geschwindigkeit, hielt an, stellte den Motor ab und stieg aus.

Die kalte Luft zog landeinwärts und begrüßte ihn mit dem Duft des Meeres und einem Klang, der ihm sagte, dass es nun kein Zurück mehr gab. Er ließ den Blick über die Szenerie wandern und atmete mehrmals tief durch, was ihn leicht benommen machte und ihn die Dinge mit einer höheren Klarheit wahrnehmen ließ. Er lehnte sich an das Auto, verschränkte die Arme vor der Brust, schloss die Augen und genoss die Stimmung.

Nach ein paar Minuten stieg er zurück in den Wagen und fuhr weiter.

Als sich kurz darauf das Sanatorium in der Ferne erhob, spürte er plötzlich die *Blicke* auf sich ruhen. Doch diesmal beunruhigten sie ihn nicht. Weshalb auch? Es gab nichts mehr zu fürchten.

Er parkte am Haupttor, nahm die Kupferplatte und stieg aus. Er machte sich nicht die Mühe, den Wagen abzusperren. Dann lief er los Richtung Küste.

Die *Blicke* aus dem Sanatorium schienen die Grundstücksmauer zu durchdringen wie eine Strahlung, die gefährlich war und dennoch – oder gerade deswegen – Neugier weckte. Und diese Neugier war es auch, die Sark zurück zu einer interessanten Frage brachte: Was würde passieren, wenn er sich den mysteriösen Schemen stellen und auf die zugehen würde? Gewiss lauerten sie dort drin, schlichen umher wie Raubtiere, rastlos und aufgeregt. Sie wussten genau, dass es bald an der Zeit für ein Festmahl war.

Als Sark das Ende des Grundstücks erreichte und die schiefen Grabsteine der Kindergräber sah, war der Gedanke an die Schatten zu einem Entschluss gewachsen. So konnte er immerhin eine der vielen offenen Fragen klären, ehe er endlich verschwinden würde. Zudem gab es hier draußen niemanden, dem er unter dem Einfluss der Schemen hätte gefährlich werden können.

Er legte die Kupferplatte durch die Öffnung am kleinen Tor auf die andere Seite und kroch auf allen Vieren hinterher. Der Boden fühlte sich kalt und hart an. Er richtete sich auf, klopfte sich die Hände sauber und nahm die Platte, um weiter zum Hauptgebäude zu gehen, diesem dunklen Ungetüm, das ihn lockte.

Er sah die dunklen Fenster, aus denen heraus man ihn beobachtete. Ein Schauder überkam ihn und er wusste nicht, ob es Werk der *Blicke* war oder das des kalten Windes. Er spürte deutlich die Energie, die der Ort aussandte. Sie war stärker als bei seinem ersten Besuch. Vielleicht ein Test, um ihn doch abzuhalten und dazu zu bringen, einfach umzukehren. Doch ohne die Antwort wäre er nur ein weiteres Mal gescheitert, etwas, das er keinesfalls zulassen wollte, nicht jetzt, so nah am Meer.

Ob es Einbildung war, konnte Sark nicht sagen, aber als er den Haupteingang erreichte, lag die Platte im kühlen Leder schwerer in seiner Hand als vorher. Aus dem Inneren strömte ihm ein kalter Luftzug entgegen. Er atmete kurz durch. Dann lief er weiter, hinein in die Wiege der Schatten.

Kapitel 33

Die Schatten kehren heim

Sark durchquerte die Vorhalle und ging weiter, bis er den Innenhof erreichte, wo er hinauf zu der gläsernen Kuppel blickte.

Die Bäume hatten trotz der geschützten Lage damit begonnen, ihr Laub abzuwerfen. Vereinzelte Blätter lösten sich und fielen fast lautlos herab.

Er legte die Kupferplatte auf eine der rechteckigen Betonflächen und rieb sich die klammen Hände an seiner Hose trocken. Dann lauschte er konzentriert, ob sich irgendwo etwas bewegte, denn nach wie vor waren die *Blicke* überall um ihn herum. Sie flossen aus den dunklen Winkeln, tropften von den oberen Etagen in den Innenhof und kamen vom Luftzug getragen heimlich näher.

Sark spürte plötzlich eine Wärme in seiner Brust, die hinauf in seinen Kopf strömte und ihn die Dinge klarer wahrnehmen ließ.

Er wusste nicht, wie lange er so unter den Bäumen stand, wartete und sich nicht bewegte. Doch nichts geschah. Deshalb ließ er die Platte liegen und streifte ziellos durch die großen und kleinen Räume. Irgendwo musste ein Schatten auf ihn warten, dessen war er sich sicher. Oder sollten sie sich ausgerechnet jetzt nicht zeigen, nur um ihn zu bestrafen und ihm die letzte Antwort vorzuenthalten?

Als er die erste Etage erreichte und sich dort umschaute, hörte er plötzlich ein Geräusch aus dem Innenhof. Es war so undefiniert und leise, dass er es nicht einordnen konnte. Die Gänsehaut, die er bekam, war für ihn allerdings Zeichen genug, dass es sich nicht um eine Einbildung handelte. Deshalb suchte er eine Stelle, an der ihm möglichst wenig Äste und Zweige der Baumkronen den Weg versperrten, und trat ans Geländer, um einen Blick nach unten zu werfen. Und dort sah er eine dunkle, schemenhafte Person, die am Grund des leeren Schwimmbeckens stand, umgeben von trockenem Laub.

Sark verhielt sich still.

Auf einmal knackte es schräg vor ihm. Deutlich konnte er sehen, wie einer der Baumstämme brach, als hätte ihn eine unsichtbare, riesige Axt gespalten.

Aus dem Inneren trat eine Masse aus Fleisch, Haaren, Stoppeln, Knorpelgewebe und deformierten Zähnen ans Tageslicht, durchsetzt von unzähligen Löchern, aus denen eine zähe, stinkende Flüssigkeit quoll.

Im rechten Augenwinkel bewegte sich etwas. Er konnte gerade noch reagieren und ausweichen, als ein schwarzbrauner Tentakel nach ihm zu greifen versuchte. Dieser entsprang einem anderen Baum, dessen Äste zu Fangarmen geworden waren. Wo sich der Stamm erstmals teilte befand sich ein Maul mit gelbgrünen, spitzen Zähnen.

Sark lief durch ein angrenzendes Zimmer, um zurück zur Treppe zu gelangen. Die plötzliche Eskalation der Dinge verdrängte seinen ursprünglichen Plan; sein Überlebensinstinkt übernahm die Kontrolle. Er musste hier raus.

Er brachte zwei weitere Räume hinter sich, ehe er die Treppe erreichte, über die er heraufgekommen war. Er wollte gerade die ersten Stufen nehmen, als eine dunkle Gestalt am Fuß der Treppe auftauchte und regungslos stehen blieb, während ein Tentakel um die Ecke schlängelte, sich zur Treppe bewegte und dort in der Luft verweilte, als würde er Witterung aufnehmen.

Sark wich zurück und folgte dem Flur. Er wusste, dass es noch andere Treppen nach unten gab. Allerdings versperrten ihm weitere Schemen den Weg. Zudem nahmen sie die Verfolgung auf, was dazu führte, dass Sark bei nächster Gelegenheit eine Treppe nach oben zur nächsten Etage nahm.

Die knochigen Gestalten kreischten und kamen immer näher. Sie streckten ihre langen Arme nach Sark aus, um ihn zu packen, doch er entwischte. Sie versperrten ihm immer wieder den Weg und machten es ihm so unmöglich, wieder nach unten zu gelangen.

Wo war die Treppe hinauf zum Dach? Eventuell konnte er über ein Fallrohr der Dachrinne nach unten klettern. Oder sollte er einfach hier springen und nicht vom Kliff? Es waren gedachte Fetzen ohne greifbare Substanz, die in all dem Chaos zur Oberfläche drangen, um dann wieder zu verschwinden.

Sark passierte gerade den Bereich, in welchem Marie Hedenford den Tod in den alles verzehrenden Flammen fand, als ihn eine der Gestalten brüllend aus einer dunklen Ecke heraus anfiel und nach hinten stieß.

Er taumelte kurz, dann stürzte er rückwärts halb in den rußgeschwärzten Raum, in welchem ein paar lange Gräser im Licht wuchsen, das durch das zerstörte Dach fiel. Nur ein paar Meter von ihm entfernt klaffte das vom Feuer erzeugte Loch hinab in die Etage darunter.

Die Gestalt war über ihm, spie ihm stinkend undefinierte Laute entgegen und würgte ihn. Trotz der Nähe war es ihm nicht möglich, die Gesichtszüge in diesem lebenden Schatten zu erkennen. Er schlug nach seinem Angreifer, konnte damit aber nichts ausrichten. Im Gegenteil: Mit jedem Treffer schien sich die Kraft der Kreatur zu steigern.

Sark bekam keine Luft. Jede Bewegung verbrauchte Sauerstoff, den er nicht bekommen konnte. Er griff wahllos zu den Seiten, um irgendetwas greifen und sich damit wehren zu können. Aber er berührte nur Schutt, Ruß und das, was die Flammen zurückgelassen hatten. Sämtliche Materie schien sich zwischen seinen Fingern aufzulösen und zu Staub zu zerfallen.

Der Drang nach Luft baute sich in seinem Körper auf, ein Druck, der nicht zu bändigen war und ihn zu zerreißen drohte. Er drehte den Kopf, um zu sehen, ob sich etwas Brauchbares in der Nähe befand, aber es gab nichts; keinen Ziegel, kein Stück Holz, das er als Waffe hätte nutzen können.

Und dann sah er etwas im oberen Bereich seines Blickfelds, dort, wo sich der Himmel über dem Loch im Dach zeigte: In dem gleichmäßigen Weiß befand sich ein schwarzer Kreis, etwa so groß wie der Mond. Dann bewegte sich der Fleck und wurde zunächst etwas kleiner, dann größer.

Sark nahm die Veränderung zunächst unterbewusst wahr, doch dann wurde ihm trotz Todeskampf klar, dass es sich um ein Auge handelte, das da auf ihn gerichtet war. Und er *wusste*, dass es ein Auge jenes Giganten war, der im Hintergrund der Darstellung auf der Kupferplatte zum Betrachter blickte.

Wozu kämpfen? Der Gigant wusste, wie die Geschichte enden würde, und dennoch starrte er auf die winzige Szene. Sark wurde klar, dass er sich seinem Schicksal nicht länger entziehen konnte, dass es nun an der Zeit war, den Dingen ihren Lauf zu lassen, um endlich zu erfahren, was geschehen würde. Er wollte wenigstens eines der Mysterien lüften und so seinem Dasein kurz vor dem Ende einen Sinn geben. Er durfte nicht mehr kämpfen, er musste sich treiben lassen, wie ein Blatt auf einem Fluss, und dem Riesen dabei zeigen, dass ihn niemand brechen konnte, auch jetzt nicht.

Sark hielt dem Blick stand, entspannte seine Muskeln und ließ den Druck an seinem Hals zu. Das wilde Kreischen der Gestalt über ihm rückte in den Hintergrund einer Stille, die sich wie eine Decke über ihn legte. Er spürte, wie sein Körper schwerer wurde und in den Boden zu sinken schien. Seine Augenlider begannen zu flattern. Dann gebar der schwarze Mond, die Pupille des Giganten pulsierend pechschwarze Schlangen, die zuckend und züngelnd aus der Dunkelheit glitten und das umliegende Weiß verschlangen. Kurz darauf stürzten sie schwerelos auf Sark und rissen ihn so Stück für Stück in eine tiefe Finsternis.

Kapitel 34

Ein diffuser Schein löste die Schwärze langsam auf. Sark öffnete die Augen. Mit der Rückkehr der Erinnerung wurde ihm bewusst, dass er sich im Zimmer von Marie Hedenford befand. Er sah durch das zerstörte Dach hinauf zum Himmel, der nur noch vereinzelt blaue Stellen zeigte. Unter Schmerzen stand er stöhnend auf. Dann hielt er inne und verarbeitete, was er sah:

Vor dem Raum stand Krister Hedenford. Er trug einen dunkelbraunen Anzug mit schwarzer Weste, eine beige Krawatte und schwarze Lederschuhe. Neben ihm lag eine männliche Leiche in einem schwarzen Anzug.

Hedenford, der Sarks irritierten Blick sah, sagte mit ausdrucksloser Stimme: „Er hätte Sie erwürgt, da musste einer meiner anderen Männer einschreiten. Ich hasse es, wenn Kompetenzen überschritten und Anweisungen missachtet werden."

„Was machen Sie hier?" wollte Sark wissen.

„Das könnte ich auch Sie fragen."

Was war hier los? Hatten ihn die Schatten etwa betrogen und der einzigen Wahrheit beraubt, die es noch gab?

Sark schaute auf die Leiche, was einen Denkprozess in Bewegung setzte, der ihm statt Klarheit Verwirrung schenkte. Wie viele der Schemen, denen er begegnet war, entsprangen *Edensors Wut*? Und bei wie vielen handelte es sich in Wirklichkeit um Hedenfords Männer? Und was steckte dahinter?

„Woher wussten Sie, dass ich hier bin?" fragte Sark.

„Ich ließ Sie beschatten. Und ihr Auto hat einen Peilsender."

Sark wusste nicht, was er mit diesen Informationen anfangen sollte, da sie nicht zu dem Rätsel passten, das er die ganze Zeit über lösen wollte.

„Was wollen Sie von mir?"

„Jetzt spielen Sie bitte nicht den Unwissenden. Das hat keinen Sinn."

„Sie hätten nur fragen müssen, dann hätte ich Ihnen die Platte gegeben."

„Glauben Sie, ich will dieses hässliche Ding? Einer meiner Männer fand es im Innenhof. Ich schaute es mir genau an. Nicht mein Geschmack. Und da Sie offenbar überall nach Informationen suchten, wäre es ein schlechter Schachzug von mir, wenn ich die Platte nicht verschwinden lassen würde."

Sark wurde aus Hedenfords Worten nicht schlau. An dieser Stelle hätte er auch eine fremde Sprache hören können.

„Ich frage noch einmal: Weshalb sind Sie hier?" Hedenford musterte Sark.

„Gut, wenn Sie unbedingt die Wahrheit wissen möchten: Ich wollte mich umbringen."

„Das trifft sich gut, denn die Gelegenheit werde ich Ihnen nachher vielleicht sogar geben."

Sark verlor langsam die Geduld. Er kam sich vor, als würde er mit einem Junkie sprechen, der nicht verraten wollte, woher er seinen Stoff hatte. Und irgendwie vermutete er, dass Hedenford den gleichen Gedanken hegte, denn ganz offensichtlich hatte das hier nichts mit der Druckplatte zu tun.

„Können wir nicht die Spielchen lassen und Sie sagen endlich, was Sie von mir wollen?"

„Leider sind Spielchen eine meiner Schwächen", wich Hedenford aus. „Ich werde Ihnen aber eine kleine Geschichte erzählen, die Ihnen helfen wird."

„Wenn es sein muss ..." Leider konnte Sark die Sache nicht beschleunigen und die Antworten mittels Gewalt aus Hedenford locken, denn vermutlich hatte dieser jede Variante durchdacht und mit einem Notfallplan versehen. Wäre er doch nur direkt zum Meer gelaufen und gesprungen. Er spürte, dass ihm erneut die Kontrolle über die Dinge entglitt.

„Als dieser Vali auftauchte und, genau wie Sie, ein seltsames Interesse an meinem Grundstück hegte, wurde ich stutzig. Und dann, wie durch ein Wunder des Himmels, löste sich das Problem. Aber dann tauchten Sie auf, ein versoffener Polizist, der sein Leben nicht wirklich unter Kontrolle hat. Und wie Sie selbst wissen, wenn jemand wenig oder gar nichts zu verlieren hat, dann macht das ihn oder sie umso gefährlicher. Also versuchte ich es mit der unauffälligen Art, Sie davon abzubringen, Ihre Nase in Dinge zu stecken, die Sie nichts angehen. Mein Bauchgefühl sagte mir, dass es zu riskant ist, Sie einfach so verschwinden zu lassen. Sie sind zwar als ziemliches Arschloch bekannt, genießen aber trotzdem einen Haufen Respekt. Und Sie kennen verdammt viele Leute, die Ihr Verschwinden hinterfragen würden. Wie gesagt, zu riskant."

Sark vernahm Hedenfords Worte, konnte ihnen aber noch immer keinen brauchbaren Sinn zuordnen.

„Und dann kontaktieren Sie Magnus Olofson, der sich plötzlich auch nach dem Sanatorium erkundigt. Woher sollte ich wissen, ob er an einem seiner Bücher arbeitet oder für Sie Informationen beschaffen soll? Also kümmerte ich mich um das Problem in der Hoffnung, dass Sie endlich verstehen, dass Sie hier nichts zu suchen haben. Aber ganz offensichtlich irrte ich mich, denn meine Strategie ging nicht auf. Und so stehen wir hier und Sie spielen noch immer den Unwissenden. Mir scheint, Sie mögen auch Spielchen." Hedenford machte eine kurze Pause. „Ich weiß, Sie wollen es aus meinem Mund hören."

Sark wurde von Gedanken überflutet und war nicht in der Lage, auch nur einen von ihnen zu greifen. Die einzige Verbindung zwischen Vali, Hedenford und ihm war das Sanatorium. Und doch hatte scheinbar nichts davon mit der Kupferplatte zu tun, durch welche *Edensors Wut* aus der Vergangenheit bis in die Gegenwart gekommen war, um ihn zu peinigen.

Was hatten die alten Geschichten rund um das Sanatorium mit dem Hier und Jetzt zu tun? Es ging immer um die Platte. Und plötzlich nicht mehr?

Das Sanatorium, der Umbau, die Villa.

Hedenford betrachtete Sark.

Sark starrte auf die Leiche am Boden. Dann wanderte sein Blick unbewusst zur rußgeschwärzten Wand des Raums. In diesem Moment flüsterte ihm der geisterhafte Wind ein Wort, das sich ebenfalls wie ein roter Faden durch die Jahrzehnte zog: *Feuer.*

Sark schaute wieder zu Hedenford, der mit den Händen in den Hosentaschen selbstsicher und regungslos vor dem Zimmer stand.

Die Antwort erschien Sark wie aus dem Nichts. Fast fühlte er sich in einen Fieberwahn zurückversetzt, der ungefiltert die Wahrheit in sein Hirn pflanzte.

Valis tödlicher Sturz war so willkommen gewesen wie Olofsons unfreiwilliges Ableben nötig. Und dieser Grund sollte nun auch Sarks Schicksal besiegeln: Hedenford wollte verhindern, dass sich jemand mit dem Sanatorium befasste, diesem verlassenen Haus, das nichts weiter bot als Erinnerungen an eine tragische Vergangenheit und menschliche Abgründe. Und von all diesen Dramen gab es nur eines, dem Sark nun nicht hätte näher sein können: Der Tod von Marie Hedenford.

„Endlich haben Sie es", gratulierte Hedenford, der die Antwort in Sarks Augen erkannte.

Obwohl Sark nicht an den damaligen Ermittlungen beteiligt war, wusste er, dass es zu keinem Moment auch nur einen Hinweis auf Fremdeinwirkung gab.

„Wissen Sie, Marie war eine manipulative Person. Sie verstand es, Leute gegeneinander auszuspielen und sie unter Druck zu setzen. Es bereitete ihr eine sadistische Freude. Das Schlimmste war, dass es niemand wusste oder ahnte. Und vielleicht habe ich meine Neigung zu ähnlichen Spielchen von ihr. Erfahrungen prägen und machen uns zu dem, was wir sind.

Sie war 10 oder 11, ich 13, das war kurz vor der Krebsdiagnose bei unserer Mutter. Wir waren hier und spielten mit dem Hund, Bennie, ein Boston Terrier. Er war weder ihrer noch meiner, er war der Familienhund. Jedenfalls kam sie auf die Idee, an der Küste entlang zur Stadt zu laufen. Wir taten das oft. Den schmalen Trampelpfad zur Stadt und dann oben über die Straße zurück. Wir liefen und unterhielten uns darüber, ob wir uns Eis oder Schokolade kaufen sollten.

Etwa auf halber Strecke Richtung Stadt nahm sie Bennie auf den Arm und trug ihn. Ich lief hinter ihr. Der Weg war so schmal, dass ich durch das Gras gemusst hätte. Plötzlich blieb sie stehen, drehte sich um und grinste mich an.

Und dann schleuderte sie doch tatsächlich Bennie im hohen Bogen vom Kliff. Er gab einen seltsamen Laut von sich und war verschwunden. Marie schaute mich die ganze Zeit über an. Es bereitete ihr unheimliche Freude. Dann sagte sie, dass wir behaupten, es sei ein Unfall gewesen. Es würde meiner Mutter das Herz brechen, wenn sie wüsste, dass es Absicht war und sie nichts tun konnte, um es zu verhindern. Sie brachte den Hund um und gab mir die Schuld. Interessant ist dabei auch, dass Marie von ‚meiner‘ Mutter sprach und nicht von ‚unserer‘ Mutter." Hedenford machte eine kleine Pause. „Also gingen wir in die Stadt, kauften uns jeweils ein Eis und erzählten zuhause, dass Bennie beim Spielen zu weit ans Kliff gerannt und von der Kante gestützt war.

Später drohte sie immer damit, zu verraten, dass ich Pornos schaute oder die Hausmädchen beobachtete, weil ich hoffte, sie dabei zu sehen, wie sie sich in der Umkleide auszogen. Irgendwann trank ich das erste Mal Alkohol und stellte fest, dass es mir in dem Moment egal war, was Marie dachte und mir androhte. Letztendlich tat sie nie etwas. Es machte ihr wohl nur Spaß, mich unter Druck zu setzen, weil sie wusste, dass es funktionierte. Also stürzte ich mich später auf Drogen und in Frauengeschichten, nur um etwas Ruhe zu finden. Mir war und ist klar, dass das für meinen Ruf sorgte, aber es half mir damals, das alles irgendwie durchzustehen."

Sark wusste nur zu gut, was Hedenford meinte.

„Als sie mir dann auch noch unter die Nase rieb, dass sie die Geschäfte übernehmen wird, weil ich laut unserem Vater weder reif dafür war noch ein gutes Aushängeschild für den Namen der Firma, wusste ich, dass sie gewonnen hatte."

„Bis Sie Ihre Chance sahen", warf Sark ein.

„Richtig. Ich meine, es war einfach perfekt. Und ich wusste, dass sie mit ihren Spielchen nie aufhören würde. Also plante ich es bis ins kleinste Detail und wartete nur auf den richtigen Moment."

„Wie haben Sie es angestellt? Es gab nie einen Verdacht, es war praktisch das perfekte Verbrechen."

Hedenford lachte kurz. „Das bleibt zwischen Gott und mir.

Nun ja, und dann taucht plötzlich nach all den Jahren dieser Vali bei mir auf und möchte etwas über das Sanatorium wissen. Sie können sich vorstellen, dass ich nervös wurde. In der heutigen Zeit beschäftigen sich Menschen mit allen möglichen Dingen und finden dabei die irrsinnigsten Sachen und Verbindungen heraus. Ich konnte mich nicht darauf verlassen, dass mein damaliger Plan auch heute noch sicher ist."

Sark konnte nicht glauben, dass er durch die Ermittlungen an einem offiziell nicht lösbaren Fall in all diesem Durcheinander die Wahrheit über einen Mord erfuhr, den es aus Sicht der Ermittler nie gegeben hatte. Er vermutete, dass Hedenford das Geheimnis mit ins Grab hätte nehmen können, und doch gab es gewiss auch bei ihm diese innere Stimme, die ihn zu seinem Handeln zwang, einem Handeln, das womöglich erst eine Spur zu ihm schuf und damit jene Mauer zerstörte, die den Geschwistermord verbarg. Aber selbst hier erkannte sich Sark wieder, denn auch er hatte Dinge zerstört, ohne es anfangs zu ahnen. Doch was blieb zurück? Nichts. Sark fühlte sich nach wie vor leer und von dem Wunsch getrieben, alles zu einem Abschluss zu bringen, über den er noch immer die Kontrolle hatte. Und nun stand dort Hedenford und damit die Gefahr, diesen freien Willen zu verlieren.

Die Platte. Hedenford hatte zugeben, sie eingehend betrachtet zu haben, folglich hatte er sie mit hoher Wahrscheinlichkeit auch berührt. Dieser Gedanke erfreute Sark. Wenn Hedenford auch bald die Auswirkungen von *Edensors Wut* spürte, wäre ihm ein furchtbares Leben sicher, ganz so, wie offenbar von Marie Hedenford zu Lebzeiten gewünscht. Sark konnte sich als Instrument sehen, mit dessen Hilfe ein Auftrag ausgeführt wurde. Der weitere Verlauf der Geschichte betraf ihn nicht mehr. Er hatte sich nach Jahren des stillen Sehnens endlich losgesagt. So fügten sich die Elemente zusammen, die guten wie die schlechten. Niemand, der Hedenford erscheinen würde, hätte eine Verbindung zu Sark, keine Äußerungen, keine versteckten Hinweise, nichts, das man selbst mittels Folter hätte erfahren können. Zudem gab es gewiss zahlreiche, einflussreiche Gegenspieler, die Hedenford stürzen wollten und nur auf einen entscheidenden Fehler oder ein Zeichen der Schwäche warteten. Egal, was die Zukunft für alle anderen bereithielt, Hedenford würde untergehen, nachdem Sark längst verschwunden war. Er musste es nur bis zum Kliff schaffen, um aus diesem absurden Traum zu erwachen.

Ein eisiger Wind zog durch das Gebäude. Draußen auf dem Flur tanzten ein paar vertrocknete Blätter über den Boden. Durch das Loch im Dach sanken Schneeflocken in das schwarze Zimmer.

„Es ist Zeit", sagte der Graue Herr neben Sark.

Zwischenspiel

Trauerweide

Sark betrachtete den Baum: Die Zweige und Äste hingen bis zum Boden, wo sie sichtbar zu Wurzeln wurden und in der Erde versanken, um so eine Art Kuppel zu bilden, einen grünen Dom, welcher von einem Rauschen erfüllt wurde, sobald eine Woge des angenehm frischen Windes ihn berührte. Immer wieder zogen Wolkenschatten über die Landschaft.

Fetzen einer weiblichen Stimme hatten ihn vom Weg auf die Wiese mit zahllosen Kornblumen und dieser Trauerweide gelockt.

Er wartete eine Weile, dann trat er näher, schob mehrere Zweige zur Seite und tauchte ein in das Zwielicht im Inneren dieses merkwürdigen Gewölbes, wo das Raunen allgegenwärtiger wurde und sämtliche Geräusche von außerhalb schluckte.

„Wieso bist du gegangen?" fragte Anna irgendwo in diesem Irrgarten, wo die kleinste Bewegung die Sichtweite in eine Richtung erhöhen konnte, nur um sie an anderer Stelle zu reduzieren.

„Wieso?" wiederholte sie traurig.

Sark drang tiefer in die Kuppel vor, in welcher die Luft feuchter und deutlich kühler war. „Anna?"

„Wieso hast du mich verlassen?"

Sark fühlte Panik in sich aufsteigen. Er wollte sie nicht ganz verlieren. Doch wie konnte er sie davon abbringen, sich weiter von ihm zu entfernen, wo er doch wusste, dass er die Schuld trug?

Er kletterte der Stimme nach, stieg auf einen tiefen Ast und zog sich an mehreren Zweigen nach oben.

„Wieso hast du mich verlassen?"

Annas Stimme kam nun aus einer völlig anderen Richtung. Sark kletterte auf einen benachbarten Ast, um sich ihr zu nähern. Immer wieder fielen vereinzelte Sonnenstrahlen durch das Grün, wenn der Wind die Blätter und Zweige in eine günstige Position schob. Irgendwo zwitscherte ein Vogel.

„Wieso hast du mich verlassen?"

Annas Stimme veränderte mit jedem Satz ihren Klang. Aus Traurigkeit wurde schrittweise eine Wut, die Sark nachvollziehen und für die er Anna keinen Vorwurf machen konnte.

Sark war nicht in der Lage, ihr zu antworten. Er wollte sie sehen und einfach in seine Arme schließen.

„Wieso hast du mich verlassen?" rief Anna. Ihre Stimme brach hörbar unter Tränen.

Sark musste erneut die Richtung wechseln.

Er verlor sich in dieser Zwischenwelt der Baumkrone, dem Reich von Licht und Schatten, und hoffte mit jeder Bewegung, Anna ein Stück näher zu kommen, nur um festzustellen, dass er sich in Wirklichkeit von ihr entfernte. Er stieg in die Höhe, kletterte hinab zum Boden und bewegte sich so bis zur völligen Erschöpfung, die ihn irgendwann von einem Ast abrutschen und in die Tiefe stützen ließ.

Er schlug, gebremst von Ästen und Zweigen, unsanft am Boden auf und blieb liegen. Er lag nur da und starrte hinauf in das wogende Spiel der Blätter.

Anna war verstummt. Zurück blieb lediglich das spöttische Lied des Windes, der Sarks Scheitern belachte. Und dann waren da noch einige Blätter, die zu ihm flüsterten, dass er endlich verschwinden und sich auflösen solle.

Sark schloss die Augen und hoffte, dass es bald geschehen möge.

Kapitel 35

Lossagung

Sark rannte über das Gras Richtung Kliff. Der Schnee traf ihn mittlerweile wie unzählige Nadeln. Er musste die Augen zusammenkneifen. Der eisige Wind, der vom Meer her wehte, zerrte an seiner Kleidung und durchdrang zuerst ihre Fasern, dann gefühlt die seinen. Nichts war mehr zu sehen vom friedlichen Blau des Himmels. Stattdessen schienen sich die Wolken immer weiter zu senken, denn es zog dichter Nebel auf.

Der Wind und dessen klarer Duft lockten undefinierte Erinnerungen hervor an eine Zeit, in der vieles einfacher war, als er weniger von der Welt und vor allem vom Leben wusste. Und er fühlte sich seit längerem erstmals bei klarem Verstand, nahm die Dinge unverfälscht und intensiv wahr. Er konnte anhand des Klangs jeden einzelnen Grashalm in diesem verblassenden Meer ausmachen, der vom Wind und den Schneekristallen berührt wurde.

Sark wusste nicht, ob die Blicke, die auf ihm ruhten, von Hedenford stammten, von dessen Männern oder von den Schemen der Vergangenheit. Vielleicht waren es auch die Kinder, die nun neben ihren Gräbern standen und ihm nachsahen, während er immer weiter in das Grau eintauchte. Er wagte nicht, sich umzudrehen aus Angst, dem ins Auge blicken zu müssen, was da hinter ihm lauerte.

Als der Graue Herr erschienen war, war Sark instinktiv nach vorn geprescht und hatte Hedenford mit aller Gewalt einen Stoß versetzt, der diesen von den Füßen riss und zu Boden warf. Dann hatte er die Flucht ergriffen. Er konnte sich nicht erinnern, wie er es aus dem Hauptgebäude bis zum hinteren Tor und dort zur anderen Seite schaffte. Er wusste nur, dass er die schiefen Grabsteine der Kindergräber rennend hinter sich ließ und Richtung Meer sprintete, so schnell er konnte.

Der Nebel wurde dichter, so dicht, dass Sark keine fünf Meter weit blicken konnte. Der Schnee blieb an ihm kleben und durchnässte seine Kleidung, ohne das er es spürte. Seine Lunge brannte und die Beinmuskeln verkrampften, aber er musste weiter; er durfte nicht langsamer werden oder gar anhalten.

Sark, der durch die fehlende Sicht nicht wusste, wie weit es noch bis zum Kliff war, hoffte inständig, dass er es schaffen würde. Aber wenn er nichts sehen konnte, dann traf das auch auf seine möglichen Verfolger zu.

Plötzlich traf Sark ein heftiger Windstoß von der Seite. Dieser riss den Nebel aus seinem Blickfeld und mit ihm das Schneegestöber. Was blieb war ein blauer Himmel, eisig klare Luft und nur noch etwa 20 Meter bis zur Kante. Am Horizont erhoben sich mächtige Wolkenberge, als würde sich in der Ferne ein weites Gebirge erstrecken mit Tälern so tief, dass sie in ewigem, kaltem Dämmerlicht oder in völliger Dunkelheit lagen, und mit Bergen so hoch, dass selbst das lauteste Echo ihre Gipfel nicht zu streifen vermochte.

Der Graue Herr stand am Kliff und blickte hinaus auf das Meer.

Sark hielt überrascht an. Die Sonne ließ das nasse Gras funkeln, das aus einem Bett aus Schnee aufragte, der sofort damit begann, im Licht zu vergehen.

„Es liegt nicht mehr in deiner Hand", sagte der Graue Herr, als sich Sark näherte.

Sark, der völlig außer Atem war und die Kälte der Luft in seinem Hals spürte, hatte einen metallischen Geschmack im Mund.

„Wahrscheinlich wird Hedenford das Gebäude abreißen lassen, um das alles hinter sich zu lassen", sagte der Graue Herr weiter. „Hätte er das schon vor einem halben Jahr gemacht, wäre die Platte unter dem Schutt verschwunden und alles hätte sich anders entwickelt."

Sark stellte sich neben den Grauen Herrn.

Das Foto.

Es kam ihm wie aus dem Nichts in den Sinn. Er suchte in den Taschen seines Jacketts und fand es. Es hatte in letzter Zeit stark gelitten und mehrere Knicke bekommen. Wie fröhlich Chloé in die Kamera lachte. Und Valis abgelenkter Blick. Was er wohl sah? Eine Frage, über die Sark häufig nachgedacht hatte, ohne eine Antwort zu finden. Vielleicht hatte er es damals nur aus der Wohnung mitgenommen, um nun damit hier zu stehen und die beiden wissen zu lassen, dass er sie verstand; keiner von ihnen handelte aus freien Stücken.

Einige Gedanken wanderten durch Sarks Kopf, zu schnell, um sie komplett zu erfassen. Hatte sein Wunsch, sich aufzulösen, eine Energie freigesetzt? Vielleicht war Krister Hedenford die damit verbundene Antwort des Universums. Hatte er sich so nach dem Ende gesehnt, dass ihm jetzt die Entscheidung endgültig abgenommen wurde? Schicksal oder nicht, es war gut, sich jetzt der Konsequenz seines Strebens zu stellen, anstatt ein weiteres Mal durch eine Hintertür zu entwischen und das Unausweichliche aufzuschieben.

Mit diesem Gedanken schloss Sark auch dieses Kapitel ab. Er ließ das Bild los. Es tanzte vom Wind getragen langsam in die Tiefe und verschwand.

„Ist das hier das Ende?" wollte Sark wissen.

„Ich glaube nicht", antwortete der Graue Herr mit ruhiger Stimme. „Vielleicht ein Abschied, wer weiß."

Sark schloss die Augen. Die Sonne wärmte seinen Rücken. Es war eine herzliche Umarmung vor dem Weg in die dunkle Kälte, die dort unten auf ihn wartete.

Sark sandte ein stummes Gebet an Gott, etwas, das er vorher nie getan hatte; möge dieser über Anna wachen und sie nach Möglichkeit vor den grausamen Dingen des Lebens bewahren.

Er öffnete die Augen und blickte neben sich zum Grauen Herren.

Dieser lächelte leicht, etwas, das Sark nie gesehen hatte. Seine Augen waren voller Mitgefühl.

Es war Zeit.

Sark trat bis auf einen halben Meter an die Kante heran und blickte hinab. Er konnte die Wasseroberfläche nur schwer fokussieren. Es dauerte eine Weile, bis er realisierte, dass sich das Meer hob und direkt unter ihm nach oben wölbte. Dabei wurde die dunkle Farbe des Wassers heller. Ein Glühen drang aus der Tiefe. Bald darauf zeichnete sich eine undefinierte Form ab, die in den höheren Wasserschichten blau, weiter unten hingegen türkis war.

Sark betrachtete das rätselhafte Schauspiel. Handelte es sich dabei um einen Schutzmechanismus des Unterbewusstseins?

Dann brach etwas Gewaltiges lautlos durch die Wasseroberfläche, um sich aufzubäumen und Sark entgegenzustrecken: Ein Wal, groß wie ein Wolkenkratzer und derart blau und schillernd, als wäre er ein gigantischer Saphir, der so in Form gebracht worden war, dass jede Facette ihren Teil dazu beitrug, die Oberfläche zu einem Wunder zu machen. Er öffnete das Maul und offenbarte einen Schlund, der von Lichtstrahlen durchzogen war, die sich in dem Stein brachen, reflektiert wurden und das Innere des Wals zu einer Kristallhöhle der Spektralfarben verwandelten.

Es war eine Einladung, ein Ruf.

Der Wal erreichte den höchsten Punkt seines Sprungs und erstarrte in seiner Bewegung. Das Wasser, das er mit sich nach oben gerissen hatte, floss funkelnd hinab. Der Wind wurde schlagartig stärker. Er trug den klaren Duft von neuem Schnee mit sich.

Sark machte noch einen kleinen Schritt nach vorn und schloss die Augen. Er atmete tief ein, verlagerte sein Gewicht und ließ sich fallen.

Kapitel 36

Anna ging bei einer Tasse Tee die Bücher durch, die sie in der Wohnung ihres Vaters zusammengetragen und auf dem Couchtisch ausgebreitet hatte. Eines ohne Titel auf dem Einband – darauf gab es lediglich ein kleines, schwarzes Dreieck, das leicht gedreht war – hatte sie direkt zur Seite gelegt, ohne einen Blick hineinzuwerfen. Sie wollte es auf jeden Fall lesen; weshalb, das wusste sie nicht. Bei den anderen Werken handelte es sich um ein paar Klassiker längst vergangener Tage und ein Buch über Kriegsstrategien. Und dann gab es noch zwei Tagebücher mit ledernem Einband und handgeschöpftem Papier. Sie schienen einiges gekostet zu haben.

Sie hörte, wie ihre Mutter in der Küche die Schränke durchsah. Draußen rauschte der Wind.

Es war seltsam. Obwohl Anna die Wohnung kannte, wirkte sie auf eine sonderbare Art fremd, farblos und kalt, als würden die Wände wissen, was geschehen war. Abgesehen von Rechnungen, Verträgen und anderen Unterlagen, befand sich scheinbar nicht viel Persönliches im Besitz ihres Vaters. Sie fühlte sich schlecht, kam sich vor, wie eine Tochter, die sich nie ernsthaft für ihren Vater interessiert hatte, obwohl das nicht stimmte. Sie hatte es einfach genossen, mit ihm Dinge zu unternehmen, sich zu unterhalten oder bei einer Pizza einen Film zu schauen. Und doch war er ihr gefühlt nun völlig fremd, so fremd, dass sie nicht einmal weinen konnte. Ob er ihr deshalb böse war?

Ihre Mutter hatte damit mehr zu kämpfen. Sie hatte ihm nie etwas Schlechtes gewünscht und bedauerte wohl auch heute noch hin und wieder, dass sich die Dinge zwischen ihnen damals so entwickelten, dass eine Trennung die einzige Lösung war. Anna nahm an, dass Trauer eine Rolle spielte, eine andere der mögliche Selbstvorwurf, ihm nicht genug geholfen zu haben.

Und nun waren sie hier und suchten zusammen, was sie behalten würden; ein Leben geschrumpft auf zwei, drei Kartons. Um den Rest würde sich eine Firma kümmern. Umso wichtiger war es, alles durchzugehen und jene Stücke herauszusuchen, die unersetzbar waren, wie beispielsweise das alte Familienfoto von der Wand aus der Küche, das bereits verstaut war. Laut ihrer Mutter war Anna damals 3 Jahre alt.

Sie konnten noch immer nicht verstehen, wie es zu dem Unfall hatte kommen können. Es gab weder Anzeichen von Fremdeinwirkung noch Spuren von Drogen, Alkohol oder anderen Substanzen in seinem Blut. Ein Spaziergänger hatte den Sturz aus der Ferne gesehen und gemeldet.

Sie nahm einen Schluck Tee, stellte die Tasse zurück auf den Tisch und griff eines der Tagebücher. Sie schlug es auf. Das dicke Papier fühlte sich durch die groben Fasern rau an. Ein seltsamer Geruch stieg von den Seiten auf, irgendwo zwischen Essig und Holz.

Anna winkelte die Beine auf der Couch an, lehnte sich zurück und begann zu lesen.

Kapitel 37

3. Weg am See

Es war früh am Morgen. Er fuhr mit dem Rad den schmalen Weg entlang, der dem Ufer eines Sees links davon folgte. Über der Oberfläche hing so dichter Nebel, dass das gegenüberliegende Ufer nicht zu sehen war. Er hätte auch an einem weiten Fjord sein können, ohne es zu bemerken. Rechts befand sich der Wald, dessen Bäume sich ebenfalls im Nebel verloren und auflösten.

Er atmete schwer. Der Weg war uneben, die Erde leicht feucht. Der Tau ließ alles glänzen, Moos, Gräser und das Laub am Boden. Die Sonne brach ab und zu durch den Höhennebel, war aber die meiste Zeit über nur ein diffuses Glühen, das der Umgebung einen merkwürdigen Schein gab. Es war kalt.

Nach einiger Zeit kam er an eine Holzbrücke, die eine kleine Bucht des Sees überspannte. Die Bucht verlor sich rechts in einem kleinen, sumpfigen Bereich mit Schilf, der dann zwischen größerem Gehölz in den Wald überging. Die Brücke war an vielen Stellen von Moos bedeckt. Er fuhr vorsichtig über die Bretter, um nicht zu stürzen, das Holz war rutschig.

Auf der anderen Seite der Bucht wurde der Weg zu einer kreisrunden, mit Kies bedeckten Fläche, in deren Mitte eine große Eiche mit einer umlaufenden Holzbank stand. Auf der anderen Seite führte der Weg weiter am Ufer des Sees entlang.

Er wollte den Baum umrunden, stoppte aber schlagartig, denn plötzlich stürzte links von ihm in einigen Metern Entfernung ein Körper in liegender Haltung aus der dichten Baumkrone. Der Leib prallte steif wie ein Brett seitlich auf den Boden und federte merkwürdigerweise einige Male wieder zurück in die Luft. Der Körper behielt die liegende, seitliche Haltung bei, als wäre er tiefgefroren. Der nackte Mann, dessen Gesicht lediglich eine glatte Fläche aus Haut war, blieb letztendlich regungslos und starr liegen.

Der Radfahrer betrachtete stumm die blasse, sonderbare Leiche.

7. Laternen

Der Wind wehte recht kräftig durch die Nacht, während sich der Mann seinen Weg durch den Wald bahnte. Über ihm thronte der Mond am Himmel und erhellte die Gegend, so dass er die nähere Umgebung schemenhaft erkennen konnte.

Der Boden war staubtrocken und eben. Außer ein paar kümmerlichen Gräsern wuchsen dort nur Bäume mit absolut geradem Stamm und einer kugelrunden Krone. Sie sahen in ihrer Makellosigkeit ausgesprochen künstlich aus. Vier Bäume definierten hierbei je ein Quadrat von unterschiedlicher Größe und Ausrichtung, dabei stets weit genug von den umliegenden entfernt, um als einzelner Bereich erkennbar zu sein.

Der Mann folgte einem unsichtbaren Weg, ohne auch nur eines der Quadrate zu durchschreiten, und näherte sich dabei einem gelben Licht in der Ferne, das vor einiger Zeit aufgetaucht war und zu welchem sich im Laufe der Zeit kleinere Lichter dazugesellt hatten, deren Quellen unregelmäßig verteilt waren, mal nah, mal fern.

Begleitet vom angenehm frischen Wind, rückten die Lichter immer näher, bis er sah, dass sie sich nicht von allein bewegten. Es handelte sich um Laternen, zunächst in der Mitte vereinzelter Quadrate, irgendwann in jedem. Die Laternen waren so hoch wie die Bäume, hatten eine Glaskugel am oberen Ende und erhellten ihre Umgebung mit ihrem diffusen, warmen Licht, das zusätzlich am Boden einen hellen Kreis zeichnete, der sich deutlich von den dunklen Tönen der Umgebung abhob. Die Blätter der Baumkronen rauschten im Wind.

Nach einer Weile stellte er fest, dass in der Ferne keine neuen Lichter nachrückten. Er fand bald heraus, woran es lag.

Die Baumquadrate und Laternen wurden zunehmend weniger, bis sich alles in der Dunkelheit eines Strands verlor. Vor ihm brachen tosend die Wellen. Der kühle Wind trug den Geruch des Meeres mit sich. Der Mann passierte das letzte Quadrat und lief weiter durch den weichen Sand Richtung Wasser, dessen Wellen vom Mondlicht sanft nachgezeichnet wurden. Etwa auf halbem Weg blieb er stehen und atmete tief ein. Er setzte sich in den kühlen Sand, richtete den Blick starr auf das Wasser und dachte an nichts.

9. Wasserloch

Die zwei Jungen rannten durch das verfallene Haus. Licht suchte sich mittels Löchern, Rissen und Spalten einen Weg ins Innere der hölzernen Konstruktion. Alles hatte einen gelblichen Schimmer, was sicherlich zum Teil an den vollkommen verdreckten Fensterscheiben lag, durch die das Licht des späten Nachmittags fiel. Sie stürmten einen Flur entlang, dessen Boden hier und da von trockenem Laub bedeckt war, bogen nach rechts ab und eilten dann in einem Raum, aus dem so viel Licht drang, dass dort ein Ausgang sein musste oder zumindest ein großes, offenes oder kaputtes Fenster. Sie schauten immer wieder hinter sich, um sicherzugehen, dass ihre Verfolger noch nicht aufgeholt hatten – zum Glück waren diese nicht einmal in Sichtweite.

Sie eilten durch einen kleinen Vorraum, der links und rechts große Fenster besaß, direkt auf die offene Tür zu, deren Scharniere im leichten Sommerwind quietschten und die bei jedem Luftzug zuzufallen drohte. Zwischen den Brettern am Boden wuchsen Gräser. Draußen konnten sie bereits die staubtrockene Erde des Hinterhofs sehen und in einiger Entfernung den etwa zwei Meter hohen Drahtzaun, der ihrer Flucht im Wege stand.

Sie stürzten durch die Tür nach draußen in die Hitze. Einer von ihnen sprang über das Loch im Boden, das sich nur drei, vier Meter vom Haus entfernt befand, da keine Zeit blieb, einen Haken zu schlagen. Es handelte sich um ein Quadrat mit etwa einem Meter Seitenlänge. Die Wände waren mit halbrunden Holzleisten gefasst, wie sie die Jungen von Gartenzäunen kannten. In dem Loch befand sich Wasser, auf dem einige grüne Blätter trieben. Der zweite Junge blieb vor dem Loch stehen und blickte hinab in das klare Wasser. In knapp 30 Zentimetern Tiefe konnte er eine Schlammschicht ausmachen. Er stellte sich vor das Loch, ging etwas in die Hocke, tauchte den rechten Fuß ins Wasser und berührte mit der Schuhspitze die Schlammschicht. Er tat all das mit einer Ruhe, als sei er unter Hypnose. Vergessen waren die Verfolger.

Der andere Junge eilte zurück, packte seinen Freund am Arm und zog ihn von dem Loch weg, ehe dieser sein Gewicht auf den Fuß im Wasser verlagern konnte. Der Junge, dessen Schuh und halbes Hosenbein durchnässt war, bemerkte noch, dass er keinen Boden in dem Loch spüren konnte, und er sah auch, wie die Schlammschicht bei seiner Berührung aufwirbelte und kleine Klümpchen zum Vorschein brachte, die ihn an Kot erinnerten. Während er das Gleichgewicht zu halten versuchte, ging ihm durch den Sinn, dass er vermutlich in dem Loch untergegangen und ertrunken wäre. Wahrscheinlich stand einst ein Klohäuschen über der Grube.

Die beiden Jungen rafften sich sofort auf, konzentrierten sich auf die Flucht und rannten weiter. Aus dem Haus drang kein Laut, der auf ihre Verfolger hindeutete. Sie kletterten über den klappernden Zaun, um dann, so schnell sie konnten, über die verwilderte Wiese davonzulaufen.

10. Sturm

Sie hockte da, direkt am Abgrund in dieser unwirklich anmutenden, stürmischen Nacht. Der Wind trieb den Regen voran und immer wieder erhellten Blitze den schwarzen Himmel, während tosender Donner durch das Rauschen des Unwetters drang. Hinter ihr stieg das Gelände an. Der Untergrund war lückenlos mit Schlamm bedeckt; an einigen Stellen strömten kleine Bäche an ihr vorbei. Da der Boden keinen sicheren Halt bot, musste sie damit rechnen, abzurutschen und zu stürzen; hinabzustürzen in diesen Schlund, der etwa 20 mal 20 Meter maß. Es handelte sich dabei um einen gigantischen Schacht, mit Wänden aus roten Ziegelsteinen, der hinab in die Tiefe reichte.

Alles in der Umgebung war im Licht der Blitze braun: Der Boden, die Wasserlachen und die kleinen Bäche, jeder Stein und selbst alle Ruinen, die immer wieder wie Scherenschnitte im Hintergrund auftauchten. Alles machte den Anschein, lückenlos mit Lehm bedeckt zu sein.

Die Frau trug ein Kleid, dessen ursprüngliche Farbe durch all den Dreck nicht mehr zu erkennen war. Sie hielt ein Handtuch am ausgestreckten Arm über den Rand des Abgrunds. Nur wenige Zentimeter trennten ihre Fußspitzen vom dunklen Nichts. Sie wartete, bis das Wasser aus dem Schlund nach oben stieg und den Stoff tränkte. Die Oberfläche des Wassers befand sich in etwa 40 Metern Tiefe und hob sich in regelmäßigen Abständen, um bei gut einem halben Meter unterhalb der Kante den höchsten Punkt zu erreichen. Die Frau wartete dann, bis das Wasser wieder sank, und rubbelte dann mit beiden Händen den Dreck aus dem ehemals weißen Handtuch, das der Schlamm verunreinigt hatte. Dann wartete sie wieder auf das Wasser, welches nach oben stieg und den gelösten Schmutz mit sich nahm.

Bei jedem Blitz konnte sie das Wasser sehen und einen Teil des Schachts. Zwar floss immer mehr dreckiges Schlammwasser aus der Umgebung in diesen Abgrund, doch das Wasser darin blieb kristallklar.

So hockte sie in dieser Nacht dort und wusch das Handtuch beharrlich weiter, immer mit dem Risiko, das Gleichgewicht zu verlieren und über den Rand zu stürzen.

16. Leichenhalle

Draußen war es winterlich kalt und das graue Licht, das durch die dreckigen Fensterscheiben unterhalb der hohen Decke in die Halle fiel, verstärkte die triste Stimmung. Der Boden war, ebenso wie die Wände und die Decke, mit dunkelbraunen Fliesen gekachelt. Die Luft war kalt und feucht. Es standen zahlreiche Metallbahren ungeordnet herum. Auf einigen von ihnen lagen Leichen, die mit milchiger Folie bedeckt waren.

In der Mitte des Raums befand sich ein junger Mann bei einer Leiche auf der Bahre und verging sich an dem Körper. Er war nicht sein erstes Mal. Sein Atem stieg sichtbar auf und verlor sich in der farblosen Umgebung der eisigen Halle.

Er lebte seine Lust bereits einige Minuten aus, als plötzlich eine Stimme erklang: „Versuche es doch mal mit mir!"

Der Mann hielt erschrocken in seiner Bewegung inne und blickte nach rechts, zur Quelle der Worte, wo hinter einigen leeren Bahren eine belegte stand. Er wusste, dass der Körper keinen Kopf besaß, denn kurz nach Betreten der Halle hatte er sich jeden Leichnam angesehen, um seine Wahl zu treffen. Unter der Folie zeichneten sich die Farben der großen, offenen Bauchwunde ab. Was dem Mann aber in diesem Moment auffiel: Die Leiche verfügte über eine Erektion.

„Los doch!" forderte die Stimme.

Erschrocken ließ der Mann von der Leiche unter sich ab, zog seine Hose hoch, legte den Körper wieder ordentlich auf die Bahre, bedeckte ihn mit der Folie, richtete alles so her, als sei nichts geschehen, und stürmte aus der Halle.

17. Heilbad

Der Raum war nicht sehr groß. Der gesamte Boden lag tiefer als der Gang außerhalb und war von mehreren Zentimetern Wasser bedeckt. Dampf stieg auf. Durch die scheibenlosen Fenster, die sich in einer halbrunden Ausbuchtung gegenüber vom Eingang befanden, konnte man den Himmel und die Wolken sehen. Das grüne Land lag weit unterhalb und war nur zu sehen, wenn man sich direkt an einem der Fenster aufhielt. Mitten im Raum stand eine weiße Bank aus Marmor. Links gab es eine Steinkante, die das warme Wasser staute. Dahinter war ein Bereich mit kaltem Wasser, der etwa einen Meter tiefer lag und über eine kleine Treppe zu erreichen war. Auch dort war der Boden von Wasser bedeckt. Alles bestand aus einem bräunlichen Sandstein, ein starker Kontrast zum hellen Blau des Himmels und den weißen Wolkenbergen. Frische Luft wehte von draußen herein. Im kalten Bereich befand sich ein länglicher Drachenkopf aus Bronze an der Wand, aus dessen Maul das kalte Wasser floss. Woher das warme Wasser im oberen Bereich kam, war nicht ersichtlich.

Vor dem Drachenkopf stand ein dickes Zwitterwesen, gekleidet mit einem dünnen Stoff, der kaum etwas verbarg. Die Gestalt stützte sich auf einer der dortigen Steinbänke ab und hielt den rechten Fuß unter das fließende Wasser. Das Wesen war von den kantigen Gesichtszügen und der Schamregion her ein Mann, doch hatte es große Brüste, langes, dunkelblondes Haar und eine zarte Haut.

Eine zweite Bank im kalten Bereich wurde von steinernen Rümpfen mit Köpfen begrenzt, gehauen aus dem braunen Sandstein, dessen Farbe dort unten aufgrund der Feuchtigkeit und dem Fehlen von direktem Tageslicht Richtung Schwarzbraun ging. Die linke Figur hatte statt Ohren kleine Flügel, die andere trug einen Lorbeerkranz auf dem Kopf. Zwischen diesen lebendigen Statuen saß ein bläuliches Wesen, das wie ein Mensch wirkte, der einen elefantenähnlichen Kopf hatte, mit einem Rüssel und Ohren, die im Vergleich zu denen der tierischen Verwandten viel kleiner waren. Das Wesen hatte ein weißes Handtuch um die Lenden gelegt. Gegenüber von diesem Trio saßen zwei ältere Damen, die jeweils in ein weißes Gewand aus leichtem Stoff gehüllt waren. Eine von ihnen blätterte in einem alten Buch.

„Und so erging es dir?" fragte die Dame mit dem Buch, blickte zu dem Zwitterwesen und drehte das Buch um, so dass auch das Trio auf der anderen Bank Einblick erhielt.

Alle Augen richteten sich auf das Buch. Darin befanden sich mehrere Zeichnungen auf dem dunkelgelben Papier. Es wurden Krankenbetten dargestellt, in denen jeweils eine Person lag. Daneben stand eine andere Person, die in einen Trichter zu spucken oder zu erbrechen schien. Von diesem Trichter aus verlief ein Schlauch zu der Person im Bett. Auf dem ersten Bild drang der Schlauch an der Seite des kahlen Schädels in den Körper ein, auf dem zweiten in den Bauch und auf dem dritten in einen der Hoden.

Der Zwitter nickte. „Ich wurde durch mein Geschlecht ernährt."

Der Kopf mit den Flügelohren wandte sich an das Elefantenwesen und fragte: „Du auch?"

Das Wesen schüttelte den Kopf. „Noch nicht, aber bald. Durch den Kopf."

Die Dame drehte das Buch wieder um und las weiter, während die anderen still dasaßen und dem Plätschern des Wassers lauschten, das über den Fuß des Zwitters floss.

19. Eis

Es war kalt, sehr kalt. Die Temperatur war bereits seit mehreren Wochen tagsüber unterhalb von -15 Grad und es war keine Besserung der Lage in Sicht. Die gesamte Gegend hatte sich in eine vereiste, unwirkliche Welt verwandelt, in welche sich die Menschen nur begaben, um die nötigsten Besorgungen zu machen. Die Schneeberge an den Straßenrändern waren gigantisch und hatten bereits einige Autos unter sich begraben. Der komplette Straßenverkehr war schon vor Tagen völlig zum Erliegen gekommen, selbst Räumfahrzeuge wagten es nicht mehr, gegen das Eis und den Schnee anzukämpfen. Die Schlacht war für diesen Winter verloren.

Ich verließ das Haus, um den Bäcker in der Nähe aufzusuchen, da mein Vorrat an Brot zur Neige gegangen war. Die eisige Luft, die mir entgegenschlug und mir den Atem nahm, brannte im Gesicht. Der Himmel war tiefgrau, doch es fiel kein Niederschlag. Die Eisschicht, die den Schnee bedeckte, knirschte und knackte laut bei jedem Schritt, während ich auf dem Gehweg versuchte, nicht zu stürzen. Der Weg auf der Straße wäre noch unsicherer, denn dort gab es vereiste Spurrillen und dreckigen Schnee, der nach oben hin spitz zulief und in seinem gefrorenen Zustand gefährliche Kanten bildete, die bei einem Sturz ihre verheerende Wirkung gezeigt hätten.

Ich lief nach links. Dort bog ich am Ende der Straße nach rechts ab, wo der Weg langsam anstieg. Dann lief ich mit aller Vorsicht mitten über eine große Kreuzung, die ich nicht anders überqueren konnte, da die Gehwege von Schneebergen und Eis verschüttet und dadurch unpassierbar waren. Auf der anderen Seite hielt ich mich auf der Straße, die ohne messerscharfe, aufragende Eiskanten flach dalag. Links und rechts verliefen Reihen von Backsteinhäusern. Auf dieser Straße befand sich in einem Hinterhof auch der Bäcker. Aber das wurde unwichtig, als ich sah, dass die Straße in einiger Entfernung an einer Gletscherzunge endete. Direkt davor zeichnete sich eine Person am Boden ab.

Ich lief auf die Gestalt zu und rutschte dabei mehrfach beinahe aus, konnte mich aber immer rechtzeitig fangen und das Gleichgewicht bewahren. Dann erreichte ich den Gletscher, welcher aus der Nähe eine dreckige, steil aufragende Wand aus Eis und Schnee war, die sich in die Stadt geschoben hatte. Am Fuße der Wand kauerte ein zitternder Junge mit nacktem Oberkörper, der außer einer Jeans nichts am Körper trug. Die Hose war völlig durchnässt und die Haut so blutleer, dass sie unnatürlich weiß wirkte.

Ich blickte mich um. Auf Hilfe konnte ich nicht hoffen, denn in keinem der Fenster brannte Licht. Es war auch niemand draußen unterwegs. Also entschied ich, den Jungen, der auf keines meiner Worte reagierte, zum Bäcker zu bringen, damit er sich dort etwas aufwärmen konnte.

Als ich nach dem Jungen griff, um ihm aufzuhelfen, zersplitterten Haut, Fleisch und Knochen zu weißen Eiskristallen, allesamt schlank und lang, als wäre der Junge aus Asbest. Sein Arm löste sich in meinem Griff auf, zerfiel und verging im Wind. Sein Gewebe wurde zu einem feinen Nebel, der mich zurücktreten ließ. Ich musste Mund und Nase bedecken und die Augen schließen, um mich vor den eisigen Nadelstichen zu schützen.

Dann folgte ein finaler Windstoß und ich war allein.

22. Problem

Würden sie es merken? Hier in dem kleinen Raum konnte ich ihn nicht sonderlich gut verstecken, aber ich hatte mein Bestes getan. Vor den Fenstern standen die Schulbänke so dicht beieinander, dass kein Platz mehr zwischen ihnen war. Sie nahmen etwa die Hälfte der verfügbaren Fläche ein. Der Rest des Bodens war bedeckt mit Schlafsäcken und Bettlaken. Und ich saß mitten in diesem Chaos auf einem kleinen Hocker und starrte mit den Fenstern im Rücken an die Wand. Links befand sich die Tür und rechts ein weiterer Tisch, der mit einem Laken abgedeckt war. Es reichte bis zum Boden.

Ich hatte ihn gefunden, wusste aber nicht, was hier vorgefallen war. Aber warum hatte ich ihn dann versteckt und keine Hilfe gerufen? War ich es etwa gewesen? Wenn ich versuchte, die Sache zu verbergen, so würde ich unter

Tatverdacht stehen. Mir war völlig schlecht vor Aufregung, denn ich wusste nicht, wann die anderen wieder in den Raum kommen würden. Ich konnte ihn nicht einfach nach draußen bringen, da ich nicht wusste, wer wann über den Gang laufen würde. Die Fenster waren auch keine Option, denn der Raum befand sich im zweiten Obergeschoss. Und so wartete ich und malte mir das aus, was auf mich zukommen würde: Die Festnahme und der Weg ins Gefängnis, denn ich konnte zu nichts eine Aussage machen, da ich keinerlei Erinnerung besaß. Es war fast so, als hätte ich geblinzelt und wäre plötzlich an diesem Ort gelandet, hier in diesem Raum. Aber vorher? Ich konnte es nicht sagen. Ich hatte mich auf einmal in dieser Szene mitten im Zimmer wiedergefunden, überrascht und ratlos.

Plötzlich öffnete sich die Tür und zwei Personen traten ein. Ein Mann und eine Frau. Ich kannte sie nicht. Wortlos blickte ich zuerst zu ihnen und dann zu dem Bettlaken rechts neben mir am Boden. Beide sahen mich verwundert an, bevor die Frau zu dem Laken ging, es griff und entfernte, während der Mann die Zimmertür ins Schloss zog.

Da lag er. Auf dem Rücken. Mit völlig zerschlagenem Gesicht. Blutig. Tot.

Schnell legte sie das Laken zurück und schaute zu dem Mann, der sich an den Türrahmen lehnte. Er war blass im Gesicht. Sie sahen sich an.

In diesem Moment begingen sie den gleichen Fehler wie ich, denn auch sie schwiegen. Sie hätten nach draußen laufen und jemanden verständigen können, doch sie standen wortlos da und sahen einander an.

Und so dachten wir zu dritt stumm darüber nach, wie sich das Problem am besten lösen ließ, das Problem unter dem Laken.

26. Küstenmarsch

Ich lief seit geraumer Zeit an der Küste entlang. Auf der rechten Seite lag das eisige und dunkle Meer, während sich auf der linken die weiten Wiesen hinter einer hoch aufragenden Verwerfung erstreckten, über die ich von hier unten aus nicht blicken konnte. Der Absatz bestand hier und da aus weichen, klar definierten Sedimentschichten, an anderen Stellen aus scharfkantigem Fels. Es wehte zwar ein kalter Wind, aber er machte mir nichts aus. Ich lief barfuß über den lehmigen Boden, der vom vergangenen Regen stellenweise so schlammig war, dass sich das weiche Erdreich zwischen meinen Zehen hindurch nach oben drückte, was sich sonderbar aber auch fantastisch anfühlte.

Ich wollte gerade vom Strand über einen kleinen Pfad hinauf zur Wiese, wo ich in der Ferne schon das rötliche Haus sehen konnte, als ich beim Auftreten auf den an dieser Stelle steinigen Grund einen Schmerz an der linken Fußsohle spürte. Ich stellte mich auf ein Bein und sah nach: Die gesamte Ferse wurde von einer riesigen Blase bedeckt.

27. Hautlappen

Sie sahen in die rostige Blechdose, in der dieser durch einen Verkehrsunfall abgetrennte und völlig blasse Finger lag, und warteten stillschweigend ab. Nach einigen Momenten quoll der Finger zu einer unförmigen, geleeartigen Masse auf. Diese wurde leicht milchig, wie Tapetenleim. Es bildeten sich daraufhin einzelne, lappenartige Fortsätze. Die Personen zogen diese weichen Auswüchse vorsichtig aus dem Klumpen und steckten sie gierig in den Mund.

29. Die Warze

Ich lief durch das Haus. Plötzlich juckte es an meinem linken Arm. Ich schob den Pulli zurück und fand eine Wölbung, die oben etwa die Form und Größe einer Kaffeebohne hatte und eine Farbe wie trüber Bernstein, allerdings mehr hellbraun als golden. Ich drückte daran und stellte fest, dass die Beschaffenheit weich war, wie Gelatine. Ich drückte und bemerkte, dass es nicht schmerzte. Und so drücke ich weiter und sah, wie sich diese Bohne aus der Vertiefung in meiner Haut hob und dann hervorschob, mit dem tieferen Gewebe verbunden mit einer Art Stiel, weiß, leicht kegelförmig, unten schmal und oben fast so breit wie die Bohne selbst. Der Stiel wirkte wie der eines Pilzes. Das Ding schob sich rund 2 Zentimeter aus dem rosa Nest. Ich ließ los, aber es zog sich nicht wieder vollständig in den kleinen Krater zurück. Also nahm ich ein Taschentuch, packte das Ding und riss es heraus, was einen kleinen stechenden Schmerz erzeugte.

30. Rasur

Der alte Mann stand auf und wirkte plötzlich zittrig und verloren.

Seine Frau blickte zu mir herüber, woraufhin auch ich mich erhob und um den Tisch lief, wobei mich der Mann passierte. Er blieb hinter mir vor der Tür stehen und sinnierte, während er schräg vor sich auf den Boden sah und irgendetwas murmelte.

„Gib ihm warmes Wasser", flüsterte die Frau zu mir, während ich an dem alten Holztisch – er war so zerfurcht, dass er mehr an einen Schneidblock oder einen Hackstock erinnerte – vorbei schaute und genau wusste, was die Frau noch anfügen wollte; das warme Wasser würde ihn umbringen. Sie wäre dann Alleinerbin.

Die Frau gab mir eine mattweiße, dickwandige Teetasse, die über viele dunkle Risse verfügte. So stand ich dann an der Spüle und dachte nach. Kaltes Wasser würde ihn nicht töten, warmes schon. Würde mich die alte Frau umbringen, wenn ich den Mann leben lassen würde? Oder wäre ich nach dem

Mord selbst an der Reihe? In meinem Bauch machte sich Aufregung breit und ich kam zu dem Schluss, dass ich es nicht konnte. Sie sollte es tun. Und so entschied ich mich für das kalte Wasser und füllte die Tasse unter dem Wasserhahn in dieser mit staubiger Luft durchsetzten, alten Küche, durch deren dreckiges Fenster das bronzefarbene Sonnenlicht des späten Nachmittags fiel.

„Das Wasser", sagte ich und lief zu dem Mann.

Er hob den Blick vom Boden, wandte sich zu mir und griff nach der Tasse.

Ich stand neben der Spüle und es war, als wäre ich ein kleines Kind, denn alles wirkte größer. Und ich konnte die Dinge genau betrachten, als wäre ich nur eine Nasenlänge davon entfernt. Auf einem rostigen Toaster, der links von der Spüle stand, lag der alte Deckel eines großen Gurkenglases, welcher als Behälter für Erde diente, die vom kalten Wasser durchnässt war.

„Ich brauche mehr Schaum", sagte der alte Mann und griff zu einer rostigen Dose mit Rasierschaum, die am unteren Ende eine trübe Glasscheibe hatte, wobei zwischen dieser und der Dose ein kleiner Spalt zu sehen war. Am oberen Ende hatte die Dose einen Sprühkopf mit zwei gegenüberliegenden, schlitzförmigen Öffnungen. Der Sprühkopf wurde mit grünen Gummibändern und durchsichtigen Klebestreifen in Position gehalten.

Der Mann hielt die Dose über den Deckel mit der Erde und drückte auf den Sprühkopf, woraufhin mit Rost verfärbter Schaum umlaufend aus dem Spalt am Dosenboden drang und dickflüssig auf die nasse Erde fiel. Mit dem Boden der Sprühdose verteilte der Mann den Schaum im Deckel, so dass das ganze wie die Sahneschicht auf einer Torte wirkte. Ohne den alten Klingenrasierer in den Schaum zu tauchen, rasierte sich der Mann weiter. Er hatte einen schmalen Oberlippenbart, der links und rechts gerade am Mund abfiel und am Kinn einen Bogen beschrieb, so dass er als dünne Linie den Mund rahmte. Von der Mitte der Unterlippe aus zog sich ein dünner Streifen nach unten bis zu dem Bogen am Kinn. Die Farbe des Barts lag zwischen der von Kupfer und einem hellen, beinahe an Orange grenzenden Farbton. Der Mann rasierte sich mit kurzen Bewegungen im linken, freien Raum zwischen den Linien am Kinn, was wirkte, als würde er die Haarstoppeln einzeln entfernen.

Ich schaute zu und sagte: „Aber mit kaltem Wasser tut das Rasieren doch weh."

Daraufhin sagte der Mann, ohne die Prozedur zu unterbrechen: „Es muss auch bei warmem Wasser weh tun."

33. Krieg

Es war eine Zeit des Grauens und des Chaos. Das Land selbst wurde von Leichen geformt, die sich 20 und mehr Meter auftürmten und auf denen die Krieger ihre Kämpfe bestritten. An den Rändern hatte sich das Meer in eine graue Suppe verwandelt, deren Wogen sich schwer an den Körpern brachen und immer wieder Berge von ihnen mit sich rissen, hinab in die Tiefe und fort in den Nebel, der über allem lag und keinen einzigen Sonnenstrahl mehr ungetrübt zur Erde dringen ließ.

Es kämpften Menschen gegen Menschen, wobei die einzelnen Parteien vom Aufbau und der Ausstattung her die gleiche Kleidung und Ausrüstung trugen. Die Soldaten waren so stark gepolstert, dass die aus der Luft betrachtet wie Kugeln mit Armen aussahen. Die Rüstungen an den Armen und Beinen waren grau, wohingegen die Farbe der Rüstung am Rest des Körpers je nach Kriegspartei abwich. Es gab grün, rot und viele andere Farben. Die Helme, nicht mehr als eiserne Halbkugeln, waren ebenfalls grau, allerdings besaßen sie oben in der Mitte einen kleinen Kreis in der Farbe der jeweiligen Zugehörigkeit. Jeder der Männer kämpfte mit einem langen Speer. Es gab keine anderen Waffen, nur diese schwarzen Holzspeere mit ihren langen Metallspitzen.

Die einzelnen Völker hatten auch Drachen auf ihrer Seite, welche in die feindlichen Regionen flogen, mit Soldaten zwischen ihren Klauen zurückkehrten und diese über Feldern aufgerichteter Speere abwarfen. Alles war blutig und grausam.

An einem steilen Hang, der zum Meer hin abfiel, warf ein Drache mehrere grüne Krieger ab, die daraufhin durch die roten Krieger getötet wurden. Jeder musste darauf achten, nicht auf den toten Körpern unter sich auszurutschen und in die eisigen Fluten zu stürzen. Als keiner der Feinde mehr lebte, ließ sich der Drache kurz nieder, um sich zu erholen.

„Kannst Du dich eigentlich noch an früher erinnern?" fragte einer der roten Krieger den Drachen.

„Ja", sprach der Drache, „ich bin sehr alt."

„Das ist schön, dass Du alt bist und daher Erinnerungen hast."

35. Der gelbe Kiwi

Das Gebäude war eine Mischung aus Industriehalle und einem alten, überaus prunkvollen Herrenhaus. Überall gab es Rohre, die an Wänden und Decken verliefen und zum Teil sogar quer durch die Räume führten, während auf der Tapete und den Treppen und deren Geländern Muster zu sehen waren, von denen man nicht sagen konnte, ob sie das Ergebnis von Rost und Dreck waren oder das alter, kunstvoller Handarbeit.

Ich stand in einem fensterlosen Raum auf einer Treppe, die freitragend durch den Raum verlief, und wollte gerne weiter nach oben, doch fehlten dort mehrere Stufen. Hinzu kam, dass vor genau diesem Freiraum ein dicker, etwa fußballgroßer Kiwi stand, der vier so lange Beine hatte, dass mich sein Körper um etwa einen Meter überragte. Die Beine waren graubraun und besaßen ver´einzelt kleine Härchen; sie erinnerten mehr an Holz als an Beine. Der gelbe

Kiwi sah auf mich herab und wollte mich immer wieder mit einem seiner Beine treten, weshalb ich mich nicht weiter näherte. Bei jedem Tritt in die Luft sanken zwei Federn des Tieres herab, die sich allerdings im Nichts verloren, ehe sie auf dem Boden landen konnten. Und obwohl der Kiwi mehrmals nach mir trat, konnte ich immer nur zwei fallende Federn sehen.

38. Berg des Engels

Der kegelförmige Berg ragte bis über die Wolken und war vollkommen mit dichten Wäldern bedeckt, die mit ihrem satten Grün aus der Ferne wie Moos aussahen, das aus der Nähe betrachtet wurde. Auf der abgeflachten Spitze dieses Berges stand ein aufrechter, bräunlich gefärbter Engel. Vielleicht bestand er aus Metall. Er war so gigantisch, dass der Berg lediglich wie ein Sockel wirkte. Es dauerte einige Zeit, doch dann begann eine Veränderung und der Engel nahm schleichend ein neues Aussehen an. Sein Kopf wandelte sich zu dem einer Eule und sein Körper wurde zu dem eines Aals, der sich s-förmig aufrichtete. Das Geschöpf besaß ein grünschwarz schimmerndes Federkleid, das so fein war, dass es bei kurzer Betrachtung wie ein Pelz oder Seide wirkte.

39. Die Jeans und das Kichern

Es war ein nebelverhangener Tag, an welchem dieses Kichern den Flur der Wohnung erfüllte – das Kichern und dieses sonderbare Kratzen. Es war das Kichern des Komikers O. Die Geräusche kamen aus einem leeren Raum am Ende des Flurs. In diesem Zimmer befand sich ein Fenster, das die gesamte Wand einnahm. Davor stand ein Tisch und vor diesem wiederum ein fremder, junger Mann in gebeugter Haltung, die Ellenbogen auf den Tisch gestützt. Er blickte gedankenverloren aus dem Fenster. Hinter ihm hockte kichernd O. und kratzte mit dem rechten Zeigefinger an der Hosennaht zwischen den Pobacken des jungen Mannes über den gespannten Stoff der Jeans, wobei dieses kratzende Geräusch entstand, das ertönte und dann von einem Kichern abgelöst wurde.

40. Die Kollegin

Ich wurde von der Polizistin in den hinteren Teil der Dienststelle geleitet. Sie öffnete die Tür und ich trat in einen Raum, der an eine Abstellkammer erinnerte. Links befand sich ein Regal mit vielen Schubfächern und in der Mitte des Zimmers ein großer, rechteckiger Tisch. Links neben diesem Tisch stand ein Rollstuhl, in dem etwas saß, das mir den Atem verschlug und mich mit Entsetzen erfüllte. Der Ekel ließ einen Schauder über meinen Rücken laufen. Dieses Etwas war nicht als Mensch zu erkennen. Es wurde von oben bis unten von einer Schicht bedeckt, die milchig weiß war und sich in tieferen Schichten deutlich erkennbar im Rosa des Gewebes verlor. Statt Beinen hingen rosa Lappen vom Rollstuhl herab, während die Arme völlig fehlten. Die Vorderseite war nur ein Auf und Ab von nassem, faltigem Gewebe. In der Region der rechten Niere befand sich eine Geschwulst, so groß wie ein Fußball, ebenfalls durchsetzt von diesem milchig weißen Gewebe. Es erinnerte an Adern, Flechten oder ein organisches Netzwerk, vielleicht das von Pilzen. Wieso auch immer, ich war der spontanen Überzeugung, dass sich in dieser Geschwulst eine Art Gehirnsack befinden musste, der dieses Ding mit einer Art Bewusstsein erfüllte.

Die Polizistin meinte, es sei eine Kollegin, die bei einem Einsatz verletzt wurde.

Angeekelt sah ich mir die Kreatur weiter an. Oben, wo sich normalerweise Hals und Kopf befanden, gab es einen trüben Fleck, der etwas dunkler war als das umliegende Gewebe. Ich trat also näher und betrachtete die Stelle genauer. Als ich erkannte, was es war, wurde mir übel und ich musste mich abwenden.

Es war ein Auge. Der Augapfel war zart rosa, mit dunkelroten Äderchen. Die Regenbogenhaut war dunkelrot und die Pupille ein tiefschwarzer Fleck von der Größe eines Kirschkerns. Dieses Auge blickte sich schnell zuckend und ohne Pause nach allen Richtungen um und erzeugte dabei in seiner feuchten Höhle leise, glitschige Geräusche.

41. Der weiße Raum

Ich sah sie an und sie meinte, er sei weiter hinten in einem der anderen Räume; es sollte wohl irgendwie witzig sein, dass er sich dort versteckte, genauer gesagt hinter einer kleinen Tür in der Wand, in einem winzigen Zimmer, nicht größer als 1 Kubikmeter. Da ich sein Verhalten ebenfalls bescheuert fand, machte ich mich auf den Weg, um ihn aus seinem Versteck zu holen.

Ich lief durch einen langen Korridor, dessen Wände – wie alle Wände in der Wohnung – mit einer Tapete bedeckt waren, die eine Mischung aus Ocker und Beige als Grundfarbe hatte und auf der Blumenranken mit brauner Farbe dargestellt waren; auch die Blüten waren braun, wobei sie mit einer grauen Linie umgeben waren und sich so vom Rest abhoben. Die Farbkombination machte alles alt, als sei hier die Zeit stehengeblieben.

Der Raum hinter der Tür am Ende dieses Korridors erinnerte an einen tropischen Garten in einem Zoo. Ein verchromtes Geländer trennte einen Weg, der durch den Raum führte, von grünen und bunten Pflanzen, die teilweise bis zur Decke wuchsen. Der Weg verlief von der Tür aus nach links und dann von dort aus nach rechts über eine kleine Brücke, wo er an einer Tür endete. Unter der Brücke war ein kleiner Tümpel, in dem sich einige Fische und ein kleines Krokodil befanden.

Hinter dieser Tür erstreckte sich ein weiterer Flur, dessen Farbgestaltung wie die des ersten Flurs war. Ich lief weiter bis zum Ende, wo links und rechts je eine Tür war, und wandte mich der linken zu. Ich stieß sie schlagartig auf und hoffte, den Kerl damit zu erschrecken und ihn aus seinem Versteck zu locken. Was sich mir aber zeigte, war weit entfernt von dem, was ich erwartet hatte.

Ein Raum war in dem Sinne gar nicht vorhanden, denn überall war weißes Licht. Es war hell, blendete aber nicht. Es war wie Nebel, der so gleichmäßig dicht und weiß gefärbt war, dass man überall genau das Gleiche sah. Es gab keine Ecken, keine Wände, keine Decke und keinen Boden, nur diesen formlosen Schein.

Irgendwie hatte der Raum eine sonderbare Wirkung auf mich, denn ich verspürte eine Erektion, der ich nachgab, indem ich meine Hose öffnete. Ich zog aus meiner Hosentasche einen kleinen Schlauch aus schlaffer Haut, den ich über meinen Penis schob, ehe ich mich selbst befriedigte. Ich ejakulierte in das Weiß des Raums.

42. Abwasch und Lampenschirme

Ich stehe an einer alten Spüle aus Aluminium und lasse Wasser ein, wobei ich schon die ersten Tassen im entstehenden Schaum zu reinigen beginne. Überall um diese Spüle herum befinden sich alte Lampenschirme längst vergangener Jahrzehnte. Staubig und vergilbt, teilweise kaputt und dreckig. Einige besitzen Quasten und kunstvolle Verzierungen, andere wiederum sind einfach und wirken billig. Und ich stehe inmitten von ihnen und spüle Geschirr.

48. Das Korn im Zahn

Ich hatte eine Sehnenscheidenentzündung im linken Unterarm. Der Arzt verordnete mir neben einer Schiene auch ein Medikament gegen die Entzündung. Leider trat selbst nach einigen Wochen keine Besserung ein.

Eines Abends passierte es dann, dass aufgrund der Nutzung des Medikaments mein gesamter Zahnschmelz damit begann, sich wie die rissige und splitternde Hülle von mit Zucker und Schokolade überzogenen Erdnüssen zu lösen. Erschwerend kam hinzu, dass die Zähne zum Teil abbrachen. Ich verspürte keinen Schmerz, begann jedoch sofort, alle Stückchen in einer Tasse zu sammeln. Da so viel auf einmal abbrach, musste ich einige Zeit nach vorn gebeugt den Mund über die Tasse halten und die Splitter ausspucken. Irgendwann war die Tasse bis zur Hälfte gefüllt. Dann lösten sich keine weiteren Stückchen.

Ich erhob mich zitternd und lief ins Badezimmer, wo ich das Licht einschaltete und mich vor den Spiegel stellte, um das in Augenschein zu nehmen, was mir von meinem Gebiss geblieben war.

Leider musste ich feststellen, dass von den meisten Zähnen nur noch kleine Reste übrig waren, die spitz gebrochen aus dem Zahnfleisch ragten. Merkwürdigerweise konnte ich nirgends Blut sehen. Als ich jedoch den rechten der oberen, großen Schneidezähne erblickte, brach in mir Panik aus: Der Zahn war so abgebrochen, dass ich die Schräge der Bruchfläche sehen konnte. In der Mitte der weißen Fläche befand sich ein kleines, schwarzes Korn, das nicht größer war als ein Mohnkorn. Es ragte etwa zur Hälfte aus dem Zahn.

Ich musste nur noch die Nacht überstehen, denn ich wollte am nächsten Morgen sofort zum Zahnarzt, um mir dieses widerliche Ding entfernen zu lassen. Die anderen Zähne waren mir egal, ich hatte nur Ekel vor diesem kleinen Korn.

50. Der steile Pfad

Es war ein ausgesprochen schöner Tag, an dem es nur vereinzelte Wolken gab, Sonnenschein und angenehme Temperaturen. Hier im Wald funkelte zwar noch alles nach dem Regen der vergangenen Nacht, aber das hielt mich nicht von einem kleinen Spaziergang ab.

Ich stand auf einer Lichtung, von der aus ein Trampelpfad dem steilen Hang nach oben folgte. Hier war er steinig, dort matschig und dann wieder von Gras bedeckt. Links von diesem Pfad gab es einen flachen Graben, der etwas breiter war als einen Meter.

Da ich herausfinden wollte, ob man von dort oben eine schöne Aussicht über die Gegend hatte, entschied ich, dem Weg zu folgen. Und so kam es, dass ich dem Pfad immer weiter folgte, dabei recht ins Schwitzen kam und mehr als einmal stolperte, da Steine unter meinen Füßen wegrutschten. Hier und da wich ich auch auf das Gras zwischen Weg und Wald aus. Dadurch wurden aber meine Schuhe nass, nach einer Weile auch meine Füße.

Etwa 50 Meter vor der Spitze des Hangs stieß ich auf eine kleine Holzbrücke, die aus zwei ungewöhnlich breiten, alten Brettern bestand, die seltsamerweise in Längsrichtung zum Pfad lagen und den Graben überbrückten, der an dieser Stelle etwas tiefer war als sonst. Verwundert hielt ich an und warf einen Blick unter die Bretter, um mir die Konstruktion darunter anzuschauen.

Ich fand eine blasse Leiche mit weit aufgerissenen Augen, blassen Lippen und durchnässter Kleidung. Ich wandte meinen Blick so schnell vor Entsetzen ab, dass ich gar nicht erkennen konnte, ob es ein Mann oder eine Frau war.

52. Massaker im Herrenhaus

Wir waren noch 3 Personen und liefen an der Hauswand entlang, immer darauf bedacht, nicht entdeckt zu werden. Wir hatten weder ein Ziel noch einen Plan. Drinnen brannte überall Licht, das die Nacht wenigstens in der näheren Umgebung leicht erhellte. Am Himmel konnte man weder Mond noch Sterne sehen.

Wir waren aus einem Flügel gekommen, wo alles mit weißem Marmor ausgekleidet war – Boden, Wände und Decken. Doch im größten Saal hatte sich noch eine andere Farbe dazugesellt: Rot. Überall lagen die durchlöcherten Leichen der reichen und schönen Besucher, einst in Weiß gekleidet mit rosiger Gesichtsfarbe, nun mit fleckiger Kleidung und blasser Haut. Wir waren zu zweit gewesen und wussten nicht, wie wir das hatten überleben können, denn es gab keinen erkennbaren Grund dafür; vielleicht nur Zufall – oder Schicksal. Nachdem wir über die Leichen gestiegen waren, trafen wir auf eine der Bediensteten. Sie war schätzungsweise Mitte 30. Sie riet uns, ihr zu folgen, was wir auch ohne zu zögern taten.

Und nun folgten wir der Hauswand. Kurz vor ihrem Ende betraten wir durch eine kleine Nebentür einen anderen Flügel des Herrenhauses, wo alles mit Holz ausgekleidet war. Es war ein dunkler Ort, der eine bedrückende, unheimliche Stimmung erzeugte. Als wir drin waren, schloss ich hinter uns die Tür, so leise es ging. Dann folgten wir der Frau einen Flur entlang bis zu einer hölzernen Kommode am Ende. Sie drückte links von der Kommode an einem bestimmten Punkt gegen die Wand, woraufhin sich an der Stelle eine Geheimtür öffnete, durch die wir schnell schlüpften, bevor sie von der Bediensteten von innen wieder geschlossen wurde.

Wir standen in einem Raum, der von einer kleinen Glühbirne erhellt wurde. In der Wand gab es ein Loch und dahinter einen Gang, der in das Dunkel hinabführte. Wir blickten in die Schwärze. Es wehte ein lauwarmer, faulig riechender Wind herauf, der die Spinnweben bewegte, die von der Decke hingen. Das Ganze wirkte weitaus bedrohlicher als die Killer, die draußen ihr Unwesen trieben.

54. Das Loch

Ich begleitete ihn durch den Korridor. Es herrschte ein sonderbares Licht, das vom anderen Ende her schien, wo der Gang einen Knick nach rechts machte. Ich lief hinter ihm. Ich wusste genau, dass er nicht wollte, aber er musste.

Die Wände waren mit einer Tapete versehen, farblich zwischen Braun und Ocker, die über ein geprägtes Blumenmuster verfügte. Die Decke war dunkelbraun, beinahe schwarz. Den Boden bedeckte ein hellbrauner Teppich. Das Licht am Ende des Gangs hatte einen Hauch von Blau, Weiß und Gelb.

Wir folgten dem Gang bis zum Ende und bogen dann nach links in einen anderen Korridor ab. Am Boden lagen verstreut einige Schuhe, die wirkten, als hätte sie jemand verloren; ich konnte darunter einen blauen Turnschuh ausmachen, wohl der eines Kindes. Die meisten waren Turnschuhe, viele davon einfarbig.

Der Flur traf auf einen weiteren Gang, der nach links abging. Vor der Ecke lag ein dunkelbrauner Fußabstreifer, auf dem ein weißer Schuh stand – der andere lag daneben. Der nächste Gang war breiter. Rechts befand sich eine schmale, steile Treppe ohne Geländer, die nach oben führte. Um diese herum langen weitere Schuhe, auch auf den unteren Stufen.

Wir liefen an der Treppe vorbei und folgten dem Licht, das auch hier vom Ende des Gangs kam, der weiter vorn einen Knick nach rechts machte. Dieses Licht war intensiver und leuchtete selbst den dunkelsten Winkel aus.

„Dort hinter", sagte ich ihm und blieb stehen.

Er sah mich kurz wortlos an und lief dann weiter. Wie gesagt, ich wusste, dass er nicht ins Loch wollte. Aber er musste.

Ich sah ihm nicht nach, sondern drehte mich um und lief zurück. Er würde weitergehen und verschwinden. Das wusste ich, denn niemand kam je zurück.

57. Erdbeerauswuchs

Einige liefen über die Halbinsel, deren Gras aschgrau gefärbt war, doch die junge Frau ritt mit ihrem Pferd voraus. Das Ziel war klar: Das Ende der zerklüfteten Halbinsel, denn dort befand sich eine kleine Felsformation, die einem Termitenhügel glich und aus deren Spitze pulsierend Wasser spritzte – nicht hoch, aber so, dass im Umkreis von einigen Metern alles konstant nass war. Direkt hinter diesem Türmchen lag die Steilküste mit ihren nicht sehr hohen Klippen, gegen die das Wasser des Meeres schlug.

Die Frau ritt teilweise so nahe an die Bruchkante, dass sie jeden Moment hätte in die Tiefe stürzen können. Aber sie erreichte das Ende der Halbinsel ohne Zwischenfälle. Dann wartete sie auf all jene, die zu Fuß folgten.

Als die Gruppe ankam, ritt sie auf ihrem Pferd immer wieder durch den Wasservorhang, bis sie von einem Mann zurückgerufen und zur Vorsicht ermahnt wurde. Sie stieg also ab und stellte sich zu den anderen, die in einer Reihe warteten.

Es wurde eine Creme ausgegeben, die man sich ins Gesicht schmieren sollte, um sich vor dem Wasser zu schützen. Und so rieb sich die Frau die Creme auf ihre linke Wange und reichte sie weiter an einen Mann, dessen Körper gelb war und aus unterschiedlich gebrochenem Glas zu bestehen schien. Er trug einen offenen Mantel mit übergezogener Kapuze, der dunkellila war. Auch er schmierte sich die Creme auf die linke Wange, ehe er den kleinen Behälter aus Holz weitergab.

Plötzlich schrie die Frau. Ihre Wange war rot und angeschwollen, regelrecht verbrüht. Doch dann begann auch der Glaskörper des Mannes an der Wange zu schwellen – allerdings mit einem rötlichen Kern in der Mitte. Die Stelle pulsierte unter dem Glas und wuchs dabei langsam weiter, so dass sich Material in mehreren Stücken herausschob, rechteckig und lang, mit abgerundeten Kanten und oben breiter als unten. Die einzelnen Segmente pulsierten und pulsierten, zogen sich leicht in den Körper zurück und schoben sich immer weiter heraus, während der Kern dieses Auswuchses mit jedem Schlag größer wurde und sein Wesen mit der Zeit durch das Glas hindurch deutlicher machte: Es war eine Erdbeere. Der Mann schrie. Die Erdbeere aus Fleisch drückte den Teil mit den einzelnen Segmenten wie einen Pfropfen immer weiter nach oben, bis sie sich selbst am Rand dieser Wunde vorbei nach außen schob.

58. Gully und Zigarette

Der Penner stand auf dem weiten, gepflasterten Marktplatz, der von Fachwerkhäusern umgeben war und in dessen Mitte ein großer Springbrunnen stand, der über mehrere Schüsseln verfügte, über die das Wasser in das Becken floss. Überall liefen Menschen geschäftig umher. Der Penner schaute sich um und rauchte dabei einen gefundenen Zigarettenstummel.

Ein kleiner LKW mit einem Tank rollte auf den Platz. Man wollte die Fäkalien in den Gully in der Nähe des Brunnens ablassen. Ein Mann stieg aus dem Wagen, hob einen kleinen Stein auf und warf diesen auf den Gullydeckel; es passierte nichts, womit der Mann wusste, dass er arbeiten konnte. Daraufhin wurde der Deckel abgehoben und zur Seite gezogen, während der Penner weiterlief und den offenen Gully passierte. Auf gleicher Höhe mit der Öffnung schnippte er den Zigarettenstummel fort, der durch einen Windhauch in den Gully getrieben wurde, was zu einer Panik unter denen führte, die es bemerkten, denn immerhin befanden sich dort unten entzündliche Gase. Aber auch diesmal passierte nichts. Der Penner blieb stehen und sah, wie sich der Mann langsam dem Gully näherte, allzeit bereit, den schnellen Rückzug anzutreten.

Der Mann spähte vorsichtig über den Rand hinab in die Schwärze und versuchte zu erkennen, was sich dort unten abspielte – aber es gab nichts zu sehen.

Auf einmal ertönte von unten ein lautes Rülpsen, in dessen Folge blauer Kot hinauf an den Rand des Gullys spritzte.

63. Moosfäule

Ich blickte auf meine Hand. Sie juckte am linken Zeigefinger, genau zwischen dem letzten und vorletzten Fingerglied. Die Stelle erinnerte an altes Holz, auf dem sich bereits Moos bildet. Ich drückte mit Daumen und Zeigefinger der rechten Hand links und rechts an die Stelle und sah, wie die schwarzbraune und leicht grünliche Kruste aus den sich weitenden Rissen nässte.

64. Der Faden des alten Mannes

Wir standen auf einer Anhöhe bei den Klippen und hörten das Meer rauschen. Der alte Mann rollte etwas von dem weißen Faden von der Spule und trat mit dem Fuß auf das Ende, zog mit der einen Hand an der Spule, um den Faden zu spannen, und schnitt mit einem Messer gezielt den Faden in der Mitte durch. Dann zog er die Hälfte, auf deren Ende er stand, eingeklemmt zwischen Klinge und Daumen von sich weg, um zu zeigen, wie widerstandsfähig der Faden war.

Ich nahm ein Stück des Fadens, da ich es nicht glauben konnte, und wickelte um jede Hand ein Ende, um ihn zu zerreißen. Ich fühlte, wie sich der Faden spannte, aber er wollte nicht reißen. Nach einigen Momenten gab ich es auf und wollte den Faden abwickeln, doch bemerkte ich, dass er an meiner rechten Hand zu kleben schien. Vorsichtig zog ich ihn ab. Er hinterließ eine dunkle Spur auf der Haut, wie einen Schatten. Ich sah, dass es ein hauchdünner Hautstreifen war, der mir an den Stellen fehlte, wo sich eben noch der Faden befand.

Nachdem der Faden komplett entfernt war, sah ich die klare Flüssigkeit, die aus den Linien drang, und wusste sofort, dass es sich dabei um Wundwasser handelte. Ich drückte an einigen Stellen. Der Schnitt war recht tief, denn das Gewebe bewegte sich weich und lose, schmatzend leicht hin und her. Aber es schmerzte nicht.

68. Erlösung

Er folgte der Uferpromenade und näherte sich einem Mann und einer Frau, die an der Brüstungsmauer standen. Dahinter fuhr ein Schiff stromaufwärts.

Der Mann fragte wütend: „Willst du mich wieder reizen?"

Die Frau schüttelte den Kopf und zuckte zusammen, als der Mann die Hand hob. Er schlug nicht zu.

Die Frau hob irgendetwas auf, vermutlich Kleingeld.

Er lief weiter und griff in seine Jackentasche. Er blieb hinter dem Mann stehen, zückte etwas, das wie ein angespitzter Schraubenzieher aussah, und stach wild auf die Nierenregion des Kerls ein. Dieser ging schreiend zu Boden. Mehrere Attacken gegen den Hals besiegelten das Urteil. Dann steckte er die Waffe ein und betrachtete die Frau, die nur stumm und geschockt vor ihm stand.

Plötzlich holte er mit der anderen Hand eine Pistole hervor und schoss der Frau direkt ins Gesicht. Sie brach leblos zusammen. Er steckte die Waffe wieder ein und lief weiter, als wäre nichts passiert.

Ich trank meinen Kaffee und dachte nach. Vermutlich wäre die Frau wieder an so einen Kerl geraten. Die Kugel war deshalb vermutlich eine Erlösung. Aber ich konnte mich natürlich auch täuschen.

Ich konnte die ganze Aufregung im Café zwar nicht nachvollziehen, aber immerhin konnte ich dadurch unbemerkt verschwinden, ohne zu bezahlen.

77. Zombie im Herrenhaus

Ich trat auf den Flur; vorsichtig. Ich blickte nach links, lief dorthin weiter und schaute durch die offene Tür aus dem Halbdunkel hinein in den Raum, wo dieser Zombie gerade einen der Angestellten zerfleischte und mit seiner übermäßigen Kraft zerriss. Mit letzter Energie rammte eben jener Angestellte ein Messer in den Schädel des Untoten – doch es war sinnlos. Und ich wusste, dass ich an ihm nicht vorbeikommen würde, was mich dazu veranlasste, den Rückzug anzutreten und mich wieder in mein Büro zu begeben, wo ich zwar auch nicht entkommen konnte, es aber ein Luftgewehr gab, was in diesem Augenblick mein Strohhalm war.

Ich lief um den Schreibtisch, griff hinter den Vorhang und holte das Knickgewehr hervor, knickte den Lauf ab und hielt es in der rechten Hand, während ich mit der linken Hand versuchte, die kleine Dose mit den Diabolos zu öffnen, was mir nach einiger Zeit gelang. Ich blickte unterdessen immer wieder zur verschlossenen Tür, die im Dunkel des Raums lag. Und als ich die Dose endlich offen hatte, lud ich das Gewehr und wartete ab.

Ich konnte nicht fliehen. Ich konnte auch nicht nach draußen, denn ich wusste, dass mich dieses Monster töten würde, sobald ich das Zimmer verließ. Vielleicht wartete es hinterlistig auf mich. Vielleicht wollte es mich aushungern oder abwarten, bis ich einschlief. Ich war verloren. Und diese Erkenntnis löste in mir noch mehr Panik aus.

80. Das Foto

Ich sah ein Foto. Es war in einem kleinen Rahmen, dessen Farbe bereits abgeblättert war, der jedoch über zahlreiche Verzierungen verfügte. Das Foto selbst hatte sich aufgrund seines Alters bräunlich verfärbt. Es zeigte einen

Mann, der von rechts nach links zu laufen schien. Auf der dem Betrachter zugewandten Schulter trug er einen Pfahl, um den herum ein armdicker und mindestens 5 Meter langer Regenwurm gewickelt war.

Ich fragte mich, ob Regenwürmer dieser Größe gefährlich sein konnten.

82. Zucker und Haare

In den Nachrichten wurde gesagt, dass Frauen mit langen Haaren aussterben. Schuld daran sei die Überzuckerung der Menschheit, da in allen Dingen viel zu viel Zucker sei und dieser eine schädigende Wirkung auf die für das Haarwachstum verantwortlichen Gene habe.

87. Frachter und Leiche

Wir kamen auf dem alten Frachter in einer eisigen Nacht ohne Mond an. Das Wasser war durchsetzt von treibenden Eisschollen und wir wussten, dass wir schnell handeln mussten, da sie uns folgten. Der Frachter war über und über mit Rost und Algenresten bedeckt, als wäre er vom Grund des Meeres aufgestiegen. Wir bahnten uns den Weg zur Brücke und fanden dort eine blasse, nackte Leiche, die weder Geschlechtsmerkmale noch ein Gesicht besaß – es war ein Körper ohne Öffnungen und ohne Haare. Wir wussten, dass wir sie loswerden mussten, um nicht belastet zu werden, aber zeitgleich mussten wir den Frachter zum Laufen bringen, um entkommen zu können. Und so teilten wir uns auf. Zwei blieben auf der Brücke und ich lief mit den anderen hinab in den Maschinenraum.

Dort unten war alles von Rost überzogen. Wir fanden ein Loch im Boden, durch welches man ins Wasser gelangen konnte. Ferner gab es eine periskopähnliche Vorrichtung, an welcher sich die Schiffsschraube befand. Wir versuchten, sie mittels der Armaturen zu starten, was jedoch nicht auf Anhieb gelingen wollte. Erst nach einigen Versuchen senkte sie sich durch die entsprechende Öffnung hinab ins Wasser, während sie langsam anlief.

Zurück auf der Brücke stellten wir fest, dass die Flucht aus dieser Stadt mit ihren unzähligen Kanälen und Wehren schwer werden würde. Zwar war noch niemand auf uns aufmerksam geworden, doch die Angst begleitete uns, während wir einen Weg aus diesem Labyrinth zu finden versuchten.

88. Kotwürmer

Das Trio stand in einem Garten, jeder an einer anderen Seite des Tischs, der an eine alte Werkbank erinnerte. Ich lief zu ihnen und stellte fest, dass sie auf etwas starrten, das wie Kot aussah. Aber in der braunen, wurstähnlichen Masse bewegte sich etwas: Weiße Würmer gruben sich mit ihren pulsierenden Leibern den Weg von hier nach da. Von anderen waren nur Teile sichtbar, die sich nicht bewegten. Die Würmer erinnerten an fette Regenwürmer, hatten jedoch größere, klar erkennbare Segmente.

„Wartet noch", sagte einer der Männer.

Auf einmal erhoben sich einige der Würmer gerade nach oben und schoben sich wie Sprösslinge aus dem Kot. Das jeweilige Kopfende war flach und glänzend.

„Sie nehmen das Wasser aus der Luft auf."

Nach einigen Augenblicken nahm jeder etwas Salz aus einem Becher, der auf dem Tisch stand, und streute es um die Würmer herum auf den Kot.

Ich stand nur angewidert da und beobachtete, wie sich die Würmer windend zurückzogen.

89. Zähne

Im Abendprogramm lief eine Talkshow, in welcher einer der Gäste ein bekannter Star aus dem Action-Kino war. Dieser zeigte einem anderen Gast einige Bewegungen aus dem Kampfsport, erklärte die korrekte Haltung und war ganz in seinem Element. Dann zoomte die Kamera auf seinen Mund und zeigte seine Zähne: Während er sprach, bewegten sich manche leicht hin und her, andere drehten sich, wie groteske Mühlsteine, während aus den Zahnfleischrändern Blut quoll. Es floss auch aus ein paar der Zähne, die aus einzelnen Fragmenten bestanden, die an Basaltsäulen erinnerten und sich ebenfalls bewegten, drehten und aneinander rieben. Und er hatte nicht nur eine Reihe von Zähnen, sondern mehrere, doch aufgrund der unregelmäßigen Anordnung war es mir nicht möglich, sie zu zählen. Und ich wusste nicht, worüber er sprach.

Bei dem Anblick wurde mir schlecht.

91. Anruf

Ich wachte auf und wusste erst nicht, weshalb, bis ich aus der Küche das Klingeln meines Festnetztelefons hörte. Ich schaute auf mein Mobiltelefon und sah, dass es 02:04 Uhr war. Ich fragte mich, wer um diese Uhrzeit einen Grund haben könnte, mich anzurufen.

Also stand ich auf und torkelte schlaftrunken in die Küche und nahm das leuchtende, schnurlose Telefon aus der Basis, die beim Fenster auf dem Boden stand. Es wurde keine Nummer angezeigt. Ich nahm das Gespräch an, aber es meldete sich niemand. Ich beendete den Anruf, steckte das Telefon zurück in die Basis und ging zurück in mein Schlafzimmer.

Ich drehte mich auf die Seite und wollte wieder einschlafen, aber plötzlich kam mir ein Gedanke: Wieso hörte ich das Telefon überhaupt? Es war doch lautlos gestellt.

Ich nahm mein Mobiltelefon und wählte die Festnetznummer. Ein paar Sekunden später klingelte das Telefon in der Küche, diesmal allerdings mit einem anderen Ton, was mich irritierte. Ich beendete den Anruf und Stille kehrte zurück.

Konnte ein Stromausfall die Einstellungen verändern und so den Ton aktivieren? Oder hatte ich es unwissentlich getan?

Ich lag noch eine Weile da, und je mehr ich nachdachte, desto munterer wurde ich. Was, wenn hier jemand eingebrochen war und, weshalb auch immer, das Telefon benutzt hatte? Vielleicht, um angerufen zu werden, sobald jemand von der Straße ins Treppenhaus kam? Und was, wenn die Person noch immer hier war und sich irgendwo in der Wohnung versteckte?

Der Gedanke versetzte mich so in Panik, dass ich den Atem anhielt und lauschte. Bewegte sich jemand in der Dunkelheit? Würde ich gleich leise Schritte hören?

Ich konnte kaum noch sagen, ob sich die Schatten bewegten oder nicht, deshalb sprang ich auf und schaltete das Licht ein. Dann ging ich in die Küche, drückte auch dort auf den Lichtschalter und griff mir ein Messer aus der Spüle. Dann schaltete ich in jedem Zimmer das Licht ein und untersuchte jeden Winkel, auch wenn ich wusste, dass sich hier niemand verstecken konnte, es gab dafür keinen Platz. Trotzdem zog ich die Kästen mit den Wasserflaschen aus der Abstellkammer, nur um mich zu vergewissern, dass sich niemand dahinter verbarg.

Was war mit dem Keller?

Ich verbarrikadierte die Wohnungstür mit zwei Stühlen aus der Küche und schob sogar die Kästen mit den Wasserflaschen davor. Ein paar Flaschen stellte ich auf den Boden, so dass niemand unbemerkt eindringen konnte. Dann lief ich ein weiteres Mal durch die Wohnung, suchte alles gewissenhaft ab und ging dann wieder ins Bett.

Mittlerweile waren zwei Stunden vergangen. Bald würde die Sonne aufgehen. Und wie ich so dalag, wurde mir bewusst, dass an Schlaf nicht mehr zu denken war. Aber ich wollte nicht aufstehen.

Hatte ich das Telefon wieder auf lautlos gestellt? Oder würde es gleich wieder klingeln?

Ich konnte mich nicht aufraffen. Ich lag nur da und wartete.

103. Kauen

Ich suchte mit gezogener Waffe das Haus ab. Die Kollegen waren noch nicht eingetroffen, aber ich wusste, dass ich keine Zeit verlieren durfte. Ich versuchte, mich leise zu verhalten, und schlich von Zimmer zu Zimmer, bis ich jeden Raum abgesucht hatte, leider ohne Erfolg. Auf dem Dachboden fand ich nichts. Und noch immer wartete ich auf Verstärkung.

Dann lief ich zurück in das Erdgeschoss und überprüfte den Keller, aber auch dieser war leer. Von der Küche aus sah ich dann hinaus in den nebelverhangenen Garten. Es regnete und stürmte wie bereits seit Tagen. Und dort draußen sah ich zwischen den wild wuchernden Pflanzen einen kleinen Verschlag am Rand des Waldes hinter dem Grundstückszaun. Da ich keinen Weg nach draußen finden konnte, verließ ich das Haus zur Straße hin, lief nach hinten und kletterte über den Gartenzaun. Dann lief ich geduckt durch den Regen und folgte dem schlammigen Trampelpfad, bis ich die kleine Holzhütte erreichte. Mittlerweile war ich komplett durchnässt.

Die Tür war geschlossen, aber ich konnte durch die Spalten zwischen den Brettern sehen, dass im Inneren der fensterlosen Hütte Licht brannte. Deshalb suchte ich eine geeignete Stelle, um zu sehen, was dort drinnen vor sich ging. Und dann sah ich es.

Sie waren am Boden. Ich konnte nur ihre Köpfe und Schultern sehen. Graublaues Wasser rollte in Wellen immer wieder über beide hinweg. Über ihnen war blaugrüner Himmel mit mächtigen Wolken. Der Kerl hatte sich über sie gebeugt und presste sie mit aller Gewalt nach unten, obwohl sie sich nicht zu wehren schien. Ihr Gesicht war mir abgewandt.

Plötzlich packte er ihren Kopf, hielt ihn zwischen seinen kräftigen Händen, drehte das Gesicht zu sich und beugte sich hinunter, um beim Wangenknochen die Zähne in das Fleisch zu treiben. Und dann sah ich es: Eines ihrer Augen war nichts weiter als ein rotschwarzes Loch mit leicht ausgefranstem Rand, wie eine fleischige Höhle, die bereit war, etwas Unsagbares zu gebären. Es floss kein Blut heraus. Das andere Auge starrte glasig am nassen Kopf des Kerls vorbei in meine Richtung. Ich spürte, dass sie mich sah, dass sie sich fragte, wieso ich ihr nicht half, während sie mit erschlafftem Leib alles über sich ergehen ließ und der Kerl immer weiter an der gleichen Stelle kaute, wo sich die Haut spannte aber nicht riss.

Mir wurde von dem Anblick schlecht. Ich richtete mich auf und konnte noch immer ihr Gesicht und den Blick sehen. Dann jagte ich mir eine Kugel in den Kopf, um das alles zu vergessen.

104. Film

Er stand in einem großen Arbeitszimmer, das mit dunklen, schweren Möbeln aus Massivholz eingerichtet war, und betrachtete über die Schulter des Mannes hinweg das weiße Blatt, das dieser hielt und auf welchem sich ein großes Display befand. Gezeigt wurde eine kleine Katze, die durch eine heruntergekommene Wohnung lief. Er wollte gar nicht wissen, wie es weiterging, und drehte deshalb den Kopf weg. Dann schaute er doch aus den Augenwinkeln zu der grobkörnigen Aufnahme und sah eine Hand, die ein menschliches Gehirn ins Bild hielt.

105. Wolken

Er verließ die Autobahn und machte auf einem Rastplatz halt. Dort stieg er aus dem Wagen, lief ein paar Meter über den Rasen und sah in die Ferne. Was er zunächst für Berge hielt, entpuppte sich als Nebel und massive Wolken, die tief über den Wäldern hingen und diese in den Senken und Tälern verbargen. Und doch sah alles so täuschend echt aus, als hätte er die Bergkämme nach einem langen Aufstieg beschreiten können.

108. Dachboden

Ich lief über einen alten Dachboden. Dort gab es eine Couch und andere Möbel, Truhen, Kisten und allerlei verstaubten Unrat, über den ich teilweise hinwegsteigen musste, bis ich in einer gemauerten, unverputzten Wand ein kleines Loch fand. Ich griff einen hölzernen Stuhl in der Nähe und schlug damit auf die Wand ein, um die Öffnung so nach und nach zu vergrößern und einen Durchbruch zu schaffen, der es mir ermöglichte, zur anderen Seite zu klettern.

Ich fand ein schlicht eingerichtetes Zimmer. Alles war mit einer dicken Staubschicht bedeckt. Von links fiel etwas Licht durch die trübe Fensterscheibe ein. In der Mitte des Raums gab es eine Art Podest, auf welches eine schmale Treppe führte. Darauf stand ein hölzerner Stuhl mit der mittlerweile mumifizierten Leiche einer alten Frau.

109. Regennacht

Im strömenden Regen machte sich der Hund auf einer schlammigen Wiese an einem kleinen Loch zu schaffen. Nach einer Weile zog er einen dunkelblauen Handschuh heraus. Er zog weiter und beförderte so die Leiche zur Oberfläche, die den Handschuh noch immer trug. Dabei wurde das kleine Loch nicht geweitet, denn die Leiche war trotz der steifen Gliedmaßen wie aus Gummi, weich und knorpelig. Der Körper federte noch eine Weile nach, als der Hund ihn komplett aus dem Untergrund gezogen hatte und auf der Wiese liegen ließ.

114. Schlauch

Von den Wänden blätterte die weiße Farbe ab, wodurch das Holz der Bretter sichtbar wurde. Die Splitter und Flocken der Farbe sammelten sich am Boden. In den Winkeln hingen längst verlassene, staubige Spinnweben.

In der Mitte dieses Zimmers befand sich eine Art Schleimhaufen, eine Masse aus feinem, rosa Gewebe. Die Oberfläche war so glänzend, die langsam pulsierenden Bewegungen so geschmeidig, als würde das Ding jeden Augenblick zerfließen.

Seitlich ragte ein Muskelschlauch aus dem Organismus, der wie ein hohler, überdimensionierter Regenwurm aussah. Aus diesem drang eine klare Stimme, der kein Geschlecht zugeordnet werden konnte. Die Stimme fragte: „Wie weit bist du bereit zu gehen, um deinem Gott zu begegnen?"

116. Ghetto

Der Müll sammelte sich seit Wochen in den Straßen, auf den Gehwegen und in den Hinterhöfen und Hauseingängen. Es gab kein Viertel, das nicht erbärmlich stank.

Aus einem dieser Hauseingänge traten zwei Männer. Sie stiegen in einen parkenden Wagen. An der Karosserie waren eiserne Seile befestigt, die sich in der Höhe im Dunst verloren, der nur hier und da einen Blick auf den blauen Himmel erlaubte.

Das Fahrzeug hob ab und entfernte sich rückwärts über die umliegenden Müllberge hinweg. Dabei wurden mehrere Seile sichtbar, die sich an der vorderen Stoßstange des rostigen Wagens befanden. Als sich diese spannten, zogen sie die Stücke zerteilter Leichen unter dem Müll hervor. Die Arme und Beine zappelten in der Luft wie Teile von Marionetten an schwingenden Seilen. Nach einer Weile verschwand das rohe Fleisch zusammen mit dem Auto im Dunst der Stadt.

117. Die eiserne Spinne und ihre Hunde

Ich wollte vorankommen, aber es ging nicht. Ich sah nach unten: Beide Reifen des Klappfahrrads waren platt.

Dann rannte ich plötzlich durch die Schluchten zwischen riesigen Gebäuden, Lagerhallen, wuchtigen Anlagen aus Backstein und Häusern mit filigranen Elementen. Alles entsprang einer längst vergangenen Zeit. Die Lichter der Stadt waren allesamt gelblich, wie einzelne Punkte in der Finsternis, genährt vom Strom aus Dampfmaschinen. In der Ferne stieg Rauch aus den hohen Schloten.

Ich rannte durch Gassen, sprang von Dach zu Dach, balancierte über Bretter und begegnete dabei keinem einzigen Menschen. Die Stadt schien so voller Leben, aber ich war allein.

Ich sah kurz hinter mich, wo mir eine Welle der Zerstörung folgte: Wände stützten ein, Dächer basten und Lichter erloschen. Es war ein lautloses Chaos aus Staub und Geröll. Und inmitten dieser Gewalt erhob sich eine gigantische Spinne aus Metall, so massig wie eine große Kirche. Sie bahnte sich ihren Weg so mühelos, als wären alle Häuser aus Stroh. Nichts hielt sie auf. Und sie kam näher. Im vorherrschenden Licht konnte ich nicht sehen, ob sie aus poliertem Kupfer oder aus Gold bestand.

Ich erreichte eine breite Straße und eilte dort in ein Gebäude. Linker Hand erhoben sich die steilen Tribünen und Logen des Theaters, alles prunkvoll verziert und scheinbar bereit für die nächste Aufführung. Von der Decke hingen riesige Kronleuchter.

Plötzlich durchstießen die gigantischen Beine der Spinne die Mauern vor mir. Schutt stützte aus der Höhe und ich wich ein paar Schritte zurück. Dann schob sich eines der Beine näher. In diesem Moment erkannte ich, dass mehrere eiserne Hunde, die mit langen Ketten an den spitz zulaufenden Beinen der Spinne befestigt waren, in meine Richtung eilten. Aber ich konnte nicht sagen, ob sie mich jagten oder dem Befehl der Spinne folgten, um sie durch die Stadt zu ziehen.

118. Scherenschnitt

Immer wieder verdeckte das Schwarz der Äste und Zweige den nächtlichen Sternenhimmel, der sich über allem zeigte. Es gab so wenig Licht in der Umgebung, dass die Milchstraße auch während der Fahrt deutlich zu erkennen war.

Er fuhr mit offenen Fenstern durch die Nacht und folgte der kaum sichtbaren Landstraße. Die Scheinwerfer waren nicht an. Die Luft war angenehm warm und duftete nach einer Mischung aus Stroh und Wald.

Irgendwann setzte die Dämmerung ein. Zu dieser Stunde verlangsamte er die Fahrt und hielt an.

Der Himmel färbte sich in der Ferne schwarzrot, wurde schrittweise heller und erstrahlte dann in einer Farbe, die irgendwo zwischen Gold und Orange lag, was die Kronen der Bäume, welche die Straße säumten, wie Scherenschnitte wirken ließ, ebenso die Burg, die sich auf den schwarzen Bergen in der Ferne abzeichnete.

119. Die Flut

Es war kein Wasser, das in dieser Nacht vom Meer über den Strand geschoben und in die Straßen und Gassen der Stadt gepresst wurde. Es waren Leichenteile und Flüssigkeiten der Fäulnis, die aus der Dunkelheit quollen und einen entsetzten Blick auf das Chaos boten, das sich bald aus den lichtlosen Tiefen erheben würde, um über alles hereinzubrechen.

122. Die Waldkammern

Ich stand auf dem alten Pfad, der durch den herbstlichen Wald führte. Das Laub glänzte feucht und durch den Nebel war nicht klar, wo die Sonne stand. Ich wusste zunächst nicht, ob ich kam oder ging. Doch dann warf ich einen Blick auf meine Hände: Sie waren verkrustet mit einer getrockneten Mischung aus Erde und Blut.

Nun wusste ich, dass ich bei den verdammten, faulen Gruben im Wald gewesen war, wie so oft nicht aus freien Stücken. Es muss dieser Zwang gewesen sein, das tiefe Verlangen. Ich konnte aber nicht sagen, ob ich jemanden in das Dunkel warf und einsperrte, oder ob ich ein Leben nahm. In beidem hatte ich mehr Übung, als meinem Gewissen in klaren Momenten lieb war.

Also verließ ich den Pfad und lief hinunter zum Fluss, um meine Hände und die Kleidung zu reinigen. Dreck an einem Edelherrn, wie ich es war, würde nur unliebsame Fragen aufwerfen.

Am Fluss spülte ich mir auch den Mund aus, denn ein bitterer Geschmack lag auf meiner Zunge.

123. Der Schlag

Der Junge war vielleicht 9 oder 10. Er sammelte gern tote Käfer. Oder lebendige, die er dann in Gläsern einsperrte, bis sie starben. Aber nur schillernde Exemplare. Er betrachtete sie gern, ihm gefielen die Farben. Er hätte vermutlich auch Kolibris gejagt, wenn es dort, wo er lebte, welche gegeben hätte.

Als er wieder einmal hinter dem Haus auf der Wiese in der Sonne saß und sich etwas von der bisher erfolglosen Suche nach Käfern ausruhte, landete ein kleiner Schmetterling auf seinem Knie und richtete seine Flügel zur Sonne hin aus.

Der Junge schaute auf den Schmetterling und wünschte sich einen Käfer. Er mochte doch Käfer und keine Schmetterlinge. Also hob er schnell die Hand und schlug, ohne zu überlegen, nach dem Schmetterling.

In diesem Moment platzte sein Körper seitlich der Länge nach auf. Sein Inneres wurde nach außen gepresst. Die Flüssigkeiten spritzten mehrere Meter weit und tünchten die Blumen. Das von Fasern und Sehnen zusammenge-haltene Gewebe schaffte es nicht so weit.

Die nun fast leere Hülle des Jungen, mehr eine gefaltete, fleischige Tasche aus Haut, knickte ein und sank in sich zusammen.

Der aufgeschreckte Schmetterling landete wieder auf dem Knie und richtete die Flügel zur Sonne.

125. Die Qual

Sie kroch mir nach. Mit ihrem Blick, der an mir klebte wie der Gestank von Müll und Leichen. Ich sah nur kurz hinter mich. Sie war dieses kleine Wesen, dieses von Schimmel und Fäule nass durchsetzte Etwas zwischen Mensch und Tumor, zu groß für ein Baby, zu klein für ein Kind. Aber ihr Gesicht war erwachsen. Und unter all den eiternden Hautlappen und dem knorpeligen, von Sehnen durchzogenen Gewebe erkannte ich die Anklage, die sie mir nicht anders mitteilen konnte.

Ich rannte durch den Wald, über die brachen Felder und in die Stadt mit ih-ren rußgeschwärzten Fachwerkhäusern. Es stank überall nach rohem Fleisch, gekochtem Geflügel und ranzigem Fett.

Ich konnte mich nicht verstecken, denn sie war immer in Hörweite hinter mir und beobachtete jeden meiner Schritte, das spürte ich. Ihre wunden Kno-chen schleppten sich mit einer derartigen Entschlossenheit über den Boden, dass meine geistige Gesundheit darunter litt.

Ich floh schon seit Tagen. Aber ich konnte nicht anhalten und mich meinem grausigen Schicksal ergeben.

127. Gießharz

Wir fuhren zu dem Bestatter. Es gab Hinweise auf Leichenschändung. Als wir die Räumlichkeiten durchsuchten, erwischten wir ihn dabei, wie er sich an der Leiche einer jungen Frau zu schaffen machte: Er trennte gerade das zweite Bein unterhalb des Knies mit einer Säge ab. Die Hälfte des anderen Beins lag bereits in einer Transportbox mit Trockeneis. Die Füße waren entfernt wor-den. Sie lagen jeweils in einem Gefrierbeutel verpackt am Fußende im Sarg, bereit, im Krematorium zu verbrennen.

Die Sache war seltsam. Noch seltsamer wurde es allerdings, als ich mit ei-nem Kollegen das Landhaus aufsuchte, wo der Bestatter aufgewachsen war und das er nach dem Tod seiner Eltern geerbt und behalten hatte. Es lag abge-legen von einem kleinen Dorf am Ende eines verwilderten Pfads mitten im Wald neben einem kleinen See. Trotz des Wassers schien sich niemand an diesen Ort zu verirren.

Das Haus war eine Fassade, im wahrsten Sinne des Wortes. Nachdem wir uns Zutritt verschafft hatten, sahen wir uns einer Konstruktion aus Eisen gegenüber, einem riesigen Quader aus verschraubten Metallplatten, der das Innere des Hauses ausfüllte. Zwischen den Außenmauern und dem Eisen war nur etwas mehr als ein Meter Luft. Kurz darauf fanden wir eine Türe, die mit mehreren Vorhängeschlössern gesichert war. Mit einem Fäustel und einer Brechstange aus dem Auto brach der Kollege die Schlösser auf, während ich draußen rauchte und die direkte Umgebung ablief.

Kurze Zeit später standen wir im Inneren des Metallquaders, wo es zahllose, in kristallklarem Gießharz konservierte Waden gab, allesamt vermutlich von jungen, sportlichen Frauen wie jene, mit deren Leiche wir den Kerl erwischten. Die Schnittstellen waren kunstvoll mit edlen Stoffen und feinstem Papier mit schönen Farben und Mustern verhüllt, in Position gehalten mit Kordeln, Schnüren oder Angelschnur. Die Quader standen auf Anrichten und in Vitrinen oder stapelten sich wie Säulen bis hinauf zur Decke. Andere formten Wände und Korridore, Pyramiden und freie Formen. Jeder Winkel der Halle wurde so optimal ausgeleuchtet, dass es keinen einzigen Schatten zu sehen gab, nur die zarten, straffen Waden.

Drei Wochen später entdeckten wir zufällig eine ähnliche Halle, nur dass es dort ausschließlich Hände gab, die wirkten, als würden sie nach etwas Unsichtbarem greifen.

128. Fahrt

Ihr Wagen rollte ruhig über die Autobahn. Hin und wieder überholte sie einen LKW. Laut Uhr würde die Fahrt noch gut 5 Stunden dauern.

An einer Raststätte machte sie Halt, ging zur Toilette, kaufte sich ein belegtes Brötchen und trank einen Cappuccino. Dann lief sie zurück zum Auto, rauchte eine Zigarette, vertrat sich etwas die Beine und setzte die Reise fort.

Als sie von der Raststätte zurück auf die Autobahn fuhr, näherte sich von hinten ein Transporter. Dieser wechselte die Spur, um ihr Platz zu machen, und rollte in die Ferne. Nach einer Weile waren die roten Rücklichter verschwunden. Sie schaltete das Fernlicht ein.

Sie drehte das Radio wieder etwas lauter und lauschte den Rock-Balladen.

Es dauerte ein Stück, dann bemerkte sie, dass es weder vor ihr noch auf der Gegenspur Fahrzeuge gab. Auch in der umliegenden Ferne leuchteten keine Straßenlaternen von Ortschaften oder Lichter von Gebäuden. Selbst im Rückspiegel wartete nur Schwärze. Es gab nur das Licht der Scheinwerfer und das der Anzeigen und Schalter im Auto. Der Asphalt zeichnete sich nur schwach ab, so auch die Leitplanken und die Pflanzen am Fahrbahnrand.

Sie warf einen Blick auf die Uhr. Es würde noch über eine Stunde bis zur Dämmerung dauern.

Sie sah, wie sich etwas in der Schwärze vor ihr veränderte, im linken, oberen Bereich. Zunächst dachte sie, es sei der Mond, der sich durch die unsichtbaren Wolken kämpfte. Doch sie erkannte, dass der diffuse Schein schwarzblau war. Der undefinierte Fleck wurde nach und nach breiter und zog sich zum Boden hin in die Länge, wie ein Farbverlauf. Und dann brach mit einem Mal ein gigantischer, blauer Oktopus aus der Finsternis, als hätte ihn das Licht eines Forschungs-U-Boots aufgeschreckt.

Erschrocken machte sie eine Vollbremsung. Der Wagen zog etwas nach rechts und blieb stehen. Mit einem Ruck starb das Geräusch des Motors.

Schwerelos glitt das Ungetüm im Bogen durch ihr Blickfeld. Ohne sichtbare Referenzpunkte war es ihr nicht möglich, die Größe abzuschätzen. Aber der optisch geringen Geschwindigkeit von Körper und Fangarmen nach zu urteilen, musste das Wesen mehrere Kilometer lang sein.

Sie stieg aus dem Wagen und starrte gebannt nach oben, wo der Oktopus bogenförmig über sie hinwegglitt. Es war windstill. Die Luft war angenehm frühlingshaft und roch nach Meer, obwohl es bis zur Küste weit über 800 Kilometer waren. Dann tauchte das Wesen ab in die alles verhüllende Schwärze, die so dunkel war, als wäre sie nicht auf einer Autobahn, sondern mitten im Weltall, gestrandet mit ihrem Raumschiff.

Der Schreck hatte sie schlagartig munter gemacht. Sie stand noch eine Weile da, als die Erscheinung längst verschwunden war. Dann stieg sie zurück in ihr Auto, startete den Motor und fuhr weiter.

Irgendwann setzte die Dämmerung ein, die nichts offenbarte als ein dichtes Grau. Keine anderen Fahrzeuge, keine Lichter, nichts, nur Nebel. Und dann sah sie im Rückspiegel, wie die Welt hinter ihr zerbarst. Die Schollen erhoben sich, kollidierten und rieben aneinander, zermahlten sich gegenseitig zu Staub und verschwanden im grauen Nichts.

Sie schaute wieder nach vorn.

In diesem Augenblick erfolgte ein harter Aufprall. Und während sie schlagartig zurück in die Finsternis der vergangenen Nacht gerissen wurde, dachte sie an Honduras.

131. Mann

Ich lief einen Schotterweg am Wald entlang und schaute nach rechts über die Getreidefelder. Es war Sommer und alles verbrannte.

Links lichtete sich der Wald nach einer Weile. Von den Bäumen, deren Stämme rotbraun und völlig glatt aufragten, fiel das welke Laub. Und dort sah ich mehrere zerschlagene Holzmöbel, ein Bettgestell aus Metall und eine alte Matratze auf einer kleinen, freien Fläche. Wahrscheinlich das Werk von Kindern und Jugendlichen, nachdem jemand nachts heimlich die Sachen hier abgestellt hatte. In der Luft hing der widerliche Gestank von Kot.

Ich wollte gerade den Blick abwenden und wieder zu den Feldern und den bewaldeten Hügeln und Bergen dahinter schauen, als sich plötzlich ein nackter, glatzköpfiger Kerl hinter den Resten einer Kommode aufrichtete. Seine Hände und sein Oberkörper waren mit Kot beschmutzt. Er war muskulös und hatte einen Bierbauch. Schweiß stand auf seiner Stirn.

Als er mich erblickte, stieß er einen undefinierten Schrei aus und stürmte brüllend in meine Richtung.

Ich zögerte nicht, ergriff die Flucht und rannte geradewegs in das Feld. Ich sah nicht zurück und hoffte, dem Mann zu entkommen, der da hinter mir her war, denn ich wusste, dass er mich umbringen würde, sobald sich die Möglichkeit bot.

133. Firmament

Das knisternde Lagerfeuer legte seinen Schein auf die Bäume und Büsche in der Nähe. Dahinter waren all die dunklen Silhouetten der Nacht.

Ich saß in dieser angenehmen Atmosphäre und spürte eine warme Brise, während ich dem Tanz der Flammen zuschaute. Schimmernde Wellen durchzogen das Holz. Sie flossen mit jeder Berührung des Windes wie Wasser und folgten einem unbekannten Pfad, den Spuren kosmischer Energie.

Ich sah, wie die Funken ihr warmes Nest verließen, aufstiegen und verschwanden, erfüllt von dem Sehnen, das auch meinem Herzen innewohnte. Sie zogen davon, frei von Zweifeln und Gewicht. Sie wanderten zum Himmel.

Aber was war mit den Glühwürmchen, die in der Ferne schwebten? Schauten sie den Funken zu? Waren sie neidisch? Was sagte ihr Herz?

Die Funken verschwanden zwischen den Baumkronen und wurden eins mit den funkelnden Sternen, diesen silbernen Perlen auf schwarzer Seide.

Ich fühlte, wie die Schwere von mir abfiel und ich in den Boden zu sinken schien. Der Geruch nach Erde, brennendem Holz und Gras umspielte mich, während mir jedes Ausatmen mehr und mehr Entspannung schenkte.

Ich schloss die Augen und stellte mir vor, wie meine Zellen immer leichter und leichter werden und meinen Körper verlassen, eine nach der anderen, leuchtend wie die Funken, die vom Feuer in die Freiheit geschickt wurden.

Ich hörte die Blätter, einen geflüsterten Abschiedsgruß, so gehaucht und zart, dass ich ihn nicht deutlich verstehen konnte. Aber ich kannte den Grund, der mich von diesem Ort fortlockte.

Ich öffnete meine Augen. Ich war ohne jedes Gewicht, ohne Verbindung zu der Welt, die ich hinter mir ließ. Ich stieg auf zu den Sternen, höher und höher, bis ich eins wurde mit diesem endlosen Firmament.

135. Schnitte im Himmel

Ich stand an einem Aussichtspunkt und konnte das ganze Tal überblicken. Die Dämmerung hatte bereits eingesetzt und ich konnte im dunklen Graublau bereits die Wälder und kleinen Ortschaften erkennen, in denen nur einzelne Lichter in den Häusern brannten. Am Himmel sah ich mehrere helle Streifen, die wie Schnitte in den Wolken aussahen. Das Glühen wurde langsam zu einem Leuchten, während die übrigen dichten Wolken nahezu unverändert blieben. Vermutlich würde es bald regnen.

Die Luft war kühl und feucht. Ich fröstelte, aber es fühlte sich angenehm an. Das nasse Gras unter meinen nackten Füßen hatte etwas Belebendes. Und ich war froh, dass ich hier oben allein war und mich niemand störte oder mir allein durch die Anwesenheit auf die Nerven ging.

Der leichte Wind trieb den Duft der Wälder aus dem Tal zu mir, während die Streifen nach und nach ihre Farbe änderten, von hellem Beige zu Rosa, Orange und Gold, bis sie schließlich rötlich wurden. Und dann ergoss sich wie in Zeitlupe etwas Rotes aus den Schnitten, wie verflüssigte Wolken. Es fiel jenseits der Berge in die Tiefe.

Dann frischte der Wind auf, der schlagartig wärmer geworden war. Und mit ihm zog der Gestank von Blut und Verwesung. Und da wusste ich, dass es Zeit war.

136. Gebirge

Seit Jahren zog er im späten Frühling in die Berge, um für 5 Monate abgeschieden von der Welt in einer kleinen Hütte zu leben. Nur dort fühlte er sich frei von den Zwängen der Welt und nur dort hatte er Luft zum Atmen. Und so war es wieder einmal an der Zeit, morgens vor Anbruch der Dämmerung das Dorf zu verlassen, sich an den beschwerlichen Aufstieg zu machen und das unwegsame Gelände zu durchstreifen, in das sich niemand bei klarem Verstand wagte.

Die Tage, Wochen und Monate vergingen, bis er eines Tages in den späten Abendstunden zurückkehrte und sich noch in der selben Nacht an ein neues Gemälde setzte, beflügelt von neuer schöpferischer Kraft. Im Kerzenschein entsprangen dem Pinsel so Kinder und Männer und Frauen jeden Alters, die sich auf ihren kranken und wunden Knochen über steinigen Boden schleppten, in feuchten Höhlen dahinsiechten und die schwächsten verspeisten. Alle hatten ausgebrannte Augen und waren verbunden durch eine lange Kette, die einem Felsen entsprang und die dank der eisernen Halsbänder die Herde zusammenhielt.

Es gab viel zu malen, die Ideen würden bis zum nächsten Frühling nicht versiegen.

139. Tumor

Ich lief an dem See entlang und schaute auf das Wasser, das durch die Hitze grünlich und von Algenteppichen durchzogen war. Von den Feldern wurden trockene Reste der Getreideernte geweht, die das Wasser großflächig bedeckten. Ich sah Treibholz am Ufer und eine kleine Feuerstelle mit leeren Bierflaschen. Vermutlich hatten sich hier Jugendliche getroffen.

Ich spazierte weiter durch den Kies. Der Wasserstand war in den letzten Wochen um mehrere Meter gefallen. Nun schob sich frisches Grün aus dem freigelegten Erdreich.

Dann sah ich in einiger Entfernung etwas Dunkles am Ufer, das halb im Wasser trieb. Es entpuppte sich als der dunkelblaue Liegekorb eines Kinderwagens. Das rostige Fahrgestell lag verbogen und geknickt ein paar Meter weiter vom Wasser entfernt im Kies. Ich lief hin und schaute in den Korb.

Darin lag ein Etwas aus wildem, fleischigem Gewebe, feinen Haaren, dicken Borsten und Trauben aus Zähnen, die teils so dicht gedrängt waren, dass es sie jeden Augenblick aus ihrem warmen Nest schieben konnte. Der lebendige Klumpen presste immer wieder zuckend eine klare, zähe Flüssigkeit aus den offenen Wunden, Öffnungen und großen Poren.

Es war so widerlich, dass ich mir gern die Augen ausgekratzt hätte.

141. Ausbruch

Ich war gefangen in dieser Wärme und konnte nicht atmen. Ich kämpfte mich durch die Dunkelheit, bis ich auf etwas traf, das ich für eine Wand hielt. Ich schlug darauf ein, getrieben von Verzweiflung, und spürte, wie ihr Widerstand brach. Der helle Streifen, der den ersten Riss bildete, schenkte mir Hoffnung. Ich zerstörte das Hindernis so weit, dass ich zur anderen Seite gelangen konnte, wo mich ein trübes Licht vereinnahmte, das sich feucht um meinen Körper legte und ebenfalls daran hinderte, Luft zu holen. Ich kämpfte mich weiter voran, halb schwimmend, halb kletternd. Ich mobilisierte die letzten Kräfte, denn hier sollte es nicht enden.

Nach einer Weile ließ ich die Enge hinter mir und spürte kühlen, frischen Wind auf meiner Haut, während belebende Luft meine Lunge füllte. Das Licht wurde schlagartig intensiver und wurde so grell, dass ich die Augen schließen musste. Dann trat ich in die Leere und fiel.

Ich wurde die Träne eines Giganten.

142. Theater

Das Theater war alt und verfallen, aber noch immer gab es dort in unregelmäßigen Abständen Vorstellungen für Liebhaber der besonderen Unterhaltung. Im Licht der trüben Scheinwerfer tanzten Marionetten aus faulen Gebeinen und aufgedunsenen Körpern über die Bühne, in Position gehalten von Seilen, Draht und Schnüren. Auch gehörten bleiche Knochen und zerrissene, von Schlamm verdreckte und von der Zeit gezeichnete Gewänder zu den Darstellern. Bei den Aufführungen tropften immer wieder Säfte auf das morsche Holz der Bühne. Stinkende Spitzer flogen bis in die ersten zwei, drei Reihen, trafen aber niemanden, da sich die Gesellschaft in den Schatten der Logen aufzuhalten pflegte, um ihre Identität so geheim zu halten wie den Ausdruck von Begeisterung und Lust, wenn sie mit leichten Frauen und alten Männern dem Schauspiel auf der Bühne eine persönliche Note der Erfahrung und Erfüllung gaben.

Und so zuckte und stöhnte es nicht nur auf der Bühne, sondern auch im Dunkel der Schatten, während die Marionetten wortlos im fahlen, kalten Licht tanzten.

143. Lederturm

Der Turm erhob sich in den unzugänglichen Bergen mit ihren Feuern, die Leichen und Gebeine verzehrten, und den dunklen Wäldern. Er ragte weit über 100 Meter auf und war bedeckt von menschlichen Schulterblättern, die mit Haut bespannt waren. Diese grotesken Schuppen klapperten und bewegten sich je nach Wind mal ungeordnet, mal gleichmäßig wie die Wellen auf einem See. Niemand wusste, wie man ins Innere gelangen konnte. Es gab weder eine Tür noch andere Öffnungen oder einen Tunnel. Und sollte ein Geheimgang existieren, so hatte man ihn noch nicht gefunden. Aber wer sollte auch danach suchen? Niemand, der bei klarem Verstand war, wagte sich dort hinauf. Und wer es doch tat, der verschwand, und all jene, die zurückkehrten, waren als Verbündete des Teufels gebrandmarkt und wurden hingerichtet, denn man wollte und musste das Böse aus den Dörfern fernhalten.

Einmal im Jahr, im November, zog ein fauler, warmer Wind vom Turm in die Täler, schmolz dabei den Schnee und vertrieb mit seinem entsetzlichen Gestank sämtliche Tiere, als würden sie vor einem Feuer fliehen. Sobald sich die Vögel, Hirsche und Nager in Sicherheit brachten, wagte sich niemand aus der warmen Stube.

Und an einem solchen Tag stand ich inmitten eines Schneesturms, der in der Nähe des Turms zu Regen wurde, und hielt Hammer und Beil, denn ich wollte mir Zugang verschaffen zu diesem Geheimnis, das nur für mich bestimmt war.

Der Wind ließ die Schuppen des Turms klappern. Dann lief ich los.

145. Quell der Leere

Er irrte lange Zeit durch das Waldgebiet, und das nur, weil er abseits der Wanderrouten die Orientierung verloren hatte. Irgendwann setzte die Dämmerung ein. Er stolperte noch eine Weile durch die Dunkelheit, ohne auch nur irgendwo ein Licht zu sehen, bis er sich an einer halbwegs trockenen Stelle auf den Boden setzte und gegen etwas lehnte, das sich wie ein Baumstamm anfühlte. Und während er den Klängen des nächtlichen Waldes zuhörte, kam der Durst.

Er machte kein Auge zu, döste maximal für ein paar Minuten, nur um bei Anbruch der Dämmerung die durchgefrorenen Glieder zu bewegen und sich weiter durch den Wald zu schleppen. Er hoffte, bald auf einen Pfad zu treffen, dem er folgen konnte und der mit etwas Glück sogar über einen Wegweiser verfügte. Und obwohl auch sein Magen leer war, spürte er den Hunger nicht. Es gab nur den Durst und das beklemmende Gefühl der Ausweglosigkeit.

Es wurde Morgen und Mittag, ohne dass er jemanden hörte oder sah. Niemand reagierte auf seine Rufe. Es gab nur das Grün des Waldes. Zwischen den Bäumen zeichneten sich oft die Berge in der Ferne ab.

Am späten Nachmittag brach er durch das Unterholz auf eine Lichtung, auf der es ein steinernes Becken gab. Es wurde durch ein Rohr mit frischem Wasser gespeist. Das Rohr ragte aus einem moosbedeckten Felsvorsprung.

Gierig lief er zu dem Becken und sah hinein: Außer ein paar Algen gab es nichts in dem kristallklaren Wasser zu sehen. Das Wasser floss auf allen Seiten des Beckens fast gleichmäßig über den Rand und spendete so Moosen und Gräsern Feuchtigkeit, deren Grün viel intensiver strahlte als das der Pflanzen in der Umgebung. Er füllte seine hohlen Hände mit dem kalten Wasser aus dem Rohr und kostete. Es roch und schmeckte nach nichts. Also labte er sich an dem Nass, das er so ersehnt hatte.

Erst nach eine Weile fiel ihm ein widerlicher Gestank auf, den die Umgebung ausdünstete; und das Summen von Insekten. Fast zeitgleich sah er all die Leichen, die an den Bäumen der Umgebung hingen und halb am Boden saßen, erhängt an niedrigen Ästen. Die Körper waren ihm vorher nicht aufgefallen, selbst dort nicht, wo er die Lichtung betreten hatte.

Er entschied, noch etwas Wasser zu trinken, ehe er den Weg fortsetzen würde. Er hoffte, nicht noch eine Nacht hier draußen verbringen zu müssen.

Als er fertig war, lief er los, kehrte aber nach einigen Metern erneut um, um noch etwas zu trinken. Er trank und trank, lief los, kehrte um und trank erneut. Und je mehr er trank, desto weniger dachte er an einen Ausweg aus dieser Situation. Er dachte nur an den Durst und die Frage, ob er nicht doch noch einen Schluck nehmen sollte, damit er sicher sein konnte, den weiteren Weg zu überstehen.

Er trank stundenlang, während die Sonne langsam hinter den Bergen verschwand und die Schatten des Waldes länger und kühler wurden. Mit jedem

Schluck verschwanden Zweifel und Gedanken. Sein Leben löste sich in dem Wasser auf, wurde verdünnt und verschwand. Er reinigte sich von allen Dingen, füllte sein Herz mit einer Leere, die keinen Raum für anderes ließ.

Als die vereinzelten Wolken am Himmel zu einem Feuer wurden, einem letzten Aufflammen des ausklingenden Tages, war ihm selbst seine Existenz egal. Deshalb trank er einen letzten Schluck, suchte sich in der Umgebung eine geeignete Stelle und erhängt sich dort mit seinem Gürtel, dem einzigen Weg, den Kreis zu durchbrechen.

Und so war er bereits bei Einbruch der Nacht Nährboden für erste Insekten, die nichts von der Quelle wussten, die fernab der Wanderwege plätscherte und nur darauf wartete, dass jemand auf die Lichtung trat und den letzten Schluck zu sich nahm.

147. Der Wolkensammler

Er sammelte Fotos von Wolkenformationen und Farbstimmungen, die ein Unwetter vorhersagten oder die Dämmerung begleiteten. Oder die ein Geschenk der Götter verkörperten, einen Zauber der Natur. Er reiste und fotografierte selbst, schaute aber auch Dokumentationen und durchsuchte anderes Bildmaterial, um den Drang nach immer neuen, immer aufregenderen und schöneren Motiven zu stillen. Mehr Farben, höhere Aufnahmequalität.

Doch irgendwann reichte es ihm nicht mehr. Er spürte, dass er eine Grenze erreicht hatte, an der es ihm nicht möglich war, in neue Gebiete vorzudringen. Und so begann er damit, mittels Computer, Bleistift und Leinwand eigene Visionen majestätischer Wolkenberge zu erzeugen, feinste Gewebe am Himmel und Formen aus einer anderen Welt. Allerdings stellte er schnell fest, dass es nicht echt war und nur eine Illusion, ein Trugbild, das ihm keine Befriedigung verschaffte. Deshalb begann er damit, mit diversem Räucherwerk, Ventilatoren und selbstgebauten Apparaturen zu experimentieren, um Qualm vor und unter himmelblauen Wänden zu fotografieren und zu filmen. Er verfeinerte die Technik mit künstlichen Lichtquellen, um so den Eindruck zu vermitteln, dass es sich nicht um kleine Schwaden handelte, sondern um gigantische Wolkenformationen.

Allerdings genügte ihm auch das nicht. Deshalb verbrannte er irgendwann auch Holz und Kunststoff, um intensiveren Qualm zu erzeugen. Und als er auch dieses Verfahren perfektioniert hatte, realisierte er, dass er nicht nur die Wolken sehen, sondern in sie eintauchen wollte. Er war bereits mehrfach geflogen und hatte ein großes Archiv von Aufnahmen aus dem Inneren von gigantischen Gewitterfronten, aber nichts davon stillte das Verlangen nach einer Nähe, die so gering war, dass er eins mit den Wolken werden konnte.

Es vergingen einige Wochen, in denen er keine Fotos machte und keine Filme. Er dachte nur über die Möglichkeiten nach, seinen Traum zu erfüllen und von einem Sammler der Wolken zum Objekt seiner Begierde selbst zu werden. Deshalb verließ er eines Tages die Stadt und kletterte auf einen Berg, wo er eine Grube aushob und sich darin ein Bett aus Brennstofftabletten, Brennpaste, Grillkohle und trockenem Holz herrichtete, seine Kleidung mit Spiritus tränkte und sich hinlegte, kurz zum Himmel sah und dann alles in Brand steckte.

Nach einer Weile stieg dichter Qualm auf, der sich mit den tief hängenden Wolken des trüben Tages vermählte, der durch die herrschende Windstille nicht perfekter hätte sein können. Und so gelangte der Wolkensammler glücklich ans Ziel seiner Träume.

148. Apfel

Ich biss in den Apfel. Er schmeckte unglaublich bitter und fühlte sich zäh an. Ich schaute ihn mir an und fand im Inneren stinkendes, faltiges Gewebe aus Knorpel, schiefen Zähnen, Fleisch und Haaren. Ein Auge glotzte mich an.

149. Der schwarze Mond

Ich rannte durch die kalten Nächte, rannte durch Wüsten, Wälder, irrte durch Täler und bestieg die höchsten Berge. Und trotzdem sah ich in jeder Dämmerung den schwarzen Mond hoch am Himmel, ein Überbleibsel der Finsternis. Und sobald sich die Sonne zeigte, verblasste er. Er wuchs langsam und stetig, denn jeden Morgen bedeckte er einen etwas größeren Teil des Himmels. Auch benötigte die Sonne mehr Kraft, um ihn auszulöschen.

Irgendwann wollte die Dunkelheit nicht mehr weichen, so riesig war der Mond. Und da erkannte ich, dass es ein Maul war, das mich und die Welt verschlang. Es wurde nie wieder Tag.

151. Nachricht

Ich stand eine Weile da und betrachtete den Strom aus Blut, Eingeweiden und faulem Fleisch, der zäh und stinkend dem Bachbett durch das Tal folgte. Überall erhoben sich Tannen und spitze, messerscharfe Felsen. Und dann sah ich ein kleines Papierboot, das zwischen ein paar Ästen hängen geblieben war.

Ich kletterte zu der Stelle und fischte es mit einem Stock heraus. Ich sah, dass etwas auf dem Papier stand. Also setzte ich mich auf den Ast und faltete das Boot auseinander. Darauf stand in einer schönen Handschrift:

Ich wollte die Menschen lieben. Aber ich scheiterte.

Nachspiel

Das Schweigen des Winters

Anna senkte das Tagebuch.

Nie hätte sie gedacht, so etwas von ihrem Vater zu lesen und einen Einblick in die Dinge zu bekommen, die ihn ganz offensichtlich verfolgt und gequält hatten. Die Träume, die er niedergeschrieben hatte, hätten auch sie zermartert. Ihr wurde klar, wie viel er in sich hineingefressen haben musste, auch damals, als sie noch viel zu klein war, um zu verstehen, weshalb sich ihre Eltern getrennt hatten. Sie war sich auch ziemlich sicher, dass ihre Mutter zur keiner Zeit etwas davon wusste. Leider fehlten Datierungen und Hinweise darauf, ob die Aufzeichnungen über Jahre hinweg entstanden oder aus den letzten Wochen und Monaten stammten.

Sie hoffe, die schlimmsten der Bilder, welche die Worte in ihrem Kopf hatten entstehen lassen, schnell wieder zu vergessen; Bilder von toten Kindern, gequälten Menschen und Tieren, Szenen mit Kannibalen, Sadisten, riesigen Kreaturen ohne Form und jenen Dingen, die dazwischen lagen oder die schlichtweg zu befremdlich waren, um ihr Wesen überhaupt auch nur ansatzweise geschickt und verständlich mit Buchstaben einfangen und ausdrücken zu können. Obgleich sie diese Passagen nur grob überflogen oder angelesen hatte, war ihr flau im Magen. Es war wie mit einigen Videos im Internet, die sie, genau wie ihre Freunde, der Neugier wegen schaute, nur um sich dann zu wünschen, sie nie gesehen zu haben. Einige Dinge existierten nicht, um vergessen zu werden.

Sie sah einen Mann vor sich, der mit den Gedanken und Erinnerungen kämpfen musste, jeden Tag, immer wieder diesen kräftezehrenden Krieg gegen den Wahnsinn, dem er in seinem Beruf begegnete und der ihn sogar bis in den Schlaf verfolgte, bis ins Bett, wo man sich normalerweise sicher fühlte. Die Vorstellung macht sie traurig.

Ihr Blick wanderte zum Fenster ihres Zimmers und hinaus in das helle Grau. Schneeflocken sanken vom Himmel und tanzten immer wieder schwerelos mit dem stillen Wind.

Anna spürte das Tagebuch zwischen ihren Händen, wie es auf ihren Oberschenkeln ruhte, sie fühlte die Wärme ihres Bettes, die sich unter der flauschigen Decke hielt, und das eigene Gewicht, welches sie immer weiter nach unten und in die Kissen in ihrem Rücken zu ziehen schien, immer tiefer hinab in eine angenehme Entspannung.

Wie viele Gelegenheiten hatte sie ausgelassen, um mit ihrem Vater zu sprechen? Ihn nach seiner Kindheit zu fragen oder ihm einfach eine Textnachricht zu schreiben? Alles verschenkte Momente, die nun unwiederbringlich verloren waren, so wie die Schneeflocken, die gegen die Fensterscheibe getrieben wurden und dort haften blieben, nur um zu schmelzen und damit zu vergehen.

„Du solltest dir nicht so viele Gedanken machen", sagte der Graue Herr.

Er war vor ein paar Tagen aufgetaucht. Nun saß er auf dem Stuhl an ihrem Schreibtisch, hatte die Beine übereinandergeschlagen und die Arme vor der Brust verschränkt. Auch er sah aus dem Fenster.

„Ihm geht es gut", sagte er.

Anna betrachtete den Mann. Ihr Blick wanderte zu seinen Händen, die in diesem Moment kaum sichtbar waren, und damit zu einer Frage, die ihr gestern in den Sinn gekommen war: „Wieso fehlen Ihnen Teile Ihrer Finger?"

„Genau das wollte dein Vater auch immer wissen."

„Haben Sie es ihm verraten?"

Der Graue Herr hüllte sich in Schweigen, als hätte er die Frage nicht gehört.

Und draußen fiel lautlos der Schnee.

Ende.

»Wenn Menschen sich lange Zeit an dunklen, feuchten Orten aufhalten, werden sie niedergeschlagen und krank.«

– Wang Xi

Sun Tsu
›Wahrhaft siegt, wer nicht kämpft: Die Kunst des Krieges‹

.